U0468224

本书的出版受到教育部青年项目"行旅中的建构与喻辞：埃德加·爱伦·坡在中国的传播与接受研究"（13JC751058）资助

行旅中的建构与喻辞

埃德加·爱伦·坡在中国的传播与接受研究

王涛 著

中国社会科学出版社

图书在版编目（CIP）数据

行旅中的建构与喻辞：埃德加·爱伦·坡在中国的传播与接受研究/王涛著.—北京：中国社会科学出版社，2018.7
ISBN 978-7-5203-2234-8

Ⅰ.①行… Ⅱ.①王… Ⅲ.①坡(Poe,Edgar Allan 1809-1849)—作品—传播—研究—中国 Ⅳ.①I712.064②I209.6

中国版本图书馆 CIP 数据核字(2018)第 059382 号

出 版 人	赵剑英
责任编辑	郭晓鸿
特约编辑	席建海
责任校对	石春梅
责任印制	戴 宽

出　　版	中国社会科学出版社
社　　址	北京鼓楼西大街甲 158 号
邮　　编	100720
网　　址	http://www.cssrpw.cn
发 行 部	010-84083685
门 市 部	010-84029450
经　　销	新华书店及其他书店
印　　刷	北京明恒达印务有限公司
装　　订	廊坊市广阳区广增装订厂
版　　次	2018 年 7 月第 1 版
印　　次	2018 年 7 月第 1 次印刷
开　　本	710×1000 1/16
印　　张	26
插　　页	2
字　　数	315 千字
定　　价	108.00 元

凡购买中国社会科学出版社图书，如有质量问题请与本社营销中心联系调换
电话：010-84083683
版权所有　侵权必究

目　录

绪　言 ………………………………………………………… 1

第一章　他者的还原：多维的埃德加·爱伦·坡 ………… 16
　第一节　埃德加·爱伦·坡：人群中的人 ……………… 16
　第二节　埃德加·爱伦·坡的多张面孔：创作概观 …… 29
　第三节　埃德加·爱伦·坡在国外 ……………………… 54

第二章　埃德加·爱伦·坡在中国的译介 ………………… 97
　第一节　埃德加·爱伦·坡在中国的译介 ……………… 97
　第二节　译介中的变异 …………………………………… 146

第三章　埃德加·爱伦·坡研究在中国 …………………… 179
　第一节　新中国成立前的埃德加·爱伦·坡研究 ……… 179
　第二节　新时期的埃德加·爱伦·坡研究 ……………… 194
　第三节　埃德加·爱伦·坡在中国台湾的传播和接受 … 239
　第四节　埃德加·爱伦·坡研究在中国的反思 ………… 248

第四章　埃德加·爱伦·坡与中国文学的契合与影响 …… 260
第一节　埃德加·爱伦·坡与中国现代文学理论 ……… 261
第二节　埃德加·爱伦·坡与中国现代作家的契合 …… 272
第三节　埃德加·爱伦·坡与中国当代作家 …………… 333

结　语　行旅中的建构与喻辞 …………………………… 358

附录一　爱伦·坡年表 …………………………………… 365
附录二　爱伦·坡作品汉译（1949 年前） …………… 375
附录三　爱伦·坡研究论文（1949 年前） …………… 379
附录四　爱伦·坡在中国台湾地区的翻译及研究 ……… 382
附录五　爱伦·坡作品篇目中英文对照表 ……………… 386

参考文献 ……………………………………………………… 397

后　记 ……………………………………………………… 410

绪　　言

埃德加·爱伦·坡（Edger Allan Poe，1809—1849，以下为行文方便，统称"爱伦·坡"）在他短暂的生涯中，为我们留下的为数不多的著作中包含了诗歌、小说、评论等多种创作形式，并被认为对后世文学从创作理念到文学形式均做出了开拓性的卓越贡献。他一度被冠以了无数的桂冠：现代派的先驱、前卫的唯美主义、象征主义的远祖等。在小说上，他被视为第一个将美国小说带到世界的人，被看作短篇小说的有力倡导者、现代文学流派的宗师、推理小说的创始人、现代科幻小说的先驱、现代心理小说的开创者。对于他的诗歌，人们也给予了很高的敬意，连以"挑剔"著称的怪才辜鸿铭也在1920年的《纽约时报》上发文《没有文化的美国》，毫不吝惜地称赞，"除了坡以外美国是没有诗歌的"。他的文学理论思想也被赋予了极高的评价，除了影响后世唯美主义的"为诗而诗"的诗学主张，他对诗歌音乐性的高度重视，对短篇小说"效果论"的理论探讨都深受后世所推崇。他的哲理散文诗《我发现了——一首散文诗》，甚至被认为是与后世科学家对宇宙秘密的探讨有着"异曲同工之妙"。而许多为我们所熟知的文学大师们诸如以波德莱尔为代表的象征主义诗人等都曾声称自己受益于他，并对他致以了崇高的敬意。而在后人看来，受到他影响的作家可以列出包括纳博科夫、福克纳、陀思妥耶夫斯基、博尔赫斯等文学大师在内的长长的名单。因此，越来越多的有识之士日益认识到作为现代派远祖的埃德加·爱伦·坡的世界性意义，不少研究者都将目光投到了他对各国文学的影响研究。不但在各类学术期刊上关于爱伦·坡在国外的影响、接受和研究状况的论文不胜枚举，而且还出现了大量的专题研究爱伦·坡在国外的接受、传播和影响的论著。早在1934年，纽约就出版了旨在探讨爱伦·坡在西班牙的译介、研究和对西班牙作家的影响与契合的学术专著《埃德加·爱伦·坡在西班牙文学》（John Eugene Englekirk. *Edgar Allan Poe in Hispanic literature*. New York：Instituto de las Espanas en los Estados Unidos，1934）。1941年，有人将各大学者在坡学会举办的年度讲座上讨论爱伦·坡对世界影响力的论文进行整理，编辑出版了《坡在国外》（John C. French. *Poe in Foreign Lands and Tongues*，1941）一书，其中收录的论文广泛论及了爱伦·坡在法国、俄国、德国、西班牙以及西班牙语国家的传播和接受情况。1947年出版了讨论爱伦·坡在德国的译介、研究和影响情况的专著《埃德加·爱伦·坡的德国面孔》（Thomas Svend. *The German face of Edgar Allan Poe：A Study of Literary References in His Works*，1947），1971年出版了《埃德加·坡的法国面孔》（Patrick F. Quinn. *The French Face of Edgar Poe*. Southern Illinois University Press）是在长达一个世纪的有关爱伦·坡与法国的影响关系探讨的基础上，对爱伦·坡在法国的传播、接受情况进行整理的较为系统的成果之一。1998年，雷切尔·波隆斯基（Rachel Polonsky）在她的《英语文学与俄国美学文艺复兴》（*English Literature and the Russian Aesthetic Renaissance*，1998）一书中关注到了爱伦·坡的文学创作对世纪之交俄国诗人的深远影响。1999年，洛伊丝·瓦因斯（Lois Vines）主编的《坡在国外：影响、声望、亲和力》（*Poe Abroad*：*Influence*，*Reputation*，*Affinities*，1999）更为深入地探讨了爱伦·坡创作的世界性意义。其论著关心的范围除了包括爱伦·坡对西欧各国文学和作家的重大影响外，还注意到了以往并不为人关注的爱伦·坡对南美、东欧和亚洲等国的文学影响。2000年开始，《坡研究》开辟了旨在专门探讨爱伦·坡对世界文学影响的"国际视角"专栏（International Perspectives），其论述范围已经拓展到了爱伦·坡对俄罗斯、以色列、比利时和保加利亚等国文学的影响。可以说近两个世纪以来，对于爱伦·坡在世界各地的文学传播、影响的研究从来就没有中断过。甚至到了2001年，贾尔斯·冈恩（Giles Gunn）在《美国现代语言学协会会刊》中还将爱伦·坡对法国象征主义诗人波德莱尔的影响作为他论证自中世纪以来逾越政治和国家疆界的漫长的"文化迁移史"的重要例证之一。2002年，《坡研究》（*Poe Studies*）的副主编贾纳·阿杰辛格在美国现代语言学协会（MLA）学术研讨年会上的"爱伦·坡研究方向回顾与展望"专题讨论会中更是将爱伦·坡的文学实践在世界各地的传播和影响，提升到了在国际关系中文学与文化交互历史的重要地位。而爱伦·坡在中国的传播和接受也正是他的世界性影响中的一部分，也需要我们对之进行系统而深入的整理和研究。

一

爱伦·坡作为我国较早译介的美国作家之一，早在1905年就已由周作人翻译的其推理小说《玉虫缘》（*The Gold-Bug*，今译《金甲虫》）而为我国读者所熟知。自此以后，我国对爱伦·坡的译介几乎就没有中断过，特别是20世纪80年代之后，我国出版的其作品选集的版本已经多达上百种，对爱伦·坡的重要著述也有了一些汉语译本，构成了中国翻译文学重要的组成部分。而有关爱伦·坡的研究论文，也伴随着对他的译介同步展开。自1908年12月署名独应发表在《河南》第8期上的对爱伦·坡的作品《寂寞》（今译《静——寓言一则》）后的"著者事略"的简短介绍开始，至今，我国对爱伦·坡的相关介绍已经多达400多篇，硕博士论文以及专题性的学术专著也不断出现，爱伦·坡在中国的研究也取得了较为显著的成绩。其中"爱伦·坡在中国"是比较文学中典型的文学影响研究。是继《歌德与中国》（杨武能，生活·读书·新知三联书店，1991年版）、《"荒原"之风 T. S. 艾略特在中国》（董洪川，北京大学出版社，2004年版）、《狄更斯与中国》（童真，湘潭大学出版社，2008年版）等著作之后，通过"个案"研究对比较文学中影响研究的再思考。在全球化的今天，文学之间的影响关系开始显得日益重要，关注世界文学的交流中，我国文学文论在文明文化冲撞中动态的演变发展，以及思考如何在保持自己民族特性的同时做到与时俱进，是我们当前思考中的一个难题。同时，我们也有必要在对它们的清理中通过"文学"这个媒介理解跨文化交流中两种文化之间的冲撞、融合，甚至因误释而带来的扭曲和变形。值得我们注意的是在爱伦·坡的各种类型的创作中，其"超自然恐怖小说"中那种怪诞、神秘、恐怖因素又多和中国文坛一直潜藏的怪诞之气有所暗合。它们随着五四新文学发生期对外来文学的全面译介而为中国引进和吸收，在以后中国文学的发展中，又一直和中国文学中的怪诞之气有着契合和影响，这些都值得我们对之进行深入的探讨和思考。而我国文学发展中的"神秘""怪诞""恐怖"等边缘性话题，长期以来并未得到学界的重视和清理，以"爱伦·坡"的创作在我国作家中的影响实绩为例，清理我国文学发展中的此类边缘性话题，考察文学交流中的文学发展,是我们当前的一项重要工作。总体上看来,爱伦·坡在中国的传播、接受是其世界性影响的一部分,涉及的研究内容比较丰富和复杂,加之至今尚未有人对爱伦·坡在中国的影响和接受做过系统的研究,因此对它们及时进行文献清理,知识总结,理论探讨,并以之为个案思考我国的文化文学交流现象,是当前比较需要的一项工作。

"爱伦·坡·研究在中国"这一课题已经吸引了不少学者的注意,出现了一些可喜的研究成果。盛宁先生的硕士论文(英文)《埃德加·爱伦·坡和中国现代文学(1900—1930)》[*Edgar Allan Poe and Modern Chinese Literature*(1900—1930)]以及之后他在《国外文学》(1981年第4期)上发表的硕士论文的阶段性成果《爱伦·坡与"五四"运动以后的中国现代文学》可谓是我国在此领域里最早的研究成果。其硕士论文第一次较为翔实地介绍了1900—1930年以来,爱伦·坡在我国的传播、接受情况,整理出了丰富可靠的文献资料,为进一步研究提供了研究基础。并对爱伦·坡在20世纪头30年,主要集中在二三十年代对中国文坛的影响进行了梳理,他认为受到爱伦·坡创作影响的作家归为三类,第一类是以陈翔鹤、李健吾为代表,认为他们在创作上从创作主题到创作技巧都受到了爱伦·坡的直接影响。第二类,盛宁认为以郁达夫为代表,在美学观念上和爱伦·坡接近,受到了爱伦·坡的间接影响。第三类是以鲁迅为代表,在无意中受到的影响,并指出茅盾的《叩门》与爱伦·坡的小说《泄密的心》有形似之处。另外还提到了一些作家和爱伦·坡的相似性,如冯广涛的《马兰之死》和《黑猫》的相似,滕固小说和诗歌中的哥特元素,闻一多的《渔阳曲》。盛宁先生具有丰富信息含量的研究成果,为日后国内外学者对爱伦·坡进行深入研究奠定了基础。但是其研究视野仅局限在现代文学,特别是集中在现代文学的发生早期,就研究内容而言,还需要我们在更大范围内做进一步的梳理和清理。同时，在论述作家影响时，出现了一些材料上的缺失，比如盛宁先生分析爱伦·坡对郁达夫的影响时，由于"没有确切的证据"，而将郁达夫归为在人格气质和美学原则上和爱伦·坡近似，而忽略了二者之间的事实性联系。在论述茅盾与爱伦·坡之间的影响关系时，虽然注意到了茅盾的《叩门》一文与爱伦·坡风格上的契合，但将之归为其曾经翻译过爱伦·坡《泄密的心》的影响，是不够准确的。茅盾的《叩门》实际上是对爱伦·坡《乌鸦》一诗的摹写。但是其对这一学术问题的敏感以及对资料的整理和收集，也为本书提供了不少有益的参考。此时期还有一些论著也对爱伦·坡在中国的传播、译介和影响做出粗略的勾勒。主要集中在以下几方面：

其一，关于爱伦·坡在中国的译介研究。一方面是对爱伦·坡在中国的译介历程的清理。爱伦·坡的重要译介者曹明伦先生在《中国翻译》2009 年第 1 期上发表了《爱伦·坡作品在中国的译介——纪念爱伦·坡 200 周年诞辰》一文。论者以一个翻译者的身份对爱伦·坡在中国的翻译历程做了细致而深入的清理。认为爱伦·坡作品在中国的译介始于 20 世纪初，经历了译介空白、系统译介和重译本层出不穷三个阶段。尽管该文具有较高的学术史料价值，但是，在知识性的文献清理中还是有所遗漏，如对中国台湾和沦陷区的译介成果几乎没有关注，同时对译介的外围环境关注不够。另一方面是对具体译本的研究。郭伟廷的《论爱伦·坡小说〈泄密的心〉的中译与修辞》(《修辞学习》2008 年第 1 期)，通过分析爱伦·坡小说名篇《泄密的心》中的 13 种修辞手法，逐种检视比较近年五个中译本相关的处理，以探究文学作品中译与修辞的关系。总的说来，我们还有必要从主要译本产生的文化社会语境、译者的文化身份与主体意识、译者的翻译思想与翻译策略、译本特点及译文对比、源语和目的语的跨文化影响等方面对爱伦·坡在中国的翻译进行全面系统的分析研究。

其二，关于爱伦·坡在国内的研究历史。主要有龚玥竹的《爱伦·坡国内研究现状》（《安徽文学》2008年第10期），朱振武、高莉敏的《中国爱伦·坡研究卅回眸》（《中国比较文学》2009年第4期），曹曼的《国内外爱伦·坡研究综述与比较》（《湖北第二师范学院学报》2008年第1期）。其中以朱振武、高莉敏在2009年第4期《中国比较文学》上发表的论文《中国爱伦·坡研究卅的回眸》最具有代表性，该文从1979—1989年、1989—1999年、1999—2009年三个十年，分阶段地对我国当代爱伦·坡研究的发展历程做了一次细致的梳理。但是，总的来说，以上研究成果在研究范围上，还仅局限于我国新时期爱伦·坡研究的情况，而对新中国成立前的研究却缺乏应有的关注。同时，在材料的收集和整理上还不够完整和全面，材料比较单薄，我们还有必要从史的层面对文献资料进行整体把握和系统梳理。在具体研究上，又多流于表面，研究重心也仅局限于对文献资料的清理，这些都需要我们深入到历史发展的纵深处，在"爱伦·坡研究在欧美国家"的参照中，进一步反思"爱伦·坡在中国的研究"。

其三，关于爱伦·坡与20世纪中国作家、中国文学间的影响和契合研究。目前研究中涉及的作家有鲁迅、施蛰存等，还有研究涉及中国当代恐怖小说创作，研究上侧重于对中国现代作家的影响研究，对当代作家多以平行研究为主。许希阳的《施蛰存与爱伦·坡》[《长沙铁道学院学报》（社会科学版）2005年第1期]从创作渊源上分析了施蛰存与爱伦·坡的事实性联系，用比较文学的影响研究和平行研究的方法探讨两位作家小说中"怪诞"的生成与表现。其他的还有《"恐惧"与"恐怖"——施蛰存与爱伦·坡荒诞小说的主题之比较》[翁菊芳，《湖北师范学院学报》（哲学社会科学版）2008年第10期]。分析爱伦·坡和鲁迅之间影响关系的，袁荻涌的《鲁迅与爱伦·坡》(《贵州大学学报》1999年第1期) 从史料出发，分析了鲁迅和爱伦·坡在象征和恐怖手法等方面的相似性。苏煜的《鲁迅与爱伦·坡》(《鲁迅研究月刊》2002年第9期)，从鲁迅和爱伦·坡二人的实时性联系着手，侧重探讨了鲁迅的《狂人日记》和爱伦·坡的作品在人生哲学上的认识体验以及笔下狂人的孤独、恐惧、忧郁心灵投影的相似性。王吉鹏、臧文静的《鲁迅与爱伦·坡》(《东方论坛》2003年第6期) 基于文学影响的事实，比较了他们的死亡意识以及在艺术手法上对真实病态心理的细致刻画。与中国当代恐怖小说之间的影响研究，王德峰的硕士论文《爱伦·坡与世纪之交的中国恐怖小说流派》(兰州大学，2007年) 以爱伦·坡在中国的广泛传播与世纪之交中国恐怖小说的兴起为切入点，分别从创作理念上对心灵恐怖的追求、文本内容上对死亡、人性、复仇这些主题的借鉴、表现形式上对梦幻氛围的营造、独特意象的构筑、悬念的精心设置以及轮回手法的巧妙运用四个方面分析了爱伦·坡和世纪之交中国恐怖小说的内在契合。其他的还有，胡克俭的《爱伦·坡与世纪之交的中国当代恐怖小说》[《西北师范大学学报》(社会科学版) 2008年第1期]。另外还有论者从平行研究的角度对爱伦·坡与中国当代作家进行比较，如秦虹的《孤独中的理性之爱与感性之美——北岛与爱伦·坡的爱情诗比较》(《重庆职业技术学院学报》2006年第5期)、谭瑾瑜的《埃德加·爱伦·坡与海子的诗歌之比较》(《湘潮》2008年第2期) 等。但是此类研究还存在很多问题，多以平行研究为主，忽略作家之间的事实性联系，对20世纪中国文学的发生发展缺乏宏观的审视，以及研究上系统性的缺乏都还需要我们做进一步的努力。

二

　　本书以爱伦·坡在中国的译介、研究、影响为研究对象,在中西文化交流的大背景下,对"埃德加·爱伦·坡在中国"这一课题进行整体性综合研究。旨在以爱伦·坡在中国的传播与接受的具体演进路线进行实证主义地再现,探寻我国对外来文学经典译介与研究的规律、特征和接受取向。并以中国文学自身的发生和展开方式为问题域,借助"族裔理论",考察中西文化交流中"国族文化"以及"个体话语"对外来文化的"塑形"作用,反思中西文学关系研究中有关东方与西方、翻译策略与权力构建、历史与变化等理论话语的状况。

　　从研究内容上看,本书主要包括的研究对象关涉这样三类:外国文学研究,其中包括爱伦·坡其人、其文以及世界性影响的研究。中外文学关系史研究,以爱伦·坡在国内的传播、接受为主线,考察爱伦·坡在国内的翻译情况和其作品在国内的研究情况。中国文学的发展研究,以影响研究的实证考察为基础,关注爱伦·坡与中国作家的关系研究,以及他对20世纪中国文学理论发展的影响研究,旨在能够通过"埃德加·爱伦·坡在中国"这样一种视角来透析中国20世纪文学生成和发展中的"怪诞""恐怖""神秘"等边缘性话题。

　　在进入本论题之前,首先有必要对 Edgar Allan Poe 的译名做一番说明。埃德加·爱伦·坡（Edgar Allan Poe）的本名是埃德加·坡（Edgar Poe）。他母亲去世后,由商人约翰夫妇（John and Frances Allan）收养,才用他们的姓做了中名。当他幼年还在学校的时候,常常被叫作埃德加·爱伦（Edgar Allan）,大约在1827年,爱伦·坡离开养父后，有很长一段时间，不再使用中名 Allan，恢复了自己原来的名字。据现今保留下来的书信看来，在他的整个一生中，爱伦·坡通常将他的名字写作 Edgar A. Poe，或者是 E. A. Poe，还有的仅写作 Poe 的，直到 1848 年，在为数不多的信件中，他才开始在一些通信上使用自己的全名 Edgar Allan Poe。爱伦·坡去世后，格里斯沃尔德（R. W. Griswold）编辑出版了两卷本的爱伦·坡文选集《爱伦·坡文选》（*The Works of the Late Edgar Allan Poe*，1850），开始不再使用爱伦·坡自己常用的缩写形式，而是使用了他完整的中名。但是也许是排版印刷上的疏忽，将 Edgar Allan Poe 的名字错拼为 Edgar Allen Poe。这个错误拼写影响非常大，在很多通俗读物，甚至学者的研究论文中，都一度出现了这种拼写上的错误。甚至在 1909 年精心策划的爱伦·坡的纪念活动上也出现了这种错误。因此在很多资料上，我们都会看到这种错误的拼写。爱伦·坡及其作品很早就被译介到了中国。但是在早期阶段，对他的名字出现了哀特加·埃兰·波、爱茄·欧伦濮、爱浦伦、艾得迦波、亚兰坡、阿伦波、普等不同的译名。如 1917 年周瘦鹃译《静默》（*Silence— A Fable*，今译《静——寓言一则》，收《欧美名家短篇小说丛刊》），将爱伦·坡的名字译为"哀特加·埃兰·波"。1924 年 9 月，《学衡》杂志第 45 期上又发表了顾谦吾的骚体译文《鹉鸟吟》，将爱伦·坡的名字译为阿伦波。1929 年 3 月出版曾虚白的《美国文学 ABC》（ABC 丛书社）中有专章介绍爱伦·坡，将其译为爱茄·欧伦濮，1934 年商务印书馆推出了伍光建翻译的《普的短篇小说》将爱伦·坡的名字译为"普"，1935 年世界书局方璧等著的《西洋文学讲座》《第八章》专章介绍爱伦·坡，也将其译为爱茄·欧伦濮。1937 年上海文业书局出版的孙季康译的《脂粉罪人（侦探小说）》将爱伦·坡译为爱浦伦。1940 年出版的韩侍桁翻译的《西洋文艺论集页数》中将爱伦·坡的名字译为艾得迦波。1948年上海中华书局出版的张梦麟等译的小说集《荒凉岛》中收有《跳蛙》，将其译为亚兰坡。初期的译名都采用的是音译方式，从读音上，我们还是可以大致判断其为我们今天所说的埃德加·爱伦·坡。新中国成立以后，"埃德加·爱伦·坡"逐渐成了我们今天通用的译名。同时在我们的习惯用法中，常常又将之称为"爱伦·坡"，也有直接称为"坡"的。这两者在我们今天的通俗读物以及学人们的专题论文，甚至文学史教材中都可以见到。但是也有人对此提出了质疑。中国台湾学者朱立民就在他的《逼稿成篇》一书中，专门针对时下中文翻译领域里"爱伦·坡"（在中国台湾通常译为艾伦坡）的习惯性用法提出了批评，他认为"艾伦·坡则是一个流行甚广的误译。坡的原名为 Edgar Poe，而 Allan 是他养父的姓，后来才插进去的。坡的名字不是 Edgar Poe 就是 Edgar Allan Poe，绝不可能称为 Allan Poe"。[①] 这个见解是有一定道理的。笔者就此译法求教于爱伦·坡的翻译名家曹明伦先生，先生复信"爱伦·坡"这个中译名的确是因历史原因而形成的误译，但翻译历史名人的姓名应遵循"约定俗成"的原则，即凡有约定俗成之译法者，一律从"俗"。即使原来的译法不合适，也无须更改，其理论依据是尽可能减少译文读者的认知成本。的确，"爱伦·坡"的译名已为我国学术界广为接受，同时考虑到爱伦·坡在我国的接受的不仅仅是学界，还有更多的读者受众，因此在笔者的行文中也采用了这种惯用的"误译"。并经曹明伦先生提醒，"但余光中至少在其《黑灵魂》中提到 Poe 时多次使用'爱伦坡'（中间名和姓之间未用间隔号，并加注说明大陆译为爱伦·坡）。我译的台湾版《黑猫》作者署名也是'爱伦·坡'"，这里要特别补充的是，在中国台

---

① 朱立民：《逼稿成篇》，九歌出版社1980年版，第276页。

湾地区，无论是在翻译还是在研究中，对 Edgar Allan Poe 的译名多用"爱伦坡"，不同于中国大陆惯用的"爱伦·坡"。

"外国作家在中国"这一类跨文化语境下的比较文学命题，是近年来文学研究的一个热点，外国作家与中国文学关系的研究也成为我国比较文学界所乐于探求的重要课题。整体研究思路上，本书延续了这一体系的研究，从比较的视角，跨国、跨学科以及跨文明等在内的文学跨越性研究，综合运用文本分析、社会批评、实证研究、文化研究等批评方法，以"爱伦·坡在中国"为具体个案，以文化语境与文学接受的关系，文学的跨文化影响，影响的本土化为主要研究对象，探析中外文学交流中文学接受的动态过程和复杂样态。本书以比较文学实证性研究方法，对流传路线之勾勒出"日本之桥"的中介作用，对再版、复译、重编、编译，精选集、文集的出版，丛书化、系列化，改编等媒介分析，提供对爱伦·坡在中国的接受与影响状态的全面观照与研究，展开对爱伦·坡与中国文化遭遇过程的研究。并在传统的影响研究范式基础之上，结合文化语境与文学接受关系研究，以爱伦·坡为个案，考察 20 世纪对外交流中，中国对异质文学样态吸纳、拒斥、借鉴与模仿的动态发展中的变异现象。从译介学以及接受学的角度，考察译者以及接受者对爱伦·坡"其人其文"的接受和传播中出现的种种文化过滤现象，如，新中国成立前，爱伦·坡传记形象在中国的接受和变异，《乌鸦》一诗在我国 20 世纪二三十年代早期知识分子接受中的变异等相关篇章即为此类尝试。而在爱伦·坡创作的"文学的他国化"过程中，其曾经影响过世界文学的"唯美因素""象征色彩"等诸多因素，在中国并未被作为他的典型特征而被广泛接受。相反，他在中国的接受历程中，最为我国国人所接受的是他"超自然恐怖"类小说中的怪诞、恐怖、神秘等因素。以这些因素为主线，清理我国文坛潜藏的怪异

绪　言

之风在外来文化影响下的催生和变异。

具体而言，本书的写作拟由绪言和四个章节组成。第一章是关于爱伦·坡的外国文学研究，针对当前对爱伦·坡的研究在基础文献上还存在着一些误征误用，本章的研究显得尤为重要。结合爱伦·坡所生活的时代，将爱伦·坡置身于他所处的文化、思想、文学背景中加以理解，简要而准确地勾勒出爱伦·坡的生平传记，对爱伦·坡的小说、诗歌、文学评论都做了详尽介绍，勾勒出爱伦·坡其人、其文在英语世界的传播和接受概况，力图为"爱伦·坡在中国"这一课题的研究提供一个真实的"他者"形象，以此烛照爱伦·坡在中国的接受和变异。第二章是对埃德加·爱伦·坡在中国的译介研究。主要对爱伦·坡在中国的翻译进行了全面而系统的整理和研究。一方面，细致地清理了自1905年以来，爱伦·坡在我国译介中所经历的早期译介、20世纪三四十年代、20世纪五六十年代、20世纪七八十年代以来全新的开始，再到20世纪90年代以来不同阶段的历史性变化。致力结合产生译本的文化社会语境、译者的文化身份与主体意识，对各阶段出现的特殊的翻译现象进行分析，关注这些历史阶段的翻译策略的变化的深层原因。同时通过译文对比，着力关注其在译介中出现的变异现象，"建国前爱伦·坡传记形象在中国的接受和变异""二三十年代对《乌鸦》一诗接受中的变异""误收：《夜归人》问题"等相关章节即为此类尝试。第三章是"埃德加·爱伦·坡研究在中国"的研究。一方面在历史的动态演变中对爱伦·坡在中国的研究所经历的新中国成立前的印象式批评，20世纪五六十年代受苏联模式影响带有浓厚的意识形态色彩的知识性整理，到20世纪七八十年代在"苏化"潜在的影响下的悄然过渡，再到20世纪90年代以后"西化"下的全面繁荣几个历史性阶段的阶段性演进中进行面貌勾勒，历史性地呈现我国爱伦·坡研究的整体面貌。研究主旨在于在以文献清理为主，如实地展现爱伦·坡在中国的研究状况的同时，也将微观事实和历史本身演进的宏观视角相结合，关注我国的各个历史时期对"文学"本身理解的变化，以及对待"外来文化"不同的立场和态度给我国的爱伦·坡研究带来的实质性的影响。另一方面，该章还以爱伦·坡在英美的研究情况为参照系，对"爱伦·坡在中国的研究"进行研究，在研究内容、研究方法以及研究目的上对我国的爱伦·坡研究进行理性的反思。并着重考察"爱伦·坡在中国的研究"中出现的文化过滤问题。第四章是埃德加·爱伦·坡与中国文学的契合与影响研究。这部分研究属于20世纪中国文学的发展研究。从爱伦·坡在中国的接受历程来看，他曾经影响过世界文学的诸多因素并没有被作为他的典型特征被我国广泛地接受。相反，他在中国的接受历程中，最为我国国人关注的是他"超自然恐怖"类小说中的怪诞、恐怖、神秘等因素。对我国现代作家，他不但全面影响了"恶魔"诗人于赓虞的诗论和诗歌创作，还催生了陈翔鹤的"美女之死"的创作题材，施蛰存的"现代志怪小说"以及"鬼才"爵青的"心灵恐怖"的寓言小说。而在我国当代作家方面，他深刻地影响了以陈染为代表的"神秘"写作，以及以"恶魔"丁天为代表的"恐怖"小说的创作。同时还对我国早期的现代小说理论中的短篇小说理论，以及对小说内倾化探讨的小说理论都起到了推进作用；对我国早期现代诗歌理论中的"短诗"理论，诗是"写"的还是"做"的论争，以及诗的韵律等理论探讨都起到了促进作用。

　　本书试图通过对爱伦·坡在中国的译介、影响和研究情况的梳理、总结、研究，为爱伦·坡的研究提供一个全面、系统的资料参考，同时以该个案研究为对象，一方面在传统的比较文学影响范式研究的基础上，结合文化社会语境、细致地辨析出中国知识分子在文化语境之意识形态与传统意识因素的制约中,在自身的文化身份与主体意识影响下对爱伦·坡进行传播与接受时出现的变异现象,探寻我国对外来文学经典的译介与研究的规律、特征和接受取向等,另一方面在古今传承,中西融汇之中,反思我国20世纪文学的形成和发展,并在此基础上批判地反思中西文学关系研究中有关东方与西方、翻译策略与权力构建、历史与变化等理论话语的状况。

第一章 他者的还原：多维的埃德加·爱伦·坡

第一节 埃德加·爱伦·坡：人群中的人

19世纪盛行于西方的肖像画，为我们保留了爱伦·坡的大量珍贵材料。这其中涵括了他那脾气暴躁的养父爱伦（John Allan），和他有着暧昧情愫的女友爱弥拉·罗埃斯特·谢尔顿（Elmira Shelton），以及莎拉·海伦·惠特曼（Sarah Helen Whitman），而爱伦·坡自己的画像留下的也不少，但是在我国普遍为读者看到的是辑录在各类文选集中的这样一张爱伦·坡成年时的肖像。[1] 他有着微卷的头发和小撇胡子，下巴是削尖了的，有着倔强的棱角。整个面部表情中，最吸引人注意的是他那双深陷下去的眼睛，我们甚至无法说这样一双眼睛是深邃的，深邃中所包含的智性、坚韧在他这里都无

---

[1] 参见［英］朱利安·西蒙斯《文坛怪杰：爱伦·坡传》，文刚、吴樾译，陕西人民出版社1986年版。

法看到，我们能够觉察到的更多的是一种迷茫，他的眼光似乎穿过了所有能见的世界，望向了另一个不可知的世界。尽管他身穿绅士般的黑色礼服，还扎着笔挺的小领结，但是给人的感觉依然是他的过于瘦削和某种深深的局促不安。后世的很多回忆录在谈及爱伦·坡的时候，也总会提到他的忧郁外表以及沉默寡言。他在1809年来到这个世界，经历了贫穷、悲痛、死亡的折磨，在岁月的煎熬中他甚至没能度过他的50岁，但是却以其惊人的创造力创作出了不少优秀的作品，在小说、诗歌、评论等各个领域，做出了具有开启时代意义的卓越贡献，将美国文学带到了世界各地，影响了无数的文学大师，成为200年来我们一直都难以绕开的一个话题。

当我们试图展开他的生平时，通常会感到异常困难。这种困难并不在于现存资料的匮乏。早在爱伦·坡还在世的时候，就有读者写信询问他的身世，而他饱含感情地回信，曾一度被视为他的精神自传，当时罗威尔（James Russell Lowell）还问爱伦·坡要过一篇"精神生活方面的自传"，以备《格兰姆杂志》刊载其小传之用①，况且1847年，爱伦·坡还以备忘录的形式写过一份简短的介绍，寄给他后来的遗稿保管人鲁弗所·威尔莫特·格里斯沃尔德（R. W. Griswood），而所有这些材料又都得益于19世纪的印刷业为我们保存了它们完整的原貌。让我们感到无所适从的是有关他的传记之繁多，而且这些传记在细节上也常常存在着较大出入。早在1929年，钱歌川就曾经在《亚伦坡评传》中表达过自己的困惑"且让我们从 Griswold 算起，J. H. Ingram, J. Woodberry, A. Harrison 等都作了 Poe 的传记，还有 E. C. Stedman, Mrs S. H. Whitman 等也都贡献

---

① 参见《寄詹姆士，罗素·罗威尔书（一八四四年七月二日寄自纽约）》，方德休编《美国名家书信选集》，张心漪译，生活·读书·新知三联书店1988年版。

了同样的工作……在 Poe 的许多传记之中，我们可以认为标准的恐怕要算 J. H. Ingram 的 *Edgar Allan Poe：His life，Letters，and Opinions* (London：John Hogg, Fatersnoter Row, 1880) 那一册罢。"① 钱歌川在这里提到的 Griswold，即是爱伦·坡的遗稿保管人鲁弗所·威尔莫特·格里斯沃尔德，他对爱伦·坡的刻意污蔑诋毁业已成为文坛上一场有名的公案。格里斯沃尔德的确成功编辑出版了爱伦·坡的作品，分别于 1849 年编辑出版了爱伦·坡的两卷本作品集，1850 年又出版了第三卷，1856 年推出了第四卷，但是他却大肆篡改爱伦·坡的信件加以出版，并在对爱伦·坡的生平撰述中对他的人品加以大肆攻击，夸大了他道德上的瑕疵，将爱伦·坡描绘成一个十足的恶魔。他所编撰的爱伦·坡生平对后世的影响很大，1849 年以来爱伦·坡的传记书写，包括作品的收录都或多或少受到格里斯沃尔德的影响。尽管当时也有人提出质疑的声音，但是 20 世纪以前，格里斯沃尔德以其作为"爱伦·坡遗作保管人"的特殊身份，使得这种评论占据了很长一段时间。钱歌川所认定的标准版是 19 世纪后期（1880 年），随着爱伦·坡在英国的声誉逐渐上升。英格拉姆（John Henry lngram）通过搜集大量的第一手资料，致力对爱伦·坡的个人传记的重新书写并发表了大量有利于爱伦·坡的评论，才揭露了格里斯沃尔德的所作所为，对恢复爱伦·坡在英美的名声起到了很大的作用。然而，爱伦·坡遗作的所托非人仅仅只是一方面的原因，另一方面，还源自于爱伦·坡自身道德上的瑕疵。他人生经历中的太多苦难，他与生俱来的对贵族气质的渴求，天性中变动不安的浪漫气质都督促着他在幻想的国度开创神奇的小说世界的同时，也编造了自己的身世。在 1847 年爱伦·坡给自己的生平做的一个简短的

---

① 钱歌川：《黑猫》，上海中华书局 1935 年版，第 1 页。

记录中，里面充满了捏造的事实。他描述他自己在巴黎如何参加了决斗，以及在伦敦的忍饥挨饿。①"他声称自己出身于 1811 年或者 1812 年，这样他自己在年纪很小的时候就开始了写作诗歌。夸大了他自己在弗吉利亚大学读书的时间，同样，出于对拜伦的模仿，他虚构了去希腊的神奇旅行，并声称为了其自由而战"，②"在故乡再度和昔日的朋友们相聚，爱伦·坡免不了要把自己的新诗集当成礼品来馈赠对方。其间还一度应老友请求，披露自己这几年在海外的行踪等。由于他认为那几年军营生活跟他这已出版两本诗集的诗人太不搭调，于是就用了到东印度、圣彼得堡一趟漫游历险的神话代替了。"③ 这些后来被披露的谎言，无一例外地成了爱伦·坡道德上瑕疵的铁证。我们的困难不但在于需要通过大量的考据工作甄别出完整可靠的有关爱伦·坡的生平事迹，更在于穿透爱伦·坡的谎言、酗酒、赌博等道德上的瑕疵，触摸到 19 世纪美国社会中一个郁郁不得志的天才的独特的精神气质。

一 "道德瑕疵"与"死亡阴影"

爱伦·坡的祖父戴维·坡（David Poe）是爱尔兰移民，在美国革命战争年代，以其商人身份担任军需上校，被誉为"坡将军"。家庭还算比较富裕，但是美国政府在独立战争后并未偿还对戴维·坡的欠款，在他死后，他的妻子，也就是爱伦·坡的祖母伊丽莎白·凯恩斯·坡，因亡夫在独立战争中的贡献而领取的一点抚恤金弥补了这个家庭收入之不足。这就是爱伦·坡那遥远得似乎能够带给他

---

① Edmund Gose. "Edgar Poe and His Detractors". in G. Clarke, ed. *Edgar Allan Poe Critical Assessments*. Vol. IV, London: Helm Information Ltd., 1991.
② Nina Baym, eds., *The Norton Anthology of American Literature*. vol. I. New York: W. W. Norton & Company, 1979, p. 1203.
③ [英]朱利安·西蒙斯：《文坛怪杰：爱伦·坡传》，前引书，第 69 页。

一些梦幻色彩的家族背景，但也并非像他自己描述的那样显赫，也并不是很多对他心存渴慕的传记编撰者所描述的那样有着贵族血统。对于美国而言，这种在迁徙以及疆土开拓中形成的家族随处可见。而爱伦·坡的父亲又是个在性格和气质上冲动而又富有幻想的人，并未将家中现有的财富有所继承和发展，爱伦·坡的父亲出于对戏剧的迷恋和对女演员的爱情，从家乡逃离到波士顿，和该地一家剧团的女演员伊丽莎白·阿诺德（Elizabeth Arnold）结婚，建立起家庭，并在舞台上做着一个并不成功的演员。随后又从爱伦·坡母亲身边逃离，丢下伊丽莎白以及他们的三个孩子。伊丽莎白于1811年12月18日病逝之后，爱伦·坡三兄妹——长子威廉·亨利·坡（William Henry Poe）寄养在巴尔的摩的祖父家，女儿罗莎莉（Rosalie）以及爱伦·坡分别为其母亲的女友所领养。收养爱伦·坡的是苏格兰烟草商人爱伦夫妇，爱伦是个精明的商人，爱伦太太善良慈祥，由于少年时代爱伦·坡学习成绩优异，爱伦夫妇虽然没从法律上领养爱伦·坡，但仍替他改姓为爱伦，把他当作自己的儿子抚养，并为爱伦·坡提供了良好的教育条件。1815年，由于爱伦·坡的养父计划在国外建立一个分支商行，爱伦·坡随养父母迁往苏格兰，在那里接受了长达五年的教育。1820年7月，爱伦·坡全家回到美国，居住在里士满。1826年，爱伦·坡带着其养父给予他的为数不多的钱财进入到了当时实为贵族学校的弗吉尼亚大学接受高等教育。关于爱伦·坡的大学生活经历，一直是爱伦·坡的生平研究中争论不断的一个话题。有研究者将之归结于爱伦·坡自身难以抵挡诱惑，肆意挥霍钱财，染上了酗酒赌博的恶习，从而失去了其养父的欢心以及经济支柱，为他后来的贫困潦倒种下了恶果。而另一种说法，是认为其养父作为一个精明的商人吝啬苛刻，提供给爱伦·坡的生活费仅为每年110美元，而大学正常开销所需费用则为350美元一年，使得爱伦·坡从进校起就开始欠债，对以其养父为代表的世俗世界对天才的压制感到愤慨。但是，我们从中可以得出明确的结论是，这些都是不幸的孤儿爱伦·坡在短暂的幸福生活之后人生磨难的开始。

在其养父拒绝为他支付其所欠下的巨额债务，并终止了他的高等教育之后，心灰意冷的爱伦·坡回到里士满的家里，又发现曾经的恋人早已与别人订婚。双重打击下的爱伦·坡离家到波士顿去谋生。这是他生命中的一个转折点，是他自谋生路的开始。他改名为"埃德加·A. 佩里"（Edgar A. Perry），应募参加了美国陆军。在此期间，他试图以军人为职业以此获得养父的谅解。后来在养父的帮助下如愿以偿地进入了西点军校学习。不幸的是，1928 年 2 月 28 日，疼爱他的养母爱伦夫人于里士满去世，养父续娶他人，并有了自己的孩子。出于情绪上的对抗，爱伦·坡故意"抗命"（缺课，不上教堂，不参加点名）以求离开军校，受军事法庭审判并被开除。1834 年 3 月 27 日，其养父约翰·爱伦去世，其亲生和庶出的子女均在其遗嘱中被提到，唯独爱伦·坡被拒绝在了家门之外。爱伦·坡最后的港湾还是他那外祖母、守寡的姨妈玛丽亚·克莱门斯太太（Maria Clemm）一家，他们一起度过了许多艰难的岁月，包括一起经历了他们的祖母、亨利等亲人相继去世的悲痛。爱伦·坡于 1836 年 5 月与当时尚未满 14 岁的表妹弗吉尼亚·克莱姆结婚，肩负起了一家人沉重的家庭重担，他作为职业军人是不成功的。爱伦·坡也曾经想过一些谋生的方法，比如从亲戚处借钱打算让克莱姆母女俩经营一个寄宿公寓，以及打算起诉政府要求退还他祖父向国家提供的战争贷款，但是均以失败告终。爱伦·坡主要的谋生手段在于他对自己创作才华的利用，但那也是非常不可观的。爱伦·坡署名为"波士顿人"（Bostonian）的第一部诗集《帖木儿及其他诗》（Tamerlane and Other Poems)可以说是籍籍无名。给他带来一些声誉，并坚定了他坚持文学创作的是 1833 年的小说《瓶中手稿》和诗歌《罗马大圆形竞技场》。同时，在巴尔的摩《星期六游客报》(The Baltimore Saturday Visiter)举办的征文比赛中获奖。他出色的才华引起了《星期六游客报》征文比赛的评委之一约翰·P. 肯尼迪（John Pendleton Kennedy）的注意，他把爱伦·坡推荐给《南方文学信使》月刊 (The Southern Literature Messenger) 的出版人托马斯·怀特，同时爱伦·坡受聘为编辑。爱伦·坡在工作上显示出了出色的才华，他所编辑的《南方文学信使》的销售量从 5000 份增加到 35000 份；在全美国的发行量和知名度大为提高，但他周期性的酗酒以及对理想刊物的偏执性的坚持，均使他不断和杂志发行人发生冲突，最终不得不一次又一次被迫和他的同伴分道扬镳，辗转于各大报纸杂志：1835 年受雇于当时极有影响的《南方文学信使》；1837 年任《伯顿绅士杂志》编辑；1841 年转入《格雷厄姆杂志》；1844 年进入《明镜晚报》编辑部；1845 年掌管《百老汇杂志》。而他试图创办的《佩恩杂志》(The Penn Magazine)，后改名为《铁笔》(Stylus)，终因缺乏经济资助而被中途搁置。这是我们的天才作家爱伦·坡在当时现实生活中的真实处境，贫穷和困顿似乎总是与他如影相随，他在生活的泥泞中做着无望的挣扎。[①]

命运的无情在于，能够让爱伦·坡"与令人讨厌、令人憎恶、令人失望的生活抗争之最大而唯一的动力"的妻子弗吉尼亚在 1842 年 1 月，因唱歌时一根血管破裂而差点儿丧生，其后再也没有完全恢复健康，并于 1847 年 1 月 30 日逝世。这给爱伦·坡带来了毁灭

---

① Dwight R. Thomas and David K. Jackson, The Poe Log: A Documentary Life of Edgar Allan Poe (1809 – 1849), Boston: G. K. Hall Co., 1987, pp. 145 – 545.

性的打击。之后，爱伦·坡变得有点让人匪夷所思了，在马萨诸塞州洛厄尔市演讲期间深深地爱上"安妮"（南希·里士满夫人），又几乎同时恋上了罗德艾兰州的普罗维登斯的萨拉·海伦·惠特曼，从他分别致予两人情意绵绵的书信时间来看，几乎可以断定完全在同一时段中。① 他还向45岁的孤孀女诗人惠特曼夫人求婚，由于惠特曼夫人的母亲和朋友施加影响，他俩短促的订婚于12月告吹。1849年爱伦·坡为了创办自己的报纸，奔赴里士满，并在那里偶遇了少年时代的恋人、时已孀居的爱弥拉·罗伊斯特·谢尔顿（Elmira Shelton），并向她提出求婚。

　　这些都是爱伦·坡道德上的瑕疵。和他的酗酒、赌博以及他与不满14岁的表妹的成婚，以及在妻子去世后同时和多个女人保持暧昧关系都成为后来人们攻击他的借口。在爱伦·坡短暂的人生经历中，除去和贫苦、为虚幻的梦想所做的挣扎以外，让他一生痛苦不堪的还在于让他无处可逃的"死亡体验"，几乎没人能够体会到他在独自面对死亡时的痛苦。他经历过太多亲人的死亡。幼年时期母亲的去世，父亲不知所踪的"象征性死亡"，15岁时，所倾慕的同学的母亲简·斯坦纳德（Mrs. Jane Smith Standard）的早逝，慈爱的祖母的去世，哥哥亨利的去世，养母爱伦夫人的去世，死亡似乎是爱伦·坡生命中最难以绕开的话题。而他年幼的妻子更是让他深刻地体验到了持续不断的死亡经验，他曾经以此作为自己酗酒的托词。

　　　你在信中说："能否暗示一下何为可怕的不幸？它产生了意想不到的、使人深深悲伤的事情。"这里我不仅可以暗示，还可

---

① 参见潞潞主编《倾诉并且言说外国著名诗人书信、日记》，北京出版社2003年版。

以直接地告诉你，那是人生所遇到的最大不幸。6年前，我无比珍爱的妻子，在唱歌时血管迸裂。当时大家都以为没有救了，我心痛欲裂地与她诀别。可后来，她却渐渐地有所康复，我又有了希望。

一年后她旧病复发，我又经历了一次生离死别的痛苦，此后一年左右，她的病又发作了一次，然后就是一而再再而三地不断地犯病。

每次我都为她将离我而去而痛苦万分，每一次病情复发都使我更加爱她，更加执着地盼她活下来。①

二 不能与时俱进的"边缘立场"

在19世纪刚刚建立起物质世界的美国，死亡和困苦似乎是爱伦·坡生活中无法避开的阴影。他在整个人群中就如他曾经在《人群中的人》一文中所描绘的那样，无比孤独地咀嚼着个人生命体验中的苦痛，在极度的感情体验中无助地挣扎。他对死亡的入骨体验，加上其惊人的天赋和敏锐的超越时代的洞察力，使得他在文学创作上的成功在当时美国文坛备受争议，并在精神气质上与那些所谓的同行们隔离开来。

美国作为一个经历了漫长的"殖民地时代"的国家，它是在欧洲裔和非洲裔不断迁入，与原住居民印第安人之间融合与摩擦中逐渐成熟，在不断开拓边疆，与宗主国离合之中不断自我丰富和发展，在纷繁复杂的宗教以及文化接触和冲突中成长起来的年轻国家。复杂的民族构成，加之大多数北美居民并没有自觉地去

---

① 参见［美］埃德加·爱伦·坡《埃德加·爱伦·坡致乔治·埃弗莱恩》，史建斌、弘扬主编《英语老信箱 英汉信札精选 英汉对照》，新时代出版社2001年版，第71页。

创造自己的民族文化，美国文化的形成于是在不断冲突融合中发展起来。他们保留了清教徒严格克己的宗教气质，也有着向西部开拓边疆的乐观精神，同时由于美国的大多数州是作为英属殖民地而独立出来的，英国及欧洲的时尚一直是美国人所依据的文化的自然惯性行事。加之，新兴国家发展中所面临的贵族政治和民主主义之间，腐朽落后的蓄奴制度，商品经济和工业生产发展中的矛盾与冲突以及现代民主国家的制度文化，也都无不渗透在早期的美国社会中"以清教、自由持有制和政治自治为核心的'新英格兰精神'构成北美文化的典型特征，在此基础上形成了一种具有内在一致性的美利坚文化"①。所有诸如此类的文化因素，都非常明显地渗透在整个美国文学发展的初期阶段。我们现在很难将最初的美国文学归入文学的范围，以各类文书，演讲以及实用性论文，包括旅游小册子在内的早期写作，几乎无一例外地具有早期美国社会在面临种种现实问题时所表现出来的追求实效的物质精神。在爱伦·坡活跃在文坛上的19世纪初期，正是美国文学为自己寻找出路的时候。刚刚脱离英属殖民地称号的美国，他们在逐渐学习用美利坚来指代自己，以之区别和他们使用同一种语言，甚至有着同一祖先的英国。但是英国和早期发展起来的欧洲资本主义国家在美国人看来依然是文明的象征，美国文坛上充斥着英国、德国的浪漫主义、哥特小说。他们需要在欧洲的海洋中寻找自己文明的独立，文学的独立，建立起自己的文化和文学。人们迫切需要的是道德的建设、民族的凝聚，以及对未来建设的信心。

---

① 刘绪贻：《美国通史：第1卷：美国的奠基时代 1585—1775》，人民出版社 2005年版，第9页。

19世纪中前期的美国文学中心处于以波士顿为中心的新英格兰地区，整个文坛颇受人们所欢迎的是以爱默生为代表的带有美国本土特色的"先验主义"作家集团，以朗费罗为代表的波士顿诗人，大都把文学作为道德提升的工具，他们积极响应了美国当时的时代需求，旨在提倡道德，重塑民族的信心和试图建立起美国式的乐观精神，是整个19世纪30年代，美国"新英格兰文艺复兴"革命的中坚力量。他们致力于建设美国民族文化形成中当下最需要的道德构建以及最重要的乐观精神。爱伦·坡的不幸在于，尽管他也呼吁要形成自己民族的文学，但是他竭力反对朗费罗等人将诗歌用于道德说教，而且也缺乏爱默生那种对美国文明和前景的幻想。他在当时的整个美国文坛中以其独特的个人生命体验感悟着这个变化交替中的国家，以一个天才的敏锐洞察着现代社会发展中人的精神状态，他以一个"人群中的人"的疏离感质疑着这个新的国度，他甚至对整个人类都毫无信心。罗威尔为了《格兰姆杂志》刊载坡的小传之用，曾问爱伦·坡要过一篇"精神生活方面的自传"，爱伦·坡的答复是一封自我分析的长信，这封信曾于1834年2月25日载于费城的《星期日博物院周刊》。

除此以外，我别无大志。我真的感觉得到一般人喜欢空谈到的虚荣——人生及世俗的虚劳。我继续梦想将来，对我的生活。我对于人类的"至善"没有信心。我想人类的努力对于本身没有显著的影响。人只是比六千年前的人更活跃——并不更快乐——也不更聪明。结果永远不会改变……如若以为会改变，就等于假定以往的人都白活了……而逝去的时间只是未来的根本——无数古人没有像我们一样的机会——我们也不能跟他们

的后代相比……①

这一切，在美国乐观的社会风气中显得是如此的突兀和孤立。爱伦·坡在19世纪美国积极乐观的浪漫主义中，以一个疏离者的身份，发展了自己独特的浪漫主义。在创作上，他对道德和宗教并不十分关心，迷醉于自己的个体经验，沉醉于对死亡的探讨，不遗余力地对噩梦执意渲染，专注于人类心灵的发掘，制造着恐怖的效果。同时，他对时代的关心，呈现为专注于当时美国社会中的各种新鲜事物，并将它吸收进自己的创作中，他迷恋于当时流行的科学推论、密码、谜语和发明创造，他喜欢在大胆假想与符合逻辑的推理中虚构出海底奇遇、月球旅行等科学幻想。他对自己的智慧有着无与伦比的自信，对知性绝对推崇，并妄想找到世界的真理，正如他在其散文诗《我发现了》中所言"我书中所言皆为真理：——所以它不可能消亡：——即或它今天因遭践踏而消亡，有朝一日它也会'复活并永生'"。②而所有这一切都与当时人们致力建设美国式的乐观精神背道而驰。

三 "战斧手"之战

爱伦·坡在人际和文坛上的态度和立场，也给他带来了灾难性的后果。为了坚守一个批评家的价值立场，他在文坛上四面出击，以其创作的《如何撰写布莱克伍德式文章》为例，他借主人公之口，抨击了当时美国文坛上的浮夸之风并对当时的剽窃行为进行

---

① 参见［美］爱伦·坡《寄詹姆士，罗素·罗威尔书（一八四四年七月二日寄自纽约）》，方德休编《美国名家书信选集》，张心漪译，生活·读书·新知三联书店1988年版，第158页。

② ［美］爱伦·坡：《爱伦·坡——诗歌与故事》（下），曹明伦译，生活·读书·新知三联书店1995年版，第1357页。

了刻薄的讽刺。1845年批评剽窃行为的文章涉及当时颇有声誉的朗费罗，从而导致史称"朗费罗战争"的一场私人论战，这使爱伦·坡声名狼藉，并使得他的许多朋友疏远了他。1846年5月，爱伦·坡开始在《戈迪淑女杂志》发表总题为《纽约城的文人学士》(The Literati of New Your City) 的讽刺性人物特写，更是给自己遍地树敌，爱伦·坡对他在费城结识的托马斯·邓恩·英格利希的评述招致英格利希的不满，并著文攻击爱伦·坡神志错乱。这些时评文章在为爱伦·坡赢得了"铁斧手"称号的同时，也在道德上受到普遍的质疑，更为自己树立了敌人。这些与主流背道而驰的选择，无疑都损伤了爱伦·坡的地位，并将他引向了一条未能"与时俱进"的道路。结果是，"在杰克逊时期的美国，无论在哪里，这都不是件容易的事。他的浪漫主义与同胞所追求的浪漫主义迥然有别，无论是南方的种植者，还是纽约的文人，或是西部文学家，都不对他抱以任何同情"。①

1849年10月3日，有人在巴尔的摩一个投票站外发现了处于半昏迷状态，衣衫褴褛的爱伦·坡。人们将他送入华盛顿大学医院，但是，他一直神志不清，没有任何恢复健康的迹象。10月7日，经历了一生波折的爱伦·坡在"上帝帮帮我"的可怕呼喊中去世。他被安葬在巴尔的摩威斯敏镕教堂公墓坡家的一块坟地之中，只有少数的亲朋参加了他的葬礼，爱伦·坡的坟墓没有标明任何姓名，仅用教堂司事安置的一个数字"80"作为标记。②

---

① [美]沃浓·路易·帕灵顿:《美国思想史1620—1920》，陈永国等译，吉林人民出版社2002年版，第401页。
② Hobson Quinn, Edgar Allan Poe: A Critical Biography, New York: D. Appleton-Century Company, 1941, p. 641.

第二节 埃德加·爱伦·坡的多张面孔：创作概观

设计峰回路转的推理小说，破除密码，精心杜撰无聊的写作理论，变戏法愚弄他的读者，利用他有关腐败、死亡的病态故事来震骇他们的中产阶级感情，刻薄地对具有才华的作家施以攻击，而对没有才华的加以揄扬。他避难于神秘的事物，忽视当代的热门问题，以乖僻的刚愎攻讦社会。坡以矛盾界说自己，创造出一个和流行风尚格格不入的文学人物，一个有教养的、折中派的富兰根斯坦的怪物。身兼诗人、哲学家、画家、音乐家，他是一切浪漫天才的典型，再加上拜伦魔鬼般的狂妄自大，以及柯尔律治百科全书式的渊深博学。[1]

近两个世纪以来，爱伦·坡似乎是立于我们众多盲人面前的一头巨象，关于他及他的作品，正如法国文艺理论家托多罗夫在《爱伦·坡的界限》中所言，几乎无人可以给予他一个清晰的界定。试图在那些毁誉交加的辩论中甄别出爱伦·坡的真实面孔，无疑是一件异常困难的事。他既被爱默生嘲笑为"叮当"诗人，也被人评为"荒唐的骗子和写二流文学的庸俗主义者"[2]，但是在整个文学的发展历程中，他同时也被冠以了无数的桂冠：现代派的先驱、前卫的

---

[1] 参见 John Douglas Seelye《艾德加·爱伦·坡的〈怪谭奇闻故事集〉》，[美] 柯恩编《美国划时代作品评论集》，朱立民等译，第158页。

[2] Nina Baym, eds., *The Norton Anthology of American Literature*. Vol. I. p. 1207.

唯美主义、象征主义的远祖。在小说上，他被视为第一个将美国小说带到全世界的人，被看作短篇小说的有力倡导者、现代文学流派的宗师、推理小说的创始人、现代科幻小说的先驱、现代心理小说的始作俑者。对于他的诗歌，人们也给予了他很高的敬意，连以"挑剔"著称的中国有名的怪才辜鸿铭也在1920年的《纽约时报》上发文《没有文化的美国》，毫不客气地声称，除了爱伦·坡以外美国是没有诗歌的。他的文学理论思想也被赋予了极高的评价，除了他的"为诗而诗"影响了后世唯美主义"为艺术而艺术"的诗学主张，还有他对诗歌音乐性的高度重视，对短篇小说"效果论"的理论探讨都深受后世所推崇。他的哲理散文诗《我发现了——一首散文诗》，甚至被认为与后世科学家对宇宙秘密的探讨有着"异曲同工之妙"。而许多为我们所熟知的文学大师们诸如以波德莱尔为代表的象征主义诗人等都曾声称自己受益于他，并对他致以了崇高的敬意。

然而，所有这些争议都归结于爱伦·坡在他短短的一生中，留给我们的为数不多的作品。尽管爱伦·坡身前出版的个人作品集不多，但其过世以后的两个世纪以来，世界各地对他的作品都有所编辑出版。目前为学界颇为认可的版本当属1984年由美国文库（The Library of America）推出的两部文集：一个是由著名爱伦·坡专家、威尔斯利学院的奎因（Prof. Patrick F. Quinn）编辑出版的《E. A. 坡：诗歌和小说》（*Edgar Allan Poe：Poetry and Tales*），另一个是由担任过1968—1980年的《坡研究》的编者，同时著有专著《坡的小说：哥特小说中的罗曼司反讽》的爱伦·坡研究专家汤姆森（G. R. Thompson）主编的《E. A. 坡：批评论文集》（*Edgar Allan Poe：Essays and Reviews*）。这两部书的组合可以说比较完整地辑录了爱伦·坡的作品，包含诗歌63首、中短篇小说68篇（含残稿《灯塔》）、长篇小说《阿瑟》以及《罗德曼日记》（未完成），一篇长达

7万字的哲理散文《我发现了》及诗剧《波利希安》（未完成）和爱伦·坡为各大杂志所撰写的各类时评文章以及为数不多的专题讨论文学的批评文章。除此以外，由约翰·沃德·斯特罗姆（John Ward Strom）、伯顿·波林（Burton R. Pollin）和杰弗里·A. 萨沃耶（Jeffrey A. Savoye）编撰的两卷本的《埃德加·爱伦·坡书信选》（第三版）［The Collected Letters of Edgar Allan Poe（third edition），New York：Gordian Press，2008］，是对其书信的辑录，无疑是对爱伦·坡作品的有益补充。[①] 它们共同组成了我们研究爱伦·坡的重要文献。

笔者并不想致力于对"爱伦·坡"的是是非非做一个决然的评判，而是希望能够回到19世纪的文学历史现场，对爱伦·坡天才性的创作做一些符合历史实际的解释。在展开论述之前，我们需要借助雷蒙·威廉斯的"感觉"结构的概念，"新的一代人将会以其自身的方式对他们继承的独特世界做出反应，吸收许多可追溯的连续性，再生产可能被单独描述的组织的许多内容，可是却以某些不同的方式感觉他们的全部生活，将他们的创造性反应塑造成一种新的感觉结构"[②]。在笔者看来，爱伦·坡并非凭空产生的天才，他只是较常人更为敏锐地体验到了处于"转折时机"的美国"19世纪"所特有的时代"感觉结构"，他既承袭了旧有的文学遗产，又在创作中吸纳融合了多种时代的新元素，在诗歌、小说甚至批评领域完成了19世纪承上启下的历史使命，成了文学历史的新的开创者。

[①] 该书的前两版本分别为：The Letters of Edgar Allan Poe, ed. John Ward Ostrom; 2 Vols. Cambridge, Mass: Harvard University Press, 1948. The definitive collection of Poe's letters, New York: Gordian Press, 1966, 现在的2008年版本是在以前的版本基础上补充和完善的。

[②] ［英］雷蒙·威廉斯：《文化分析》，罗钢、刘象愚编《文化研究读本》，中国社会科学出版社2000年版，第132页。

一 诗歌

早期的美国文学是与道德训诫和爱国主义历史文献并肩齐驱的，它们主要承担的是社会教育功能，直到 19 世纪，在欧洲浪漫主义之风的影响下，在美国民族国家的成熟中，美国文学才开始逐渐从早期的实用性功能的角色扮演中脱离出来。这个时期小说创作才刚刚独立发展，受到人们尊崇的依然是诗歌。这些都在爱伦·坡的创作上烙下了时代的印痕。他在个人的文学立场上，以一种不可遏制的激情对诗歌竭力推崇，"一些没法控制的事一直使我不能在任何时候都全身心地投入这个在更幸运的境况下本来应该成为我终身选择的领域。于我而言，诗并非一个目的，而是一种激情"。[①] 只有理解了这点，我们才能理解爱伦·坡何以会在个人创作上为诗歌倾注的热情。他自称十多岁时，就已经开始进行诗歌创作，它们是他在 1827 年出版的第一部诗集《帖木儿及其他诗》(*Tamerlane and Other Poems*) 中宝贵的一部分。两年后，巴尔的摩的哈奇及邓宁出版社 (Hatch and Dunning Press) 出版了他的第二部诗集《阿尔阿拉夫、帖木儿及其他小诗》(*Al Aaraaf, Tamerlane and Other Poems*, 1829)。1831 年，就在他被西点军校除名后不久，他用军校同学捐赠的钱出版了他的第三部诗选《诗集》(*Poems by Edgar Allan Poe*)。1845 年，在纽约他创作的《乌鸦》一诗，引起出版商威利 (Wiley) 和普特南 (Putnam) 的兴趣，在纽约推出了爱伦·坡的第四部诗集《乌鸦及其他诗》(*The Raven and Other Poems*) 之后，还在 1847 年创作了两首诗：一首是感激休太太的《致 M. L. S——》，另一首是《尤娜

[①] ［美］爱伦·坡：《爱伦·坡——诗歌与故事》（上），曹明伦译，生活·读书·新知三联书店 1995 年版，第 25 页。

路姆》(*Ulalume*)。再加上,1848 年写出的《钟》。这些几乎是他 14 年中全部的诗歌创作,但是他的诗歌创作获得了人们的高度赞誉,毛姆就曾说"爱伦·坡写了许多最美的诗,在美国没有其他任何人能够企及"。[①] 毛姆在这里以"美"来定义爱伦·坡的诗歌,是非常确切的,爱伦·坡的诗歌理想以及诗歌创作实践无不体现出了"美"的原则。

在爱伦·坡看来,诗歌是美的最高体现,他在《诗学原理》中说,"文字的诗可以简单界说为美的有韵律的创造"[②]。这在一定程度上与当时美国主流诗坛孜孜以求的诗歌道德训诫的创作旨趣大相径庭,爱伦·坡在审美趣味上更多地受到了当时欧洲文化,特别是对以英国为代表的贵族文学趣味推崇的深刻影响。斯比勒在他那部旨在探讨美国文学规律的书中,指出爱伦·坡在诗歌上继承的是"锡德尼和伊丽莎白宫廷诗人的传统,而不是弥尔顿的清教英格兰、琼生的伦敦或华兹华斯的坎伯兰山的传统。他对音乐的感受,他对妇女的理想化,他把超自然的东西变为可信的事实的努力,都可以溯源到莎士比亚时代的抒情诗、辞藻华丽的散文和浪漫式悲剧。"[③] 他对古典诗歌的尊崇,关注诗歌的音韵之美,在题材上对"美"的关注,这些都是那个时代他们所共享和继承的文化形式。

其一,对诗歌"音乐美"的追求。爱伦·坡在 1831 年 4 月出版于纽约的《诗集》的序言中首次给出了他对诗的定义,他说:"音

[①] [英]毛姆:《爱伦·坡》,《书与你》,花城出版社 1981 年版,第 71 页。
[②] [美]爱伦·坡:《诗的原理》,刘象愚编《爱伦·坡精选集》,山东文艺出版社 1999 年版,第 641 页。
[③] [美]斯比勒:《美国文学的循环》,汤潮译,北京师范大学出版社 1993 年版,第 60—61 页。

乐与给人以快感的思想结合便是诗"①。在爱伦·坡看来，诗不同于论文旨在求得真理，不同于小说追求明确的快感，它的使命是通过音乐性的美捕捉不确定的情绪。正是出于对诗歌音韵的高度关注，他对诗歌的韵律投入了大量的精力。不但在理论上著有《创作哲学》《诗学原理》等文，探讨诗歌的音韵问题，还在《诗句的解释》(The Rationale of Verse) 一文中专门讨论了诗歌的节奏、音韵、节拍、诗体韵律等具体的创作形式。而且他在诗歌创作实践中，对头韵、重迭、押韵等诗歌形式有着刻意追求，执意要在诗歌中实现纯粹的文字音乐美。他创作的《乌鸦》一诗，被誉为英语诗歌中诗格规则的杰作之一。全诗格律工整，音韵优美，并成功地运用了头韵、行间韵等艺术手段，尤其是对 nevermore 的反复使用，给全诗笼罩上了一种哀伤之情。而在其他作品中，他多以古典诗歌之美为自己的标准，追求形式上的完美。在创作上他还写作了诸如、《十四行诗——致科学》(To Science, a Sonnet)《十四行诗——静》(Silence, a Sonnet) 等对诗歌形式有着严格要求的十四行诗。他去世后才发表的《钟》(The Bells) 一诗，是他追求音韵美的杰出代表作。这首诗歌分为四部分，通过大肆堆砌拟声词，渲染诗人复杂的情绪，表达诗人对人生深邃的思考，在这首诗中，他试图运用每一个语言音节来创造诗歌整体上的音乐效果。此外他的其他诗歌如《安娜贝尔·李》(Annabel Lee)、《睡美人》(The Sleeper)、《致海伦》(To Helen) 都有着这种动人心弦的音韵之美。

为了达到理想效果，爱伦·坡不断修改旧作，努力使诗歌在音韵和形式上臻于完美。在他14年的诗歌创作期间，他写诗不多，但

---

① Ragan, Robert. (ed.) Poe: A Collection of Critical Essays, New Jersey: Prentice-Hall, Inc., 1967, p. 6.

却从未停止过对其原有诗作的修改。如，于1829年在巴尔的摩出版的《阿尔·阿拉夫、帖木儿及其他小诗》，收诗12首，其中就有5首都是对他早期诗集《帖木儿及其他诗》中旧作的修订稿，他的名诗《乌鸦》至少有18个版本。这在他的小说创作中也是如此，他的《瓶中手稿》，至少也有5个版本。

其二，探讨美的主题。他在《致海伦》中所歌咏的"古希腊的华美壮观""罗马的威武堂皇"，实际上是他对理想的欧洲古典美的概括，最能代表他的美学趣味追求。19世纪上半叶欧洲浪漫主义文学风起云涌，爱伦·坡受到了叶芝、拜伦、雪莱、莫尔、柯勒律治等为他所推崇的浪漫主义文学家的影响。在创作上，置当时美国时代所需要的道德教诲的使命而不顾，追求艺术的纯粹之美。

> 天下没有、也不可能有比这样的一首诗——这一首诗本身——更加是彻底尊贵的、极端高尚的作品——这一首诗就是一首诗，此外再没什么别的了——这一首诗完全是为诗而写的。[①]

爱伦·坡排斥和抵抗着当时文坛上颇为流行的讽刺教诲诗歌。他最早尝试过双行体讽刺诗，目前除《哦，时代！哦，风尚！》（*O, Tempora! O, Mores!*）一首外，其余诗稿均已遗失。爱伦·坡的大部分诗歌创作都致力于对抽象的美和纯粹技巧的有力尝试，创作了大量带有浪漫主义色彩的诗歌。他注重主观情感，强调奇瑰的想象，诗歌情深义重，优美动人，尤以反复吟唱的哀伤主题为重。在诸如爱情、天、自然、理想、梦等梦幻般的话题中交织着死亡、现实与

---

① 参见［美］爱伦·坡《诗的原理》，刘象愚编选《爱伦·坡精选集》，山东文艺出版社1999年版，第638页。

梦幻的体验和探讨。

他最初的杰作是描写他所倾慕的一位同学的母亲简·斯坦纳德，把她描写为"我心灵第一个纯理想的爱"，并把她作为1831年发表的《致海伦》一诗的灵感来源。其后歌咏女性成为他创作中的一个主要主题。在《致玛格丽特》(To Margaret)、《伊丽莎白》(Elizabeth)、《睡美人》(The Sleeper)、《安娜贝尔·李》(Annabel Lee)、《献给安妮》(For Annie)、《致路易丝·奥利维亚·亨特小姐》(To Miss Louise Olivia Hun)、《致M. L. S——》(To M. L. S)、《尤拉丽——歌》(Eulalie)等诗作中，无论他致力于歌咏的对象是谁，爱伦·坡都试图抒发他内心深处对美的渴慕，以及无尽的哀伤之情。另外对梦境的描绘也是他创作的一个主题，如《梦》(Dreams)、《一个梦》(A Dream)、《不安的山谷》(The Valley of Unrest)、《海中之城》(The City in the Sea)、《梦中之梦》(A Dream within A Dream)、《梦境》(Dream-Land)等诗篇。但无论是他对梦境的描绘，还是对女性的讴歌，多徘徊着死亡的影子，如有名的《安娜贝尔·李》(Annabel Lee)、《深眠黄土》(Deep in Earth)、《闹鬼的宫殿》(The Haunted Palace)无一不伴着短暂易逝的哀伤之情，但也正是他诗歌中这种缠绵悱恻的哀婉之情，深为人们所喜爱。他的诗歌还承担着更大的使命，有时候背景是常人难以企及的梦幻之地，《帖木儿》(Tamerlane)、《阿尔阿拉夫》(Al Aaraaf)、《以色拉费》(Israfel)暗示着被破坏掉的美丽的哀伤之情，而有时又在《十四行诗静》(Silence, a Sonnet)、《征服者爬虫》(The Conqueror Worm)等诗篇中包含着人生思考。此外，爱伦·坡还喜欢在小说创作中附上自己创作的优美诗歌。而他在整个诗歌创作上，最为后人所称道的是他理想中的诗歌《乌鸦》。被认为符合世上最美的"美女之死"的主题。那"独栖于肃穆的半身雕像上的乌鸦"，以其感伤和重复的意象，引人联想，带有象征性色彩，为后来的法国崇拜者奉之为经典之作。

总的说来，爱伦·坡的诗歌创作，以追求音乐性为主，在音韵上有其独特的美丽。在整个诗歌发展史上也只是对当时传统文化的一个承续和过渡，但并没有对诗歌的整个发展上起到突破性的推进。而他对于音韵的过度关心，与当时美国文坛在国家初期建设中所需要的"道德教诲"诗格格不入，因此他所致力塑造的美反而常常被嘲笑，以至于被爱默生讥讽为"叮当诗人"。随着现代诗的兴起以及对自由韵律诗的提倡，爱伦·坡作为诗人的身份开始逐渐下降。但是，爱伦·坡的诗歌创作在他所生活的时代还是给他赢得了一定声誉，并深为读者所喜爱，这是一个不争的事实。而他对诗歌"音韵性"的追求，通过他的创作实践以及理论探讨对法国文学艺术产生了深远影响。波德莱尔接受并发展了爱伦·坡的"为诗而诗"的艺术理论，马拉美后来继承了他对音乐的重视，瓦莱里创作了《论坡的〈我发现了〉》，并在此基础上提出了纯诗理论。从而成为象征派诗人纯诗理论的直接动力，其对写作形式的关心也对后来现代派关于技巧的关心有着深远影响。

二　小说

对爱伦·坡而言，小说创作与其说是主动追求的结果，毋宁说是他不得不依赖的谋生手段。但是也正是它们，为他赢得了巨大的声誉。19世纪的美国，小说在整体上还处于缓慢成长的雏形阶段，在内容和形式上都尚处在发展之中，这些都可以在爱伦·坡身上看到。以创作形式为例。此时期小说一词有着不同的名称，比如传奇（legend）、札记（skecth）、故事（story/tale）、记叙文（narrative）等代称，爱伦·坡给自己故事命名的就是 tale。在小说的形式上，他们也吸收了19世纪英国小说的形式，有着完整的书名、署名、前言、章节、人名、开局与结局、附录或后记。爱伦·坡的创作又往往会匿名或假托他人之名或以转述他人故事的方式来发表作品，在当时各大杂志上还通行于这样一种方式，将一篇创作公布出来，让读者来猜测作者，以此来扩大作者的声誉。这些也都能在爱伦·坡的创作中看到类似的痕迹，诸如爱伦·坡的第一部诗集就是以"一个波士顿人"出版的，他在杂志上发表作品的时候通常都会强调这只是他人的故事，自己只是将之编辑并公布于众，在出版的小说的前言中也不忘给自己一段恰如其分的杜撰材料。比如爱伦·坡在他的《阿瑟·戈登·皮姆的叙述》前言中就用貌似真实的文章来增加故事的可靠性和真实性。爱伦·坡小说中还常常使用引文的形式来点题，也是19世纪小说创作中比较通行的做法。只是较为特殊的一点是他的引文几乎从来不以真实为目的，常常是杜撰出来的，其目的只是在于标识一种独特的氛围和效果。笔者在这里澄清这段历史，因为当前国内很多研究者在缺乏这种背景的基础上去理解爱伦·坡，常常会误将之视为爱伦·坡的个人行为，并对之进行阐释性的解读，而实际上这是当时比较通行的做法。[①] 这些都是我们可以看到的整个19世纪在爱伦·坡创作上保留的时代痕迹。他具有创造性突破的是，他在他的整个创作中保留了整个时代的感觉结构，并在这个富有历史转折意义的时代以其丰富和繁杂的内涵，开启了新的小说写作方式。

首先表现在他对短篇小说的倡导。对于美国本土来说，其实更为大众接受的是长篇小说，短篇小说通常是以"杂志小说"的方式发表在报纸、杂志上，很快地出现，又很快地消亡掉，希望通过它

---

① 参见黄禄善《美国通俗小说史》，译林出版社2003年版。

来为自己赢得长久的声誉是不合时宜的。另外很少会有出版社愿意出版短篇小说集，一方面是由于大众并不太习惯于短篇小说以作品集的方式出版，他们常常会有还没有读完就戛然而止的落空感。如哈珀兄弟出版社在拒绝出版爱伦·坡的《对开本俱乐部》短篇小说集时，说"这个国家的读者显然特别偏爱整本书只包含一个简单而连贯的故事……"加之，短篇小说最早是刊登在报纸、杂志上的，其内容已经多为时人所熟知，他们也并不会掏出额外的钱来购买书籍。另一方面，国际版权法的欠缺，对外国文本可以随意翻印，这对于美国的出版商来说，盗版的英国小说无疑会带来更多的利益，因此他们更乐于出版英国小说。所有这些对于美国短篇小说的发展来说是颇为不利的。但是，这个时期，同样也为短篇小说的繁荣提供了广阔的发展空间。人们的生活节奏加快催生了美国报刊业的大量兴起，而报纸、杂志的容量需要有大量短小精干，故事性强，趣味横生的故事，整个时代已经有了发展短篇小说的需求。爱伦·坡作为有着敏锐洞察力的杂志编辑，深知报刊业发展的需要，同时出于自身谋生的需求，他对这种新的，甚至连名字都还不稳定的体裁投入了浓厚的兴趣。爱伦·坡可谓是早期有志于进行提倡和亲身实践短篇小说的作家之一，他在时评中对诸如霍桑等人的优秀短篇小说进行大力推荐，扩大了短篇小说的影响力，提出了很多至今仍有价值的短篇小说理论。

其次，爱伦·坡在他的小说创作实践中，将自身所在的时代感觉结构完整地融入到了自身的创作中。作为刚刚赢得自己民族国家独立的美国，在包括文学创作在内的整个文化的构建上，整个美国在文化上对以英国为代表的欧洲文化还有着很大的依附性。19世纪初期的美国文坛，包括英国当时流行的感伤小说、流浪汉小说，以及哥特小说都是美国这个年轻的民族走向成熟中不可缺少的营养成分。它们在蹒跚学步中，发展着自己的文化和文学，这些在包括爱伦·坡在内的美国最初民族文学的倡导者身上很容易为我们所觉察。爱伦·坡的贡献在于，他对时代元素进行了有效的吸纳，创造出当时深得人们喜爱的"新"的小说类型，并将它们在历史舞台上的发展有所推进。他留给我们的小说和他的诗歌一样，并不是很多，但他以其独特性，开拓出了不同小说类型的发展方向，后世常常困惑于他的小说形式的种类繁多，在对他的小说分类上常常是各执一词。笔者在这里，为了论述的方便将爱伦·坡的小说分为恐怖心理小说、推理侦探小说、科学幻想小说和幽默讽刺小说四大类。

（一）心灵的探索：恐怖心理小说

在他早期的恐怖心理小说中，我们很容易发现在他小说中有很多当时流行的哥特元素。故事通常发生在荒郊野外的古宅或城堡中，比如《厄舍府的倒塌》(*The Fall of the House of Usher*)、《幽会》(*The Assignation*) 等小说中气氛诡秘的城堡式房间，《钟楼魔影》(*The Devil in the Belfry*) 等小说中修道院里凋敝的塔楼，《黑猫》(*The Black Cat*)、《一桶蒙特亚白葡萄酒》(*The Cask of Amontillado*) 等小说中阴森潮湿的地窖。神秘带有恐怖色彩的主人公，以《厄舍府的倒塌》中主人公为代表的沉闷、抑郁的神经质的男主人公，以及以丽姬娅为首，带有某种不可知的神秘力量的濒临死亡的美女形象。还有在《梅岑格施泰因》(*Metzengerstein*)、《德洛梅勒特公爵》(*The Duc De L'Omelette*) 中不断出现的复仇主题。他在叙述技巧上注重故事的讲述，《钟楼魔影》、《厄舍府的倒塌》等故事都多以故事第一人称作为叙述角度，对细节真实性的刻意追求，对故事进行符合逻辑的推理，这些都服务于他有意制造恐怖效果的创作目标。这些被时人认为继承和发展了哥特小说的精髓，有着

"日耳曼式"恐怖。

但是爱伦·坡自己却声称"但事实是,除了唯一的一个例外,学者们在这些小说的任何一篇中都找不到那种我们被教导为日耳曼式的假恐怖的任何特征,因为与某些日耳曼文学的第二名称一直被视为其愚笨的同义词这一事实相比,再也没有更好的理由了。如果在我的许多作品中恐怖一直是主题,那我坚持认为那种恐怖不是日耳曼式的,而是心灵式的,——我一直仅仅是从这种恐怖合理的源头将其演绎,并仅仅是将其驱向合理的结果"。[①] 爱伦·坡在这里提醒人们注意他所创作的恐怖小说与哥特小说中"恐怖"的差异。他认为,哥特小说中的恐怖是一种虚张声势,依靠恐怖元素堆积的假恐怖,而他所致力于创作的恐怖是来自于对心灵的专注以及对读者心灵上恐怖效果的制造。他专注于心理的挖掘,将哥特小说的因素结合当时美国的病态社会给人带来的精神创伤,对人心灵的挖掘推进到了一个新的高度,并且从某种意义上开启了现代小说的发展方向,爱伦·坡以其时代的"感觉结构"在一定程度上继承并发展了原有的"哥特小说",开创了"恐怖心理小说"。成为"恐怖心理小说"的有力推进者。

他在这些恐怖心理小说中对现代社会中人们的孤寂、恐惧、焦虑、烦恼、绝望的心情进行了描写,并包含着对人类生存困境的反思等深层次文化问题。如贝蕾妮丝(Berenice)、莫雷娜(Morella)、丽姬娅(Ligeia)、埃莱奥诺拉(Eleonora)、椭圆形画像(The Oval Portrait)等美女之死的主题中对意志力的探讨。威廉·威尔逊(William Wilson),对人的分裂感做的形象化描述,成为后来以王尔

[①] [美]埃德加·爱伦·坡:《怪异故事集》序,曹明伦译,《爱伦·坡集——诗歌与故事》(上),生活·读书·新知三联书店1995年版,第166页。

德为首,包括陀思妥耶夫斯基在内的一批作家对人的二元性探讨的开启者。《人群中的人》(*The Man of the Crowd*)洞察到了资本主义的潜在危机和它的非理性本质,对身在其中的人类的孤独和在现代社会中的隔阂感做了深刻的描述,后来发展为波德莱尔笔下的城市漫游者,并一直成为以本雅明为代表的现代思想家思考现代性的切入点。

(二)游戏之作:科学幻想小说与推理小说

19世纪科学在试探性中飞跃发展,文学、化学、物理学、贝壳学、植物学、医学乃至数学等多个学科的知识都在形成和发展中,当时人们普遍感兴趣的是建立在这些新兴知识领域里的探险、寻宝、催眠术、气球、霍乱等话题。这些报纸、杂志报道的热点,很快吸引了爱伦·坡的注意。爱伦·坡对这种热点的敏锐捕捉能力一方面可能是他与生俱来的天赋,另一方面,也得益于他作为一名以迎合大众趣味提高报纸、杂志发行量,获得商业上盈利的"杂志人"的职业身份。爱伦·坡很快在自己的文学创作中融入了这些时尚元素。他在逻辑推理下完成了深层的感情书写,在理论分析中进行着丰富的想象性实验。爱伦·坡常常被誉为将感性和理性做了极致结合的天才。这种看似无意的游戏之举,实际上却集西方传统文化、新兴科学和各种流行元素于一体,创作了对后世影响深远的科学幻想小说与侦探推理小说,爱伦·坡也因此被尊为西方古典侦探小说的鼻祖和科学幻想小说的先驱。

《瓶中手稿》(*MS. Found in a Bottle*)、《莫斯肯旋涡沉浮记》(*A Descent into the Maelstr*)、《气球骗局》(*The Balloon – Hoax*)、《汉斯·普法尔历险记(长篇)》(*The Unparalleled Adventure of One Hans Pfaall*)、《阿·戈·皮姆的故事(长篇)》(*The Narrative of Arthur*

Gordon Pym of Nantuck）等是纯粹的冒险故事。在这些故事中，他以新兴的科学知识为基础，对故事细节做了完整推理，正如范怀克·布鲁克斯所说"如果不是对力学也有相当的功力。那是谁也写不出《汉斯·普法尔历险记》的"[①]。这些创作是对科学幻想小说较早的尝试之一，随着后世科学知识的进一步发展，创作科学幻想小说的人越来越多，成了整个文学创作中一道亮丽的风景线。

此外，爱伦·坡还以其推理小说的写作开创了后世的侦探小说，后来的侦探小说几乎没人能逾越他开创的道路。在早期对这类小说的创作中，"侦探小说"一词尚未出现，人们更习惯将之称为"推理小说"。在他近70篇小说中，被公认为是"推理小说"的仅仅只有《莫格街谋杀案》(The Murders in the Rue Morgue)、《玛丽·罗热疑案》(The Mystery of Marie Roget)、《金甲虫》(The Gold-Bug)、《长方形箱子》(The Oblong Box)、《被窃之信》(The Purloined Letter)、《你就是那人》(Thou Art the Man)等5篇，也有论者将《一星期中的三个星期天》(Three Sundays in a Week)、《人群中的人》也归入其中，但我国学界普遍认可的推理小说还是前面提到的5篇小说。它们在文学史上有着重大意义，用朱利安·西蒙斯的话来说"一名侦探小说家只能沿这条不宽的主道而行，所以他时时都会发现前方有坡的脚印。如果他偶尔能设法偏离主道，独辟蹊径，那他就可以感到心满意足了"[②]。但是爱伦·坡则曾将自己的推理小说称为"游戏之作"。他在给朋友菲利普·彭德尔顿·库克(Philip Pendleton Cooke)的信中写道："这些推理小说之所以大受欢迎，在很大程度

[①] 范怀克·布鲁克斯：《华盛顿·欧文的世界》，林晓帆译，上海外语教育出版社1993年版，第301、555页。

[②] Symons, Julian. *The Tell-Tale Heart*: *The Life and Works of Edgar Allan Poe*, London: Faber and Faber, 1978, p. 225.

上要归功于它们提出了一种新的解答。我倒不是说它们不够巧妙——鉴于它们所采用的方法及对这种方法的表现,但人们却把它们看成比其本身更加巧妙的东西。"[1] 这些推理小说和当时的时代有着紧密的契合,以当时时兴的凶杀、寻宝等话题为主要题材,在创作形式上,融入了当时的报刊新闻、广告、书信等现代传媒方式,如《莫格街谋杀案》《玛丽·罗热疑案》等小说都是通过分析各大报纸、杂志上刊登的案件相关的新闻报道来完成推理的。他创作的主要目的也是为了迎合当时人们的好奇心,他通过设置疑问,并在严密的逻辑推理中,给出确切的解答,满足人们思维推理的乐趣。

(三) 幽默讽刺小说

爱伦·坡研究专家朱利安·西蒙斯从爱伦·坡的短篇小说中选出《辛格姆·鲍勃先生的文学生涯》(*The Literary Life of Thingum Bob*)、《瘟疫王》(*King Pest*)、《失去呼吸》(*Loss of Breath*)、《眼镜》(*The Spectacles*) 等 20 多篇小说归为幽默讽刺小说。爱伦·坡的幽默讽刺小说,在文坛上并没有为他赢得足够的荣誉,学界对他的评价以负面居多。如西蒙斯认为爱伦·坡的讽刺小说滑稽有余,有潜在的虐待狂倾向,因此不能与他的其他小说相提并论。[2] 坎利夫认为爱伦·坡的幽默小说读来令人不快,从而将其"撇开",只认可其小说中的"恐怖"和"推理"两类。[3] 哈蒙德认为爱伦·坡的幽默讽刺小说之所以已经过时,是因为他所嘲讽的对象(唯利是图的商贩、不学无术的学者、自封的文学大师和小丑般的政治家)在 100

---

[1] 参见 J. G. Kennedy, *Poe, Death and the Life of Writing*, Michigan, Yale University Press, 1987, p. 156。

[2] 参见 Julian Symon, *The Tell-Tale Heart: The life and Woks of Edgar Allan Poe*, London: Faber and Faber, 1978。

[3] 参见 Marcus Cunliffe, *The Literature of the Unitede States*, Baltimore: Penguin Books Ltd, 1967。

第一章 他者的还原：多维的埃德加·爱伦·坡

多年后的今天早已消失①。总之，这类小说被视为是爱伦·坡最不成功的小说。一方面，他们以对当时文坛以及社会生活的讽刺为主，如《辛格姆·鲍勃先生的文学生涯》(*The Literary Life of Thingum Bob*)、《捧为名流》(*Lionizing*)、《如何写布莱克伍德式文章》(*How to Write a Blackwood Article*)、《用 X 代替 O 的时候》(*X – ing a Paragrab*) 等小说，几乎沦为了牢骚话语，缺乏艺术性。《四不像》(*Four Beasts in One*) 带有太强烈的政治讽喻，离开了当时的时代背景很难为后人所理解。《生意人》(*The Business Man*)、《欺骗是一门精密的科学》(*Diddling*) 等作品都是对当时的时代风气的时评，具有太强的时效性。另一方面，爱伦·坡式的幽默在天性乐观和充满美国式幽默的美国小说中似乎又显得相形见绌。

但是笔者在文献清理中发现，当时习惯用"滑稽"(grotesque)作为通用语来概括有"幽默讽刺"特征的作品。而爱伦·坡对滑稽有着自己的定义"Indicurous heightened into the grotesque; the fearful coloured into the horrible; the witty exagarated into the burleque; the singular wrought out into the strange and mystical."（把滑稽上升为怪诞，把害怕涂上恐怖的色彩，把机智夸大成嘲讽，把奇特变成怪异和神秘）。② 应该说，属于爱伦·坡的幽默讽刺小说的作品，远远超过了我们今天所定义的幽默讽刺小说，它还包含了被爱伦·坡提升到怪诞的小说，包括《瘟疫王》(*King Pest*)、《红死病的假面具》(*The Masque of the Red Death*)、《钟楼魔影》(*The Devil in the Belfry*)、《塔尔博士和费瑟尔教授的疗法》(*The System of Doctor Tarr and Professor*

---

① 参见 J. R. Hammod, *An Edger Allan Poe Companion*, Hong Kong: Macmillan Press, 1983。

② 参见爱伦·坡于 1835 年 4 月 30 日写给托马斯·怀特 (Thomas W. White) 的信，这个时候，托马斯·怀特正任《南方信使》的编辑，而爱伦·坡的小说《贝蕾妮丝》(*Berenice*)，就发表在该刊物的 1835 年第 3 期上。

Fether)、《奇怪天使》(*The Angel of the Odd*)、《反常之魔》(*The Imp of the Perverse*) 等小说。他在幽默讽刺中对怪诞效果的探讨也应当是我们关注的新领域。

三 评论文章

尽管,爱伦·坡的评论文章除了少数篇章以外,当前已多被世人所遗忘,但是他的评论文章在他身前为他赢得的声誉却远远超过他的诗歌和小说。他第一次发表的评论性文章《致 B 先生的信》,以序言的方式辑录在 1831 年 4 月他在纽约出版的个人诗歌集中。在这篇短文中,爱伦·坡认为只有诗人才能写出好的诗评,鲜明地体现出了他的思想立场,成为他后来写作《创作哲学》《诗歌的原理》等专题论文的思想雏形。除此以外,他杂志编辑的身份决定了他必须写作大量的评论性文章,它们占据了他大量的精力,并且是他得以谋生的主要工具。这些文章主要集中在《南方文学信使》《明镜晚报》《百老汇杂志》(*Broadway Journal*)、《戈迪淑女杂志》(*Gordy's Lady's Book*) 等杂志上。整体而言,他的评论文章有 1000 多篇,在内容上主要集中在以下几方面。

(一)"理想"的批评标准

当时活跃在文坛上的一批作家以及他们新近发表的文章或者出版的新书评论,这是爱伦·坡作为杂志编辑提高杂志销量的一种思路。其评论的对象主要集中在当时活跃在文坛上的以英国为主的欧洲各国以及美国本土的作家及其创作的时评上,其批评对象几乎已涵盖了当时所有的主要作家,既有业已成为经典大家的狄更斯、欧文、霍桑等,也包含现在已经不为人注意的一些作家如威廉·哈里森·安斯沃思(William Harrison Ainsworth)、道尔顿(J. F. Dalton)以及美国的作家威廉·埃勒里·钱宁(William Eleery Channing)、鲁弗斯·道斯(Rufus Daws)、格里斯沃尔德(Rufus W. Griswold) 等人。

在这些评论文章中，爱伦·坡以自身的"美学标准"建立起的批评模式对作家作品进行品评。其目的旨在建立起一种理想的批评标准，并试图在自己的创作实践中为之提供切实而有说服力的证据。他嘲讽以道德为追求目标的文学创作，在对库伯的评论中，他对库伯夸张的乐观精神提出了批评。对文学的"原创性"倾注了过分的热情，如在品评狄更斯的《老古玩店》(The Old Curriosity Shop) 中对故事的主题、构思、技巧、人物的性格都做了详尽的分析，对狄更斯的喜剧才华，丰富的想象力给予了极高的评价，业已成为狄更斯评论中的经典著作。在《评〈重述一遍的故事〉》中对霍桑的创作给予了极高的评价，并在对霍桑作品的分析中提出了对后世影响深远的短篇小说理论。这些时评文章，符合爱伦·坡作为报纸、杂志编辑的身份，是他职业上的助推力，他笔调犀利的评论文章为他赢得了"战斧手"的别名，同时也大大增加了其所在刊物在全国的发行量和知名度。

但是，爱伦·坡在批评上追求"独创性"的勇敢和坦诚上，却常常让他四处树敌。爱伦·坡于1845年为《百老汇杂志》撰稿中，批评剽窃行为的文章涉及当时的著名诗人朗费罗。郎费罗当时担任着现代美国语言教授，并且是美国19世纪极受尊敬的诗人之一。在《朗费罗的"流浪者"商榷》(Longfellow' Waif, With an exchange) 一文中，爱伦·坡对朗费罗新近出版的诗歌选集进行了批评，并在1845年连续写了《模仿剽窃先生：坡的答复函》(Imitation – Plagiarism – Mr. Poe's Reply to the Letter of Ouits)、《模仿剽窃先生：坡的答复函再说》(Imitation – Plagiarism – The conclusion of Mr. Poe's Reply to the Letter of Ouits)、《模仿剽窃先生附记：坡的答复函说》(Plagiarism –

Imitation – Postscript to Mr. Poe's Reply to the Letter of Ouits）一系列文章，从而引发了朗费罗之战。他指责朗费罗在创作上显得陈旧而且有抄袭之嫌。在写于 1845 年 10 月发表在《阿里斯蒂德》（*Aristidean*）上的文章中，爱伦·坡谈论了他自己的小说集所获得的声誉，在逐篇介绍小说的同时，他毫不掩饰地指责朗费罗的《受困的城市》（*Beleaguered City*）抄袭自己的《魔鬼的宫殿》（*The Hanuted Palace*），这些导致了长达 8 个月的"朗费罗战争"。1846 年 5 月，爱伦·坡开始在《戈迪淑女杂志》上发表总题为《纽约城的文人学士》（*The Literati of New Your City*）的讽刺性人物特写。爱伦·坡开篇即通过对霍桑和朗费罗进行比较，指出霍桑由于贫困而并不擅长四处进行自我吹嘘说大话，霍桑出色的作品除了爱伦·坡自己外，还未有人给予他公正的评价，爱伦·坡认为霍桑的文章在美国，乃至在其他地方都是没有人可以企及的。同时批评朗费罗，认为他作为哈佛的教授，由于社会以及文学地位获得了"言过其实"的声誉。在爱伦·坡看来，朗费罗代表的是中产阶级趣味，但是缺乏诗性，他获得声誉是名不副实的。在这些人物特写中，爱伦·坡保持了他一贯的美学原则和评价标准，文笔犀利，并在对他人的解构中建构自己的美学原则。事实证明，他的评价几乎是符合实际的，到今天当时活跃在美国纽约文坛的大部分人已经默默无名。

在这类时评文中，爱伦·坡作为一名评论家，他的坦诚让人害怕。他主要以解剖学的方式解析文章，试图彰显客观公正的价值标准。在批评方法上，他关注文本的原创性，对"抄袭"现象决不让步；注重文本分析，常对它们以严密的逻辑进行细读；关注文本中词语使用的准确性，特别对词语的误用现象倾注了过多的注意力，其批评形式已近似解剖式的文本解读。

（二）理想中的刊物

1844年10月爱伦·坡加盟纽约《明镜晚报》编辑部，他为该报撰写了大量有关文学市场、当代作家以及呼吁国际版权法的文章。集中谈论了他对批评本身以及批评家的看法，并对报纸、杂志的报刊理念提出了一些建设性意见。代表性论文有《对批评的答复》（A Reply to Critics）、《〈佩恩杂志〉的设想》（Prospectus of the Penn Magazine）、《批评见解序论》（Exordium to Critical Notices）、《〈铁笔〉设想》（Prospectus of The Stylus）、《杂志式幽闭房间的秘密》（Some Secrets of the Magazine Prison-House）、《谈批评和批评家》（About Critics and Criticism）、《审查的审视》（A Reviewer Reviewed），特别是在《〈铁笔〉设想》《〈佩恩杂志〉的设想》两篇文章中爱伦·坡谈论了理想杂志的办刊理念以及具体创办和发行事项，对它寄予了很高的期望。

（三）美学原则的建立

在批评上，相较于批评和讽刺当代社会以及政治环境而言，爱伦·坡更大的兴趣在于发展自己的批评理论。除了一些散见于他时评文章中的睿智之见，如1846年11月开始在《民主评论》月刊上发表"旁敲侧击"系列短评，1845年在《美国辉格党评论》上发表的一篇关于"美国戏剧"的长文。爱伦·坡致力于诗学建设和批评原则的专题论文主要有4篇，除了在国内我们经常提到的《创作哲学》《诗学原理》《评〈重述一遍的故事〉》以外，还有一篇很重要的谈论诗歌音韵的专题论文——《诗句的解释》（The Rationale of Verse）。在这些理论著作中，我们很容易觉察在爱伦·坡的理论体系构建中，其双重身份的交叉和冲撞。作为杂志编辑，爱伦·坡有意识的尝试建立美国自己的文学批评标准，并试图能够引导美国文学的发展，他关心民主批评的建立以及试图发展具有普适性的美学理论。作为文学家，爱伦·坡感性的一面常常促使他的批评标准的建立带有某种个人的偏执，他试图建立起的是一种基于他个人审美趣味的"为诗而诗"的美学标准。

爱伦·坡一直认为"有人说一篇好的诗评可以出自一位非诗人之手。据我对诗的见解，我认为这是谬论"①，在信中他认为只有写诗的人才有资格谈论诗歌批评。他在自身创作中也凝聚了他建立的批评标准。爱伦·坡对美的绝对追求，促使他在整个文学批评中将"美"奉为最高批评标准，并在一系列论文中致力构建完整的"美"的概念。他在康德的美学基础上，创造性地将诗歌创作给予的美感从人类的智性活动中独立出来。"如果把精神世界分成最为一目了然的、三种不同的东西，我们就有纯粹智力、趣味和道德感。我将趣味放在中间的位置上，因为它在精神世界中正是如此。它和任何一端都保持亲密联系，但是，用一种如此轻微的差异把它从道德感隔离开来，智力本身与真理有关，趣味使我们知道美，道德感则重视道义。"② 并在此基础上，反对当时美国文坛对"教诲诗"的提倡，反对文学创作中的讽喻和道德。由于受到浪漫主义思想影响，爱伦·坡对"美"寄予了厚望，丰富和发展了柯勒律治思想中对纯粹艺术追求的思想，第一次完整地提倡了"为诗而诗"的艺术主张，深刻影响了后世唯美主义"为艺术而艺术"的诗学主张。同时受18世纪以来科学和理性的影响，他希望能够把握到美，这种探索的结果是，如何达到美是他思考的一个重心。"我们尚有一个不可抑制的

---

① [美]埃德加·爱伦·坡：《致××先生的信》，曹明伦译，《爱伦·坡集——诗歌与故事》(上)，生活·读书·新知三联书店1995年版，第4页。
② [美]爱伦·坡：《诗的原理》，刘象愚编选《爱伦·坡精选集》，山东文艺出版社1999年版，第638页。

渴望，而他还不曾给我们指出明澈的源泉，从而止住这个渴望。这个渴望属于人的不朽性，这个渴望是一个自然结果，同时也是人的永恒存在的标志。它是飞蛾对星星的向往，它不仅是对我们当前美的鉴赏，而且是一种疯狂的努力，以达到更高的美。"[1] 其追求效果的思维模式对后世形式主义对文本本身的关注也有一定的影响。

出于对效果的追求，无论是诗歌，还是短篇小说，爱伦·坡都主张短小，"好诗的最高境界只能存在于这一长度范围内。对这个问题，我们需要说的只是，在几乎所有体裁的创作中，效果或印象的统一是最为重要的……然而在短篇故事中，作者可以完满地实现自己的意图，不管这意图是什么。在一个小时的阅读过程中，读者的灵魂完全处在作者的控制下，没有任何来自外界的干扰，既不会感到厌倦，也不会被打断"[2]，以"统一的效果"为最高准则。在诗歌上，爱伦·坡关注诗歌的音韵。在写于1836年7月的《给××先生》[3] 的信中他强调了诗歌的音乐性的重要性，"音乐，和令人愉悦的观念在一起的时候，是诗歌，音乐，而没有思想的只是音乐，没有音乐的思想只是散文"[4]。在之后的评论中爱伦·坡区分了散文和诗歌，认为前者是智慧的感知，对更高的知识的渴求的喜悦，而后者正是他与浪漫主义批评家的一个最大分歧所在，即他并不认为诗歌是一种自我表达的手段，而关注的是诗歌在读者心中引起的效果。

---

[1] [美] 爱伦·坡：《诗的原理》，刘象愚编选《爱伦·坡精选集》，山东文艺出版社1999年版，第639页。

[2] [美] 爱伦·坡：《霍桑〈故事重述〉二评》，刘象愚编选《爱伦·坡精选集》，前引书，第631页。

[3] 也译为《致B先生》，这封信1836年7月，刊登在《南方文学信使》上，据推测，B先生可能是纽约的出版商，伊拉姆·布里斯（Elam Bliss），他曾于1831年出版了爱伦·坡的诗歌集。

[4] G. Richard Thompson ed., *Edgar Allan Poe: Essays and Reviews*, New York: The Library of America, 1984, p. 11.

在以讨论诗歌音韵为主的《诗句的解释》(The Rationale of Verse)的重要论文中,他认为诗歌音韵包括节奏、音韵、节拍、诗体韵律。这篇论文有助于我们完整地理解爱伦·坡诗歌中对节奏的追求,理解他的纯美思想,但是由于他主要论述的是英语诗歌,由于语言的隔阂,对我们来说,爱伦·坡对中国诗歌理论构建的实用性并不是那么大。因此,这篇论文至今也未得到译介。爱伦·坡认为在当时英语诗歌中颇为流行的湖畔诗人所提倡的象征对于诗歌而言并不是十分合适的主题,相反愉悦、音乐性需要统一在诗歌中,音乐性和令人愉悦的思想必须结合起来。在他早期的思想中,他十分强调诗歌中的想象成分,排斥理性对诗歌的干扰。但是后来在认识上有所转变。他对诗歌的认识无疑是将诗歌的定义狭窄化了。在他看来,只有抒情诗才是诗。他认为史诗、叙事性以及戏剧性的东西,即使他们是以韵律的形式写成的,也并不属于诗歌,只有主观抒情诗才具有诗歌的合法性。在具体实践中,他擅长对诗歌进行集中而细致的分析,着迷于他自己的诗歌原则而对诗歌进行分析。

对小说注重原创性和趣味性,关注心理探索,气氛的营造。他对于小说的定义是"一个好的小说,坦白的设计,有活力的思想,意识以及有力量的语言,让人战栗的事件,图像以及宏大的描绘"①。

但是,爱伦·坡作为批评家的弱点也是很明显的。他本人是19世纪的产物,无论是诗歌、小说,还是批评,他都带有太多的同代人或者同时代受到的前辈的影响。他的杂志编辑的身份促使他寻找适合在杂志上发表的作品,以此滋生的对统一理念的兴趣都影响着他的批评标准。尽管在主观上,他试图立足于批评的普适性,建立起一个诚实、无所畏惧、独立的批评,但是作为作家的个人经验而

---

① G. R. Thompson, *Edgar Allan Poe: Essays and Reviews.*, p. 25.

不是作为一个批评家应有的洞察力常常影响着他的批评。他在批评中带有太多的个人喜好和偏见，很多时候，他都缺乏批评家应有的公正立场，其批评原则的建立几乎完全是基于他个人的审美趣味，同时在批评实践中，他又对自己的朋友和女性诗人创作表现得过于宽容，缺乏坚定的批评立场。如他出于朋友的缘故以及对女性诗人的宽容，不合实际地高度评价了女性诗人 F.O.S 的诗歌和散文，其评价显得非常不客观。对于诗歌，他将道德和哲学驱逐出诗歌，反对诗歌中显在的道德意识，出于效果的考虑，他否定长诗，因而缩小了诗歌的范围，并不利于诗歌的发展。他对抄袭和模仿的过度敏感，对朗费罗以及霍桑的一些批评也并非完全合适。他急于构建自己的批评原则和理论，常常显得过于莽撞，缺乏深思熟虑的考虑和严谨的系统性，如对音韵过度关心，并以之作为诗歌的评判标准。但是，他的整个批评思想在 19 世纪批评刚开始起步的时候，还是值得我们提及和尊重的。

四 其他

在即将结束的论题中，我们在这里不得不提及爱伦·坡在生命的最后岁月中对宇宙奥秘进行探讨和猜想的散文诗《我发现了——一首散文诗》，他自己将之题为"一篇关于物质和精神之宇宙的随笔"。19 世纪，美国当时的科学技术已经有了相当程度的发展，人们通过报纸、杂志甚至教会，初步对科学产生了普遍的兴趣。爱伦·坡在这些思想的影响下，相信能够通过技术体系以及各种科学方法破解宇宙之谜。1848 年 6 月，由帕特南出版社出版了他试图探讨宇宙哲学的长篇散文诗《我发现了——一首散文诗》。在这篇散文诗中，他出于对自身智慧的自信，试图在感觉的直观中，洞察到世界的秘密，并在严格的逻辑推理中论证自己的猜想。爱伦·坡自己对这首散文诗有着非同一般的期望，认为自己找到了宇宙万物的奥秘。

除此以外，爱伦·坡还有一些描写性为主的作品，如《仙女岛》(The Island of the Fay)、《维萨西孔河之晨》(Morning on the Wissahiccon)、《阿恩海姆乐园》(The Domain of Arnheim)、《兰多的小屋》(Landor's Cottage) 等作品，在西方学界，有人将之归为景观类创作 (Landscapes)，并结合西方传统文化中的"伊甸园"主题，分析了爱伦·坡理想的"乐园"。

与爱伦·坡同时代的美国著名评论家罗威尔（James Russell Lowell）对爱伦·坡各方面显示的天才给予了高度赞赏，"爱伦·坡在许多不同的领域里都圈出了足够建造一座永久的金字塔的地基，但却随便丢弃在那儿，再也不去管它了"。这当是一个对爱伦·坡恰如其分的评价。

第三节　埃德加·爱伦·坡在国外

一　埃德加·爱伦·坡在国外概况

（一）作品选集

爱伦·坡生前出版的个人作品集并不多，在他去世后，雷德菲尔德（J. S. Redfield）出版了由爱伦·坡的遗稿保管人鲁弗所·威尔莫特·格里斯沃尔德编辑的爱伦·坡的作品集。格里斯沃尔德版本除了将爱伦·坡生前曾出版过的诗文集再次编辑出版以外，还对爱伦·坡散见在当时报纸、杂志上的文章也进行了初步的收集整理，分别于 1849 年推出两卷本作品集，1850 年又出版了第三卷，在格里斯沃尔德去世前一年（1856 年）又推出了第四卷。1853 年单独出版了爱伦·坡的诗歌一卷。格里斯沃尔德共收集整理了爱伦·坡的 42 首诗歌、68 篇小说、74 篇散文以及其他的"旁敲侧击"系列论文。[①] 1861 年，雷德菲尔德将出版权卖给韦德莱顿（W. J. Widdleton），并由其继续出版了这套文选集，并改名为《埃德加·爱伦·坡文选集》(The Works of Edgar Allan Poe)，整体上保持了格里斯沃尔德版本的原貌。1882 年，布什（W. C. Bush）获得出版权并于 1884 年将出版权卖给了阿姆斯特朗（Andrew C. Armstrong）。之后，一度出现了以各种形式出版的爱伦·坡的作品选集。其中特别要提及的是，斯托德（Stoddard）出版了一部 6 卷本的爱伦·坡作品集 [The Works of Edgar Allan Poe, (with a memoir by Richard Henry Stoddard) 6 vols., New York：A. C. Armstrong & Son, 1884; also London]。在这个选集中，增添了一些新材料，并由斯托德对爱伦·坡做了简单的介绍。1902 年，阿姆斯特朗又把爱伦·坡的作品出版权卖给了 Gerge Putnam'son。但是这个时候已经出现了一些爱伦·坡作品的经典版本，其中有哈里森（Harrison）主编的 17 卷本的《E. A. 坡全集》(The Complete Works of Edgar Allan Poe, edited by James Albert Harrison, with textual notes by Robert Armistead Stewart, 17 Vols., New York：Thomas Y. Crowell and Company, 1902)。哈里森的版本从最初收录 55 首诗歌、70 篇小说、258 篇左右的随笔和《页边集》，增加到 66 首诗歌、72 篇小说和差不多 400 篇随笔。但是，帕特南（Putnam）仍然推出了 10 卷本的爱伦·坡作品集（The Works of Edgar Allan Poe, edited by Edmund Clarence Stedman and

---

[①] 参见 Killis Campbell, *The Poe Canon*. PMLA, Vol. 27, No. 3, 1912, p. 326。

George Edward Woodberry, 10 vols., Chicago: Stone and Kimball, 1894—1895)。该选集包含了爱伦·坡的诗歌、散文,以及他散见于杂志上的大量的评论文章,但是后来的学者频频指出其中的遗漏、误收,甚至还有拼写上的错误,很难说它们就是"名副其实"的爱伦·坡的作品全集。

很多原因都使得对爱伦·坡作品全集的辑录显得十分困难。爱伦·坡的大部分创作是和其他新闻、信息混杂在一起发表在报纸、杂志上的,尤其是在他任报纸、杂志编辑期间。它们中又有很多是爱伦·坡以匿名形式发表的,如《乌鸦》最初发表时,就署名为 by – Quarels。爱伦·坡的不少篇章很可能已经遗失,对其佚文的考察,是美国坡研究中的一个重要的研究内容。他们的考证工作主要是通过对当时的报纸、杂志上进行收集,的确发现了不少佚文。[①] 主要的发现有,如英格拉姆(J. H. Ingram) 发现的《罗曼日志》。伍德伯里(Woodberry) 教授考证出了爱伦·坡发表在《费城年刊》(*Philadelphia Annual*) 上的文章《维萨西孔河之晨》(*Morning on the Wisssahiccon*) 以及《灯塔》(*The Light – House*)。同时,一些被认为是爱伦·坡的作品的真实性还是值得质疑的。如一些篇目署名为"E. A. P."或者只是"P"一度都曾被归为爱伦·坡创作,但事实证明并不完全正确。研究爱伦·坡的著名专家伯顿·R. 波林(Burton R. Pollin),就曾经指出一些过去被认为是爱伦·坡的作品实际上是由他的朋友贝克(Herry Beck) 所作。同时爱伦·坡的意外死亡,使得他还留有一些未曾发表的手稿。这些都使我们很难分辨清楚,并整理出完整的爱伦·坡全集。在爱伦·坡研究中,学界面临的一个首要问题就是对其进行正本清源。

---

① 参见 Killis Campbell. *The Poe Canon*. pp. 325 – 353。

第一章 他者的还原：多维的埃德加·爱伦·坡

目前学界颇为认可的版本当属1984年由美国文库（The library of America）推出的两部文集：一个是由著名爱伦·坡专家、威尔斯利学院的奎因（Prof. Patrick F. Quinn）编辑出版的《E. A. 坡：诗歌和小说》（*Edgar Allan Poe*: *Poetry and Tales*），另一个是由担任过1968—1980年的《坡研究》（*Poe Study*）的编者，同时著有专著《坡的小说：哥特小说中的罗曼司反讽》（*Poe's Fiction*: *Romantic Irony in the Gothic Tales*. Madison: University of Wisconsin Press, 1973）的爱伦·坡研究专家汤姆（G. R. Thompson）主编的《E. A. 坡：批评论文集》（Thompson, G. Richard, ed. *Edgar Allan Poe*: *Essays and Reviews*, New York: The Library of America, 1984）。前者几乎囊括了为学界所认可的所有爱伦·坡的小说和诗歌创作，后者也几乎包括了爱伦·坡所有的评论创作。另外，爱伦·坡的书信也是很重要的辑录对象。早在1902年哈里森主编的17卷本的《E. A. 坡全集》中，就在第17卷对爱伦·坡的书信进行了集中的收录，但是它只包含了一小部分，还不完整。后来为学界所认可的是由约翰·沃德·斯特罗姆（John Ward Strom）、伯顿·波林（Burton R. Pollin）和杰弗里·A. 萨沃耶（Jeffrey A. Savoye）编撰的两卷本的《埃德加·爱伦·坡书信选（第三版）》[*The Collected Letters of Edgar Allan Poe* (*third edition*), New York: Gordian Press, 2008]无疑是对爱伦·坡的文献资料的有益补充。[①] 但是，我们这里特别需要说明的是，尽管它已经收录了爱伦·坡写作的差不多420封书信，但是对于爱伦·坡一生的书信写作来说，他们依然只是占据了其中一部分而已。除了以上提到的版本以外，现今爱伦·坡在美国有上百部作品选集出

[①] 该书的前两版本分别是：The Letters of Edgar Allan Poe, ed. John Ward Ostrom; 2 Vols. Cambridge, Mass: Harvard University Press, 1948. The definitive collection of Poe's letters, New York: Gordian Press, 1966, 现在的2008版本是在以前的版本的基础上补充和完善的。

版。在他过世以后的两个世纪以来,世界各地对他的作品有所编辑出版,其作品被翻译成法语、中文、日语、俄语等多国语言,其中以波德莱尔编撰的法译本最为著名。

(二) 人物传记

格里斯沃尔德和爱伦·坡于1841年相识,从他们给自己朋友的信中,我们可以看出二人之间相互并没有好感,彼此也并未将对方当作朋友。在格里斯沃尔德看来,爱伦·坡不过是个缺乏教养的南方人,贫苦而又行文尖酸。而爱伦·坡认为格里斯沃尔德是文学的外行,没有什么过高的才华,只是靠着自己的社会关系才跻身于文坛。特别是在格里斯沃尔德编撰和成功出版了《美国诗人和诗》(The Poets and Poetry of America) 之后,二人在文学趣味上表现出了很大的分歧。之后,格里斯沃尔德又试图编写一部同样类型的美国散文作家的文选集,其中选了爱伦·坡的作品,并对爱伦·坡有一定的评介。在短评中,格里斯沃尔德尽管承认了爱伦·坡的写作才华,但是,又不无讽刺地强调爱伦·坡的批评才华主要在于其对文本的句子进行字斟句酌的考察[1],爱伦·坡为此深感不满。在爱伦·坡死后的第三天,即1849年10月9日,格里斯沃尔德以路德维格(Ludwig)的名字发表了"The Ludwig Article"[2]一文。爱伦·坡去世后,格里斯沃尔德获得了爱伦·坡遗作保管人的身份,有论者认为是爱伦·坡亲自指定他为保管人的,也有论者持不同意见,认为格里斯沃尔德是从爱伦·坡的岳母玛丽亚·克莱姆太太(Maria

---

[1] 参见 Rufus Wilmot Griswold, "The Chief Tale Writers of America", Ian Walker, ed., Edgar Allan Poe: The Critical Heritage, London: Routledge & Kegan Paul, 1986, pp. 182 – 183。

[2] 参见 Rufus Wilmot Griswold, The Ludwig Article, The Recognition of Edgar Allan Poe, The University of Michigan Press, 1966, pp. 28 – 35。

Clemm）那里获得了对爱伦·坡死后作品进行编辑的权利，而玛丽亚·克莱姆太太对格里斯沃尔德的恶意并未察觉。格里斯沃尔德于1849年编辑出版了爱伦·坡的两卷本作品集，在这个选本中，除了爱伦·坡的作品以外，还节选了詹姆士·罗素·罗威尔和威尔斯（N. P. Willis）早期对爱伦·坡的评论。1850年格里斯沃尔德在《全球月刊》（*International Monthly Magazine*）上撰文《埃德加·爱伦·坡》（Edgar Allan Poe）丰富了爱伦·坡的生平，并对之进行了道德上的谴责，随后这篇文章以《怀念作者》（Memoir of the Author）为题，收录在同年出版的爱伦·坡作品选集的第三卷中。在这篇文章中，格里斯沃尔德编撰了爱伦·坡很多的生活细节，包括他早期从大学的退学以及他从军校的离职甚至他和爱伦夫人的关系，他攻击爱伦·坡的人格，夸大了他的酗酒以及他的道德瑕疵，同时伪造了爱伦·坡的书信，夸大自己与爱伦·坡之间的亲密关系，并离间了爱伦·坡和他的朋友之间的关系，但是对于爱伦·坡的作品还是给予了高度评价。1856年推出了第四卷爱伦·坡作品选集。此外，格里斯沃尔德还写有《晚期爱伦·坡》（*The Late Edgar Allan Poe*），《坡的道德本质》（*Poe's Moral Nature*）等文章。格里斯沃尔德的确成功编辑出版了爱伦·坡的作品选集，但是他却大肆修改爱伦·坡的信件予以出版，并在对他的生平撰述中，对其人品大肆加以攻击，夸大了他道德上的瑕疵，将爱伦·坡描绘成一个十足的恶魔。尽管爱伦·坡的朋友约翰·尼尔（John Neal）、乔治·雷克斯·格雷厄姆（George Rex Graham）、乔治·W. 派克（George W. Peck）、莎拉·海伦·惠特曼（Sarah Helen Whitman）等人都谴责过格里斯沃尔德对爱伦·坡的歪曲，并试图恢复爱伦·坡的声誉，但是格里斯沃尔德以其作为爱伦·坡遗作保管人的特殊身份使得他对爱伦·坡的评论以及介绍一直被认为是可靠的，他所撰写的爱伦·坡的生平文章对后世的影响很大，即使在他于 1857 年逝世以后也如此。可以说，从 1849 年以来一直到 20 世纪以前，有关爱伦·坡的传记书写都或多或少受到了他的影响。

直到 1875 年，英国的英格拉姆（John Henry lngram）（1842—1916）通过搜集大量的第一手资料，出版了爱伦·坡的个人传记《埃德加·爱伦·坡：他的生活，信件以及观点》[*Edgar Allan Poe: His Life, Letter and Opinions*, 2 Vols., London: John Hogg, 1880. (Reprinted in 1965 by AMS Company)]，并发表了大量有利于恢复爱伦·坡声誉的评论，对恢复爱伦·坡在英美的名声起到了很大的作用。之后关于爱伦·坡的传记出现了很多种，这里主要提及几部比较重要的传记，1941 年奎因教授根据爱伦·坡的作品做的学术传记《E. A. 坡评传》（*Edgar Allan Poe "A Critical Biograophy"*）出版，他在书中附录了大量的爱伦·坡书信的影印原件，这对于学界摆脱格里斯沃尔德"伪造"的爱伦·坡形象具有重要的意义；1987 年由汤姆斯（Dwight Thomas）和杰克逊（David K. Jaekson）合著的《E. A. 坡日志 1800—1849》（Thomas, Dwight and David K. Jackson, *The Poe Log: A Documentary Life of Edgar Allan Poe, 1809 - 1849*; Boston: G. K. Hall & Co., 1987）出版，该书按时间顺序编排，是关于爱伦·坡生平的最完整的资料汇编，对于爱伦·坡研究工作来说是非常有帮助的。同时，这里还要提到一个颇为大众所接受的爱伦·坡的传记版本《埃德加·爱伦·坡：怀念和永无止尽的纪念》（Kenneth, *Edgar A. Poe: Mournful and Never - ending Remembrance*; Silverman, New York, 1991）这本传记在大众中很受欢迎，但是却深为爱伦·坡的研究者们排斥，学界多认为该书充满了个人化的偏见，套用心理学知识，过度简化了作者，对材料的选择上也未进行详细的甄别，出现了很多事实上的错误。

（三）爱伦·坡在国外的研究机构

在美国有两个专门致力对爱伦·坡及其作品进行学术研究的期刊，一个是 1972 年成立的隶属于 MLA（Modem Language Association）的坡研究协会 PSA（Poe Studies Association）编辑出版的《通讯》（*Newsletter*）（1973—1978）。该刊物每半年（每年两次）一次发行，由康涅狄格大学的英语系（Storrs, Conn. Dept. of English, University of Connecticut）出版，1978 年后改名《PSA 通讯》（*PSA Newsletter*）（1978—1999），仍然是每半年（每年两次）一次发行，2000 年之后更名为《埃德加·爱伦·坡评论》（*The Edgar Allan Poe Review*），在每年的春天和秋天发行。另一个是主要由华盛顿大学出版社（Washington State University Press）从 1967 年开始编辑出版的《坡研究》（*Poe Studies*），该刊物前后曾用过《坡通讯》（*Poe Newsletter*）、《坡研究：黑色浪漫主义》（*Poe Studies/Dark Romanticism*）、《坡研究，历史，理论和阐释》（*Poe Studies: History, Theory, Interpretation*）等刊名。该刊物计划每年出版两期，但是后来也有以两卷本的形式编录为一期，一年发行一次的。此外，还有一些针对爱伦·坡的纪念性刊物。如美国里士满的爱伦·坡纪念馆（Richmond Poe Museum）1990 年开始出版发行的刊物《永恒》（*Evermore*）；里士满的坡基金会（Poe Foundation）出版发行的《坡信使》（*The Poe messenger*），1980 年前是每半年发行一次，之后是每年发行一次；维吉尼亚里士满的诗人俱乐部（Poet's Club of Richmond, Virginia）在里士满出版发行，由艾琳·詹宁斯·米德（Aline Jennings Mead）编辑的《诗人的角落》（*The Poets' Corner*）（1926—1927）杂志封面上印有爱伦·坡的肖像，扉页上印有"献给埃德加·爱伦·坡，他家乡的卑微诗人"（Dedicated to Edgar Allan Poe by the humbler poets of the city he called home.）；埃德加·爱伦·坡中学出版发行的《乌鸦》(*The Raven*)（1916—1918），出版形式是每半年一次，只出版发行了不到 3 年的时间。另外还有弗吉尼亚大学的"乌鸦"协会（The Raven Society）、巴尔的摩的坡学会（Poe Society）这样一些专门进行爱伦·坡研究的学术组织。除此以外，在日本和法国也出版发行了专门研究爱伦·坡的刊物。在日本有由日本爱伦·坡协会（Edgar Allan Poe Society of Japan）组织发行的《通讯》(*Newsletter*)。该刊物于 2007 年 8 月 1 日开始在东京不定期发行。法国巴黎现代文学（Paris Lettres Modernes）于 20 世纪初就开始不定期发行的《现代快报杂志：埃德加·爱伦·坡》(*La Revue des Lettres Modernes*，*Edgar Allan Poe*)，该刊物上刊载了很多关于爱伦·坡的研究以及和爱伦·坡相关的文化产品或文化活动信息。

最后，这里还要介绍的是自 1946 年始由美国侦探作家协会（Mystery Writers of America）专门设立，至今仍有影响力的用埃德加·爱伦·坡（Edgar Allan Poe）名字命名的"爱伦·坡奖"（The Edgar Allan Poe Award）。该奖项由美国侦探作家协会指定成员组成的委员会裁定，评选出一年来在美国以英语出版的世界作家的奖项。迄今为止，该奖项已经从最初的美国作家最佳处女作奖（Best First Novel by an American Author）扩展为有 13 项奖项在内的大奖。它们包括了最佳长篇（Best Novel，1954—）、最佳美国作家处女作（Best First Novel by an American Author，1946—）、最佳原版平装书（Best Original Paperback，1970—）、最佳罪案实录（Best Fact Crime，1948—）、最佳评论或传记（Best Critical/Biographical Work，1977—）、最佳短篇（Best Short Story，1948—）、最佳青年侦探小说（Best Young Adult，1989—）、最佳少儿侦探小说（Best Juvenile，1961—）、最佳电视剧集（Best Episode in a Television Series，1972—）、最佳电视片或短

剧（Best Television Feature or Miniseries，1972—）、最佳电影（Best Movie，1946—）、最佳舞台剧（Best Play，1950—，不定期）、特别奖（Special Edgars，1949—，不定期）。① 该奖项的意义一方面在于其中的埃德加·爱伦·坡最佳小说奖被誉为侦探小说领域的奥斯卡奖，另一方面几乎所有荣获该奖项的作品，最后都被成功地改编成了电影或电视连续剧。

二 英美爱伦·坡研究概况

国外爱伦·坡研究至今已有近200年的历史了，有关爱伦·坡的研究论著至少有上千种，仅以英美的爱伦·坡研究而言，就先后经历了早期19世纪的生平传记的印象式批评，到进入20世纪后随着爱伦·坡声誉的恢复，作品经典地位的认可，对他及其作品进行多视角、多元化研究的阶段性变化。其批评视角广泛地涉及作家批评、文学文本细读研究、文字符号的解码与意义重构、历史文化研究甚至于性别种族等后殖民研究在内的西方等各种批评理论，其研究也经历了波德莱尔的浪漫主义认识以及波拿巴的精神分析，自拉康、德里达以来后结构主义对其作品的语言和真实性之间的论争，到将爱伦·坡和美国文化联系在一起进行研究等认识高潮。

（一）第一阶段：生平传记的研究（1829—1899）

早期对爱伦·坡的评论，特别是他身前的评论文章主要集中在当时美国文坛的时评文章中，它们大多刊登在当时的报纸、杂志上。主要批评对象是出版的作品集，其目的在于宣传，并无实质性的研究价值。而对他作品的评价中，以对他诗歌的关注较多，他的小说和批评并未引起过多的重视。从具体的篇目上，可以看出读者和批

---

① 参见《爱伦·坡奖》，《城市快报·青年周刊》2006年7月30日第12版。

评家对他作品的兴趣偏向于诗歌中的《乌鸦》、小说中的《阿·戈·皮姆的故事》《气球骗局》《厄舍府的倒塌》和散文诗《我发现了》等。尤其以《阿·戈·皮姆的故事》为人们所关注。这里仅以1838年对《阿·戈·皮姆的故事》的评介为例。从1838年8月到12月,《纽约明镜报》(*New York Mirror*)、《亚历山大周报》(*Alexander's Weekly Magazine*)、《波顿绅士杂志》(*Burton's Gentleman's Magazine*)、《纽约评论》(*New York Review*)、《火炬》(*Torch*)、《阿特拉斯观察》(*Atalas*, *Spectator*)、《新月刊》(*New Monthly Magazine*)和《每月评论》(*Monthly Review*)都相继刊登了有关爱伦·坡的这篇小说的评论,它们都对这部小说进行了介绍,高度赞扬了作者的想象力。

而对于爱伦·坡的整体创作成就的评价在当时是毁誉交加,褒贬不一。据推测,最早对爱伦·坡进行研究的代表性论文是约翰·尼尔(John Neal)在《扬基、波士顿文学》(*Yankee and Boston Literature*, 1829.9)上发表短文探讨1829年的诗歌,其中就谈到了爱伦·坡的诗歌。他在文中认为爱伦·坡的诗歌优美而富有意义。早期对爱伦·坡的小说分析,具有代表性的是玛格丽特·福勒(Margaret Fulle)的《坡的故事》(*Poe's Tale*, 1845),肯定了爱伦·坡故事的大众性,高度赞扬了爱伦·坡的天才的洞察力,以及原创性。库克(P. Penslwron Cook)的《埃德加·爱伦·坡》(*Edgar A. Poe*, 1848)认为爱伦·坡的诗歌音韵优美,用词遣句考究。库克认为《乌鸦》是一首美丽非凡的诗歌,富有高度的想象力,并对爱伦·坡将"美"变为真实的能力进行了肯定。除此以外,对爱伦·坡的研究比较有代表性的当推詹姆斯·罗素·罗威尔(Lowell, James Russel)的《埃德加·爱伦·坡》(*Edgar Allan Poe*, 1845)。在这篇论文中,罗威尔高度评价了爱伦·坡作为一个批评家的才华,认为爱伦·坡的才华在于能够从字里行间洞察到作品的精神内涵。并以他的诗歌和小说为例，指出爱伦·坡在分析力以及想象力上展现出的天才般的才华，肯定了其创作中的原创性。这篇论文比较全面地评价了爱伦·坡的艺术创作成就，在爱伦·坡死后，格里斯沃尔德对之进行了一些修改，收入其所编辑的《爱伦·坡选集》中。

1849年10月，爱伦·坡刚刚意外去世，一些报纸、杂志迅速发表了一系列悼念他的"纪念性"文章，爱德华、帕特森（Edward H. N. Patterson）在《坡之死》（*The Death of Poe*, Oct. 1849, Illinois Oquawka Spectator）中认为，爱伦·坡是一个杰出的诗人，一个敏锐的、具有很强的分析能力的批评家，但是对他小说的才华并没有提及。认为爱伦·坡的"一生都在和贫困作战，没有一种舒适的，休闲的生活能够让他展示他的才华"①。其他关于爱伦·坡的代表性论文还有《诗人之死》（*Death of a Poet*, Nathaniel Parker Wills, Oct. 1849, Organ），而《坡之死》（*Death of Poe*, John P. Kennedy, Oct. 1849, Dairy entry）则宣告了爱伦·坡的死亡消息，肯尼迪（John P. Kennedy）认为爱伦·坡具有古典趣味，以希腊哲学精神写作。《爱伦·坡之死》（*Death of Edgar A. Poe*, Nathaniel Parker Wills）、《爱伦·坡之死》（*Death of Edgar A. Poe*, Anon, Home Journl, Oct. 1849）以及《爱伦·坡之死》（*Death of Edgar A. Poe*, Anon, Baltimore Patriol, Oct. 1849）这些文章对爱伦·坡的生活和受到的教育进行了回顾，对他在诗歌和散文（包括批评论著）以及小说的杰出才华进行了肯定，也为我们保留了爱伦·坡的一些生平事迹。从早期的评论来看，他们对爱伦·坡本人及其作品并无定论。

---

① Sarah Helen Whitman, "Extracts" in G. Clarke, ed. *Edgar Allan Poe Critical Assessments*, Vol. III, p. 93.

在对爱伦·坡早期的评价中，格里斯沃尔德对爱伦·坡"恶意丑化"的言论开始在美国占据了上风，并在美国乃至整个欧洲都有着持久的影响。

但是在其他英语国家，人们对爱伦·坡的态度比较复杂。在1875年以前的英语国家刊载的文章中，也多对爱伦·坡持比较模糊的态度。甚至有人试图从临床上找到证据证明爱伦·坡是一个疯子。此时期重要的特点，就是研究的重点在于对爱伦·坡生平和作品的争论上。但是英国爱伦·坡研究爱好者英格拉姆却对恢复爱伦·坡的声誉起到了关键性的作用。英格拉姆出版了《埃德加·爱伦·坡：他的生活，信件以及观点》（Ingram, John Henry, *Edgar Allan Poe: His Life, Letter and Opinions*, 2 Vols., London: John Hogg, 1880）。该书以其真实可信性提供了比较有力的证据动摇了格里斯沃尔德在美国，乃至整个欧洲塑造的缺乏道德的爱伦·坡的形象。一些作家也开始重新评定爱伦·坡在文学上的价值。从1875年史文朋（Swinburne）的信中，我们知道爱伦·坡在英国和法国都受到了欢迎，并对他的天才表示了敬意。1892年，惠特曼（Whitman）的《埃德加·爱伦·坡的意义》（*Edgar Allan Poe's Significance*, 1892）虽然承认爱伦·坡的天才，以及认识到了爱伦·坡对后世文学的意义，但是仍认为他是不健康的。1899年叶芝（Willian B. Yeats）的《写给W. T. 霍顿先生》（*Letter to W. T. Horton*, 1899）认为爱伦·坡的作品除去少部分的抒情诗，以及批评中的一些文章外，没有过多的价值，认为被世人看好的《乌鸦》以及《坑与摆》并不具备文学经典的永恒价值。

另外比较有影响力的是法国对爱伦·坡的译介。波德莱尔用了16年的时间，几乎翻译了爱伦·坡的所有作品，他并不排斥爱伦·坡道德上的瑕疵，高度评价了爱伦·坡创作上的才华，他认为爱伦·坡是一个深思熟虑的哲学家，并认为爱伦·坡在他所在的国家美国没有获得公正的对待，被人们给忽略了。1875年马拉美（Malarme）等人认识到了爱伦·坡的天才，并致力提高他在英国和欧洲的声誉。之后随着马拉美对爱伦·坡诗歌的翻译、瓦雷里对爱伦·坡的纯诗理论的发展，爱伦·坡在法国获得了巨大的声誉，并通过法国，使他在欧洲也获得了声誉。

总而言之，在早期，对爱伦·坡的生平事迹主要集中在这样三种态度上：一种受格里斯沃尔德影响，将爱伦·坡看成道德上的魔鬼；一种是以英格拉姆为代表，将爱伦·坡美化为天使；还有一种就是以波德莱尔为代表，承认爱伦·坡道德上的瑕疵，但是并不以此为缺点，反而高度赞扬这种道德上的瑕疵，以爱伦·坡作为艺术家的代表，这三种意见一直持续到现在。

（二）第二阶段：（1900—1948）

爱伦·坡研究进入第二阶段（1900—1948）以后，在研究上出现了很多新特点。近承上一阶段，在这个阶段是爱伦·坡声誉恢复过程中出现的论争以及对他作品的重新评定。总体看来，这个时期对爱伦·坡的研究，一方面继续对以前的文集选本进行整理，出现了比较可靠的爱伦·坡传记以及比较为学界所认可的作品选集；另一方面，摆脱了第一阶段的印象式批评，大部分的研究开始建立在比较客观的文献材料之上，在对爱伦·坡的作品的研究上，对他的各类创作进行了重新评定，对其创作的各种类型的作品都有了更深入的研究。这些都共同为后世的研究奠定了良好的基础。

1. 声誉的恢复

英格拉姆通过考证和收集原始资料对恢复爱伦·坡的声誉起到了巨大的作用，在此之后，很多研究者沿用了英格拉姆的方法，他们致力考证爱伦·坡的生平细节,并通过当时报纸、杂志的整理,试图发现爱伦·坡的佚文,对一些并非爱伦·坡的作品进行了考证,对爱伦·坡的作品进行了收集整理。

在这个阶段,对爱伦·坡生平传记的研究占了很大的比例,其研究成果主要集中在结合爱伦·坡的佚文及其信件,对其生平事迹中的细节进行文献清理,试图挖掘出更多可靠的新材料,还原真实的爱伦·坡形象。主要代表性论文有《未公开的坡早期的文件》[Eliza Poe, John Allan, Edward G. Crump, Geo. W. Spotswood, Killis Campbell, "Some Unpublished Documents Relating to Poe's Early Years", *The Sewanee Review*, Vol. 20, No. 2(Apr., 1912)]和《埃德加·爱伦·坡:一些事实回忆》[William Sartain, "Edgar Allan Poe: Some Facts Recalled", *The Art World*, Vol. 2, No. 4(Jul., 1917)]等,甚至有不少论文致力于探讨爱伦·坡的奇闻逸事,比如关注爱伦·坡的死因,如《坡的死因及埋葬之真相》(Snodgrass, Dr. Joseph Evan, "The Facts of Poe's Death and Burial", *Beadle's Monthly*, March 1867)和《埃德加·爱伦·坡死亡之奇》(Stern, Philip Van Doren, "The Strange Death of Edgar Allan Poe", *Saturday Review*, XXXII, October 15, 1949)。而围绕作者人品以及其创作的历史价值和文学价值进行论争的如《蒙污的埃德加·爱伦·坡》[Landon C. Bell, *The Sully Portrait of Edgar Allan Poe*, Vol. 2, No. 1(Sep., 1918)]、《关于坡的一些经典典故》[Thomas Ollive Mabbott, "Some Classical Allusions in Poe", *The Classical Weekly*, Vol. 12, No. 12(Jan. 20, 1919)]和《埃德加·爱伦·坡的美国化》[M. Darnall, "The Americanism of Edgar Allan Poe", *The English Journal*, Vol. 16, No. 3(Mar., 1927)]等。这个时期对他的生平研究很多,出现了很多关于爱伦·坡的传记,最具代表性的成果是1941

年奎因教授根据爱伦·坡的作品所作的学术传记《E. A. 坡评传》（*Edgar Allan Poe A Critical Biograophy*）的出版。这些成果对揭穿格里斯沃尔德的骗局，对恢复爱伦·坡的声誉有着重大的作用，在爱伦·坡诞辰近一个世纪后，还原了爱伦·坡的本来面目。

此阶段，受批评理论话语影响出现了不少新的研究成果，如在"精神分析"批评思想的影响下，出现了对爱伦·坡的精神分析。法国的玛丽·波拿巴（Marie Bonaparte）于 1933 年在法国出版了对爱伦·坡的精神研究专著《埃德加·爱伦·坡的生平和作品》（*The Life and Works of Edgar Allan Poe*）。该书从精神分析角度将爱伦·坡幼年母亲感情受挫和他以后的生活和创作联系起来，是专门从精神分析学的方法分析爱伦·坡精神世界的一部具有里程碑意义的论著，1934 年被翻译成德语，很快又被翻译成英文，获得了学界的认可，但是其中过于关注爱伦·坡的身世而对他的创作分析较少。这一阶段的代表性研究成果还有《埃德加·爱伦·坡：病理研究》（"Edgar Allan Poe: A Pathological Study", *The Book News Monthly*, XXV, August 1907）。这篇论文是作者的学位论文中的一部分，作者试图从病理学上为爱伦·坡的道德瑕疵开拓。其他相关论文还有《病理学上的坡》[Merton S. Yewdale, "Edgar Allan Poe, Pathologically", *The North American Review*, Vol. 212, No. 780（Nov., 1920）]和《对坡的当代评论》[Killis Campbell, "Contemporary Opinion of Poe", *PMLA*, Vol. 36, No. 2（Jun., 1921）]等。

2. 作品的经典化

本阶段的研究，主要在于对爱伦·坡声誉的恢复之后，开始客观地评价爱伦·坡。重点在于探讨爱伦·坡的文学贡献。早期对爱伦·坡声誉的恢复中比较重要的一点是一些作家参与到了对爱伦·

坡的评述中去。尽管依然褒贬不一，但是持肯定意见的声音还是占据了上风。劳伦斯（D. H. Lanrence）的《埃德加·爱伦·坡》（*Edgar Allan Poe*, 1925）分析了爱伦·坡小说中的爱与死亡的欲望，带有精神分析色彩。T. S. 艾略特的《从坡到瓦雷里》（*From Poe to Valery*, 1949）分析了从爱伦·坡到瓦雷里之间的影响关系。在爱伦·坡声誉恢复的背景下，加上很多作家都对爱伦·坡的创作才华表示了敬意，爱伦·坡的作品重新得到了评价。到1909年爱伦·坡"诞辰一百周年"时，人们为爱伦·坡举行了盛大的纪念活动，他的作品重新获得了人们足够多的关注，并由此进入美国伟人馆，获得了经典地位，被视为影响了世界文学的经典作家。从现有资料看来，此阶段对爱伦·坡作品的研究基本上摆脱了上一阶段研究中局限于对其作品的印象主义解读，开始将爱伦·坡的作品放入经典之列，进行真正意义上的学术研究。其研究内容主要集中在以下两方面：

其一是从比较文学影响研究的角度研究关注爱伦·坡及其作品，但是此阶段以"坡受到的影响"的研究为主。研究者对爱伦·坡的大部分作品都以 Sources 或 Origin 意指"渊源"的关键词检验过其作品的渊源。如艾琳·特纳（Arlin Turner）的《〈莫斯肯旋涡沉浮记〉之源》（*Sources of Poe's "A Descent into the Maelstrom"*），其他论文涉及的相关著作还有《安娜贝尔·李》《陷坑与钟摆》《一桶蒙特亚白葡萄酒》《乌鸦》《黑猫》《泄密的心》《仙女岛》《阿·戈·皮姆的故事》《汉斯·普法尔历险记》《活埋》等。除了具体作品之间的影响关系以外，对爱伦·坡和其他作家之间的影响关系也是此时期研究的一个重点内容，如罗伊·P. 巴勒（Roy P. Basler）的《坡的〈致乐园中的一位〉中的拜伦因素》（*Byronism in Poe's "To One in Paradise"*），从爱伦·坡对拜伦早期生活中的关注，分析爱伦·坡诗歌和小说中的拜伦因素。而爱伦·坡对其他作家的影响主要集中在学界所公认的他和法国作家以及法国文学的影响关系。如爱伦·坡对波德莱尔、马拉美以及瓦雷里的影响,也包括通过这些法国象征主义诗人对艾略特的间接影响。《埃德加·爱伦·坡在法国的影响》(C. P. Cambiaire, *The Influence of Edgar Allan Poe in France*, 1927)主要关注了爱伦·坡的诗学语言。文章论述了波德莱尔对爱伦·坡的热望、波德莱尔在艺术和诗歌理论上受到的爱伦·坡的影响,特别是论述波德莱尔在他著名的诗集《恶之花》中受到爱伦·坡的影响,以及爱伦·坡对法国的其他一些作家的影响。《和坡的联系:1852—1854》(*The Revelation of Poe 1852—1854*)分析了波德莱尔在这段时间和爱伦·坡事实上的关系。J. 哈维斯(J. Kravis)的《埃德加·爱伦·坡》分析了爱伦·坡和马拉美之间的影响关系。埃德蒙·古斯(Edmund Goose)的《埃德加·坡和对他的诋毁者》(*Edgar Poe and His Detractors*)梳理了对爱伦·坡声誉的论争情况。还有部分论文关注到了爱伦·坡在美国声誉的变化,以及他在美国之外的欧洲的声誉变化,它是此阶段爱伦·坡研究中最重要的一部分研究成果。其他的代表性论文还有埃德蒙·威尔逊(Edmund Wilson)的《坡在国内外》(*Poe at Home and Abroad*)、杜里·R. 哈奇森(Dudley R. Hutcherson)的《坡在英国和美国的声誉:1850—1909年》(*Poe's Reputation in Egland and American 1850—1909*)以及《"坡在南方"和"坡在北方"》(Van Wyck Brooks, "*Poe in South*" and "*Poe in the North*")等论文。

其二,在西方爱伦·坡研究的第二阶段,研究的关注点已经从上一阶段多以对爱伦·坡的诗歌关注为主,开始转移到对他小说的关注,同时对作为批评家的爱伦·坡的诗学理论也开始有所关注。研究范围较前一阶段更为广泛,在研究方法上受到当时文学批评理论的影响,从病理学等精神分析学的角度对爱伦·坡的生平和作品的研究也开始增加,成为此阶段极富成效的批评成果之一。

具体作品赏析和解读。露易丝·庞德(Louise Pound "的《论坡的〈海中之城〉》(On Poe's "The City in the Sea", 1934)从这首诗歌两次发表后的不同署名以及修改入手,分析了爱伦·坡在这篇诗歌中蕴含的思想内涵,认为海中之城是融合了小说场景、中世纪和现代沉陷中的城市。弗兰克·戴维(Frank Davidson)的《论坡的〈贝蕾妮丝〉》(A Note on Poe's "Berenice", 1939)和卡罗尔·劳维(Carroll Laverty)的《金甲虫中的死人头像》(The Death's – Head on the Gold – Bug, 1940),埃利森·A.史密斯认为爱伦·坡小说中金甲虫是多种昆虫纲的混合体,着重分析了其小说中的昆虫。《坡和〈玛丽·罗热疑案〉》(Poe and the Mystery of Mary Rogers)在对这部小说的分析中,不但关注了小说中爱伦·坡的理性和推理能力,还关注到了警察和记者等角色对于这件案件本身的意义。沃尔特·布莱尔(Walter Blair)的《坡小说中的事件和声音》(Poe's Conception of Incident and Tone in the Tale, 1944),作者从爱伦·坡关注效果的小说理论为切入口,认为爱伦·坡在创作时以读者为中心,关注读者的理性和知识,心灵和灵魂,作者讨论了爱伦·坡是如何围绕着这一目标而建立起来关于"真理""美"和"情感"的。其他的代表性论文还有谈论作品中彩色词汇的,威尔逊·O.克劳夫(Wilson O. Clough)的《埃德加·爱伦·坡的色彩词汇使用》(The Use of Color Words by Edgar Allan Poe, 1930)。讨论作品中的建筑的,玛格丽特·凯恩(Margaret Kane)《埃德加·爱伦·坡和建筑》(Edgar Allan Poe and Architecture, 1932),认为爱伦·坡以建筑背景的描绘以达到其所期望的效果,从他对浪漫主义的定义切入,分析哥特建筑是否符合爱伦·坡的创作需求,认为这些建筑在他的小说中,有利于营造伤感和恐怖的气氛。此时期研究成果集中在对其文本的赏析性解读，旨在肯定爱伦·坡的创作才华，承认他在诗歌小说，诗学理论上的杰出贡献。对其作品的类型研究也开始起步，对其作品的分类还是无意识的。

有些论文开始关注爱伦·坡创作中以前多为人们所忽视的他的美学理论，诗学原则，以及作为"批评家"的爱伦·坡。有萨姆费德·鲍德温（Summerfield Baldwin）的《埃德加·坡的美学原则》（*The Esthetic Theory of Edgar Poe*，1918），认为爱伦·坡的批评擅长思想的澄清以及逻辑推理，是现代美学理论的先驱。史密斯·贺端修（Horatio E. Smith）的《坡小说理论的形成》（*Poe's Extension of His Theory of the Tale*，1918）回到历史现场，清理了爱伦·坡评论霍桑小说时提出的著名的短篇小说理论"效果说"的形成过程。诺曼·佛斯特（Norman Foerster）的《坡的美学中的数量和质量》（*Quantity and Quality in the Aesthetic of Poe*，1923）认为爱伦·坡是自亚里士多德以来致力探讨美学效果的批评家之一，认为尽管爱伦·坡的理论来源于雪莱、柯勒律治，但他有志于考虑古典和浪漫主义感情中的效果，而不是亚里士多德所考虑的线索或者情节。沃纳（W. L. Werner）的《坡在诗学技巧中的理论和实践》（*Poe's Theories and Practice in Poetic Technique*，1930）将爱伦·坡的诗学理论主要集中在他的两篇论文，认为其诗学理论主要在四种核心话题上：所有的诗歌都应当是短小的，诗歌必须和音乐相近，美是诗歌的终极目标，乌鸦是逻辑推理的结果。马文·蕾丝（Marvin Laser）的《坡的美学概念的变化和结构》（*The Growth and Structure of Poe's Concept of Beauty*，1948）追踪了爱伦·坡有关"美"的概念的产生和演变轨迹，分析了它们的结构内涵。这里还要特别提到的是，1925年，阿特顿（Marget Alterton）的《坡的批评理论渊源》（*Origins of Poe Critical Theory*）应该是关于爱伦·坡的诗学研究的较早的专著之一。

也有论文结合爱伦·坡的作品和其身处时代之间的关系进行了分析。对他侦探小说的探讨，有论者回到当时的时代背景中，关注时人以及爱伦·坡本人对"解密"的兴趣。威廉·弗里德曼（William F. Friedman）的《埃德加·爱伦·坡：解密者》（*Edgar Allan Poe, Cryptographer*, 1936）认为爱伦·坡所在的时代，人们对"解密"有普遍的兴趣，其作为一种不直接表达的含义，在神奇、不可知中探测出来。《坡对密码的了解》（*What Poe Knew about Cryptography*, 1943）对爱伦·坡对密码的了解进行了历史性地回顾。对其创作中的景观描写的关注，《一个诗人的景观建筑：埃德加·爱伦·坡的〈阿恩海姆乐园〉》（*A Poet's Vision of Landscape Architecture*; *Edgar Allan Poe's 'Domain of Arnheim'*）将爱伦·坡的《阿恩海姆乐园》放在散文中讨论他的风景描写。有对其创作中的"鬼怪"因素研究的《霍桑、坡和文学幽灵》（*Hawthorne, Poe, and a Literary Ghost*）。还有研究爱伦·坡和当时盛行的骨像学之间的关系的论文，如《坡和骨相学》（Hungerford, Edward, *Poe and Phrenology*, American Literature, II, 1930）。《作为骨相学家的坡：以杜宾先生为例》（Stauffer, Donald Barlow, *Poe as Phrenologist*: *The Example of Monsieur Dupin*）这个话题在19世纪末20世纪初颇受人们关心，以后开始逐渐淡化。科里·坎贝尔（Killis Campbell）的《坡和他所在的时代》（*Poe in Relation to His Times*, 1923），论者指出，学界通常认为爱伦·坡和他的时代以及他的出生地没有太多的联系，实际上不然，科里在这里专门致力探究爱伦·坡和他的时代的关系。

经过20世纪的论争，此阶段的研究还多处于对其声誉恢复的论争中，身世的考察还是占据了很大一部分。尽管此阶段在以精神分析的角度对爱伦·坡进行分析的研究中取得了富有成效的成果，但是其关注的重心还仅仅局限在结合爱伦·坡的生平对他进行精神分析研究，而对他的作品中的精神分析却还很少，这些为下一个阶段深入研究留下了空间。

（三）第三阶段（1949年之后）

第二次世界大战以后，受文化观念的变化，西方对爱伦·坡的研究发生了很大的变化，富有意义的批评开始不断增加。在研究思路上，逐渐关注到爱伦·坡和他的时代，以及和当时研究者所在时代之间的文化关联，出现了一系列以"话题"为核心的可观成果。在研究思路上，受当时文学研究研究方法的变化，把爱伦·坡放入了历史、文学、文化、心理分析中，以各种新的理论视角展开的深入研究开始逐渐增多，一个新的研究阶段开始了。但是又由于"事实上，自1979年以来，文学研究的兴趣中心已发生大规模的转移：从对文学作修辞学式的'内部'研究，转为研究文学的'外部'联系，确定它在心理学、历史或社会学背景中的位置。换言之，文学研究的兴趣已由解读（集中注意研究语言本身及其性质和能力）转移到各种形式的阐释学解释上（即注意语言同上帝、自然、社会、历史等被看作语言之外的事物的关系）"[①]。因此笔者又将之分为两个阶段：一个阶段是在1979年之前，主要受到新批评等理论视角影响的"内向"研究阶段，一个是在1979年之后，又经历了结构主义向文化研究转向后的"外向"研究阶段。

1. 1949—1979年

继承上一阶段的研究成果，由于关于爱伦·坡的作品以及传记都获得了有效清理，为学界所认可的文献资料已经比较丰富和成熟了，此阶段对爱伦·坡的研究开始正常化、研究成果开始多元化和

---

① [美] J. 希利斯·米勒：《文学理论在今天的功能》，林必果译，拉尔夫·科恩主编《文学理论的未来》，中国社会科学出版社1993年版，第121—122页。

深入化，特别是从文本主义和形式主义视角关注其创作中的语言符号和形式结构的成果开始逐渐增多。研究内容主要集中在以下几方面。

(1) 作家研究

由于爱伦·坡的身世之谜，对于他的生平挖掘一直是西方坡研究中的一个重要研究对象。在进入1949年之后，学界已经有比较认可的生平资料，这期间的生平资料的挖掘开始走向深化和细化，从过去对爱伦·坡的佚文以及传记事实材料的挖掘转向了对爱伦·坡的书信的挖掘以及对他的佚事的重新发现，这些都为爱伦·坡的继续研究提供了翔实可靠的文献资料，如《一封未曾公开的坡的信》（John C. Miller, "An Unpublished Poe Letter", *American Literature*, Vol. 26, No. 4, Jan., 1955, pp. 560 – 561)、《两封坡的遗失的信：注释和评论》（E. R. Hagemann, "Two 'Lost' Letters by Poe, with Notes and Commentary", *American Literature*, Vol. 28, No. 4, Jan., 1957, pp. 507 – 510)、《坡信件的第二次增订》（John Ostrom, "Second Supplement to the Letters of Poe", *American Literature*, Vol. 29, No. 1, Mar., 1957, pp. 79 – 86)、《一封新发现的坡的信件》（Earl N. Harbert, "A New Poe Letter", *American Literature*, Vol. 35, No. 1, Mar., 1963, pp. 80 – 81)、《一封重新发表的坡的信》（John C. Miller, "A Poe Letter Re – Presented", *American Literature*, Vol. 35, No. 3, Nov., 1963, pp. 359 – 361)。还有一些研究成果是致力厘清爱伦·坡生平中一些有争论的细节而进行的新材料挖掘，试图完善爱伦·坡的生平，如《埃德加·爱伦·坡的墓志铭》（Gerhard Friedrich, "Epitaph for Edgar Allan Poe", *Books Abroad*, Vol. 27, No. 4, Autumn, 1953, p. 374)、《坡和他的宿敌：刘易斯·克拉克·

盖洛德》(Sidney P. Moss, "Poe and his Nemesis——Lewis Gaylord Clark", JP+2］*American Literature*, Vol. 28, No. 1, Mar., 1956, pp. 30-49)。

  此时期在作家研究上有重大突破的还是受上一阶段研究成果的影响,摆脱了初期印象式批评,继续在研究领域里关注爱伦·坡的精神世界,并且开始对他作品中呈现出来的精神世界予以关注。可以说自法国的波拿巴之后,对爱伦·坡精神世界的分析已成为爱伦·坡研究中最为丰富的一个领域。此时期比较有代表性的论文有:爱德华·斯顿(Edward Stone)的《巴黎的道路铺设:从坡到普鲁斯特的心理占卜》(*The Paving Stones of Paris: Psychometry from Poe to Proust*, 1953),认为爱伦·坡在美国小说中第一次展示了人类精神世界的策略和联系;马里奥·普拉兹(Mario Praz)的《坡和精神分析学家》(*Poe and Psychoanalysis*, 1933),指出爱伦·坡在美国并没有受到欢迎,但是在欧洲却受到了波德莱尔及其追随者的吹捧,并着重梳理了当代学者从心理学视角对爱伦·坡的关注。玛德琳(Madeleine B. Stern)的《爱伦·坡骨相学家的精神气质》(*Poe: The Mental Temperament for Phrenologists*),该文认为在19世纪作家都有意识地运用骨相学写小说以及对文学进行评论;艾伦·史密斯(Allan Smith)的《坡的三篇小说中的精神气质》(*The Psychological Context of Three Tales by Poe*, 1973)主要分析了爱伦·坡的《黑猫》等小说中的谋杀冲动,以及爱伦·坡创作中习惯用独白的方式体现出来的自我问题。其他的代表性论文还有《坡小说中的"自我":一份作品出版年表调查》(David Ketterer, "The SF Element in the Work of Poe: A Chronological Survey", *Science Fiction Studies*, Vol. 1, No. 3, Spring, 1974, pp. 197-213)、《埃德加·爱伦·坡 俄狄浦斯情节和天才》(Bett, W. R., "Edgar Allan Poe: The Oedipus Complex and Genius", *The Infirmities of Genius*, New York: Philosophical Library, 1952, pp. 67 – 78)。从总体上看，此阶段的精神分析学，多关注的是爱伦·坡创作中体现出的"自我"问题。

（2）作品研究

其一，具体作品研究。

此阶段在对具体作品的解读上出现了一些新特点，一方面在于范围广，几乎爱伦·坡所有的作品都得到了解读。研究者们对《海中之城》《阿·戈·皮姆的故事》《梅岑格施泰因》《幽会》《一桶蒙特亚白葡萄酒》《红死病的假面具》《厄舍府的倒塌》《金甲虫》《丽姬娅》《我发现了》《尤娜路姆》等篇目进行了文本细读。另一方面，在解读上受当时"新批评"家影响，侧重关注作品的"文学性"，在批评方法上多用文本细读的方式对作品进行意义解读。总的看来，这一时期论文讨论的重心在于爱伦·坡的小说，诗歌几乎少有人研究了，同时，由于爱伦·坡自身诗学理论上提出的"统一效果说"，加之爱伦·坡本身的批评实践也和新批评有暗合之处，因此，结合爱伦·坡的"诗学理论"对他的作品进行研究也出现了一些颇富成效的研究成果。

诗歌分析较少，只有一些为数不多的论著，如《美国诗坛上的坡形象》（Reilly, John E., *The Image of Poe in American Poetry*, Baltimore: The Edgar Allan Poe Society, 1976）、《坡和音韵》[*Poe and Music*, *Musical Influence on American Poetry*, Athens: The University of Georgia Press, 1956 (chapter V)]、《埃德加·爱伦·坡的诗歌》(Allan Tate, "The Poetry of Edgar Allan Poe", *The Sewanee Review*, Vol. 76, No. 2, Spring, 1968)、《〈尤娜路姆———一首歌谣〉中的符号与意义》(Eric W. Carlson, *Symbol and Sense in Poe's 'Ulalume'*, American Literature, Vol. 35, No. 1, Mar., 1963)。

小说研究受当时新批评影响，以文本细读为主，较有代表性成果有《〈金甲虫〉中的现实主义问题》(*The Problem of Realism in 'The Gold Bug'*) 以《金甲虫》为例分析爱伦·坡作为诗人和理性者的结合体，论文认为其作品除了诗人般的语言以及想象力以外，还有浓厚的现实主义成分。金甲虫在叙述者对现实的把握，对理性的掌控等各方面展示出了现实主义色彩。《〈厄舍府的倒塌〉中的秩序和感知能力》(*Order and Sentience in "The Fall of the House of Usher"*) 对爱伦·坡的这篇恐怖小说进行了分析，分析爱伦·坡创作中的理性色彩。《坡的〈丽姬娅〉的误读》(*A Misreading of Poe's "Ligeia"*) 作者认为对丽姬娅的认识有两大类，一类是将其看作超自然和震惊、渴求知识的远离普通民众的英雄男女，包含着"美"与"死亡"主题的浪漫主义。另一类是以劳伦斯、波拿巴等人为代表，对其创作中的浪漫主义不感兴趣，而对其中的精神分析主题很感兴趣。《爱伦·坡的〈我发现了〉中的柏拉图寓言》(*Platonic Allegory in Poe's "Eleonora"*) 认为这篇作品是人类生活中爱的角色的寓言，而这个寓言是建立在柏拉图模式上的。《坡的〈梅岑格施泰因〉：并非骗局》(*Poe's "Metzengerstein": Not a Hoax*) 认为这个小说的写作并没有致力制造幽默，而是通过爱伦·坡早期和晚期的修改本的比较，指出它代表着其走向哥特恐怖故事。《坡的〈我发现了〉整体模拟》(*Poe's "Eureka": The Macrocosmic Analogue*) 认为爱伦·坡的这首散文诗包含了他最完整的宇宙认识，他的逻辑推理，他的哲学深度，他所在时代的自然科学知识，以及他最后的美学原则声明。论者认为，爱伦·坡的作品对艺术的作用以及艺术家等做出了新的解释。他们是爱伦·坡整个一生中对诗歌的理性、超凡美的追求。其中还有一部分论文是直接关系到爱伦·坡小说叙事中的叙述者以及叙述性。布鲁斯·奥尔森（Bruce Olson）的《坡的〈厄舍府的倒塌〉中的策略》(Poe's Strategy in "The Fall of the House of Usher", 1960) 以爱伦·坡将智力分成三种为立论依据,分析小说中的叙述者,纯粹的知识不能理解的理性美的创造,艺术家的想象不能被纯粹的理智理解。除了以上提到的专注于文本细读的论文外,此时期还有部分论文,借助"新批评"的理论武器,对爱伦·坡小说中的叙述者进行了分析。《坡的叙述者的质疑》(James W. Gargano, "The Question of Poe's Narrators", *College English*, Vol. 25, No. 3, Dec., 1963, pp. 177 - 181) 认为以往的研究中,将爱伦·坡和他的叙事者混为一谈,他在这里将二者分开论述,认为他们的性格和意识并不同于爱伦·坡本人。《皮姆先生和坡先生:〈阿·戈·皮姆的故事〉中的两个叙述者》(John P. Hussey, "Mr. Pym and 'Mr. Poe': The Two Narrators of 'Arthur Gordon Pym'", *South Atlantic Bulletin*, Vol. 39, No. 2, May, 1974, pp. 22 - 32) 一文认为皮姆对小说的含义不用负责任,他只是身在困境中,这个困境是他本来不关心的。还有《坡对结局的感知》(Paul John Eakin, "Poe's Sense of an Ending", *American Literature*, Vol. 45, No. 1, Mar., 1973, pp. 1 - 22) 等。

　　诗学研究。《作为文学理论家的坡:一种重评》(Emerson R. Marks, "Poe as Literary Theorist: A Reappraisal", *American Literature*, Vol. 33, No. 3, Nov., 1961, pp. 296 - 306) 认为爱伦·坡作为小说家和批评家人们都给予了足够的关注,而对他的批评却关注得很少,通常认为他发展了从柯勒律治那里继承的诗学,并对新批评产生了影响。《威尔的作品作为坡批评的催化剂》(Richard P. Benton, "The Works of N. P. Willis as a Catalyst of Poe's Criticism", *American Literature*, Vol. 39, No. 3, Nov., 1967, pp. 315 - 324) 详细地分析了威尔与爱伦·坡二人之间的关系,认为威尔对爱伦·坡

的批评有一定的影响,他不但鼓励爱伦·坡写作很多时评,还对爱伦·坡两篇重要的诗学原则、短篇小说中的整体效果以及创作的四种能力的本质,包括对柯勒律治不主张对愉悦以及想象力之间进行区分,对爱伦·坡有一定的影响。范德比·特凯米特(Kermit Vanderbilt)的《〈红死病的假面具〉中的艺术和自然》(Art and Nature in "The Masque of the Red Death", 1968)回到爱伦·坡写《红死病的假面具》的创作背景中,结合爱伦·坡创作该小说的 1842 年时的美学认识来分析,认为该小说是对"艺术和自然"的一则寓言,并认为其是爱伦·坡从《阿恩海姆乐园》到他后来的《我发现了》中的桥梁。约瑟夫·莫登华(Joseph J. Moldenhauer)的《作为艺术的谋杀:坡的美学、心理和道德的基本联系》(Murder as a Fine Art: Basic Connections between Poe's Aesthetics, Psychology and Moral Vision, 1968)认为爱伦·坡作品中呈现出的多元特点,常常困扰着批评界。爱伦·坡致力追求隐喻、艺术、自然以及人类精神世界之间的联系,认为他的感知常常包含在他的理性推理小说以及他的文学批评中的理性中,而爱伦·坡的宇宙论、美、上帝和真理都和死亡相统一。

其二,作品类型研究。

此阶段对作品的研究,开始关注其类型文学的特征。将他们基本上分成了几大种类,并对它们进行不断完善。

侦探小说。主要的代表性论文有帕勒克(Leroy L. Panek)的《〈梅泽尔的象棋手〉:坡的第一次侦探失误》(Maelzel's Chess-Player, Poe's First Detective Mistake, 1976)对爱伦·坡发表在 1836 年 4 月《南方信使》上的这篇小说,通过《梅泽尔的象棋手》的制作原理分析,指出爱伦·坡的推理中出现的失误。约翰·沃尔什(Walsh, John)《坡和侦探:在〈玛丽·罗热疑案〉背后的奇怪环境》(Poe the Detective: The Curious Circumstances Behind "The Mystery of Marie Roget", 1968) 和 J. 杰拉尔德·肯尼迪（J. Gerald Kennedy）的《理性的限度：坡的受蒙骗的侦探》(The Limits of Reason: Poe's Deluded Detectives, 1975) 认为爱伦·坡在他作品多产的 1841—1844年，以各种方式发展了推理分析的主题。但在 1844 年以后，爱伦·坡几乎没有在回到推理上，而是回到了恐怖和怪诞上。其他的代表性论文还有《梦想，转换，以及文学：侦探小说的含义》(Albert D. Hutter, "Dreams, Transformations, and Literature: The Implications of Detective Fiction", Victorian Studies, Vol. 19, No. 2, Dec., 1975)、《侦探小说：暴力的现代神话》(Brigid Brophy, "Detective Fiction: A Modern Myth of Violence", Hudson Review, XVIII, Spring 1965)、《侦探小说之父》(Howard Haycraft, "Father of the Detective Story", Saturday Review of Literature, XXIV, August 23, 1941)。

幽默类型的创作。斯蒂芬·L. 穆尼（Stephen L. Mooney）的《坡小说中的喜剧性》(The Comic in Poe's Fiction John Pendleton Kennedy) 首次注意到了爱伦·坡小说中喜剧的"伪装""行动""失误""揭露""结果"等因素。尽管这篇早期的论文建立事实的基础并不是特别准确，但是他提出的爱伦·坡小说中的喜剧因素还是被后人所承认。威廉·惠普尔（William Whipple）的《坡的双刃讽刺》(Poe's Two-Edged Satiric Tale) 分析爱伦·坡作品中的两层讽刺。其他代表性论文还有《灯塔：坡艺术和的黑色幽默》(Eugene R. Kanjo, "The Imp of the Perverse'; Poe's Dark Comedy of Art and Eath", Poe Studies, II No. 3, October 1969)、《坡小说中的喜剧性》(Stephen LeRoy Mooney, "The Comic in Poe's Fiction", American Literature, XXXIII, January 1962)、《坡的政治性讽喻》(William Whipple, "Poe's Political Satire", University of Texas Studies in English, No. 35, 1956)。

第一章 他者的还原：多维的埃德加·爱伦·坡

恐怖超自然小说。这是爱伦·坡小说中极为重要的小说类型之一，研究者也特别多。托马斯·P. 里焦（Thomas P. Riggio）的《美国哥特：坡和美国悲剧》（American Gothic：Poe and an American Tragedy，1978）认为爱伦·坡在小说中预见了弗洛伊德所关注的人内心世界的冲突，他用东方寓言以及哥特象征分析罪犯的精神。罗伯特·舒尔曼（Robert Shulman）的《坡和意志的力量》（Poe and the Powers of the Mind，1970）认为最近十年来，爱伦·坡的研究都将爱伦·坡的美学和宇宙论看作理解他小说和诗歌创作的中心。相反，作者将爱伦·坡的理论看得很重要，并强调了其小说的心理揭露手法，认为爱伦·坡对他的大部分创作洞见了阴暗的精神历程。《哥特小说的智性作用：坡的〈丽姬娅〉和蒂克的〈不要叫醒死人〉》（The Intellectual Functions of Gothic Fiction：Poe's "Ligeia" and Tieck's "Wake Not the Dead"，1979），认为哥特小说还是关心关于人类、社会以及宇宙等一些重要的话题，并比较了二者的作品。《坡的三个故事中的活埋运用》（Poe's Use of Live Burial in Three Stories）以《厄舍府的坍塌》《丽姬娅》《贝蕾妮丝》为例，分析活埋中的"腐烂""与死亡作战的愿望""衰退"等主题。《坡以及杂志上的活埋书写》（Poe and Magazine Writing on Premature Burial）认为爱伦·坡小说中的象征性死亡的描写、爱伦·坡的意识、杂志家的盈利动机，这些在他的同时代描写中是很流行的，至今多为研究者所忽略。其他代表性论文还有《埃德加·爱伦·坡作品中的恐怖作用》（Joseph M. Garrison，"The Function of Terror in the Work of Edgar Allan Poe"，American Quarterly，Vol. 18，No. 2，Part 1，Summer，1966）、《统一、死亡、不存在，坡的罗曼蒂克描写》（G. R. Thompson，"Unity, Death, and Nothingness, Poe's 'Romantic Skepticism'"，PMLA，Vol. 85，No. 2，Mar.，1970）、《坡和被禁忌的知识》（Jules Zanger,

"Poe and the Theme of Forbidden Knowledge", *American Literature*, Vol. 49, No. 4, Jan., 1978）。

景观小说创作在西方是有着深远的文学文化传统的,因此西方学者对爱伦·坡这类创作的研究也很多。查尔斯·L. 桑福德（Charles L. Sanford）的《埃德加·爱伦·坡：对景观的一瞥》（*Edgar Allan Poe：A Blight Upon the Landscape*, 1968）认为爱伦·坡的作品和美国的伊甸园有联系,是实现新世界"天堂梦"的幻想,认为当时伊甸园的原型是被人类毁坏了,但是人类渴望幻想能够建立一个新的世界。该文以美女之死和侦探小说题材做了分析,指出爱伦·坡不同于大多数美国人将美国天堂看作物质富裕和政治自由的地方,相反,他被美国西部的理想给吸引了,将之看作超自然的美和感情的代表。杰弗里·A. 赫斯（Jeffrey A. Hess）的《坡的景观小说的来源以及美学特点》（*Sources and Aesthetics of Poe's Landscape Fiction*, 1970）认为他的这类小说受惠于早期的美国作家。由于爱伦·坡坚信诗人可以通过诗学和想象接触到美,因此在对诗人理想的描绘中求助于伊甸园的象征。在他的这类小说中,主人公都很容易进入理想的伊甸园。乔尔·河凯勒（Joel R. Kehler）的《坡的景观小说的天才和进展的新释》（*New Light on the Genesis and Progress of Poe's Landscape Fiction*, 1975）认为爱伦·坡从最初的《被用光的人》包含了难以实现的伊甸园的理想象征。爱伦·坡坚信艺术家能够通过他的诗学和想象实现理想的美,但是他早期笔下的人物并未帮助他实现这一理想。一直到他的《阿恩海姆乐园》《兰多的小屋》中才得以实现。

另外,在我国接受中通常将爱伦·坡的科学幻想小说放在一起谈论,而在西方学界普遍将爱伦·坡的《瓶中手稿》《莫斯肯旋涡沉浮记》《阿·戈·皮姆的故事》看作想象和幻想小说,把他们从科学小说中剥离出来，单独归为一类。如奎因的《坡的想象之旅》（*Poe's Imaginary Voyage*，1952）主要分析的是《阿·戈·皮姆的故事》。特伦斯·马丁（Terence Martin）的《文本中的想象：埃德加·爱伦·坡》（*The Imagination at Play：Edgar Allan Poe*，1966）认为不同于霍桑的想象，爱伦·坡的想象是严肃的，是在骗局、谜语和玩笑中完成的。还有一些论文是专门探讨爱伦·坡科学小说的。其他代表性论文还有《埃德加·爱伦·坡的科学小说》（Harold Beaver,"Introduction", *The Science Fiction of Edgar Allan Poe*, New York：Penguin Books, 1976）、《埃德加·爱伦·坡和科学小说》（H. Bruce Franklin, "Edgar Allan Poe and Science Fiction", *Future Perfect：American Science Fiction of the Nineteenth Century*, New York：Oxford University Press, 1966）、《埃德加·爱伦·坡：科学小说先锋》（Clarke Olney, "Edgar Allan Poe：Science Fiction Pioneer", *Georgia Review*, XII, 1958）。它们从不同角度思考了爱伦·坡科学小说的创作特点及其在科学小说中的文学地位，高度评价了他在科学小说中的先驱者身份，赞扬了他高度的想象力和杰出的创作才华。

（3）影响研究

爱伦·坡的被影响和对他人的影响，一直是爱伦·坡研究中的一个重点。一方面主要集中在对爱伦·坡作品的影响和被影响的关系。研究者们对《莫斯肯旋涡沉浮记》《长方形箱子》《乌鸦》《眼镜》等作品受到的影响因素进行了分析。另一方面，分别对爱伦·坡和其他作家的影响和被影响关系进行了分析。认为他受到了莎士比亚、弥尔顿、拜伦、雪莱、柯勒律治、欧文、莫尔、华兹华斯等人的影响，同时也对波德莱尔、马拉美、斯蒂芬·金陀思妥耶夫斯基、罗伯特·布洛赫等人的文学创作有一定的影响。如《霍夫曼形象对于坡的罗德里克·厄舍的人物意义》（George B. Von Der Lippe,

The Figure of E. T. A. Hoffmann as Doppelgänger to Poe's Roderick Usher，1977）认为厄舍府中的人物形象和在英语世界中对霍夫曼病态的情感，神经质的传记描写比较一致。

最后还要提及的是，这个阶段已经开始有论者将爱伦·坡置于当时研究者们身处时代的核心话题中进行研究，关注其作品中的"现代性"问题。《坡和现代艺术：一篇关于"应和"的论文》(Jr. Paul Ramsey, "Poe and Modern Art: An Essay on Correspondences", *College Art Journal*, Vol. 18, No. 3, Spring, 1959) 认为爱伦·坡在他作品中表现他自己以及所在世界的坍塌，是爱伦·坡本人作为现代艺术家与社会隔离的代表。

2. 1979 年至今

1979 年之后，西方文学研究最大的一个变化，就是各种理论思想的兴起，它们很快进入爱伦·坡的研究领域，推进着爱伦·坡研究的进一步发展。其中有从新历史主义批评的视角出发，关注爱伦·坡及其作品，与其所处的时代环境之间的关联，以及其作品反映的文化内容；有从女性主义和后殖民主义的角度对爱伦·坡及其作品进行种族研究、性别研究；还有从文化研究的立场考察爱伦·坡及其作品与美国的政治经济、出版文化甚至大众文化之间的关系，其论及的话题广泛涉及社会心理、文化身份认同、性别结构以及大众文化艺术生产的运作等多方面。可见，在新阶段爱伦·坡研究既在上一阶段的成果上继续推进，又逐渐摆脱上一阶段的"形式主义"桎梏，推动着爱伦·坡研究呈现出新的繁荣局面。为了更好地展示爱伦·坡研究在新阶段的发展变化，笔者在对英美爱伦·坡研究新阶段的概括的论述，依然采用保持了上一阶段的研究方法，将浩如烟海的研究成果以其研究对象进行分类，考察其在同一研究对象中，各种理论方法的渗透情况；以及，在这些研究中，作者及其作品本身又对新理论进展的推动情况。

(1) 作品研究

此阶段，几乎爱伦·坡的所有小说都进入到了研究者的研究视野，在具体分析上摆脱了过去单一的印象式解读，在研究方法上开始多样化，新兴的各种理论方法基本上都运用到了对爱伦·坡具体作品的解读中，在其分析目的上，已逐步深入到爱伦·坡所处的社会历史文化背景中，分析其潜藏的文化因素。《埃德加·爱伦·坡〈一桶蒙特亚白葡萄酒〉中的谋杀动机》(Elena V. Baraban, *The Motive for Murder in "The Cask of Amontillado" by Edgar Allan Poe*, 2004) 以《一桶蒙特亚白葡萄酒》中的谋杀动机为例分析爱伦·坡小说中复杂的复仇哲学，即对侮辱带来的伤害的复仇。《〈被用光的人〉：埃德加·爱伦·坡和囚禁的结束》(David Haven Blake, *"The Man That Was Used Up": Edgar Allan Poe and the Ends of Captivit*, 2002) 结合当时美国的背景来分析。《同情的危险：埃德加·爱伦·坡的〈跳蛙〉以及废奴主义的病态修辞》(Paul Christian Jones, *The Danger of Sympathy: Edgar Allan Poe's "Hop-Frog" and the Abolitionist Rhetoric of Pathos*, 2001) 认为爱伦·坡在他的作品中讨论了奴隶，流露出了对奴隶以及奴隶地位提升的恐怖。《〈贝蕾妮丝〉的身份，坡的心灵的偶像》(Joan Dayan, *The Identity of Berenice, Poe's Idol of the Mind*) 以《贝蕾妮丝》为例，分析了爱伦·坡心目中"美女之死"的美的理想。《泄密的心和邪恶的眼睛》(B. D. Tucker, *"The Tell-Tale Heart" and the "Evil Eye"*, 1981) 认为这篇小说是一篇精心编撰的小说，一篇有技巧地探讨疯狂的作品。爱伦·坡创作上呈现出疯狂，但是爱伦·坡并没有对这个疯狂的人的愤怒做过多分析，而是选择了他的眼睛，论者关注的是作者在这篇小说中对

"眼睛"选择的原因。其他的代表性论文还有《〈凹凸山的故事〉的坡：环境历史以及浪漫主义美学》（Daniel J. Philippon, *Poe in the Ragged Mountains: Environmental History and Romantic Aesthetics*, 1998）和《被盗取的坡：德里达和精神分析学解读》（John P. Muller, *Purloined Poe: Lacan, Derrida, and Psychoanalytic Reading*, 1988）等。

对爱伦·坡的各种小说类型进一步展开的研究，已经带有这个时代的文学研究的独特特点，开始关注这些小说类型中的文化问题。对其侦探小说的分析，更多是回到了美国的社会背景中去考察他的变化和发展。特别是回到了当时的文化特点，如流行的解密，通过对密码解答的分析，来重新阐释爱伦·坡的小说。《密码的语言：金甲虫的阐释》（Michael Williams, *The Language of the Cipher: Interpretation in "The Gold-Bug"*, 1982）对小说中深处困惑中的叙述者在密码的解释下逐渐真相大白，来分析金甲虫中对"密码"语言的解释。1839年12月，爱伦·坡开始为巴尔的摩《亚历山大周刊》等刊物提供一系列短小的文章，内容关涉密码学和难解的象形文字，论者以实例分析了其创作的侦探小说之渊源。其他代表性论文还有《黄金之谜：埃德加·爱伦·坡和密码》（Terence Whalen, "The Code for Gold: Edgar Allan Poe and Cryptography", *Representations*, No. 46, Spring, 1994）。也有论者注意到了爱伦·坡笔下对城市的洞察，并分析了从爱伦·坡到本雅明的城市认识变迁，如《犯罪景象的城市：本雅明以及侦探的踪迹》（Carlo Salzani, *The City as Crime Scene: Walter Benjamin and the Traces of the Detective*, 2007）。还有一些研究者注重以新历史批评的方法观察爱伦·坡与其他一些作家和时代的关联，代表性的论文有《维多利亚时代的侦探小说以及证据的本质：对爱伦·坡、狄更斯、柯南道尔的科学研究》（Lawrence

Frank: *Victorian Detective Fiction and the Nature of Evidence: The Scientific Investigations of Poe, Dickens, and Doyle*, 2004)、《我们读到的神秘：重读的神秘：爱伦·坡、博尔赫斯以及分析性的侦探小说，包括拉康，德里达，约翰逊》(*Mysteries We Reread, Mysteries of Rereading: Poe, Borges, and the Analytic Detective Story; Also Lacan, Derrida, and Johnson*)，首先区别了爱伦·坡早期关注冒险的故事，注重分析侦探小说的起始。其他的还有《坡给侦探小说的遗产》(Fusco, Richard, Fin de millenaire: *Poe's Legacy for the Detective Story*, Baltimore: The Edgar Allan Poe Society, 1993)。对景观类创作考证，更多是关注到了美国本身传统文化的形成过程，具有文化和历史的视野。《坡的景观小说以及风景传统》(Catherine Rainwater *Poe's Landscape Tales and the "Picturesque" Tradition*, 1984) 指出在 1750—1800 年，英国的风景描写达到了一个高峰，而 1840 年在美国也开始掀起一个高峰。爱伦·坡的这类写作也就是在这种环境下产生的，他发展了景观创作。对爱伦·坡的幽默讽刺类作品的关注，如《喜剧、讽刺以及怪诞》(Levine, Stuart and Susan F. Levine, *Comic Satires and Grotesques*, 1996) 厘清了爱伦·坡这类创作的研究状况，分析了爱伦·坡小说创作中的幽默讽刺以及怪诞。此时期还有论者提及了爱伦·坡创作中的书信体创作的艺术价值，《坡的书信体》(Thomas Bonner, *The Epistolary Poe*, 2001) 认为爱伦·坡的书信写作具有极高的艺术性，常常和他的诗歌、小说等其他创作紧密相连。

其他从形式主义批评进入到对作品深层次解读的论文还有劳伦斯·弗兰克（Lawrence Frank）的《〈玛丽·罗惹疑案〉中的谋杀：爱伦·坡的幻想进展》(*The Murders in the Rue Morgue: Edgar Allan Poe's Evolutionary Reverie*, 1995)，认为该小说展示了历史进程中的危机时刻，在当时，正流行宇宙形成于偶然等假说。小说中的人物形象提供的叙事形塑了历史学科在创造宇宙秩序中的宗教意义。他还离奇地预测了推演理论在有机生活中的逐步发展,如 1844 年的《创造的本质历史》和 1859 年的物种起源。《人群中的人和人群外的人:坡的叙述者以及大众读者》(Monika M. Elbert, *The Man of the Crowd and the Man outside the Crowd*:*Poe's Narrator and the Democratic Reader*, 1991) 一文试图将爱伦·坡带回 19 世纪的美国, 认为他的小说是美国 19 世纪贵族和民主之间的冲突, 特别是在保守党和进步的民主党之间。《类比论证的价值:科学论争下的坡的〈我发现了〉》(Susan Welshd, *The Value of Analogical Evidence*:*Poe's "Eureka" in the Context of a Scientific Debate*, 1991), 作者认为在 19 世纪三四十年代的美国, 对类比论证在科学实践和猜想中的价值有着广泛的论争, 爱伦·坡的《我发现了》就是在这样的背景下产生的。爱伦·坡试图对宇宙进行重新定义和书写。其他的代表性论文还有罗伊萨·尼加德(Loisa Nygaard)的《赢得游戏:坡的〈玛丽·罗热疑案〉中的诱惑性推理》(*Winning the Game*:*Inductive Reasoning in Poe's "Murders in the Rue Morgue"*, 1994) 主要分析了爱伦·坡小说中的不可靠叙述。《好人脑海中的震惊:坡〈幽会〉中的哥特式幻想》(Benjamin Franklin Fisher IV, *The Flights of a Good Man's Mind*:*Gothic Fantasy in Poe's "The Assignation"*, 1986) 以《幽会》为例分析了其作品中的叙述者对于制造哥特式幻想的作用。

继续沿用了上一阶段的"形式主义"批评方法,甚至在实践中进一步推进了"形式主义"理论问题的进一步发展。波拿巴的研究只关注了爱伦·坡的身世, 而对爱伦·坡的作品并没有进行文学上的分析。拉康将爱伦·坡的小说看作欲望和语言, 以爱伦·坡的《被窃的信》为关注对象, 拉康、德里达等对之展开了广泛的讨论, 推动了文学理论的进一步发展。如《文学研究以及文学语用学:以

〈被窃的信〉为例》(Peter Swirski, *Literary Studies and Literary Pragmatics: The Case of "The Purloined Letter"*, 1996)、《拉康、坡以及压抑的叙述》(Robert Con Davis, *Lacan, Poe, and Narrative Repression*, 1983)、《拉康、德里达论〈被窃的信〉》(Servanne Woodward、*Lacan and Derrida on "The Purloined Letter"*, 1989)、《坡的〈丽姬娅〉中自我消耗的叙述者》(Ronald Bieganowski, *The Self-Consuming Narrator in Poe's "Ligeia" and "Usher"*, 1988)、《构架的力量：坡和对阅读的控制》(Peter K. Garrett, *The Force of a Frame: Poe and the Control of Reading*, 1996)、《信任叙述者：坡的〈莫斯肯旋涡沉浮记〉中叙述真实性的矛盾》(Leland S. Person, *Trusting the Tellers: Paradoxes of Narrative Authority in Poe's "A Descent into the Maelström"*, 1993)等。此阶段对爱伦·坡作品的研究，已从过去的由诗歌到小说，转到了对他的诗学理论的关注，不但进一步发展了他本人的诗学思想，而且更多关注了爱伦·坡与现代文学理论之间的关系。《赛博无意识：重思拉康、坡以及法国理论》(Lydia H. Liu, *The Cybernetic Unconscious: Rethinking Lacan, Poe, and French Theory*, Critical Inquiry, Vol. 36, No. 2, Winter 2010)中拉康和他的精神分析著作对爱伦·坡的关注，对于后结构主义批评有着惊人的作用。《埃德加·爱伦·坡的美学理论，激烈的争论以及"泄密的心"中起源于伦理学的动力》(*Edgar Allan Poe's Aesthetic Theory, the Insanity Debate, and the Ethically Oriented Dynamics of "The Tell-Tale Heart"*, 2008)认为爱伦·坡的小说和他的诗歌理论在本质上是不相同的，在他的小说理论中，他常常是建立在真理的基础上，并与"美"恰好相反。其他的论文还有《同时的美学：爱伦·坡和现代文学理论》(R. E. Foust, "Esthetician of Simultaneity: E. A. Poe and Modern Literary Theory", *South Atlantic Review*, Vol. 46, No. 2, May, 1981)。

(2) 作家研究

侧重于心理分析的。《灯塔的反面：无意识现象学》（Frank P. Gruba-McCallister, *The Imp of the Reverse: A Phenomenology of the Unconscious*, 1993）、《不可抵抗的冲动：埃德加·爱伦·坡以及非理性的捍卫》（John Cleman, *Irresistible Impulses: Edgar Allan Poe and the Insanity Defense*, 1991）认为爱伦·坡小说中的很多素材是来源于当时的报纸、杂志，但是他在小说中缺乏道德感。《谋杀的精神分析》（J. A. Leo Lemay, *The Psychology of "The Murders in the Rue Morgue"*, 1982），以杜宾分析警察之所以失败的一段话，分析作品中的精神主题。《坡的〈丽姬娅〉和〈莫瑞娜〉中的障碍、疯狂以及封闭》（Leonard W. Engel, *Obsession, Madness, and Enclosure in Poe's "Ligeia" and "Morella"*, 1982）论者认为爱伦·坡小说中的这些女性形象，一方面是被占有，被视作障碍，最后死亡，他们的生活空间多是封闭的，对她们做了精神分析。

《埃德加·爱伦·坡：作为古典作家的浪漫主义》（Darlene Harbour Unrue, *Edgar Allan Poe: The Romantic as Classicis*, 1995）通过对爱伦·坡小说中具有浪漫主义色彩的地方进行分析，指出在爱伦·坡看来，罗曼主义立场对古典主义的客观和理性有所损伤，爱伦·坡从他自身对古典文学的阅读中获得灵感和结构，以确保在他自己的作品中能够拥有他在生活和艺术中寻找的古典主义世界观。《一种内在的光晕：坡对柏拉图以及牛顿光学的运用》（William J. Scheick, *An Intrinsic Luminosity: Poe's Use of Platonic and Newtonian Optics*, 1992）从爱伦·坡早期的诗歌《致——科学》说起，以爱伦·坡19世纪40年代的5部作品，如《一则建议》（1845）、《我发现了》为例分析其对自然的态度，以及这些作品内在含义上的意义角色。其他的还有，分析其中的浪漫主义色彩的，《埃德加·爱伦·

坡的浪漫主义》（Joseph Reed, *The Romance of Edgar Allan Poe*, 1981, pp. 136 – 139）；分析其现代性的，《从浪漫到现代：坡和诗歌》（Joan Dayan, *From Romance to Modernity: Poe and the Work of Poetry*, 1990）。重点分析了爱伦·坡的散文诗《我发现了》，认为这则散文诗是从19世纪的英语诗歌到独特的现代诗学的一个桥梁。

（3）比较文学视野下的研究

比较文学中的平行研究和影响研究依然在这里有很大的活动空间，涉及的作家几乎还是原有的那些人，但是在分析中，更多是深入了作者关联或者作品关联背后的"历史""文化"因子，将爱伦·坡的此类研究推向了深入发展。如和康德相关联的《知识、趣味、道德感：坡受益于康德》（Glen A. Omans, *Intellect, Taste, and the Moral Sense: Poe's Debt to Immanuel Kant*, 1980），认为爱伦·坡和康德的关系还未得到充分的研究；《天使长的声音：坡，波德莱尔以及本雅明》（Elizabeth Duquette, *The Tongue of an Archangel: Poe, Baudelaire, Benjamin*, 2003）关注爱伦·坡在美国的影响，特别是对通俗文学的影响。其他的还有分析他和拜伦、纳博科夫、霍桑、柯勒律治等人之间的影响关系。

同时，随着比较文学学科的完善，产生了对爱伦·坡和世界各地文学文化的影响关系的关注，以及爱伦·坡对他们的兴趣和他们对他的影响。如《爱伦·坡作品中的莎翁》（Burton R., *Shakespeare in the Works of Edgar Allan Poe* Pollin, 1985），爱伦·坡在他的小说、诗歌、散文和信件中，多处引用和谈论了莎士比亚的诗学和戏剧才能。《坡〈甫甫〉中的希腊笑话》（Anthony Kemp, *The Greek Joke in Poe's "Bon – Bon"*, 1984）认为爱伦·坡小说中《甫甫》谈到的希腊笑话，是对其题目和罪恶的隐喻。其分析方法是从其材料来源和版本变化中关于这个笑话的变化以及对他们的解释中来谈。其他的代表性论文还有《埃德加·爱伦·坡乌鸦中的德国来源》(Arnd Bohm, *A German Source for Edgar Allan Poe's "The Raven"*, 1986)、《暗示：坡的写作与印第安的 rasa 理论的视角》(Jaishree Odin, *Suggestiveness: Poe's Writings from the Perspective of Indian "Rasa" Theory*, 1986) 关注爱伦·坡小说中的暗示，连接了暗示、恐怖和不存在，这和印度的 rasa 美学理论类似，都是通过恐怖而带来美学上的快乐的概念。

跨学科研究。其作品中的音乐元素和舞蹈元素受到研究者们的青睐。《给坡多点音乐》(Burton R. Pollin, *More Music to Poe*, 1973)、《坡和舞蹈》(Burton R. Pollin, *Poe and the Dance*, 1980) 等文章表明，爱伦·坡的影响已经深入到了包括文学在内的各个领域，甚至是绘画、电影和舞蹈。象征主义、印象主义、超现实主义都从中受到了影响。论文主要考察了爱伦·坡的生活以及社会环境中他的创造性作品以及他的批评著作中的舞蹈元素。

此时期的其他代表性论文还主要集中在通过各种理论资源，结合爱伦·坡所生活的时代，对其人其文进行的种族、性别等研究。代表作品《埃德加·爱伦·坡和超现实的女性形象》(Robert J. Belton, *Edgar Allan Poe and the Surrealists' Image of Women*, 1987)、《绝对的坡：超越种族系统》(Maurice S. Lee, *Absolute Poe: His System of Transcendental Racism*, 2003)、《寻找白人：坡》(Dana D. Nelson, *The Haunting of White Manhood: Poe, Fraternal Ritual, and Polygenesis*, 1997)、阶级奴隶《爱中的坡：色情狂，发病率以及逻辑上的奴隶》(Peter Coviello, *Poe in Love: Pedophilia, Morbidity, and the Logic of Slavery*, 2003)、《多情的束缚：坡，女性以及奴隶》(Joan Dayan、*Amorous Bondage: Poe, Ladies, and Slaves*, 1994)、《坡和纽约文人：论坡对纽约文人的刻画以及坡和纽约作家

的关系》(James B. Reece, *Poe and the New York Literati: A Study of the "Literati" Sketches and of Poe's Relations with the New York Writers*, 1954)、《视觉文化以及埃德加·爱伦·坡〈人群中的人〉中的世界》(Kevin J. Hayes, *Visual Culture and the Word in Edgar Allan Poe's "The Man of the Crowd"*, 2002)。学界认为爱伦·坡的《人群中的人》这篇小说是在刻画人们努力去读懂他人,同时是对现代都市的环境再现。《坡对非理智、幽默、习俗以及文化的狂热》(John Bryant, *Poe's Ape of UnReason: Humor, Ritual, and Culture*, 1996)、《埃德加·爱伦·坡和政治经济学的可怕法则》(Terence Whalen, *Edgar Allan Poe and the Horrid Laws of Political Economy*, 1992)、《批评的地方性特点:坡在内战中的诗学原则》(Kenneth Alan Hovey, *Critical Provincialism: Poe's Poetic Principle in Antebellum Context*, 1987)、《监禁中的艺术家:霍桑、梅尔维尔、坡以及时代监狱》(Robert Shulman, *The Artist in the Slammer: Hawthorne, Melville, Poe and the Prison of Their Times*, 1984)、《坡、文学以及市场》(John Grammer, *Poe, Literature, and the Marketplace*, 2002),认为爱伦·坡的创作还和当时的市场以及资本主义经济密切相关。爱伦·坡还是一个商人,一个报纸的编辑,因而他的想象力也和它们这些经历有着密切关联。

此时期,比较有代表性的就是剑桥大学出版社推出的对爱伦·坡评论文章的选集。凯文·海斯(Kevin J. Hayes)的《埃德加·爱伦·坡剑桥指南》(*The Cambridge Companion to Edgar Allan Poe*, 2002)收录了这个阶段的代表性文章。除了一篇论及爱伦·坡的诗歌以外,大部分都关注他的小说。有3篇关注爱伦·坡的评论文章:《作为批评家的坡》(*The Poet as Critic*)考察了爱伦·坡的批评文章;《坡和他的圈子》(*Poe and His Circle*)结合时代分析爱伦·坡和他同时代的格里斯沃尔德等人一样致力开创自己的文学圈子;

《坡的美学原则》（*Poe's Aesthetic Theory*）将爱伦·坡和欧洲的美学原则结合起来分析。同时对以往人们并不是特别关注的爱伦·坡的幽默小说给予了关注，并对很多做品作出了新的解读。第四章到第九章，主要分析了爱伦·坡的几种不同类型的小说。《坡的幽默》（*Poe's Humor*）将爱伦·坡的幽默和讽刺纳入美国文学传统和民间幽默中进行考察。《坡和哥特传统》（*Poe and the Gothic Traditon*）关注爱伦·坡小说中恐怖的营造。《坡开创了科幻小说》谈到了爱伦·坡在科幻小说创作上所具有的先锋性，影响了当时的文学，以及爱伦·坡对后世的影响。最后两章是探讨爱伦·坡对文化的影响。这些论文有的分析爱伦·坡对现代流行文化的影响，也有从电视到电影分析爱伦·坡的影响，考察他是如何渗透到大众文化中去的，也有分析爱伦·坡从19世纪中期到20世纪对先锋艺术运动的意义。这些论文采用不同的方法，关注不同的话题，展现了爱伦·坡研究在西方的广度和深度。

第二章 埃德加·爱伦·坡在中国的译介

第一节 埃德加·爱伦·坡在中国的译介

一 新中国成立前译介

（一）早期译介（1905—1937）

1. 日本之桥：最早的译介

爱伦·坡在中国最早的译介应该是1905年周作人翻译的其带有侦探推理意味的小说《玉虫缘》（The Gold-Bug，今译《金甲虫》），该书于1905年6月由翔鸾社初版，署名为"（美）坡著、会稽碧萝女士译"。很快小说林社再版了此书，署"（美）安介坡著，会稽碧罗译述、常熟初我润辞"，版权页上题为丙午（1906）四月再版，这里的"常熟初我"即为小说林的编辑丁祖荫。① 周作人在此后的两

---

① 丁祖荫（1871—1930，号初我）曾为《小说林》的编辑，也是著名的藏书家，晚年回到故乡常熟，刻成《虞山丛刻》《虞阳说苑》等丛书，搜罗乡邦文献颇有成绩。

篇回忆录中，回忆了这部小说的日本渊源，一是最初的译本来源于日本的《英文学研究》。周遐寿在《鲁迅小说里的人物》中回忆了《黄金虫》被译出的原因。他写道："乙巳日记中记着翻译小说的事，有《阿里巴巴和四十个强盗的故事》，以及亚伦坡的《黄金甲虫》，前者是《天方夜谭》里的一篇，后者所根据的是山县五十雄的编注本，总名《英文学研究》……这些原书都是鲁迅寄来的。"①二是在谈及翻译过程时，周作人回忆了"虫缘"这个名称是根据原名而定的，本名是"黄金甲虫"（The Cold—bug），因为当时用的是日本的"英和辞典"，甲虫称为玉虫，实际是吉丁虫，方言称其为"金虫"，是一种美丽的带壳飞虫②，在该书的第二版序言中也说，"——是书英文原本名曰《金之甲虫》。著是事之原始也。日本山县氏译本名曰《掘宝》。著事之结果也。译者不解和文。而于英文少有涉猎。因从原本绌绎成此。别著其名曰《玉虫缘》"。由此可以推断，日译本为"意译"，周作人以此为参照，并结合日本辞典，翻译而来。我们由此可以推断，爱伦·坡最早引起国人的注意，很有可能是包括鲁迅在内的当时在日本留学的一批留学生。时值日本文坛上唯美之风大为盛行。据当时鲁迅在日本订阅的报纸、杂志来看，以《早稻田文学》为例，其中常刊登有对爱伦·坡的小说翻译。如：坡作、天弦译《影》（1906 年 2 月）；爱伦·坡作、花山译《南洋漂流记》（1906 年 5、6 月）；爱伦·坡作、烟荷香译《黑猫故事》（1907 年 1 月）。③ 可见，当时日本对爱伦·坡的介绍是很多的，很有可能鲁迅就是在此时期对包括爱伦·坡在内的带有世纪末之风的

---

① 周遐寿：《鲁迅小说里的人物》，人民文学出版社 1957 年版，第 178 页。
② 周作人：《五二、我的新书（二）》，唐文一、刘屏主编《往事随想》，四川人民出版社 2000 年版，第 175 页。
③ 参见王惠敏《鲁迅的〈小说译丛〉及其他》，《鲁迅研究月刊》1995 年第 7 期。

颓废文学颇有接触。鲁迅在日本读到爱伦·坡的小说后,十分欣赏,于 1904 年将其小说寄给国内的周作人,在谈及爱伦·坡的小说《黑猫》时,说"确实有点骇人"。

尽管如此,中国对爱伦·坡的最初接受却并不是他"唯美风格"的作品,而是他的侦探推理小说。这和当时中国文坛的现状是密切相关的。《玉虫缘》一书出版时,书后附印的小说林的广告即可一窥其斑,小说林竭力宣传和推出的是分别用彩色纸印的 12 类出版物:历史小说、地理小说、科学小说、军事小说、侦探小说(《玉虫缘》即在其中,此类种数最多,近 30 种)、言情小说、国民小说、家庭小说、社会小说、冒险小说、神怪小说、滑稽小说。可见爱伦·坡最初引起鲁迅等人注意的唯美/颓废风格的作品并不在此列,反倒是他的侦探小说很快引起了国人注意。周作人自己也说"这时还没有侦探小说时代的侦探小说,但在翻译的时候,华生包探案却早已出版,所以我的这种译书,确是受着这个影响的"[1]。该书颇为迎合当时人们对推理小说喜爱的阅读趣味。而事实证明这本书的销路确实不错,以至于在短短的一年内又有再版。同时辛亥以前小说喜以"说部教道德"的教诲倾向为当时之风气,"中国近方以说部教道德为梁,举世靡然"[2]。周作人还在第二版的序言中署名为萍云谈到了自己翻译此书的目的"……天下无易事也。近者吾国之人。皆思得财矣。而终勿得。吾国之人。皆思做事矣。而终勿成。何也。以不纳其得之成之代价故也。使读此书而三思之。知万物万事。皆有代价。而断无捷径可固。则事庶有济之一日乎"。在后来收入《中国

---

[1] 周作人:《五二、我的新书(二)》,唐文一、刘屏主编《往事随想》,四川人民出版社 2000 年版,第 175 页。

[2] 周作人:《红星佚史》序,钟叔河编《周作人文类编 希腊之余光 希腊 西洋 翻译》第 8 卷,湖南文艺出版社 1999 年版,第 529 页。

近代文学大系·翻译文学》中的有《译者附识》"且非独致富，以之办事，天下事皆可为，为无不成矣。何有于一百五十万弗之巨金？吾愿读我书者知此意"。以通俗小说劝勉国人勤奋努力，振兴国力，实为当时之风气。

这是周作人较早的翻译创作之一。该书的翻译采用的是当时通用的文言翻译。在翻译上尽量依据原本译出，"——是书推测事理。颇校神妙。虽只一平常记事之文。而其中实合有侦探小说之意太。书系入作者口气，今仍其体例"。但是译者也坦言书中颇有误译，"——书中形容黑人愚蠢。竭尽其致。其用语多误。至以 There 为 dar。it is not 为 taint。译时颇觉困难。须以意逆。乃能得之。惟其在英文中可显黑人之误。及加以编译。则不复能分矣。（如英文'故'Cause 可误为'爪'Claws。而在中文则否。不加注语便当费解）"。

在这里，我们可以看到我国对爱伦·坡最初的接受上，与西方大多数国家对爱伦·坡的接受上有一个最大的不同点，就是对于欧洲大部分国家甚至包括美国本土，他们对爱伦·坡的接受和认可主要是通过法国诗人波德莱尔的译介，受法国影响很深。而在我国最初对爱伦·坡的认识以及后来的普遍认可多受到日本影响和欧美时讯的影响。

2. 时代之风：侦探推理小说以及科学幻想小说的译介

早期对爱伦·坡的译介，最开始是集中在对爱伦·坡小说类型中侦探推理小说以及科学幻想小说的译介。由于侦探推理小说以及科学幻想小说为中国历来所未见，因此，在文坛上最为流行的除了与中国传统"才子佳人"小说模式有暗合之处的"离情别恨"的言情小说外，侦探小说和科幻小说以其体裁之新颖，代表了国人追求进步的思想，国人对之期望很高。侦探小说一方面与国人所常见的公案小说有不谋而合之处，迎合了国人的消遣需求，另一方面爱伦·坡对当权者的嘲弄，对知识分子超常智慧的抬高无一不与此时的国民心态暗合。因此，国人开始大量译介侦探小说，一时间出现了鱼龙混杂的现象。

　　爱伦·坡被誉为侦探小说的始祖，并被研究者指认为开创了数种侦探小说的写作模式，影响了后来深受广大读者所熟知和喜爱的侦探小说家。但是在初期对爱伦·坡的介绍中，国人并没有有意识地强调这一点。他们并不致力对侦探小说历史系统的清理，也没有打算要为大众挖掘出一个侦探小说家，而是专注于爱伦·坡故事本身的吸引力。加之爱伦·坡的侦探小说不多，并且均是以短篇小说的形式出现。因此，在早期的侦探小说译介中，爱伦·坡的身影是模糊而黯淡的，它夹杂在其影响过的一批作家中，共同为读者所认识。译介者对爱伦·坡在侦探小说史上的地位并未做更多介绍。从笔者辑录的当时对爱伦·坡的译介情况来看，此时期，国内对爱伦·坡主要的侦探推理小说几乎都有译介。有周作人翻译的《玉虫缘》，此后1914年12月《小说月报》第5卷第12期又刊登了徐大重译的《金虫述异》，还有为了专辑出版而收录的篇目。但是经笔者多方寻找，仍未见到后两者的原文书籍，只是见有目所存。陈蝶仙等翻译的《杜宾侦探案》中收有《母女惨毙》(*The Murders in the Rue Morgue*，今译《莫格街凶杀案》)、《黑少年》(*The Mystery of Marie Rogêt*，今译《玛丽·罗热疑案》)、《法官情简》(*The Purloined Letter*，今译《被窃之信》)、《骷髅虫》(今译《金甲虫》)（上海中华书局版，1918年版①）、孙季

---

　　① 该书初版时译者署名为"常觉、觉迷、天虚我生"，1932年重印时译者署名改为"陈栩等"。

康译《脂粉罪人（侦探小说）爱浦伦》（上海文业书局，1937年版）①等，还有我国著名的侦探小说译介者以及创作者程小青译的《世界名家侦探小说集》（第1、2册）中收有爱伦·坡的《麦格路的凶杀案》。程小青在其译者自序介绍中说这本小说集是美国著名侦探小说家[（Willard H. Wright），现译名范·达因]依时代先后编写的。书中作品自美国挨仑坡（E Allan Poe）起始，直到迄今的作家为止②之后，程小青又在《麦格路的凶杀案》介绍"那《麦格路的凶杀案》一篇，所以采入本集……就因为这篇小说所包含的侦探学识，比较的丰富些，并且叙述方面非常简洁，竟开了后来侦探小说的途径"。③

另一方面，此时对爱伦·坡作品的翻译还有散见于各种报纸、杂志的一些。其中也有在国人对科幻小说的译介热潮影响下，翻译的爱伦·坡科学幻想小说，《科学》杂志在第4卷第4期发表了赵元任译爱伦·坡著的"科学小说"《七天中三个礼拜日》。此外，爱伦·坡的故事性也吸引了当时人们的注意，1912年挥铁樵在《小说月报》第3卷第10期上刊登的译文《冰洋双鲤》（今译《瓶中手稿》）一文，作者署名"焦木"写有原名Found in Bottle，尽管从文本本身看来，已经与爱伦·坡的原文相去甚远，但是其故事的曲折动人，还是吸引了时人的注意。

3."美"之同仁：新文学建设

在文学开启民智的革命化浪潮中，爱伦·坡对我国侦探小说和

---

① 参见黄安年编《百年来美国问题中文书目 1840—1990 下》，中国美国史研究会、北京师范大学历史系1990年版，第1033页。
② 参见［美］来特（W. H. Wright）辑《世界名家侦探小说集》（第1、2册），程小青译，大东书局1931年初版。
③ ［美］哀迪笳·埃仑·坡（E. Allan Poe）、［匈］鲍尔村·葛洛楼（B. Groller）：《麦格路的凶杀案》，程小青译，大东书局1948年版。

科学小说的发展影响并不大。他创作的这类作品本身就不多,但他以其创作的丰富性,很快引起了国人的注意。此时期对于爱伦·坡引介最为得力的一批中坚力量是来自当时一批致力建设新语言和新文学的中国新文学家的注意。他们开始关注爱伦·坡所著的包括诗歌,小说和理论著作在内的"美"的文学。一些作品同时引起了许多同仁的注意,在翻译上一度出现了重译现象。

(1) 短篇小说

周作人在翻译了《玉虫缘》之后,紧接着翻译了爱伦·坡另一篇带有异域色彩的 Silence—A Fable(今译《静——寓言一则》),最初以《寂寞》为译名,1908 年 12 月署名独应发表在《河南》第 8 期上。此文在期刊《河南》发表时,有译者附记。对爱伦·坡有简单的介绍"性脱骆,耽酒好博,卒被斥于学校。然其文特奇妙,苍凉激楚,殆有鬼才,论者谓意多神秘,如读比利时文宗密透灵 M. Maeterlinck 所为剧;至禀孤峭之性,则乃类德之霍夫曼 Hoffmaun 与意之罗巴尔悌 1eopardi 云"①。译文以文言直译而出,译笔优美。这篇短文颇受周氏兄弟二人重视,之后,又将其收录在旨在"特收录至审慎,移译亦期弗失文情。异域文术新宗,自此始入华土。使有士卓特,不为常俗所囿,必将犁然有当于心,按邦国时期,留读其心声,以相度深思之所在"② 的《域外小说集》中,并易名为《默》,内容上也有删改。如文中"药叉",已改作"厉鬼"。这里提到的《域外小说集》共两册,是周氏兄弟合译的外国短篇小说选集,于 1909 年 3 月和 7 月,先后在日本东京出版,上海广昌隆绸庄寄售。第一册原收小说七篇,第二册原收小说九篇。1921 年增订改版

---

① 独应:《寂寞》,《河南》1908 年第 8 期。
② 鲁迅:《域外小说集·序》,《鲁迅全集》第十卷,人民文学出版社 1981 年版,第 155 页。

合为一册,由上海益群书社出版。其中收有《默》([美]亚伦·坡)等14位外国作家的38篇短篇小说。译文后皆有小注,收有作家的略传,包括译者的一些见解也附在文末。但是这些作品对当时的读者而言,一方面是其皆为短篇,为国人不熟悉,一方面是所描写的人情世故皆带有异域色彩,为国人所隔膜。因此在刊印之初,为国人所不喜,销量亦不好。我们现在看到的这个印本是在"五四运动"以后上海群益出版社的重印本。但是其在周氏兄弟早期的文学活动中,占有重要地位,并在中国翻译文学史上具有重要意义。诚如译者自言"我们在日本留学时候,有一种茫然的希望,以为文艺史可以转移性情,改造社会的"①,因此,当事后国人开始注意从国外的世界文学遗产中汲取营养时,它即受到新文学界的注意。但是,人们在其中最为关心的是《域外小说集》在整个翻译史上的短篇形式以及其中辑录的弱小国家的翻译作品,缺乏对具体作家作品的关注,对爱伦·坡的关注也并不是特别多。可见,尽管爱伦·坡进入中国的时间还相当早,《默》的文体对于国内来说还是很陌生,在此时期产生的影响还是较为微弱,但是还是引起了我国新文学界的注意。继周作人之后,1917年中华书局版的《欧美名家短篇小说丛刊》中卷的《美利坚之部》收有通俗文学家周瘦鹃翻译的《静默》,1923年12月《小说世界》第4卷第5期刊载余子长译的《静默》,1935年三郎翻译的《沉默》发表在1935年第7卷第8期的《黄钟》②上。他们和周作人译的是同一篇,但是均用

---

① 鲁迅:《域外小说集·序》,《鲁迅全集》第十卷,人民文学出版社1981年版,第161页。

② 1932年随着"九一八"事变和"一·二八"事变的发生,国内反帝爱国的民族情绪空前高涨,1932年受国民党支持成立的黄钟文学社成立,鼓吹民族主义文学,主要成员有废人、尚由、汪锡鹏等;同年十月于杭州创办《黄钟》周刊,从第2卷第21期起改为(半月刊),一直持续到1937年抗战全面爆发五月停刊。不久,组织亦告解体。

白话文译出。

还有一些篇目也出现了重译现象。1917年中华书局版的《欧美名家短篇小说丛刊》是我国早期比较有影响的短篇小说集。1917年11月《教育公报》第15期上刊有对其未署名的评语，赞其"不仅志在娱悦俗人之耳目，足为近来译事之光"。据推测当为鲁迅和周作人共同拟定，后收入周作人选集中。该书中卷的《美利坚之部》收录了我们前面提到的周瘦鹃翻译的《静默》，同时还收录了由周瘦鹃翻译的《心声》（The Tell – Tale Heart，今译《泄密的心》）。"五四运动"以后沈雁冰又用白话文重译了《心声》，刊登在《东方杂志》1920年9月第17卷第18号上，之后该文又收入上海商务印书馆1924年4月版的《近代英美小说集》中。稍后，苏兆骧又将该小说译为《告发的心》，刊发在1923年5月27日的《民国日报觉悟》上。1924年2月余子长译为《多言之心》刊发在《小说世界》第5卷第7期上。1928年，石民又译为《惹祸的心》发表在《北新》第2卷第23期上。[①] 寒先艾又译为《发人隐私的心》，收录在1935年8月郑振铎主编的《世界文库4》中。

除此以外，爱伦·坡颇富怪诞恐怖色彩的其他名篇也引起了当时新文学界的注意，如《红死病的假面具》先后曾有包天笑译的《赤死病》（The Masque of the Red Death，今译《红死的假面》，1916年4月《春声》第3集）；钱歌川译的《红色之假面》（《文学周报第七辑》，1929年第8卷第25期）；三郎译的《红死之假面》（《黄钟》1935年第7卷第5号）；林徽因译的《红死的面具》（《现代小说》第1卷第4期）等。《幽会》中有林徽因的译文（《大众文艺》

[①] 《北新》由上海书局发行，1926年创刊，原为周刊，自第2卷第1期，1927年11月改为半月刊。

1928年9月20日第1卷第1期),① 从《大众文艺》第一期目录来看,翻译的作品就几乎占据了一半。林徽因是用白话文进行的翻译。对爱伦·坡的介绍不多,"美国哀伦坡的诗文,在中国已经介绍他得颇多"②。1928年9月光华书局出版的朱维基、芳信的翻译小说集《水仙》收有《幽会》,文中标题下署有"戚匿思",从译文内容上看可能指的是威尼斯,没有注明原著者和译者。③ 有论者认为是方信翻译的。

其他的翻译篇目,此时期还有1925年2月《小说世界》第9卷第9期刊发了子长译的《腰园的像片》(The oval Portrait,今译《椭圆形画像》);1926年《小说月报》第17卷第8号上刊发了傅东华译的《奇事天使》,后收录在1929年10月大江书铺出版的《两个青年的悲剧》中;林徽因译的《斯芬克思》(The Sphinx,1929年2月《真美善》第3卷第4期)。朱企霞译的《虾蟆》(Hop–Frog,今译

---

① 上海现代书局出版,1928年9月创刊,至1930年6月,共出2卷。该期上有达夫的《大众文艺释名》。"'大众文艺'这一个名字,取自日本目下正在流行的所谓'大众小说'。"并区别了日本的"大众小说",不是日本定义的"一般社会心理的通俗恋爱或武侠小说等而言",而是主张"我们的意思,以为文艺应该是大众的东西,并不能如有些人之所说,应该将她局限隶属于一个阶级的"。该杂志以小说为主,旁及诗歌和杂文,戏剧。对翻译的态度是"但平庸的我辈,总以为我国的文艺,还赶不上东西各先进国的文艺远甚,所以介绍翻译,当然也是我们这月刊里的一件重要工作"。
② 林徽因译《红死的面具》,《现代小说》第1卷第4期,第148页。
③ 参见解志熙《"颓加荡"的耽迷:十里洋场上的艺术狂欢者》,《中国现代文学研究丛刊》1996年第3期,第153页。绿社成立于1933年。主要成员有朱维基、蔡方信(笔名芳信)、林徽因和庞薰琴,邵洵美和夏莱蒂也曾加盟其中。绿社虽然成立较晚,但主要成员在20年代后期就陆续开始了文学活动。朱维基,早年曾在上海沪江大学求学,1927年开始从事文学翻译工作。蔡方信,早年曾入北京"人艺剧专"学习,20世纪20年代前期就有诗作和戏剧评论在《诗》月刊及《晨报副刊》上发表,1927年东渡日本求学,次年回上海专心从事文学活动。林徽因,其文学活动起步也比较早,1925年就有作品。绿社成员的一个主要贡献是对西方唯美—颓废主义文学的介绍。朱维基和蔡方信最初合作的结晶,就是唯美—颓废主义的译文集《水仙》。该书译介的西方作家,十有八九都属于唯美—颓废系统,如王尔德、史文朋、戴维森、道生、波特莱尔等。因此《水仙》一问世,立即受到海上文坛的唯美—颓废派作家的欢迎。邵洵美主编的《狮吼》半月刊发表专文推荐,并称赞这部书的编译。

《跳蛙》)(《北新》1930年第4卷第23、24期);吾庐译的《长方箱》(The oblong Box,今译《长方形箱子》)(《新月》1932年第3卷第7期)。1937年陈以德译有《眼镜》(1935年12月《文艺月刊》第10卷第3号);白和译的《坑与摆》(《文季刊》,1935年12月,第2卷第4期);翻译爱伦·坡作品最为上心的译者(团队)主要有两个,其中一个是沉钟社。沉钟社成立于1925年。从1926到1927年之间,继周刊而起,共出版推出了有12期的"沉钟半月刊",和一期E. A. Poe和E. H. Hoffmann的合集。该社的陈炜谟、杨晦、陈翔鹤似乎对于爱伦·坡有特别的兴趣,他们主办的《沉钟》于1927年推出了爱伦·坡与E. T. Hoffmann的作品专辑特刊《沉钟》(特刊),刊出了陈炜谟的几篇译作Eleonora(《埃莱奥诺拉》)、《黑猫》《丽姬娅》以及他的一篇关于爱伦·坡的短篇小说专论《论坡(Edgar Allan Poe)的小说》,还发表了杨晦翻译的《乌鸦》和《钟》(The Bells)。另一个就是三郎。1935年《黄钟》上陆续发表了三郎译的一系列爱伦·坡的作品,有第7卷第4期的《亚蒙蒂拉特酒》、第7卷第6期上的《黑猫》、第7卷第7期上的《跛蛙》。这些作品均用白话文翻译,译文流畅。

除了以上散见于报纸、杂志的篇章以外,此时期还出版了爱伦·坡的文选集。1934年商务印书馆推出了伍光建翻译的《普的短篇小说》,当是我国其时第一部爱伦·坡作品选集,其中翻译了爱伦·坡的《会揭露秘密的心脏》(今译《泄密的心》)、《深坑与钟摆》《失窃的信》3篇。1935年上海中华书局出版的钱歌川选译的爱伦·坡作品集《黑猫》,其中收有《红死之假面》《黑猫》和《椭圆形的肖像》三篇小说。这本选集的出现,在爱伦·坡的译介史上有着重大的意义。其一是,在翻译上比较规范,并且译者在序中提到了法译本的参照作用,作者自己说"最初译《红死》的时候,手边有波德莱尔的法译本，一字一句，都赖以参考，助我之处实。"其二是，整理出了比较完整的有关爱伦·坡的译介资料。在附录中有亚伦坡的肖像，以及非常翔实的《亚伦坡评传》。这篇序写于1929年2月上海。文章收录形式是英汉对照形式，并有大量的注解，为后来的研究奠定了坚实的基础。同时还附有对文章的解读，如对《黑猫》的翻译，首先是注释，"作中的黑猫看来虽然可以认为比拟良心苛责的东西，但实际Poe之作此，并非为研究道德心理的目的，其中也并未含有一点什么劝善惩恶的意味，自然也更不是想以此挑战文末残忍性的东西。他不过是把人间病的心理的一面，用他的想象和直觉之力，特别夸张地描写出来罢了。他的目的无非是想收一种使人恐怖的效果，但毕竟成功了"。① 《椭圆之画像》下的注释说"The Oval Portrait 最初题为 Life in Death，1842年在 Graham's Magazine 上发表的"。② 另外，还有一些文选集中辑录了一些爱伦·坡作品的旧译。1935年2月中华书局出版的《日射病》小说集中收有毛秋白译的《挪威的大漩涡》。1935年8月郑振铎主编的《世界文库4》其中美国的作品收录了两篇爱伦·坡的作品，一篇是《亚西尔之家的衰亡》（蹇先艾、陈家麟译），另一篇是《发人隐私的心》（蹇先艾译）。

（2）批评著作

此时期，爱伦·坡的两篇传世名作《创作哲学》（The Philosophy of Composition）、《诗歌原理》（The Poetic Principle），论述文学创作原理的作品在当时也颇为人注意。对于当时正在极力建设自己的新文学，在文艺研究上几乎还没有形成自己体系的中国来说，爱

---

① 钱歌川：《黑猫》，上海中华书局1935年版，第62页。
② 同上书，第124页。

伦·坡的论述性作品自然具有很大的吸引力，成为当时中国诗歌和小说建设主要关注点之一。

早在1920年，顾谦吾在当年秋季号的《留美学生季报》上作有《英文诗话》，其中就有专条介绍《创作的哲学》（*The Philosophy of Composition*）。之后，又有石樵所译的《作文底哲学》（《一般》① 第4卷第2号），译文前有小言"本志三卷一号有朱孟实先生底谈作文"，劝青年对于作文用心。他说，"我则以为'多数作家愿表明他们是用一种微妙的癫狂——灵感——来创作'（见篇内），的确只是一个'愿表明'，在这个'原表明'底背后，还有各自不同的曲折，不必与亚伦·坡一式、大家不要仅仅为这个'愿表明'所骗啊"！②谈及翻译《乌鸦》说"但将原诗反复省察以后，觉得要译很困难"，③其旨在反对所谓的"天才说"，这也是当时人们不愿意接受爱伦·坡的诗歌理论的一个原因，特别是如郭沫若等，认为其太"做作"。

1925年4月林孖翻译的《诗的原理》（*The Poetic Principle*，今译《诗歌原理》）刊登在《小说月报》第15卷第1号上。同年，小说月报社经由上海的商务印书馆编辑出版了以爱伦·坡这篇批评文章为标题的理论文集《诗的原理》，该书为小说月报致力建设新文学编辑出版的文论选集"小说月报丛刊第四十九种"之一。其中除了收有林孖译的爱伦·坡《诗的原理》以外，还同时收录了希和根据毛尔顿（Moulton）著的《文学之近代研究》中的一节改作的《论诗的

---

① 在创刊号上，有一则《一般的诞生》的对话。可以看出其报刊的主旨"我们无甚特别，只是一般的人，这杂志又是预备给一般人看的。所说的也只是一般的话罢了"。另有叔琴的《一般与特殊》。"一般的特殊化，是生活或文化本身的提高，特殊的一般化，是使大多数人生活或文化的提高。这是一般的人们所应该努力的目标，当然也是我们一般同人此后想要努力的目标，打算猛进的大路。"注意在他的第5页也提到了真美善。可见这个口号是比较广也是比较深得人心的。
② [美]爱伦·坡：《作文底哲学》，石樵译，《一般》第4卷第2号，第290页。
③ 同上书，第291页。

根本概念与其功能》，这两篇论文都旨在简述诗歌的一般原理。林孖在附记《附记本论中底人名和所引底诗底原文首行》中说明了其著作来源是由 Harvanl Claiisics, Vol. 28 译出的。爱伦·坡的这篇享誉后世的著名论文，也受到了崇尚唯美主义的朱维基的注意，朱维基于1926年翻译了《诗的原理》，刊登在《火山月刊》第一期上。①

（3）诗歌

爱伦·坡的诗歌以其音韵之美及哀婉之情，吸引了"新文学家"的注意，其中有的名篇还出现了好几个版本，当时对爱伦·坡诗歌的译介篇目主要集中在以下几个方面。一是对美女的歌咏。席均译的《恩娜倍李》（1924年1月，《文艺周刊》第19期）、球笙译的《赠希伦》（1934年4月，《文艺月刊》第5卷第4号）、曾虚白译的《意灵娜拉》（1928年，《真美善》杂志第1卷第3号）、马挺中译的《李安娜》（Annabel Lee）、《中学生翻译》中收录的《安娜白李》（高尔基等著，张廷铮译，上海中学生书局1932年版）。另外还有为爱伦·坡赢得了盛誉的两篇诗作，也在此时获得了译介。一个是爱伦·坡以音韵美著称的诗歌名篇《钟声》（The Belles），由黄龙译为《钟》（《真美善》1930年第5卷第4号）②。另一篇是爱伦·坡的诗歌名篇《乌鸦》，不但在当时文坛上出现了好几个译本，还围绕译本

---

① 1926年11月，火山文艺社创办《火山月刊》于上海创刊，由光华发行。由夏莱蒂等办，芳信等编。

② 1927年，曾朴、曾虚白父子在上海开办真美善书店，创办了《真美善》杂志。《真美善》开始为半月刊，后来改为月刊、季刊，几经挫折，但一直坚持着，直到1931年7月终刊，前后共出47期。起初它的撰稿人只有曾氏父子，后来刊物从封闭走向开放，撰稿队伍逐渐扩大，徐蔚南、王坟（朱雯）、王家棫、张若谷、邵洵美、夏莱蒂、叶鼎洛等陆续加入，《真美善》在海上文坛也渐渐有了影响力。从译介上可以看出，重视译介外国文学，是《真美善》的一个特点，其中又以对欧美唯美—颓废主义文学的译介最为突出。从法国的戈恬（通译戈蒂耶）、葛尔孟（通译果尔蒙，也译古尔孟）到美国的濮爱伦（爱伦·坡）、英国的罗萨蒂（通译罗瑟蒂）、王尔德、乔治摩阿（通译乔治 摩尔），直到意大利的丹农雪乌（通译邓南遮），均在介绍之列。这清楚地表明《真美善》主撰者对唯美—颓废主义确是情有独钟的。尤其是对法国作家戈蒂耶（他被认为开了唯美主义的艺术先声）和古尔孟（著名的颓废主义作家）的介绍，颇为用心尽力，不惜篇幅，以连载。

展开了对诗歌翻译的争论。《乌鸦》最早的译文可能出于子岩笔下，发表在1923年12月1日出版的《文学周报》百期纪念号。这个译文质量不高，立即引起了张伯符等人的批评。伯符的《〈乌鸦〉译诗的刍言（批评）》（《创造周报》1924年卷36）针对《文学》百期纪念号上登载的子岩的《乌鸦》译诗而作的，连登了两期。伯符在第37期上说，"最后我还有一个声明，就是我的试译，不过是在解意，并不在译'诗'，因此，如有人说我的试译没有现出原文的Rhythm时，我甘受其责，但是意义上我自信还没有笑话"。对子岩的译作进行批评的同时，伯符也给出了自认为更贴近原文本意的译文。1924年9月，《学衡》杂志第四十五期上又发表了顾谦吾的骚体译文《鹏鸟吟》。之后《沉钟》特刊上又发表了杨晦的译文《乌鸦》。1929年，《真美善》第四卷第三号上也刊载了黄龙的译文《乌鸦》，在诗歌翻译之后有段编者按。说是1929年5月18日，黄龙"脱稿于cafe renaissance poe的这篇Raven，本是千古的绝唱，神韵音节绝没有那支妙笔可以把他用别国文字表达出来的"[①]。可以从其对地点的强调中看出其中所蕴含的浪漫主义色彩，并对这首诗歌中的音韵之美有所提及。1933年，侯佩尹译的《乌鸦》刊载于《大陆杂志》第1卷第10期上。

施蛰存在他编选的《中国近代文学大系 1840—1919·翻译文学卷》第二卷中的编选说明中说到"从19世纪晚期至本世纪最初20年间，外国通俗小说之通过译文输入中国者，大约可分为四大类型：（1）爱情小说，（2）科学幻想小说，（3）怪异小说，（4）侦探小说"。爱伦·坡的这几类小说，我们在20世纪初的头30年几乎都有见到。其中的跟风之气自然难免，对读者趣味的迎合也是必然的。

[①] ［美］埃德加·爱伦·坡：《乌鸦》，黄龙译，《真美善》1929年第4卷第3号，第19页。

但是，此阶段最为我们注意的是，一批对唯美颓废主义文学有所追求的文学家，如绿社成员、真善美成员、沉钟社成员对爱伦·坡创作中颇富怪诞神秘色彩的类型作品的兴趣。这类作品为这些有共同艺术追求的文学同人所喜爱，以其文学性成为当时新文学界极为关心的创作类型之一。

但是结合我国翻译初期的语境而言，还是颇有一些复杂性。一是由于各自的版本来源不一样，对爱伦·坡的理解难免有所出入；二是受到当时"白话文""文言文"论争的影响，在翻译上出现了先用文言翻译，又有白话文翻译的重译现象。三是在对爱伦·坡作品的翻译中又夹杂着翻译问题的讨论，翻译中直译和意译交替出现。又由于翻译统一规范的缺乏，出现了一些颇有深意的翻译现象，如对鬼怪的归化等一些特殊的"归化"现象。总的来说，尽管整个译界的空间是自由和开放的，但同时也是无序的，对爱伦·坡的作品理解的不全面，对其著作的翻译不全面，都给我们下一个时期的译介留下了大量的工作。

（二）三四十年代译介（1937—1947）

1937年之后，国内局势变得日益紧张，日本的大势入侵，以及美国的援助使得中国和整个国际关系显得紧张和多变。当时致力建设中国新文化新文学的一批知识分子，受时代氛围影响，他们在前面几十年探索的基础上，在广阔的翻译道路上选择了他们在那个时代看来颇为积极和有效的中国道路，并且全身心地投入了革命文学建设中，对爱伦·坡的关注开始有所减少。但是，这个阶段又是新中国成立前中美文化交流史上有意义的一页。尽管此时期专门致力于对爱伦·坡本人的译介是很少的，对于其作品的新的译介有所减少，但是对美国文学的整体译介却使得对爱伦·坡的译介频频出现在专门的翻译著作选集中。爱伦·坡作为美国丛书系列中的一个重要作家，他的美国身份开始得到关注，在译介上对他在美国文学史上的地位和影响力有所强调。因此，尽管在数量上翻译有所减少，但是翻译的系统性却开始增强，此时期对爱伦·坡的翻译主要有两部分：一是选集中的辑录；二是焦菊隐翻译的美国文学系列。

1. 选集中的辑录

商务印书馆于1937年6月推出的由王云五主编的汉译世界名著《万有文库·第2集》中《美国短篇小说集上下》收有《告密的心》。在《导言》中将英美两国合在一起，认为美国小说的成就更大，而诗歌的成就不如英国。并声称法国和美国的短篇小说是近代短篇小说所由之发展的两个主要源头，"而法国则等到1852—1865年K.波特莱尔翻译了E.爱伦·坡的作品方才完成了近代短篇小说的艺术，而产生了G.莫泊桑之流的大作家。那么我们即使研究美国的短篇小说是近代短篇小说的鼻祖，也不算是过分夸张的"。接下来，作者在序言中说，这里收录了11篇美国小说，并分析了他们对近代短篇小说所贡献的成分，以W.欧文、N.霍桑、E.爱伦·坡为代表，将爱伦·坡视为是形式与技巧上的完成。另外又从时代划分，将爱伦·坡视为南方浪漫主义的代表，又说，爱伦·坡是南方兴起的怪杰，代表着后期浪漫主义的另一样态，而完成了短篇小说的技巧。翻译其名字为"爱得加·爱伦·坡"，该文是从南北文化的差异来讲述爱伦·坡的，对爱伦·坡的评述也较为完整，说"他同时是一个诗人，批评家和短篇小说作者"，对其短篇小说的评价是"充满着恐怖感，病的气氛及幻想等等"，同时也认为爱伦·坡也有讽刺的作品，并以《告密的心》为代表。"他又是侦探小说及冒险小说的首创者。他在短篇小说技巧上的贡献最大。"这个时候已经认识到爱伦·坡的小说是在于气氛,"他用做诗的方法来做小说,他的小说也就同他的诗一般,作风简洁而能给人以强有力的整个印象"。在这里,对爱伦·坡的认识开始逐渐变得理性和客观,并有了对美国文学系统"史"的认识。

1937年6月,由启明书局初版,7月再版的施落英编选的《美国小说名著》(世界文学短篇名著,短篇小说集),书前有《世界短篇名著丛刊引言》,提到了时下对于译介外国文学的问题,一是粗制滥造,硬译,死译。二是多散见于报纸、杂志,未有系统的介绍。因此选了35个国家,150余位代表作家。"就纵的方面说,从文艺复兴期起一直选到20世纪40年代;就横的方面说,凡是每一个文艺思潮的主要作家,每一个有文字的民族或国家这里都收入了他们的代表作。"① 收有爱伦·坡的《长方箱》(吾庐译),译文前有"爱伦·坡小传","人家因为他的诗文独树一帜而且富于神秘的空想,所以有'鬼才'之称,他描写恐怖的情绪可以说是超绝的。但他也因此落落不遇,终于病死。他所创作的侦探小说,实在比英国的柯南道尔要写得好"②。在这里试图将爱伦·坡纳入文学经典中。1936年,生活书店出版的《美国短篇小说集》中收录了爱伦·坡的《亚西尔之家的衰亡》(塞先艾、陈家麟译)、《发人隐私的心》(塞先艾译),译文前有作者小传"诗与散文小说无不擅长。他的短篇小说,形式最美;他爱慕神秘与恐怖,故喜叙神秘的事件或者反常的人格,分析心理,往往入微,不易了解;而写作的技术超过了以前许多人。欧洲无数个作家几乎全受他的影响。这里翻译的两篇都是

---

① 施落英编选:《美国小说名著》,启明书局1937年版,第2页。
② 同上书,第1页。

他的杰作"①。同时认为《亚西尔之家的衰亡》"用抽象的字过多,中文没有法子表达出来"。1946年铁流书店出版的短篇小说集《革命的女儿》收有一篇茅盾的旧译爱伦·坡的小说《心声》,另一篇是吾庐翻译的《长方箱》。1948年2月大东书局出版了我国颇有声望的侦探小说家程小青翻译的爱伦·坡的小说《麦格路的凶杀案》。1948年3月中华书局出版"中华少年丛书"中的《荒凉岛》,其中收有爱伦·坡的《跳蛙》(Hop-Frog)。

赵家璧在写于1949年3月11日的《出版前言》中,陈述"晨光出版公司在1946年冬成立后,就编印了一部'晨光文学丛书',收集国内第一流作家的文艺创作,但偶尔也列入几本翻译的作品。从今年(1949年)起我们将另出一套'晨光世界文学丛书',专刊世界文学名著,同时把'晨光文学丛书'的译作全部改编入'晨光世界文学丛书'中"。最后编者提出了他们的计划,从美国开始,后面还准备出版"英国、苏联、法国、日本、德国、旧俄等翻译作品……每一国将介绍二三十部代表作品,按月陆续出版。我们希望在五年之内,出足二百种,成为一套国内最完备的世界文学丛书。但是这个宏大的愿望并未完全得以实现,所幸《美国文学丛书》的出版倒还变为了现实"。在这套丛书中收录了两部爱伦·坡的选集,它们均由焦菊隐翻译,于1949年出版。其中一部为《爱伦·坡故事集》,它是继伍光建、钱歌川译本之后较为集中翻译爱伦·坡故事的又一版本,收有爱伦·坡的肖像,以及《黑猫》《莫尔格街的谋杀案》《玛丽·萝薏的神秘案》《金甲虫》和《登龙》(Lionizing,今译《捧为名流》)共5个短篇。另一部是《海上历险记》(The Nar-

---

① [美]欧文等:《美国短篇小说集》,郑振铎主编,骞先艾、陈家麟译,生活书店1936年版,第33页。

rative of Arthur Gordon Pym，今译《阿瑟尔·戈尔登·皮姆历险记》）。虽然翻译的篇目不多，但是从翻译选定的内容来看，已经基本上涵盖了爱伦·坡小说中的恐惧心理小说、侦探推理小说以及幽默讽刺小说等主要的短篇小说种类。从焦译本来看，新译的篇目有爱伦·坡的讽刺性作品《登龙》以及他的航海冒险作品（即他唯一一部中篇小说《阿瑟尔·戈尔登·皮姆历险记》），可以说在对爱伦·坡作品翻译上，做到了各种类型小说的兼顾。但是，由于这套丛书问世之际，中美关系处于最低潮，受到政治原因的影响，这套系统介绍美国文学的丛书很快被人遗忘了，但是其对于中美文化交流至今仍具有一定的意义。

诗歌方面，散见在报纸、杂志上的有陈贻先译的《爱伦·坡诗一首》［收《文哲（上海1939）》1940年第2卷第2期］以外，还有《文潮月刊》上培茵的一系列译介文章，以及培茵翻译的诗歌《给亚塞陀尔》［《文潮月刊》1947年第4卷第2期］。1948年《文潮月刊》（第5卷第6期）刊登了爱伦·坡画像及其签名，同时还有培茵《十九世纪的怪杰爱伦·坡：爱氏逝世九十九周年祭》，在对爱伦·坡身世的介绍中翻译了爱伦·坡早期诗歌《湖——致——》。同期收录的还有培茵翻译的诗歌《婚歌（外一章）》，实为两首诗歌，除了作为标题的爱伦·坡1827年作的《婚歌》（今译《新婚小调》），还有《长庚星》（今译《金星》）。以选本出现的《罗马哀歌（世界文学名诗选）》中收有海岑译的《大鸦》《钟》《阿那贝尔·李》。在《序》中说"我们的译文在某种方面或许更能保持原作的风格"，认为爱伦·坡"实开后来象征派和神秘派的先河"。① 评价

---

① 马云、庞德身编：《罗马哀歌（世界文学名诗选）》，点滴出版社1944年初版，第1页。

《大鸦》"诗中的乌鸦,存在于梦游者的想象中,究竟象征着什么,最后还是留让读者自己来猜忖。《钟》以同样丰富的想象和严格的布局,是另一方式的完整的诗篇,他在音乐性的效果上甚至超过了《大鸦》"①。

2. 东北沦陷区的译介

1931 年东北沦陷以后,日本采取了宣传大同思想,实行文化垄断的一系列措施。伪满洲国自建立起就与西方社会割断了联系,陷于外交孤立状态,缺乏接触西方文化的契机。特别是在全面抗战开始之后,翻译欧美作品沦陷是不被允许的。因此,整个东北沦陷区对西方文化的接触大都来自于日文书籍,对英美文学的翻译是非常少的。但是我们还是可以见到爱伦·坡的名字。东北沦陷区的《大同报》自 1933 年改良后不久开始以西方侦探小说吸引读者。1938 年夏天,《大同报》的编者柳龙光开创性地以专页形式介绍外国文学,在《文艺专页》中设置了《翻译专页》。这些作品中,有雪笠译的爱伦·坡的作品〔《阿孟奇拉特酒樽》(1938 年 10 月 5 日、7 日《大同报》的《文艺专页》)、《红死的假面》(1938 年 7 月 22 日、23 日、24 日《大同报》的《文艺专页》)〕。雪笠是一名留日学生,主要译作都是日译文,这些翻译很可能是从日文转译过来的。

此阶段对爱伦·坡的作品新译不多,多以旧作重译或者旧作重新收入新文选集的方式出现。在这些选集中,一方面是将爱伦·坡作为美国文学中的重要一员做译介;另一方面也是在世界文学中对爱伦·坡做介绍,开始比较系统地关注爱伦·坡本身以及美国文学本身抑或是世界文学本身。从其中的编者前言或者编者的话中,我

---

① 马云、庞德身编:《罗马哀歌(世界文学名诗选)》,点滴出版社 1944 年初版,第 2 页。

们可以看出此阶段译介的用意,以及致力助推爱伦·坡进入世界文学之经典系列的深意。而沦陷区的翻译则更多和 20 世纪头 30 年我国对爱伦·坡译介时在文学趣味上的偏好一脉相承。

二 五六十年代译介

(一) 文化领域里的意识形态建设

1949 年新中国成立之后,年轻的国家有着新生的蓬勃力量,但是在她的成长道路上却面临着复杂的国际形势,因而显得困难重重。这对于一个新生的国家而言,增加了不可避免的恐慌感。在新中国成立初期,美国出于自身的利益需求对新生的中国充满了敌意。苏联出于自身的利益考虑,向中国伸出了援助之手。特别是在整个国际局势走向意识形态对立的两大阵营以后,在整个紧张的国际形势中我们的祖国需要积蓄力量对抗来自各方面的沉重压力,意识形态的合法性在中国这段时期变得非常重要。文艺界是全国性政治运动的重镇。

知识分子自身也有着微妙的变化。在这段时期,知识分子还表现出了另外一面,在这样一场意识形态清理中他们不乏也有对虚幻的乌托邦意识形态带有某种革命激情的主动认可。有很大一批知识分子是主动摈弃颓废和落后色彩的文学形态,如田汉的论述"在东京的某一阶段,我几乎走上唯美主义、颓废主义的歧途。但我毕竟是一个贫苦农民家庭出身的、有良心的中国孩子,在封建主义和帝国主义双重压迫下的祖国人民深重的苦难和民族危机前面,我不可能不有所醒觉,有所振奋,又在搞王尔德,爱伦·坡,波德莱尔的同时,我爱上了赫尔岑,托尔斯泰等俄罗斯文学巨匠,因而在迷途未远的时候,我就折回来了。起先,我是凭着一股青年的热情和正义感来写作的,其后在党的领导下,通过戏剧活动为反帝反封建而斗争"。①再加上由于早期对苏联道路的无比信服,对苏联教材的采纳和接受,使得"苏联模式"的影响在我国长期存在,实际上也在很长一段时间里影响了我国对意识形态的认识。

(二) 翻译出版概况

在翻译领域里,就整个翻译出版界而言,在翻译选择上无一例外地倾向于选择符合意识形态要求的苏联和第三世界人民作品的翻译。而对敌对意识形态国家的作家作品,除了对本身意识形态进行抨击的作家被视为进步作家予以引进以外,具有现代因素和纯文学因素的作品除了一部分以内部刊物的方式出版,在小圈子里流传,以供批判以外,大部分处于几乎完全停止状态。而爱伦·坡作为"意识形态对立"的美国作家,其作品缺乏进步色彩,自然是被排除在外。同时其作品的怪诞色彩,也为当时追求现实主义的中国难以认同,爱伦·坡的身影在这个时候显得非常不合时宜,周扬为此还专门谈论过爱伦·坡"我国三十年代就有现代派作家,技巧创新到了奇异的程度,西方近代的爱伦·坡《亚西亚家族的灭亡》《晨钟》出了专号,发表这篇翻译作品,很不好懂,描写技巧是现代派手法"②,这个时期爱伦·坡的名字几乎消失于我们的视野。

此时期,对于资产阶级的文化学界只是做了知识整理和文化积淀的工作,表现在一些知识性读物上的简单介绍,在译介上以西方古典和近代文论为主。但是五六十年代译介的特殊性在于,爱

---

① 田汉:《田汉选集》前记,田汉著作编辑出版委员会编《田汉文集》第1卷,中国戏剧出版社1983年版,第467页。

② 顾骧:《我与晚年的周扬(续)——20世纪80年代一桩文坛公案的前前后后》,《南方文坛》2002年第2期,第69页。

伦·坡以其19世纪的文论创作也在这段时期得到了一定的译介。从总体上看,对爱伦·坡的评价应该还是比较全面和贴切的。1958年新知识出版社出版的《新知识词典》中收有"爱伦·坡"词条。1961年10月中华书局辞海编辑所修订出版的《辞海试行本 第10分册 文学·语言文字》中也收有"爱伦·坡"的词条。一般而言,辞典类的编撰是对某一知识领域的系统总结。在整个编写中,其对科学性、客观性和普及性有着较高的要求,同时由于它也是进一步展开相关研究的基础,应当具备一定的文献资料性。但此时期的辞典编撰也受到了时代和环境的限制,均可见出当时的意识形态影响。大部分译介被苏联模式过滤掉了其原有的鲜活性,具有鲜明意识形态性。尽管20世纪60年代初,由于中苏关系恶化,苏联的作品翻译大为减少,但是苏联模式的影响也一直存在。在对爱伦·坡的译介中自然如此,俞兆平在《两种浪漫主义的界分与中国文艺实践》中回忆到"而后社会主义国度在文学艺术上的极左思维也由此发端。例如,高尔基在《俄国文学史》中不仅把爱伦·坡当为消极浪漫主义者加以否定,甚至对果戈理这样大师也予以批判"。[①] 以《辞海试行本 第10分册 文学·语言文字》中收录的"爱伦·坡"词条为例:

爱伦·坡(Edgar Allan Poe 1809—1849)美国诗人,批评家,小说家。生于演员家庭。作品色彩阴暗,充满恐怖气氛,反映出对资本主义现实生活的恐惧。[②]

在这段介绍中,作为中国最高权威性的出版社编订的《辞海》,

[①] 俞兆平:《中国现代三大文学思潮新论》,人民文学出版社2006年版,第25页。
[②] 《辞海试行本 第10分册 文学·语言文字》,中华书局1961年版,第204页。

尽管在对作家的评价中持有一定的理性,保持的合理和客观,但同时,受到当时苏联模式的影响,将爱伦·坡的恐怖仅仅归结于是"对资本主义现实生活的恐惧",是与事实本身有一定出入的。

就笔者所见,此时期有关爱伦·坡新的译作的刊登和出版,唯一见到的翻译作品是 1964 年人民文学出版社上海分社出版的由伍蠡甫等编辑的《西方文论选下》①,并由伍蠡甫、林同济参加编校。由杨烈根据弗厄斯特(NormanFoersterJ)的《美国批评文选——十九至 20 世纪》(牛津版,1940 年)中收录对爱伦·坡著名的诗学论文《诗学原理》的节译,之后 1979 年又由上海译文出版社再版,不但翻译了爱伦·坡的重要的诗学著作,还对爱伦·坡做了比较全面的介绍,但其中的意识形态色彩也十分浓厚。如:

> 爱伦·坡(Edgar Allan Poe,1809—1849)……他的创作和批评充满神秘色彩。小说大都刻画犯罪心理、变态心理,含有恐怖气氛,反映了资本主义社会的阴暗生活。
>
> ……
>
> 爱伦·坡企图逃避现实、而与上帝冥合的反动诗歌理论,对西方资产阶级神秘主义文艺观的发展,起了很大作用。②

该书还对爱伦·坡的《创作哲学》(1846)、《诗的原理》(1848年,发表于 1850 年)做了较为详细的介绍。对《诗的原理》一文的主要观点做了总结,对爱伦·坡诗学主张做了总结,指出,在爱伦·坡看来,诗的目的是"灵魂升华",灵魂升华是"美"的标志,

---

① 注:1979 年版本与 1964 年版一致,属于重版,上海译文出版社又于 1988 年推出了修订版。这本书到 1988 年重印了十多次。是六七十年代唯一的一部有一定影响力的文学理论著作,它在很大程度上决定了我们对爱伦·坡诗学理论的接受。

② 伍蠡甫主编:《西方文论选 下》,人民文学出版社上海分社 1964 年版,第 494—495 页。

同时包含"死后"的阶段,因此美属于"彼岸",又称为"神圣美",它是诗的真正要素。为了进入这美妙境界,诗人须凭"静观""冥想",把握刹那间的感受。分析了诗人"为诗而写诗"的诗歌主张,认为是爱伦·坡反对教训诗,追求诗的音韵美,在格律、节奏、押韵等音乐美中唤起灵魂实现"神圣美"。这是我国第一次将爱伦·坡放入西方文艺理论进程中进行介绍,论者为了将爱伦·坡放入西方文论的历史进程,过于夸大了他的美学追求,将之与19世纪的"神圣美"追求加强了联系,同时有很浓厚的意识形态,但是,我们不得不承认它是爱伦·坡在我国该阶段最有成效的成果了。埃德加·爱伦·坡的名字随着这部书的不断修订重版,自此在我国对西方古典文论的介绍中,始终占有了一席之地,不能不说是归功于这部特殊时代的特殊译介。

三 新时期以来(1978年至今)

(一)70年代末到八九十年代之交(1978—1989)

改革开放以后,国内意识形态领域原有的紧张关系开始有所缓和,国内的各项工作开始逐渐走向正轨,我国的文化界也从漫长的冬季复生过来,尘封了很长一段时间的翻译界开始活跃起来。学界开始尝试着翻译一些新的西方文学作品。又特别对作为西方文明高度发达的代表"美国"表现出了青睐。据统计,此时期对美国文学作品的译介大为上升,远远超过了同时期的同为英语语言的英国文学。其主要原因是在此阶段,随着中美关系的正常化,我国开始客观公正地评价美国的政治经济文化。"美国"作为一个符号化的强国形象,开始获得国人的认可。对于正在以"开放"求发展的中国来说,美国作为我们需要向它学习和借鉴经验教训的发达国家,我们迫切希望通过阅读文学作品了解美国社会与文化，而文艺界也很需要了解美国文学发展的近况，以便进行文化交流和艺术借鉴。同时，此时期的译介工作是在探索中逐渐转型的过渡阶段。越过20世纪五六十年代受意识形态影响几近空白的时期，较之新中国成立前的翻译高峰阶段，此时期的翻译承续了1949年之后的统一规划的作风，在译介出版上还带有"计划性"文化生产的意义。它不同于新中国成立前单凭个人兴趣爱好的选择进行零星的译介，而是以文化计划生产为主，开始"有目的"的系统性译介。因此，尽管此阶段对美国文学新的译介主要是集中在美国当时还在世且享有较高声誉的新进入文学经典行列的当代作家，但对美国早期经典作家的文学经典的系统整理和译介也是此时期的一项重头工作。爱伦·坡作为美国文学早期的代表人物是我们无法绕开的，对他的译介也开始逐渐复兴起来。

此时期，在对爱伦·坡诗歌和评论文章的译介中，增加了一些新译文，是对其中名篇的重译，它们的意义在于在编者收录和译者译介中，都体现出了将之归为历史坐标系中的努力。1988年第3期的《国外文学》率先推出了周向勤翻译的《爱伦·坡诗五首》，其中有爱伦·坡的《致科学——商籁体》《罗曼司》《致海伦》《伊斯拉斐尔》《安娜贝尔·李》等。国内还先后出版了几部美国诗歌综合性选集，其中就有对爱伦·坡诗歌的译介。1989年由三联书店出版的林以亮编选，张爱玲、余光中等译的《美国诗选》①中收录了余光中重译的爱伦·坡的诗歌名篇《大鸦》。该书按诗人出生年代先后为序排列，收录了写作年代从19世纪中叶到20世纪中叶的17位美国诗人的110首代表著作，并在每位诗人的

---

① 该书20世纪50年代曾在中国香港、中国台湾以繁体字出版过。

译诗前都有一篇介绍这位诗人的生平和著作的文章。它们共同为读者历史性地勾勒了美国诗歌从19世纪中叶到20世纪中叶的发展概况，其意义在于有助于我们历史性地理解爱伦·坡及其诗歌《乌鸦》。理论的译介也不再是新中国成立初期在建设本国诗学理论中对爱伦·坡的诗学理论进行译介了，而是系统性地对爱伦·坡的诗学理论展开研究。一方面将爱伦·坡并入西方古典文论家中进行评述，试图在西方文艺理论的链条中找到它的历史地位。另一方面开始有针对性地关注某些"诗学原理"，进入到对文艺理论相关话题的研究和探讨。但是，此时期对爱伦·坡评论文章的译介依然局限在《诗歌原理》等名篇上。1981年中国社会科学出版社出版的由中国社会科学院外国文学研究所外国文学研究资料丛刊编辑委员会编的《欧美古典作家论现实主义的浪漫主义》中收有摘译的爱伦·坡的《诗的原则》（即《诗的原理》）。1988年中国人民大学出版社出版的《唯美主义》中收有爱伦·坡的《诗的原理》，前者将他视为探讨浪漫主义的文论，而后者又将他视为"唯美主义"的诗学主张。

　　此时期较为重要的是在爱伦·坡小说的翻译上取得了突破性的进展。主要集中在一些故事的新译上。1981年世界图书出版公司出版发行了《爱伦·坡故事集 有声名著精选》，紧接着1982年外国文学出版社推出的由陈良廷，徐汝椿翻译的《爱伦·坡短篇小说集》出版。曹明伦先生指出"该书收短篇小说17篇，其中《毛格街血案》《玛丽·罗热疑案》《窃信案》《金甲虫》《泄密的心》《黑猫》《红死魔的面具》和《椭圆形画像》等8篇计约12万字曾分别由周作人、周瘦鹃、陈蝶仙、沈雁冰、钱歌川和焦菊隐等人译过，另外9篇《一桶白葡萄酒》《跳蛙》《鄂榭府崩溃记》《大漩涡底余生记》《艾蕾奥瑙啦》（包括《丽姬娅》《瓶中手稿》《陷坑与钟摆》和

《威廉·威尔逊》等）计约 9 万字系新译。"① 实际上，就笔者所统计的材料，《一桶白葡萄酒》《跳蛙》《鄂榭府崩溃记》《大漩涡底余生记》《艾蕾奥瑙啦》《陷坑与钟摆》均在新中国成立前已经有所翻译，真正属于新译的作品并不是很多，但是作为以白话文形式新译的篇目却不少。应该说它的贡献之一是几乎辑录了爱伦·坡所有影响的小说，其在爱伦·坡的译介史上还是有很多值得我们肯定和提及的地方。不但对于新中国成立前多以意译为主，在翻译上归化现象严重的翻译篇目，起到了纠误的作用，而且在书中还附有附录，收有爱伦·坡年谱和陈良廷写作的《爱伦·坡和他的作品》，它们比较完整地向我国读者介绍了爱伦·坡的身世和创作，是第一部具有现代意义的爱伦·坡小说译文集，对后来的爱伦·坡著作的翻译影响很大。

此外，此时期还翻译出版了英国人西蒙斯写作的《文坛怪杰爱伦·坡传》（文刚，吴樾译，陕西人民出版社 1986 年版），是我国第一部对爱伦·坡传记的翻译，有助于读者全面理解爱伦·坡。

此时期的翻译，在外围环境上有很大的改善。一是白话文成熟，同时汉字简化以及普通话的推广，汉语本身得到成熟和发展。二是培养出了一批专门的翻译人才。这些都加强了翻译的规范性，提高了翻译的准确性。从对爱伦·坡的翻译来看，译名开始规范，出现了如陈良廷等对爱伦·坡翻译很有影响的翻译家。三是传播媒介逐渐摆脱了新中国成立前以报纸、杂志为主要传播渠道的局限，开始以作家的个人文选为主，其翻译是建立在可靠的原始文献材料来源上，在翻译上更加规范可靠。但是除此以外，随着一些通俗读物的

---

① 曹明伦:《爱伦·坡作品在中国的译介——纪念爱伦·坡 200 周年诞辰》,《中国翻译》2009 年第 1 期，第 47 页。

出版，爱伦·坡也被选入其中，作品开始普及起来，如对他的书信的翻译，就是混杂在"名人书信集"中翻译出版的。同时，由于缺乏严谨性，在一些普及读物中甚至出现了误收现象。

（二）90年代初至今（1989年至今）

如果说80年代的文化生产还属于计划性生产的话，进入90年代以来，随着当代文化的繁荣，市场经济的逐步成熟，文化市场的供求关系开始对文化生产产生了越来越多的影响。文化出版物原有的精英化启蒙色彩开始逐渐淡化，以追求盈利畅销的价值取向逐渐成为主流，爱伦·坡作为一个在高雅与通俗间行走的作家，此时期赢得了更为广泛的关注，无论是出于塑造经典还是出于追求通俗畅销的编译者都对他投入了足够多的关注力。此时期有关他的著作选集之多，印数之多，以及翻印现象的不断出现，是以前任何时期都难以比拟的。对爱伦·坡作品的复译、编译、改写可谓是层出不穷，对其作品集的重编以及各种形式的精选集、文集的出版和再版都增加了我们对他研究的难度。笔者在此对爱伦·坡文集的出版形式进行分析，旨在探讨在新的消费时代中爱伦·坡在中国的传播和接受。

1. 文选集的大量出版

（1）以爱伦·坡小说类型命名的"文选集"

王辽南主编的《生命末日的体验爱伦·坡恐怖侦探科幻小说选》（广西人民出版社1990年版），该书分为三辑，第一辑是恐怖小说，收有《黑猫》《"红死病"的假面舞会》《陷阱与钟摆》《一桶酒的故事》《泄密的心》《莱吉亚》《鄂榭府崩溃记》《"峨岩山"旧事》。第二辑是侦探小说，收有《毛格街血案》《玛丽·罗热奇案》《窃信案》《金龟子》《你是凶手》《眼镜》。第三辑是科幻小说，将爱伦·坡的科幻小说又分为航海、航天和医学三类。伍蔚典翻译的《荒诞故事集》（中国少年儿童出版社 1997 年版）；王逢振编选的《爱伦·坡神秘小说》（上海文艺出版社 1997 年版）；1998 年 4 月，四川人民出版社从曹译本中选出 13 篇幽默讽刺小说，结集为《爱伦·坡幽默小说集》。雷格译的《神秘及幻想故事集》（外语教学与研究出版社 1998 年版）、曹明伦译的《怪异故事集》（北京燕山出版社 2000 年初版，2006 年 6 月再版）、朱璞瑄译的《爱伦·坡的诡异王国——爱伦·坡惊悚短篇杰作选》（中国对外翻译出版公司 2000 年版）、刘万勇译的《红死——爱伦·坡恐怖侦探小说集》（新华出版社 2002 年版）、王逢振编选的《爱伦·坡神秘小说》（百家出版社 2004 年版）、王美凝译的《经典爱伦·坡悬疑集》（辽宁教育出版社 2005 年版）、康华译的《经典爱伦·坡惊悚集》（辽宁教育出版社 2005 年版）、苏静译的《神秘和想象故事》（明天出版社 2005 年 2 月版）、肖明翰译的《爱伦·坡哥特小说集》（四川人民出版社 2001 年版）、马爱农译的《爱伦·坡幽默小说选》（人民文学出版社 2007 年版）、刘华文译的《神秘幻想故事集》（商务印书馆 2007 年版）、曹明伦译的《爱伦·坡幽默小说集》（四川人民出版社 2009 年版）、赵苏苏、吴继珍、唐霄等译的《红死魔 爱伦·坡神秘小说集》（群众出版社 1994 年版）。冯亦代在为赵苏苏等译的《红死魔 爱伦·坡神秘小说集》作的《序》中声称"爱伦·坡的文名，早已在我国研究或翻译美国文学的人士中传播，但是至今对于他的作品，尚未有全部的介绍。群众出版社有鉴于此，特将其小说部分，组织译者予以适译，使读者对爱伦·坡的全部惊险恐怖题材的短篇小说有所了解"。后来群众出版社陆陆续续地推出爱伦·坡的各种小说选集。《红死魔 爱伦·坡神秘小说集》一书是爱伦·坡所写神秘小说的结集，收有 27 篇，分为三卷。第一卷"推理篇"，包括《莫格街凶杀案》《玛丽·罗杰之谜》《金甲虫》《失窃的信件》和《凶手就是你》五篇侦探推理小说。第二卷为"科幻篇",有《瓶中发现的手稿》《翠谷奇踪》和《瓦尔德马尔病例中的事实》等含有科学风范及幻想成分的科幻小说范本。第三卷"奇谈篇",有《黑猫》《跳蛙》《还魂记》《迈尔海峡遇险记》《心脏》《人约黎明后》《威廉·威尔逊》《贝雷尼丝》《厄舍古厦的倒塌》《一桶白葡萄酒》《死囚牢》《人群中的人》《莫蕾拉》《木箱》《活葬》《鬼使神差》《梅氏男爵》和《红死魔》等。除了推理篇以外,其他小说在分类归属上在学界还存有疑义。如廖晓文译的《爱伦·坡侦探小说集》(新世界出版社、宁夏少年儿童出版社 2002 版)、廖晓文、汪玉川译的《金甲虫与海盗宝藏 爱伦·坡推理小说集》(北岳文艺出版社 2009 年版)、《泄密的心 爱伦·坡惊悚短篇集 英文版》(外语教学与研究出版社 2010 年版)、《黑猫 爱伦·坡惊悚悬疑精选短篇集》(中国宇航出版社 2010 年版)。

(2) 以爱伦·坡小说"名篇"命名的文选集

曹明伦译的《莫格街谋杀案》(沈阳出版社 1999 年版)、熊荣斌、彭贵菊等编译的《丽姬娅》(武汉测绘科技大学出版社 2000 年版)、陈良廷等译的《红死魔的面具 爱伦·坡小说》(浙江文艺出版社 2001 年版)、刘万勇译的《红死——爱伦·坡恐怖侦探小说集》(新华出版社 2002 年版)、高玉明译的《毛格街凶杀案——爱伦·坡作品精选》(文化艺术出版社 2002 年版)、刘姗姗译的《莫尔格街凶杀案》(外语教学与研究出版社 2003 年版)、詹宏志编译的《黑猫》(河北教育出版社 2003 年版)、曹明伦译的《金甲虫/名家推介外国中短篇小说系列》(安徽文艺出版社 2004 年版)、赵苏苏译的《莫格街凶杀案》(群众出版社 2004 年版)、刘象愚译的《厄舍府的崩塌》(解放军文艺出版社 2005 年版)、张冲、张琼译的《摩格街谋杀案——爱伦·坡小说选》(上海译文出版社 2005 年版)、赵苏苏译的《杜宾探案——失窃的信》（群众出版社 2008 年版）、罗鸣、罗忠诠译的《莫格街谋杀案》（四川文艺出版社 2008 年版）。命名篇目多集中在《黑猫》《丽姬娅》《莫格街凶杀案》《被窃之信》《红死病的假面具》《金甲虫》《泄密的心》等名篇上。

（3）其他短篇小说选集

唐荫荪、邓英杰、丁放鸣译的《爱伦·坡短篇小说选》（湖南文艺出版社 1995）为豪华精装本。陈良廷、徐汝椿译的《爱伦·坡短篇小说精选》（光明日报出版社 2007 年版）封面是《莫格街凶杀案》中的插图，一个手持匕首的大猩猩拽着一个人的头发。有意思的是这个大猩猩面人而立，正面应对正在观察他的读者。书的第一页就是"推荐序"，通过唐荫荪的陈述，我们大体知道，其是光明出版社出版的一系列的价廉物美的名著之一。陈良廷译的《爱伦·坡小说选》（中国戏剧出版社 2005 年版），该书在简介中声称为《爱伦·坡小说选》的中文全译本。其他的还有孙法理译的《爱伦·坡短篇小说选》（译林出版社 2008 年 1 月版）、《爱伦·坡短篇故事全集》（世界图书出版公司丛书：上海世图原版书系列 2008 年版）、徐汝椿译的《爱伦·坡短篇小说集》（四川文艺出版社 2008 年版）。

2. 丛书化、系列化

（1）世界名著系列

1997 年上海文艺出版社推出"世界文学大师小说名作典藏本"，丛书由国内知名外国文学方面的专家学者编选并写序。施蛰存《总序》介绍了小说的由来。从中可以看到收录了伏尔泰、梅里美、莫泊桑、契诃夫、马克·吐温、康拉德、吉卜林、詹姆斯、卡夫卡等经典作家。王逢振编选的《爱伦·坡神秘小说》即为该丛书中的一部。在这套丛书的"出版说明"中，编者一是声明出版旨在了解和欣赏世界文学名著，二是突出入选作品中某一方面的艺术特色，作品以短篇小说为主。1998年人民文学出版社再次推出"世界文学名著文库"，收有陈良廷、徐汝椿、马爱农译的《爱伦·坡短篇小说集》，这本书是人民文学出版社根据其"90年代"编辑出版的200种图书，在比较全面地反映了世界文学的最高成就的基础上，再次从文库中挑选出一批受读者喜爱的外国文学名著。2008年人民文学出版社推出"名著名译插图本·精华版"《爱伦·坡短篇小说集》，收录了爱伦·坡的32篇小说，编者在出版说明中声称，是在以前的"名著名译插图本"的基础上精选出了80种，组成"精华版名著名译插图本"，是对1998年版增补后的再版。2005年国际文化出版公司，中国古籍出版社推出作为该出版社的"世界文学名著经典文库"中系列读物之一的陈良廷等译的《爱伦·坡小说精选》。这套丛书为名家名译彩色插图本《世界文学名著经典文库》。《出版说明》中声称该丛书有三大特点"一、名家名译。名家名译包含两层意思：一层指译者是国内外享有盛誉的著名翻译家；另一层指该译本是质量一流、影响很大、各界公认的优秀译本，代表了该名著在我国的翻译水平和译者的创作水平。我们试图通过这一努力，改变目前国内世界文学名著译本鱼龙混杂，甚或篡改抄袭，令读者良莠难辨、无所适从的现状。二、图文并茂。每部名著都配以两类插图：一类是正文之前的彩色插图，大多是关于作者、作品和时代背景的珍贵图片；另一类是根据作品情节绘制的黑白插图。通过这些插图，不仅为读者营造出一个亲切轻松的阅读氛围，而且使读者全面、具象地理解世界文学名著的丰富内涵。三、精编精释编者在每部译著中系统加入主要人物表、作者年表等内容，配合译者精当的注释，帮助读者扫除阅读中的障碍和学习相关知识"。其意义在于辑录了大量的珍贵材料，文献特别丰富，是迄今为止笔者所目见的给国内读者呈现最多的原始资料。收有爱伦·坡的画像，画像下面介绍了作者的生平和其艺术创作和艺术主张。还收有大量的珍贵文献，如①1845年1月29日，爱伦·坡的著名诗歌《乌鸦》在纽约的《明镜报》上发表，引起了各界注意，报界特辟专栏介绍了爱伦·坡的生平及著作。书中收录了当时的报纸。②《埃德加·爱伦·坡传奇集》原版书的书影。③爱伦·坡作品中的6幅插图。④另收有《红死魔的面具》的插图。⑤爱伦·坡亲笔书信的影印，并有小注"爱伦·坡青年时代曾在姨母玛丽亚·克力姆太大家住过一段时间"，这封信是1855年8月29日爱伦·坡写给姨母玛丽亚及其女儿弗吉尼亚的。⑥诗歌《安娜贝·莉》的手稿。⑦爱伦·坡曾经用过的书桌、书籍及居住过的卧室。⑧爱伦·坡故居。即童年时代曾经居住过的位于美国里奇蒙的家。其文献来源经过仔细甄别，"这个译本和附录主要根据以下几个版本：1. 哈维·艾伦编选及撰序的《埃德加·爱伦·坡故事集》，纽约兰登书屋1944年版。2. 斯特思编选及撰序的《爱伦·坡故事及诗歌集》，纽约伐金出版社1957年版。3. 欧内斯特·里斯编选及撰序的《埃德加·爱伦·坡故事及杂文集》，伦敦司各特出版社1899年版。4. 勃里姆利·约翰生编选的《埃德加·爱伦·坡作品集》，伦敦牛津大学出版社1927年版。5. 欧内斯特·里斯编选的《埃德加·爱伦·坡神秘幻想故事集》，伦敦登特父子出版社1917年版。此外，还参考了苏联莫斯科文艺出版社1958年出版的《埃德加·坡选集》俄译本"①。1999年，沈阳出版社出版曹明伦译的爱伦·坡短篇小说选集《莫格街谋杀案》。从申慧辉写作的《总序》来看，这套书是迎接20世纪"影响世界的百部书"的大型书系。在创作选取上的权威性与可读性之间向后者倾斜。1999年9月，

---

① 陈良廷等译：《爱伦·坡小说精选》，国际文化出版公司2005年版，第12页。

山东文艺出版社出版的刘象愚编选的《爱伦·坡精选集》丛书系列为"外国文学名家精选书系",书中收入了美国作家爱伦·坡的《甭甭》《幽会》《瘟疫王》等30篇短篇小说、1篇长篇小说、12篇诗歌以及4篇文论。编者在"出版说明"中声称编写这部书的目的在于"为了同时满足阅读欣赏、文化教育以至学术研究等广泛的社会需要,为了便于广大读者全面收集与珍藏外国文学名家名著"。该丛书每卷以一位著名作家为对象,书系以"名家、名著、名译、名编选"为目标,分批出版。此外还有"世界著名经典短篇小说集"《福楼拜 爱伦·坡经典小说》(王冠群、张传宝译,吉林摄影出版社2005年版),2005年中国戏剧出版社出版了陈良廷等译的《爱伦·坡小说选》,归入名家名译世界文学名著文库。紧接着,2006年国际文化出版公司又出版了陈良廷等译的《爱伦·坡小说精选》。"世界文学名著典藏"《爱伦·坡短篇小说集》(王敏、时静译,长江文艺出版社、湖北人民出版社2006年版)这部书的翻译已经有论者指出其中有大面积的对曹明伦译作的抄袭现象。[①] 此外还有"世界文学名著典藏"《爱伦·坡作品精选(插图本)》(曹明伦译,长江文艺出版社2007年1月版)、"外国中短篇小说藏本"《爱伦·坡》(人民文学出版社2010年版)。

(2) 英文读物系列丛书

有朱丽萍译的《爱伦·坡短篇小说集》(英汉对照版)(中国电力出版社2005年版);1999年3月武汉大学出版社出版的熊荣斌、彭贵菊编著的《爱伦·坡作品导读 英汉对照》(2007年出版第2版),扉页上印有"英汉对照·世界名家作品导读丛书",收录的作

---

① 曹明伦:《爱伦·坡作品在中国的译介——纪念爱伦·坡200周年诞辰》,《中国翻译》2009年第1期,第49页。

品有爱伦·坡的诗歌、小说、书信,以及他的评论文章。特别要注意的是收录了几封信,这在平时的选集中是不多见的。有致约翰·爱伦书信两封,致玛利亚·克莱姆的信(节选),致安妮·里士满的信,致××先生的信(节选),这也是第一次见到在爱伦·坡作品集中收录有他的书信。"英美文学经典丛书"《爱伦·坡短篇小说》(顾韶阳编,青岛出版社 2005 年版)方平所写的序中,主要是在谈论语言学习"明白了一个民族的语言精华蕴藏在他们优秀的文学作品中,也就可以理解我们编写这套'英美文学经典丛书'的宗旨所在了"。内容编排方式是收录英文,有注释。马爱农的《精神世界的探秘者:爱伦·坡短篇小说选》(外文出版社 2001 年版)也属于英汉对照读物,版权页上写有"英汉对照英美文学精品",很有可能是系列丛书中的一本,是典型的学习英语、了解美国文学的普及读物。王星编译的《爱伦·坡短篇小说精选(英汉对照)》(大连理工大学出版社 2005 年 11 月版)封面上印有,"红茶坊名著欣赏"。"前言"中指出主要是针对我国英语学习者的英语学习问题。编译目的是"为了提高广大英语学习者的英语学习兴趣及社会文化修养"。首先是对爱伦·坡身世的中英文对照解读。其次是作品,每篇作品前都有导读,讲解该作品中的大致情节。然后是英文。最后是译文,在译文的右边设置了旁批,主要是对其字词的解释,着眼点在于提高学生的英语水平,装帧上配有很多插图。

对爱伦·坡作品译介的丛书化,主要凸显两个方面,一个是归属于世界名著系列,一个是提供英语能力的阶梯读物。前者的选编、翻译、出版,不仅体现了介绍、推荐阅读优秀文学作品的文化传播和文化教育的意图,而且,它以"经典"丛书系列的出版也往往实现着建构一个时代、一种理想的文化目标的经典化功能。对于后者而言,爱伦·坡作为英语世界的杰出作家,对于一个正试图走向世界的民族而言，将他的作品归入英语读物系列，提高本民族读者的英语水平也是迫在眉睫的一件大事。综其二者，首要因素又在于对"销量"的斟酌，编者在丛书的编辑以及出版说明中都明确地表明了这种译介策略，丛书化更多的是各大出版社打开文化市场的文化设计需要。

3. 改写

除此以外还有一些改写。一种是对已经改写后的作品进行翻译，其主要目的在于提高读者的英文水平，也有旨在追求故事趣味性。前者的代表有"美国英语教学文库"的美国英语系列阶梯读物《六个恐怖的故事：爱伦·坡恐怖侦探小说集》（伊里诺·查伯莱恩 Chamberlain, Elinor 改编，辛宜注释，北京师范大学出版社 1994 年版），在编者的话中"这套美国英语系列阶梯读物所选书籍均为美国经典文学作品。为了帮助将英语作为第二语言的读者阅读，美国的一些语言专家在尽量尊重原著的基础上对它们进行了改编，使书中语言既简练易懂又符合现代美国英语特点"。这套美国英语系列阶梯读物将英语能力的提高分作了五个阶段，该书收有《红死魔面具》《一桶白葡萄酒》《厄舍古居的倒塌》《莫格街谋杀案》《威廉·威尔逊》《金甲虫》，是其中的第一阶段。1996 年北京师范大学出版社再次推出由易新、徐可重译的《六个恐怖的故事 爱伦·坡恐怖侦探小说集》，在扉页上就注明了"本书是美国英语系列阶梯读物之一。是用 1000 个英语单词改写的美国文学经典作品"，1998 年推出《爱伦·坡惊恐故事选》（美国新闻署英语教学部编写，吴建华、贾铁鹏译，北京师范大学出版社）"前言"中有言："由美国新闻署英语教学部的专家根据爱伦·坡的原著，用浅易英语改写而成。本书的第一部分是爱伦·坡的生平与作品简介；第二部分是爱伦·坡撰写的 7

· 134 ·

个神秘小说。做这种安排的目的是希望通过对作者生平的了解,读者能够加深对其作品的理解",该书收有《红死病的面具》《威廉·威尔逊》《厄舍府的倒塌》《黑猫》《莫格街谋杀案》《泄密的心》《一桶白葡萄酒》。还有"朗文英汉对照阶梯阅读丛书"《金甲虫 推理和幻想故事集 简写本》([美]埃德加·爱伦·坡(Edgar Allan Poe)原著,[英]罗兰·约翰(Roland John)、[英]迈克尔·韦斯特(Michael Weat)改写,王敏华译,上海译文出版社、培生教育出版中国有限公司1999年版)。"2000单词读遍世界名著丛书"《爱伦·坡恐怖小说选》([美]坡(Poe, A.)著,[美]仕(Shih, J.)改编,中国书籍出版社2005年版),该书属于中学生课外英文读物,封面设计用"黑猫"象征着爱伦·坡的创作风格。"前言"中声称"本套书是以地道的美国口语改写,精选实用性高的美语词汇,不论是单词、词组或语法,都展现出现今美国日常生活中的现代语言,阅读起来自然是手不释卷。书中更是体贴地将生词部分随页批注,方便读者朋友保持阅读的连贯性……"并强调了该书的出版目的,在于提高学生的英文能力以及对世界文学的赏析能力。又在"序言"中对爱伦·坡做了详细介绍,开篇即说"爱伦·坡——恐怖美学之祖"。认为将恐怖与丑恶化为美学的爱伦·坡,"首创以气氛与印象代替客观叙述的写作手法,擅长描写超自然的恐怖、诡异的气氛以及骇人的死亡现象,成功地反映出人类深层心理的孤独、邪恶与恐惧"。接着围绕此主题对收录的一些作品做了解读。其介绍一方面是比较单一,对作者介绍不够全面。另一方面是着眼在对爱伦·坡的想象力和创造力,提出了恐怖美学。《爱伦·坡恐怖故事》([美]爱伦·坡著,[美]布罗迪改编,华东师范大学出版社2009年版)旨在提高读者的阅读能力,书中书将收录了《黑猫》《椭圆形画像》《泄密的心》这些短篇故事。

后者的代表有，廖晓文译的由英国人 E. C. 本特利改写的《爱伦·坡侦探小说集》（新世界出版社、宁夏少年儿童出版社 2002 年版）。这套丛书尽管自誉为"世界经典侦探小说集"，在改写中完全将其译成了"通俗小说"。我们可以看到其翻译的作品有将 The Mystery of Marie Roget（今通译《玛丽·罗热疑案》）译为《露姬疑案》，并自行给原故事设置了目录，分别是香水女郎、围绕着尸体、真相来自细节、对密林打问号、水手结五个部分，完全出自通俗读物的出版策略。1996 年由台湾鹿桥文化事业有限公司授权，知识出版社以唯一一个拥有中文简化字版版权的出版社推出了共包括 72 册世界文学名著的连环画的"世界文学名著精粹"，《彩色连环画：世界文学名著精粹——爱伦·坡精选集》也是其中的一部代表性译著。这套书原系在美国著名教育家大卫·奥利芬特主持下，以 20 余年时间完成的美国学生的课余读物。这套书的对象为中国小学生。编者在《出版者的话》中明确了该书出版的目的是"世界文学名著是伟大的作家们的毕生知识与智慧的结晶，读这些书，你就和伟大的心灵有了沟通。一本一本地读下去，你的心灵就会受到熏染，你就会形成高尚的人格和气质，这就是我们把这套书介绍到中国的目的"。正文前附有作者小传，收有《坑与钟摆》《阿瑟堡的沉没》《莫格街谋杀案》三篇小说。这里以《坑与钟摆》为例，该故事本是讲述一个人在面临酷刑时的心理历程，在这里通过连环画的形式画出来，连环画具有叙述性较强、故事性较强的特点，明显与爱伦·坡故事的原有风味不相搭配。《阿瑟堡的沉没》在故事开始前列了三个画像，分别为叙述者和故事的男女主人公罗德里克·阿瑟、马德琳·阿瑟。可以关注这里涉及的处理第一人称叙述者作为旁观者的叙述故事。总的来说，可以看出编写者尽量在保持书的原状，但是反而削弱了故事的精彩。

另有一种是国人自己的改写,这种改写的主要目的是追求故事的通俗性和趣味性。在译文中的归化现象特别多。吴均编译的《老屋的倒塌埃德加·爱伦·坡惊险故事新编》(山东文艺出版社2000年版)。吴开晋在《〈埃德加·爱伦·坡及其惊险故事〉——代前言》一文中声称"主要依据美国波士顿HOUGHTON MIFFUN公司1956年版的《埃德加·爱伦·坡选读》(Selected Writings of Edgar Aiaan Poe)以及Random House出版的《美国文学传统》(The American Tradition in literature)"为编译而出,其改写目的为"多年来,在我国已有对他的作品的翻译介绍,但还可以有进一步的开拓。如深受广大青少年欢迎的惊险侦探故事集的重新编译"。这里提到了编译者心中的理想读者,暗含其策划这本书的卖点所在。同时这本爱伦·坡的惊险故事集,"是她用近两年的时间编译而成的。由于原作中有许多恐怖场景描写,为了使青少年读者不致受到不良影响,便以编译方法进行了删节和谈化处理,但却保持了故事的原貌,我想这样做是十分必要的"。这里显示了编译目的在于追求"情节曲折、结构奇特、扣人心弦、惊险刺激"的阅读欣赏,但是又排除了作者认为不适合青少年的恐怖元素,将爱伦·坡原有的深奥的一面脱去了,完全是时下流行的通俗凶杀侦探读物。这里仅列举一些小说译名以资佐证,如《猫证》(即《黑猫》)、《跳蛙复仇记》(即《跳蛙》)、《大液涡逃生记》(即《莫斯肯旋涡沉浮记》)、《鹰眼的恶兆》(即《泄密的心》),与原文标题相去深远。方军改译的《怪异故事集——世界文学名著宝库青少版》(上海人民美术出版社2002年版),在对《长颈鹿国王》(即《四不像》)等小说改写中增加了原故事的叙述性,减少了原作的心理描写成分,突出了故事的情节。

而此时期对爱伦·坡的文学批评论文的译介也有了较大突破,出现了一些新的译作。刘象愚编选的《爱伦·坡精选集》(山东文艺出版社1999年版）中收有爱伦·坡的《致B先生》《霍桑〈故事重述〉二评》《创作的哲学》《诗的原理》等4篇评论性著作，但是均为节译本，其中《诗的原理》还是选自早年伍蠡甫等编辑的《西文文论选下》中收录的由杨烈节译的《诗学原理》。曹明伦《爱伦·坡精品集（下册）》（安徽文艺出版社）中译有《创作哲学》《诗歌原理》两篇。曹明伦译的《爱伦·坡集 诗歌与故事》（生活·读书·新知三联书店1995年版）中还译有几篇涉及爱伦·坡美学思想的重要序言，其中有《序〈帖木儿及其它诗〉——1827年》《致××先生的信（〈诗集〉——1831年）》（即《致B先生》《序〈乌鸦及其他诗〉——1845年》），这些篇章均为新译。在后来出版的《爱伦·坡作品精选插图本》（长江文艺出版社2007年版）中收有《创作哲学》。另外就是杨冬编选的《西方文学批评史》（吉林教育出版社1998年版）收有选自S. Bradley等编的《美国文学传统第三版，第一卷》中的《评霍桑的〈重讲一遍的故事〉》和《创作哲学》。张中载、赵国新编的《西方古典文论选读》中收有爱伦·坡的《创作原理》（*The Philosophy of Composition*）（外语教学与研究出版社2006年版）。另外还有一些新译，2002年第1期《中国翻译》的"新人新作"栏目，有这样一段编者按，"从本期开始'新人新作'栏目将缩短出版周期，即习作与专家点评同期刊出。本期将刊登原南开大学外国语学院英语系学生朱玉的爱伦·坡文集选译习作，由著名翻译家、《爱伦·坡集》译者曹明伦先生点评"。该期刊登了朱玉翻译的埃德加·爱伦·坡的*Marginalia*[①]三则，分别选译了《音乐》《心灵的面纱》《谈想象》。紧随其后的"专家点评"，是我国爱伦·坡翻译专家曹明伦先生的《〈页边集〉选译译文点评》。在曹明

---

① 注：这里译为《页边集》，曹明伦后来将之译为"旁敲侧击"系列。

伦的点评中，首次向我国读者提到了爱伦·坡著名的专题论文的其他批评文章，其实 Marginalia 并非"一部作品集"，而是爱伦·坡于1844—1849 年以一辑一辑的形式分别发表在多家杂志上的短评和随笔，每辑发表时都以 Marginalia 为名。这些短评和随笔长则千言，短则一句话，有的摘抄自他先前的著作，有的则被他写入后来的作品，当然还有一些迄今仍原封未动，仍是我们所读到的片断。这里顺便介绍一下，习作译者选译的 Music 发表于《民主评论》1844 年11 月号上，该辑共 44 则，Music 为第 9 则；The Veil of the Soul 发表于《南方文学信使》1849 年 6 月号上，该辑共 34 则，The Veil of the Soul 为第 21 则；On Imagination 发表于《南方文学信使》1849 年 5 月号上，该辑共 9 则，On Imagination 为第 7 则。这些短文最初发表时均无标题……Music 这段话发表于 1844 年，5 年后爱伦·坡将其稍加修改写进了他的《诗歌原理》（The Poetic Principle）。[①]

（三）书信译介

爱伦·坡所生活的 19 世纪，书信是人们日常交流生活和思想感情的最重要手段。加之，爱伦·坡又是一个为着生活和自身梦想四处奔波的人，感情细腻，敏锐而又多情，因此他为我们留下了很多珍贵的书信。尽管这些书信中的很大一部分曾经被他的遗作保管人格里斯沃尔德所篡改，但是经过 1941 年奎因对书信真迹的影印，对于曾经一度遭受诽谤之冤的爱伦·坡声誉的恢复起到了积极的作用。而最为集中和全面对其书信进行辑录的，就笔者所见，为由约翰·沃德·斯特罗姆（John Ward Strom）、伯顿·波林（Burton R. Pollin）和杰弗里·A. 萨沃耶（Jeffrey A. Savoye）编撰的两卷本的《埃德加·爱伦·坡书信选（第三版）》[The Collected Letters of Edgar Allan

---

① 曹明伦：《〈页边集〉选译译文点评》，《中国翻译》2002 年第 1 期，第 85 页。

Poe (third edition), New York: Gordian Press, 2008].① 这些原始资料的保存，有着非常重要的作用。一方面，为作者保存了翔实的生平材料。尽管，爱伦·坡有很多时候出于某种奇怪而虚荣的心理，会为自己编造出一些莫须有的事实。但是，其书信中真实心迹的流露依然是可见的。另一方面，爱伦·坡是一个在感性和理性之间走折中路线，徘徊不决的人，他所开创的科幻小说和推理小说以冷静和理智的节制而著称，但是其创作中所表露出的对情感的推崇，又是富于感性的一面，可以在他的书信中一览无遗。在他的书信创作中，我们可以看到爱伦·坡恣意表露自己的感情，文笔优美动人，具有强烈的情绪感染力，是优秀的散文创作。但是就我国对爱伦·坡译介的整体情况而言，对于爱伦·坡的书信译介却是爱伦·坡作品译介中最薄弱的环节。

　　从国内当前的现状来看，不但没有专门的爱伦·坡书信集，即使爱伦·坡的个人作品选集中也少有见到有对他书信作品的辑录。就笔者所见到的上百个版本选集中，仅见刘象愚、曹明伦等译本中偶有对爱伦·坡书信翻译篇目的选择多集中在对其文艺思想展现的《致B先生》②。这里特别要提及的是，1999年3月武汉大学出版社出版的《爱伦·坡作品导读　英汉对照》(2007年第2版)，扉页上印有"英汉对照·世界名家作品导读丛书"。特别要注意的是收录了几封信，这在平时的选集中是不多见的。有致约翰·爱伦书信两封，

----

① 注：该书的前两版本分别是：The Letters of Edgar Allan Poe, ed. John Ward Ostrom; 2 Vols. Cambridge, Mass: Harvard University Press, 1948. The definitive collection of Poe's letters, New York: Gordian Press, 1966, 现在的2008版本是在以前的版本的基础上补充和完善的。

② 注：刘象愚编选的《爱伦·坡精选集》(山东文艺出版社1999年版) 中收有爱伦·坡的《致B先生》。曹明伦译的《爱伦·坡集 诗歌与故事》(生活·读书·新知三联书店1995年版) 中《致××先生的信 (〈诗集〉——1831年)》(即《致B先生》)。

致玛利亚·克莱姆的信（节选），致安妮·里士满的信，致××先生的信（节选）。这是我们第一次见到在爱伦·坡的作品集中收录有他的私人书信。除此以外，有关爱伦·坡的书信译介主要集中在出版社迎合读者兴趣，策划出版的"名人书信""情书博览"等各种书信选集中。其出版策略仅在于盈利。正是基于以上的译介目的，在对爱伦·坡书信的译介上主要集中在"以情动人"，因此选题主要集中在能够表达他的感情生活上的一些脍炙人口的名篇。主要有两大类，一类是他写给继父和岳母的信：《寄继父（1827年3月19日寄自里士蒙）》（方德休编，《美国名家书信选集》，张心漪译，生活·读书·新知三联书店1988年版）、《寄玛丽·克连夫人书（1844年4月7日星期日早餐后寄自纽约城）》《寄玛丽·克连夫人书（1835年8月29日）》（方德休编，《美国名家书信选集》，张心漪译，生活·读书·新知三联书店1988年版）。另一类是集中在爱伦·坡写给和他有感情纠缠的女性的书信上。一个是写给他的妻子，主要有两封，一封是当玛丽亚·克莱姆暗示说维琴妮将搬到一位表兄家住时，爱伦·坡满怀柔情地写给当时还是他表妹的维琴妮的，在信中倾吐了对她炽热的感情，《致维琴妮》（郭建文主编，《世界情书大观》，吉林人民出版社1987年版），后来又有重译收录在孙其伦等编著的《情书博览》（天津人民出版社1990年版），崔宝衡、王立新主编的《世界散文精品大观·爱情篇 永不凋谢的玫瑰》（花山文艺出版社1993年版），方德休编的《美国名家书信选集》（张心漪译，生活·读书·新知三联书店1988年版）；另一封是爱伦·坡暂时离开时写给妻子的，信中真挚感人，"亲爱的小妇人，如果不是为你，上次那么大的挫折真会叫我灰心丧气。在同这难以接受、问题成堆和令人寒心的生活进行斗争时，你现在是我最大和唯一的动力"，《埃德加·爱伦·坡致妻》（王冠梅，曹华民译注《英语名人情书 英汉对照》,华中科技大学出版社2001年版)。后来在葛军、奚耀华译的《爱情书简:十八、十九世纪世界杰出人物爱情书信》(1997年)、徐翰林编译的《世界上最动人的书信 全新中英文对照版 为爱与友谊写下的不朽文字 全新中英文对照版》(哈尔滨出版社2005年版)中也都有收录。

爱伦·坡在妻子死后也写信给与他有着情感纠纷的女性。一个是写给惠特曼夫人的,主要有两封,一封是回复惠特曼夫人的来信的,信中表达了对惠特曼夫人热烈的感情,描绘了他们第一次见面的情景,常常为后世传记家引用。《致惠特曼夫人》(1848年)"我一次又一次地把你的信紧紧地贴在我的嘴上,最可爱的海伦——让它沐浴在喜悦的泪水中",收录在朱雯、王捷选编的《外国名作家书信精选》(中国青年出版社1994年版)、葛军、奚耀华译的《爱情书简:十八、十九世纪世界杰出人物爱情书信》(1997年)、江河编的《名人的信》(时代文艺出版社2006年版)、江河主编的《剑胆琴心 中外书信大观》(解放军文艺出版社1998年版)。另一封是1848年11月14日爱伦·坡在去往福德汉姆的路上写给惠特曼夫人的《埃德加·爱伦·坡致萨拉·海伦·惠特曼》(1848年11月14日,纽约,汽轮),从信中内容可以推断,二人感情良好,似乎已经定下了约定,并在信中称呼惠特曼夫人为"海伦",这封信后来还收录在[美]凯西·戴维森(Cathy N. Davidson)主编的《爱情书简 欧美名家情书选辑》(新华出版社1996年版)、潞潞主编的《倾诉并且言说 外国著名诗人书信、日记》(北京出版社2003年版)中。另一封是写给安妮的。《埃德加·爱伦·坡致安妮·里奇蒙》(福德汉姆1848年11月16日),信中充满了真挚的情感呼吁"啊,安妮,安妮!我的安妮!在可怕的过去15天中,关于你的埃迪的令人痛苦的想法,必然一直在折磨你的心灵",在这封信中,爱伦·坡一再抚慰安妮,但我们从这封信和1848年11月14日爱伦·坡在去往福德汉姆的路上写给惠特曼夫人的做比较,就会发现诗人几乎是在同一时间段怀着同样热烈的感情给两名不同的女性写作了情意绵绵的书信。该信后来收录在〔美〕凯西·戴维森(Cathy N. Davidson)主编的《爱情书简 欧美名家情书选辑》(新华出版社1996年版)、潞潞主编的《倾诉并且言说 外国著名诗人书信、日记》(北京出版社2003年版)等选集中。但是在有的选集进行翻译的时候,将安妮·里奇蒙的名字用的是夫姓,如《致南希·海涯·李却门夫人书(1848年11月16日寄自福尔汉)》,但是它们都是同一封信。如:艾红红等主编的《名人书信》(山东友谊出版社1998年版)中辑录的《寄南西·海猩·李却门夫人书(1848年11月16日寄自福尔汉)》(方德休编,《美国名家书信选集》,张心漪译,生活·读书·新知三联书店1988年版)一信,实为同一封信。

但是,在埃德加·爱伦·坡遗留的书信中,除了这些情感色彩十分浓烈、带有感情纠纷的书信以外,还有很大一部分是他对于文学创作理念和报纸刊物的独特见解,以及对时下文坛包括美国民族文学的一些富有洞见的见解。这些作品中,就笔者所见仅有两篇译为了中文。一篇是爱伦·坡答复读者的信,《致埃弗莱思(1848年1月4日)》(*Edgar Allan Poe to George Eveleth*),在信中,爱伦·坡为自己的酗酒行为进行了辩解,把它们归结为看着爱妻在死亡线上挣扎的悲痛,同时谈论了自己对理想刊物的看法。收录在朱雯、王捷选编的《外国名作家书信精选》(中国青年出版社1994年版)、史建斌、弘扬主编的《英语老信箱 英汉信札精选 英汉对照》(新时代出版社2001年版)等书信文选集中。另一篇是作为作家的爱伦·坡写给同为作家的詹姆士的《爱伦·坡致詹姆士·罗素·罗威尔书》(1844年7月2日寄自纽约),爱伦·

· 143 ·

坡在信中较为详尽地谈到了自己的人生态度以及对自己作品的认识，因此常常被看作爱伦·坡的自我精神分析的长文。此信收录在艾红红等主编的《名人书信》（山东友谊出版社1998年版）、方德休编的《美国名家书信选集》（张心漪译，生活·读书·新知三联书店1988年版）等选集中。另外还有一篇是爱伦·坡在《给约瑟夫·埃文斯·斯诺德格拉斯的信（费城，1841年4月1日）》的信中，针对当时社会关于他的酗酒之说做的自我辩解，坚持自己并没有继续酗酒了。收录在潞潞主编的《倾诉并且言说 外国著名诗人书信、日记》（北京出版社2003年版）。

从1987年到笔者行文为止，据笔者所见统计，对爱伦·坡书信的译介不到10封，在英文所辑录的爱伦·坡书信中只占据了极小的一部分，但几乎每封书信都有重译。有这样几个突出的特点。

其一，译介起步很晚。从1990年，也就是在1987年之后，才开始译介，是对爱伦·坡多种文类译介中，起步最晚的一种。加之译介篇目单一重复，中国的书信译介除去重译的篇目以外，实际上对他的书信译介不到10篇，还不到爱伦·坡全部书信的几十分之一。

其二，译介目的偏移。多以选集的形式出现。译介出版的目的，与致力介绍和推荐爱伦·坡无关，而是出于书的畅销考虑，出版者的选题集中在关心大众需求和口味，"需求"在于，此时的人们试图了解国外的动态，是借助他者进行自我塑形的一个关键时期；选题集中在通俗性的书信上，便于读者阅读。此时译介的目的是迎合当时的大众读者的口味和需求，对爱伦·坡的书信译介是混杂在此时期对其他名人的书信译介中以选集形式出现的。

进入20世纪90年代以来，对爱伦·坡的翻译出现了持续10多年的文集热。在现代派走红的年代，爱伦·坡影响过的一大批现代作家诸如纳博科夫等成为市场以及学者关注的重点，而具有悖论性的是爱伦·坡的作品在中国这个时期与其说以其现代面孔的先锋性为读者关注，不如说是以其故事的可读性而深为读者所喜爱。1990年王辽南的《侦探科幻小说选》带有承上启下的意义，其标志着此后的爱伦·坡作品的出版远离了此前以爱伦·坡为纯文学创作的代表，预言着一个娱乐化的消费时代的来临。爱伦·坡脱下了"现代"标签，其思想的深刻和洞察力的敏锐为这个时代所消费，换上了"侦探""惊恐"等各种通俗"小说类型"的华丽衣服。在文化设计上，一是以借助爱伦·坡已有的知名度，编辑出版其文集。文集的命名方式或以爱伦·坡创作中的某一类型为标题出版发行，或是以其创作中某一名篇推出作品选集，或以"精选集"的字眼吸引读者的注意。还有一种方式是以丛书化形式推出爱伦·坡作品集。其一，是以丛书的方式制造名著效应，推出一批外国文学作品的"经典"之作；其二，也有以"英语系列"的方式推出爱伦·坡故事的英汉对照选集。还有一种离我们所说的"翻译"相差甚远的"改写"方式，在"改写"中，有的是对国外的改写译本进行翻译，有的是国人自己的改写，但是其目的无非是或以英语读物的形式提高读者的阅读水平，或以追求故事的通俗性和趣味性迎合大众口味。总体而言，出版商旨在盈利的出版策略是不言而喻的。这些也必然会带来很多负面因素，比如其中的译作良莠不齐，误译、漏译现象时有发生，还有一些译作不惜抄袭，出现了不少粗制滥造的译作。

但是此阶段译介的丰富多样，对爱伦·坡整个创作的译介也有着不可磨灭的历史性贡献。收集和整理了爱伦·坡的一系列文献资料，为我们呈现出了较为完整的爱伦·坡的诗歌和小说创作面貌，对他的书信和评论也开始有所翻译，同时在不断重译的基础上，出现了一些经典译作。这里特别要提及的是曹明伦版的贡献,他第一次比较全面翻译了爱伦·坡的短篇小说和诗歌创作,并以其精湛的翻译,成为爱伦·坡著作翻译中重要的译作之一。但是对于爱伦·坡的书信、评论文章的翻译依然是不完整的,还有待于更多有识之士的努力。

第二节 译介中的变异

一 新中国成立前爱伦·坡传记形象在中国的接受和变异

郑振铎于 1926 年在《小说月报》上发文介绍美国文学的时候曾说"欧文使欧洲文坛认识了美国的文学,爱伦·坡却使欧洲文坛受着美国文学的重大影响了。在一九○九年爱伦·坡的百年生忌时,全个欧洲,自伦敦到莫斯科,自克里斯丁那 Christiania 到罗马,都声明他们所得到的他的影响,且歌颂他的伟大与成功"。[①] 可见,早在新中国成立前,中国就已经深刻地认识到了被尊为现代派远祖的爱伦·坡在世界文学史上的独特意义。但是,自 1905 年周作人在五月号的《女子世界》杂志上翻译发表了爱伦·坡短篇小说《玉虫缘》(现译《金甲虫》)至今的一个世纪以来,相较其他在世界上享有同样声誉的作家如与他并称为现代派远祖的波德莱尔,中国对爱伦·坡的介绍和研究相对来说还是多流于泛泛。仅以新中国成立前对他的传记形象的接受来看,在这个特殊的时间段里,由于原始文献的匮乏,对爱伦·坡进行较为客观而全面介绍的人物传记基本上没有。

---

① 郑振铎:《文学大纲·第四十章》,《小说月报》1926 年第十七卷第八号。

对于中国读者来说，对爱伦·坡生平事迹的了解多来源于各大百科知识系列的综合类工具书、各名人小故事合集的普及性读物，抑或是散见于报纸、杂志的时评之中。笔者在对这些资料的清理中，发现了一些有趣的现象。在此阶段，中国对爱伦·坡接受的整个历程中，爱伦·坡形象始终是变动着的，而正是这种变动中潜藏着中国各个历史性阶段中传统文化模式的影响和时事吁求的隐约的身影，我们看到的是一个在中国动荡不安的时局中的"中国需要"的爱伦·坡形象。

1905 年周作人在五月号的《女子世界》杂志上翻译发表了爱伦·坡短篇小说《玉虫缘》，并在译文后附有简短的作者简介，这是中国首次接触美国作家爱伦·坡。1920 年茅盾以"雁冰"为名在《东方杂志》第 17 卷第 18 号上翻译爱伦·坡的小说《心声》，并在译文前附有对爱伦·坡的简短介绍。1927 年此时期于《沉钟》（特刊）上发表作品《论坡（Edgar Allan Poe）的小说》，同年赵景深撰文《现代文坛杂话：爱伦·坡交了好运》刊载于《小说月报（上海 1910）》上。1928 年 11 月，《新月》第 1 卷第 9 期上刊有叶公超《爱伦·坡的〈乌鸦〉和其他的诗稿》，上海中华书局出版的钱歌川选译的爱伦·坡作品集《黑猫》中收有译者写于 1929 年的文献资料比较翔实的《亚伦坡评传》，1930 年的上海神州国光社出版的《一九二九年的世界文学》中收有赵景深撰写的《孟代与爱伦·坡》。1935 年有施蛰存写作的《从亚伦坡到海敏威》。1946 年有朱泯写作的《成功者的故事：天才诗人爱伦·坡：一段小诗写了十年》，以及《书报精华》上刊载的《文坛逸话：爱伦·坡穷得无被》的文坛轶事，同年由杂志公司出版的《读书随笔》中收有叶灵凤谈论爱伦·坡的随笔《爱伦·坡》。1947 年，激流书店羽沙者译编的通俗读物《名人逸事》，国光书店出版的《世界名人逸事》（第二版），以及由贾立言等编的广学会出版的《世界人物》中均收有爱伦·坡的逸闻趣事。从以上材料我们发现，在对爱伦·坡进行译介和研究的初期阶段，就传播源而言，爱伦·坡在中国形象的传播主要得力于文人在报纸、杂志上的介绍以及通俗读物中趣味故事的传播。就内容而言，除了此时期于1927年的《沉钟》（特刊）上有发文专论爱伦·坡小说的艺术特点的研究论文《论坡（Edgar Allan Poe）的小说》以及钱歌川的《亚伦坡评传》以外，总体而言，他们除了零星地提到爱伦·坡的文学成就和文学影响外，最为显著和集中地却是对爱伦·坡本人身世的介绍。爱伦·坡作为异域文明中一个命运多舛的诗人，其身世的曲折，命运的不幸，激发了时人丰富的想象力，他们不同程度地对爱伦·坡进行了想象性的阐释。尽管这在很大程度上也削弱了爱伦·坡作为一个有杰出才华的文学家被国人所接受的广度和深度，但是这种以爱伦·坡为开眼界的窗口，探讨中国青年的处境和出路，质疑社会的合理性的做法，也有其存在的意义。

（一）误读的存在

从文人在报纸、杂志上对爱伦·坡的译介来看，主要集中在叶灵风、赵景深、钱歌川、周作人等人身上。他们多是一些熟知西方的知识分子，其对爱伦·坡的介绍多来源于他们对他语材料的阅读感悟，我们很难断言他们所讲述的就是一个真实的爱伦·坡。首先，他们所接受的西方第一手材料本身就含混不清。爱伦·坡作为一个在其生时未获大名，死后其所有著作的出版权又被误托他人。作为遗作保管人的格里斯沃尔德，不但对爱伦·坡本人进行造谣中伤，甚至还对爱伦·坡的信件进行恶意篡改，委曲事实，使得在长达100年的时间里，人们看到的都是一个道德品行低下，行为异常的爱伦·坡。直到一个世纪后，才有人质疑其真实性，开始对历史进行考证并重新编写爱伦·坡的传记。我们很难断定新中国成立前我国所接受的爱伦·坡相关情况的信息源，钱歌川声称"以前虽也有人替爱伦·坡作传——如 Woodberry 是其中最著名的——但总不及爱兰的真切。他是为了热爱而作传记，不是为了心怀恶意，也不是为了沽名钓誉"①，叶灵凤也在其随笔中声称"关于爱伦·坡的传记，作者很多，但好的却少"。钱歌川也在他的《亚伦坡评传》中表达过相似的困惑"且让我们从 Griswold 算起，J. H. Ingram, Woodberry, J. A. Harrison 等都作了 Poe 的传记，还有 E. C. Stedman, Mrs S. H. Whitman 等也都贡献了同样的工作……在 Poe 的许多传记之中，我们可以认为标准的恐怕要算 J. H. Ingram 的 *Edgar Allan poe: His life, Letters, and Opinions*（London: John Hogg, Fatersnoter Row, 1880）那一册罢"。② 这种信息源的复杂难辨，本身就深潜着不稳定性，使得最开始对爱伦·坡的接受信息上难免显得过于零乱和带有印象式的不确定性，在他们的介绍中出现偏离是在所难免的。更何况在日本留学时读到英美文学小册子的鲁迅，以及经由鲁迅传到周作人，难免又受到日本译介影响，增加了其传记中的不稳定因素。其次，他们对爱伦·坡的介绍多出于对欧美文坛时讯的即时传播，在讲述过程中偏好故事性和趣味性，也可能与事实本身相偏离。如，1927 年 8 月《小说月报》第 18 卷第 8 号，赵景深《爱伦·坡交了好运》"自从爱兰（Hervery Allen）新近著了两大卷的《爱伦·坡传》以后，英国文坛便有许多人在称道爱伦·坡，仿佛中国喜欢柴霍甫一样的时髦"③。叶公超《爱伦·坡的〈乌

---

① 赵景深:《爱伦·坡交了好运》,《小说月报》1927 年第 18 卷第 8 号。
② 钱歌川:《黑猫》,上海中华书局 1935 年版,第 1 页。
③ 赵景深:《爱伦·坡交了好运》,《小说月报》1927 年第 18 卷第 8 号。

鸦〉和其他的诗稿》中就直言"据最近伦敦文稿收买场消息"。可见，赵景深、叶公超诸公对爱伦·坡的介绍都离不开对当前世界文坛实事的关注，在他们的介绍中大都流于对逸事的偏好，以趣味性、故事性为关注目标。那么，作为直接翻译过来的译本呢？此时期在内容上关涉爱伦·坡人物小传的译本，几乎无一例外地出于其时代需要，出现了某种程度的变异。以达尔·卡纳基所撰写的志在励志而风靡全球的名人小传合集为原本进行的翻译为例。一个是1947年3月由激流书店出版翻译《名人逸事》中的《天才诗人爱伦·坡——他花了十年心血写成一首短诗只卖了十块钱》，一个是1947年5月国光书店出版的《世界名人逸事》（第二版）中的《爱伦·坡》。《名人逸事》的译者在该书写于1940年的序言中直言不讳"译者为使文句更适合国人口胃起见，是采用了意译的方法的"[1]，而在《世界名人逸事（第二版）》中的《爱伦·坡》除了在文中反复出现的"茅屋"等中式化的译词，和在故事结构上自我发挥，以中国典型的史家笔法进行翻译，最为典型的就是自作主张地添加有抒发个人怀抱和醒悟世人的"译者按"。二者都是以讲述世界历史在各大知识领域中做出杰出贡献的卓越人士的故事以鼓舞有志之士而著称，这和此时期中国知识分子忧愤国势而立志鼓舞人心的译介初衷不谋而合。其带来的一个最为显著的后果是，无论是在讲逸事还是译逸事，他们出于内在地对趣味性的追求，在用笔上都不自觉地转向细节的夸张和事件的故事化，极易有着更多的想象的成分，难免会与爱伦·坡的真实身世有着较大出入。这些都加大了误译的可能性。可见即使是此时期中国

---

[1] 羽沙：《天才诗人爱伦·坡——他花了十年心血写成一首短诗只卖了十块钱》，《名人逸事》，激流书店1947年版，第2页。

所见在内容上有关爱伦·坡人物小传的译本，也难以断言其在翻译上能够为我们如实提供准确无误的信息。

(二) 人物形象的"归化"

1. 情感共鸣：落难才子

正由于中国对爱伦·坡接受的源头中本来就潜藏着大量的不稳定因素，当它进入中国的历史境遇中，中国旧有的传统文化模式以及当前的现实需要都催促着他们发生了变化。爱伦·坡于1809年出生于美国的波士顿。其父母都是演员，父亲于其3岁时离家出走，他在母亲撒手人寰后，由烟草商人收养。爱伦·坡在其青春期和养父由于经济原因发生严重纠纷。他在维吉尼亚大学读书期间，养父给他的钱只够缴付学费，他的生活无着落，这是爱伦·坡后来嗜赌博的一个重要原因，在妻子病重的时候，不得不靠饮酒来暂时脱离痛苦。尽管在其短暂的一生中，爱伦·坡在艺术上取得了极大的成就，但是在他身前，这些并未完全为时人所认可。而爱伦·坡的酗酒和赌博成了时人对他道德品质质疑的两大疑点，而这二者作为有效的发酵素催生了我们故事的发生发展和演变。[①] 在中国固有思维方式的"策略化"下，译介者对爱伦·坡的生平进行了有意识的选择，并在这种选择和演绎中塑造出了中国式的爱伦·坡的才性情志和命运遭际。

"这位爱伦先生是一个古板的商人，虽然对待爱伦·坡很好，却不喜欢这孩子的性格。"《诗人小说家爱伦·坡》中提及"他曾经应征入伍当兵，靠了'粮饷'来贴补生活，后来更率性投考西点军校，可是过不惯那种严厉的军事训练生活，不到半年便因了

---

① 参见 Nina Baym, eds., *The Norton Anthology of American Literature*。

不守校规被革退了"。也说"这时他恋爱女性,到处都碰了壁,于是他便憎恨起世界来。所谓世界,只是狭小范围内的一些与他为敌的人——约翰、爱伦、骄傲的女子及格利士勿德(Griswold),他在爱伦·坡死时,还在攻击爱伦·坡。后来爱伦·坡便糊里糊涂的死于醉酒"(1927年8月《小说月报》第18卷第8号,赵景深《爱伦·坡交了好运》)。

爱伦·坡的祖父戴维·坡是爱尔兰移民,在美国革命战争年代,以其商人身份担任军需上校,还被誉为"坡将军",早期家庭还算比较富裕的。爱伦·坡的父亲并不是一个"江湖流浪儿",因爱情和对艺术的着迷,成为演员。爱伦·坡也并非率性"投考西点军校","也并非过不惯严厉的军事训练生活"而离开西点军校。事实上是1928年2月28日,疼爱他的养母爱伦夫人于里士满去世,养父续娶他人,并有了自己的孩子。出于情绪上的对抗,爱伦·坡故意"抗命"(缺课,不上教堂,不参加点名)以求离开军校。叶灵凤是否知晓这些事,不易断定,但是吸引我们注意的是,作者之所以颇有兴致地给爱伦·坡凭空添上这样一段前尘往事,是旨在强调爱伦·坡作为一个不拘小节,喜好酗酒赌博的放荡不羁的天才人物形象。他们所致力传播的爱伦·坡形象是一个中国传统的才子形象,在对爱伦·坡天才而贫困,怀才不遇的天才形象的刻意强调中,是中国文人惯有的"立名"的渴望以及对艺术的推崇。如《名人逸事》将爱伦·坡列作单独的一章《天才诗人爱伦·坡——他花了十年心血写成一首短诗只卖了十块钱》,将卡耐基的原标题《爱伦·坡》意译化了。正是从这个高度修辞化的标题中,潦倒身世和杰出天才并列的修辞方式中充满了译介者的激愤。对这几则材料,我们晃眼一看,常常会觉得其眼熟,便是我们中国读者读了几千年的怀才不遇的才子形象"我们便不得不回想到坡生前一切的苦状和那一班出版界权威的不仁"。①

2. 时代需要：警世恒言

同时，这种中国传统的典型的才子落难模式故事又交织着其时中国实际生活中的现实诉求。如，1927年8月《小说月报》第18卷第8号，赵景深《爱伦·坡交了好运》"十八岁未满，他即对于养父满腔怨恨着，要想自立"这种细节的添加，实际上无疑总会让我们想起当时试图离开家门闯世界的五四青年形象。而这些在通俗读物的编译、撰写中最为明显的当推《名人逸事》中的编译。《名人逸事》中对爱伦·坡的介绍，就叙述模式而言，采用的是中国典型的史传模式，耐人寻味的是文末的"警世恒言"：

> 译者按：诗人之穷，无论古今中外如出一辙。唐诗人杜甫，生遭乱世，虽官至县佐，因穷困不堪，常常挨饿。唐杜甫的诗作为千古第一，后人尊为诗圣，说者以为少陵是饿死的……美国的诗人，本来环境比中国好些，谁知爱伦·坡穷到如此，可发一叹！②

我们从中可以看到传统文化的影响，还同时能注意到在这个修辞用语的表述中所蕴含的"实事"吁求。一方面编者历数我国有才而不得志的诗人以之映衬穷死的美国天才诗人爱伦·坡，看到的是表面上融爱伦·坡这个异域诗人于中国，实际上是融中国于世界的潜在意识。另一方面对"美国诗人"的生活环境的点评可

---

① 叶公超：《爱伦·坡的〈乌鸦〉和其他的诗稿》，《新月》1928年第1卷第9期。
② 羽沙：《天才诗人爱伦·坡——他花了十年心血写成一首短诗只卖了十块钱》，《名人逸事》，激流书店1947年版，第8页。

谓是一段十分耐人寻味的结语,潜隐着对时政的抨击和担忧。译者在这里偏离了原著的感慨,究其实质是对时势的愤慨。同时,还有一些读物在编纂过程中更是出于救国救民的热情,在对中国出路探讨的背景下,表达出了强烈的现实热情。以《世界人物小言》的编译为例,该人物小传是由当时颇有影响力的光学会所编译。光学会的前身是1834年英、美传教士在广州创立的"实用知识传播会"和1884年在上海设立的"同文书会"。1892年始称广学会,含有"以西国之新学广中国之旧学"之意,在晚清曾对维新派士大夫颇有影响。我们可以从编者在写于上海光学会的《世界人物小言》序言陈述中大致看出其编译目的并不是宣传名人,而是"要鼓励现代的青年们去仿效世界的善人和完成他们的事工"[1]。"我们以为故事与传记是教育家最好的二大工具,用他们去发展青年的天才——想象力好奇心与模仿等的习惯——是最会奏效的;而且人格的造成,更靠着有伟大而慈良的人格来作我们的模特儿。"[2] 书中将睦舍、爱伦·坡、魏伦三个人物放在一起讲,开篇第一段就说到"在我们现在的世界中,有一恐怖的毒物,他的毒害足以使许多天才者,不特将他们的著作能力渐次降低,更能因此而丧生"[3] "所以,现在,我将喝酒后所产生的痛苦:如身体的摧残,家业的倾败,以及他各种罪恶,详细指出,使人得以知所警戒"[4] "爱伦·坡的绝代天才,因受酒的恶果使他失去了人生勇敢和毅力""可诅咒的酒,杀了我们的诗人"[5]。人物小传中通过谴责爱伦·坡嗜酒的癖好,而刻意渲染了他的不幸,并将其不幸

---

[1] 贾立言等编:《世界人物》,广学会1947年版,第1页。
[2] 同上书,第3页。
[3] 同上书,第108页。
[4] 同上书,第110页。
[5] 同上书,第60页。

完全归结于是他嗜酒的癖好，旨在要让青年人引以为戒。并最终于"再版小言"中明确提出了"人格救国"一说："'人格救国'这是一种标语而已，其实人格与救国是两件事。不过人格能感化人，久而久之，被感化的人增多了，国家与社会也不期然而然地往上跑了。世界人物一书的原意是帮助青年学生，使他们从小学习伟大人物的好榜样，建树高尚品格的根基。我们觉得很欣慰的就是在此，因为已经有不少学校采取本书为课本。"[1] 从这则材料中我们可以看出，在当时科学民主的口号之外，还有一些知识分子对中国道路其他发展方向的探索，比如凝聚着基督精华在某种程度上与中国传统儒家的"修身齐家治国平天下"的伦理思想在本质上有着或多或少地暗合，从而走向人格救国的呼吁。

自1905年始经1919年的"五四"新文化运动到1949年前后，对爱伦·坡身世和作品的介绍中，得力于这样一批致力建设中国新文化新文学，传递异邦之新声的中国知识分子。因此，我们不难发现，在这些介绍、翻译中掺杂着太多的个人主观热情，难免会侵蚀事情的真实性。在他们对命运多舛的天才的同情，对不幸人生中残酷现实的责难中，交织着其致力涤除千百年来中国陈腐的气息，身体力行地推进民族启蒙和个人启蒙，进行中国新文化建设的热望。正是在历史文献的缝隙中我们可以窥到历史的背影，既可以看到中国过渡期知识分子身上交替的传统文人旧时的文人趣味，也可以看到在中国这段特殊的时期对中国出路的探讨中各种思想的交流碰撞，思考的是中国的青年和命运，他们在"归化"的译介策略中，对传记人物"中国式"的多重利用。

---

[1] 贾立言等编：《世界人物》，广学会1947年版，，第3页。

二　二三十年代对《乌鸦》一诗接受中的变异

爱伦·坡的名诗《乌鸦》刚刚译介到国内，就以其哀婉动人引起了当时文坛上一些社团的注意，并很快展开了对《乌鸦》一诗翻译的讨论，以及对它的不断重译。但是，这在早期的中国诗坛，却孕育着更深层次的含义，从他们的译介策略上，可以从中一窥早期的中国知识分子的文化选择。

（一）前奏：有关《乌鸦》的翻译讨论

1922年，玄珠（茅盾）在《文学旬刊》上发表了谈译诗的文章《翻译问题：译诗的一些意见》。在这篇短文中，茅盾谈了一些诗歌翻译的问题，其中提到爱伦·坡的杰作《乌鸦》，已经充分认识到了爱伦·坡诗歌中的音韵美，赞其为一首极好的诗，但是又认为该诗难以翻译，并举了其中两节做例子，说"直译反而使他一无是处"。① 这应该是国人对爱伦·坡《乌鸦》一诗最早的译介。时隔不久，《文学周报》百期纪念号（1923年12月1日出版）就刊出了子岩翻译的爱伦·坡的《乌鸦》一诗，这有可能是我国最早的《乌鸦》译文。但是该诗的翻译出现了很多错误，译文质量不高，很快引起了张伯符等人的批评。1924年《创造周报》分别于第36卷、第37卷两期刊登了张伯符针对《文学旬刊》百期纪念号上登载的子岩的《乌鸦》译诗而写有《〈乌鸦〉译诗的刍言（批评）》，从文后附有的写作时间"写于1923年12月26日"来看，这应当是对子岩译诗做出的极为迅捷的反应之一。在第36卷中，张伯符认为爱伦·坡是"'The only American Poet of Significance'，在近代西洋文学史上，很替不文的美国吐了不少

---

① 玄珠：《翻译问题：译诗的一些意见》，《文学旬刊》1922年10月10日，第52卷。

气焰"①，当时中国对美国文学已经有较为全面的认识，其对爱伦·坡的评价还是很高的。在第37卷中，指出子岩错误的基础上对《乌鸦》一诗进行了重译，并在行文即将结束时，声称"最后我还有一个声明，就是我的试译，不过是在解意，并不在译'诗'，因此，如有人说我的试译没有现出原文的 Rhythm 时，我甘受其责，但是意义上我自信还没有笑话"②。在张伯符看来，对诗歌的译介中最重要的是准确，他对子岩译诗的批评也主要在于纠错上，因此冒着"直译反而使他一无是处"的风险进行试译，自己也坦言自己的试译只求达意不出错，而不在于对诗歌韵律的展现上。

随后，1924年，《创造周报》卷45刊登了收为《乌鸦译诗的讨论（通信二则）》的露明女士（即赵景深）③《关于艾伦·坡〈乌鸦〉一诗的翻译》的来信以及郭沫若的答复。赵景深在这封来信中对张伯符的译诗做了分析，一是指出"Nevermore"在诗中翻译的前后不一致。同时将张伯符译文中的"再没有了""再也不会""再也不"和子岩的"永不"做比较，并认为"我以为要该作'再也不'的缘故，便在于音调上较好，而不在于意思的悬殊"④。

---

① 张伯符：《〈乌鸦〉译诗的刍言（批评）》，《创造周报》1924年第36卷，第10页。

② 同上书，第14页。

③ 注：露明女士即为赵景深。赵景深在回忆郭沫若的文章中有自证身份"读者诸君倘若不会忘记《创造周报》，当可记得第四十五期上有露明女士与沫苦的《乌鸦译诗的讨论》。所谓露明女士。就是我的化名。我的字很像女人写的。我的信上说，看到张伯符（即后来在中华书局译文学书的张梦麟）也就是商务出版的《欧洲最近文艺思潮》的忆秋生的爱伦·坡《乌鸦》译诗的讨论，也想插几句嘴。但我的英文不行。请郭先生不要见笑。信上只写寄自长沙，不曾写地名，沫若信以为真。便覆信给我，连我的信一同刊出；其中说起张先生人很好，还要替我介绍，要我把通情处告诉他，也许是想替我做媒呢！昔年狡狯。至今想起来都是好笑的"（参见赵景深《文人印象》，上海北新书局1946年4月初版，第203页）。

④ 露明女士、郭沫若：《乌鸦译诗的讨论（通信二则）》，《创造周报》1924年卷45，第14—15页。

二是提出将 lord 译作"传说"。郭沫若就赵景深的来信做了有针对性的答复,其一方面,是"'Lord'一字呢说的很有至理,张君是过于拘滞了一点;假使由我移译时,我想把那一句译成'奇古的书史',还他一个浑涵的情味"。另一方面是"Nevermore 一语张君只求达意,所以译文随意而异。假使要兼顾到音调上时,我想于你所提出的'再也不'之外有些地方应该译作'再也没'。这样对于原意可以保存,又因不没音近,原语的面目也还能兼顾"①。二者的通信还是集中在译文意思的准确性,以及诗歌音韵的翻译上。

　　从以上的讨论我们可以看出,《乌鸦》一诗本来以优美著称,早期对爱伦·坡《乌鸦》一诗的认识上,在承认爱伦·坡诗歌的优美动人以及他在诗歌创作上的地位上还是达成了共识。《乌鸦》以其高度的审美共鸣深得人们喜爱,但是又正因为其形式优美,用韵讲究,在翻译上很难做到准确达意,这给早期对它的翻译带来了困惑。这场讨论表面上看是在讨论翻译问题,讨论的中心围绕着"能不能译"以及"怎么译"的话题展开,关注的是诗歌翻译上的直译和意译,以及在直译中以"意思"为主,还是以"音韵"为主等诗歌翻译形式上的问题。但是参与论争者却在对这首诗歌的接受中表现出了他们不同的态度和立场。因此在早期的这场争论之后,吸引了不同社团和流派的注意,国人陆续推出了对《乌鸦》一诗的重译。他们对《乌鸦》的接受基于各自的文化立场,其间产生的变异现象比较集中地反映出了中国早期知识分子不同的文化选择。

---

　　① 露明女士、郭沫若:《乌鸦译诗的讨论(通信二则)》,《创造周报》1924 年卷 45,第 15—16 页。

（二）《乌鸦》一诗的译介

1. 郭沫若的"不译"

以郭沫若为代表的创造社，尽管也颇为爱伦·坡诗歌所吸引，并在早期发动并积极投身于《乌鸦》译诗的讨论中，但是，他们更倾心于富有澎湃热情的诗歌，不主张对韵律的过度讲究。郭沫若在其论文《由诗的韵律说到其他》中很明确地表明了自己的立场"更从积极的方面而言，诗之精神在其内在的韵律（Intrinsic Rhythm）"，认为韵律不是韵文方面形式上的问题，而是"情绪底自然消张""诗是纯粹的内在律底表示，便不用外在律，也正是裸体的美人"[①]。可见，郭沫若是要脱了镣铐跳舞的人，尽管他也深为爱伦·坡诗歌的抒情风格所吸引，但是又对其诗歌过于讲究韵律的古典诗歌之风深表不满，他在答复赵景深的信中最后说道：

> 末了我想写一点我自己对于"Raven"一诗的意见。这首诗虽是很博得一般的赞美，但是，我总觉得他是过于做作了。他的结构把我们中国的文学来比较时，很有点像把欧阳永叔的"秋声赋"和贾长沙的"鹏鸟赋"来熔冶于一炉的样子；但我读诗，总觉得没有"秋声赋"的自然，没有"鹏鸟赋"的质朴。"Nevermore"一字重复得太多，诗情总觉得散漫了。[②]

在对《乌鸦》一诗的理解中，郭沫若很自然地将之和中国的古典诗歌做比较，得出的结论是，不如它们。既然这样，自然也不为郭沫若所接受和大力提倡。

[①] 郭沫若：《由诗的韵律说到其他》，《文艺论集》，光华书局1929年5月版，第281、282、283页。

[②] 露明女士、郭沫若：《乌鸦译诗的讨论（通信二则）》，《创造周报》1924年第45期，第16页。

2. 三个译本

1924年9月,《学衡》杂志第45期上发表了顾谦吾的骚体译文《鹏鸟吟》。1927年《沉钟》特刊上又发表了杨晦的译文《乌鸦》;1929年《真美善》第3期上也刊载了黄龙的译文《乌鸦》。1933年侯佩尹还翻译过《乌鸦》(《大陆杂志》,1933年第1卷第10期)。在这里笔者主要关注的是20世纪20年代中国早期知识分子的文化选择问题,因此,将主要的精力集中在20世纪20年代的三个译本上。通过对他们的翻译立场以及翻译策略的比较上,我们可以甄别出在中华民族被迫开放、重新建构自己的民族文化时期,早期知识分子身上交织着的传统与现代的矛盾冲突中带来的在文化认同感,以及对自身文明构建的努力上的种种困惑。

(1) 翻译立场:"推新"与"承旧"

杨晦的译文《乌鸦》是在其所在的沉钟社推出爱伦·坡与霍夫曼的作品专辑《沉钟》(特刊)上发表的。冯至回忆《沉钟》杂志的酝酿和编辑活动时提道:"《沉钟》的四个编辑者思想不尽相同,性格更为悬殊,写作的风格也不一样,但是他们有一个共同看法,即艺术理想与现实生活之间存在着不能调和的矛盾,他们把艺术看作至高无上的,社会现实则与文艺为敌,处处给文艺艺术布置障碍。"[①] 可谓是对这样一群致力"艺术"创造的青年人的真实写照。他们热心于文学的"美",热忱地追求"艺术"。加之,他们都是学外语出身,异域文学中"美"的文学是他们创作和研究中的主要关注对象。爱伦·坡以其怀才不遇的"诗人形象",独特的艺术风格,很快吸引了他们的注意力。而1929年刊载了黄龙译文《乌

[①] 冯至:《回忆〈沉钟〉——影印〈沉钟〉半月刊序言》,《新文学史料》1985年第4期,第75页。

鸦》的《真美善》，是由在上海开办真美善书店的曾朴、曾虚白父子所创办。该杂志开始为半月刊，后来改为月刊、季刊，一直坚持到1931年7月终刊，前后共出47期。它所集合的撰稿人主要有曾氏父子，到后来加入的徐蔚南、张若谷、邵洵美、夏莱蒂、叶鼎洛等推崇欧美唯美—颓废主义文学的文人。他们所译介的外国文学也主要以对欧美唯美—颓废主义文学为主。被誉为三大"唯美主义"诗人之一的美国作家爱伦·坡，自然也在其介绍之列。就在1929年第3期《真美善》黄龙译诗的翻译之后还有编者加的小注，据说1929年5月18日，黄龙"脱稿于cafe renaissance poe 的这篇 Raven，本是千古的绝唱，神韵音节绝没有那支妙笔可以把他用别国文字达出来的"①，其对 cafe renaissance 地点的强调中所蕴含的浪漫主义色彩。可见，无论是沉钟社还是聚集在《真善美》杂志下的文人团体，吸引"沉钟社"以及"真善美"文人团体的是爱伦·坡诗歌的哀婉动人。在他们看来，爱伦·坡代表着异域"美"的文学，符合他们在审美趣味以及审美追求上的"新"文学的方向。因此，他们不但翻译了爱伦·坡的《乌鸦》，还翻译了他的其他作品。如《沉钟社》刊出了陈炜谟的译作 Eleonora 即《埃莱奥诺拉》《黑猫》《丽姬娅》，还发表了杨晦翻译的《乌鸦》和《钟》(The Bells)。而《真美善》杂志也是大力推荐爱伦·坡的一员力将，除了前面提到的《乌鸦》以外，还推出过曾虚白译的《意灵娜拉》和黄龙译的《钟》。

但是吸引了我们特别注意力的是作为新文化保守主义代表的《学衡》杂志也在这个阶段选择了《乌鸦》作为他们的译介对象。

---

① 埃德加·爱伦·坡:《乌鸦》，黄龙译，《真美善》1929年第4卷第3号，第19页。

《学衡》杂志创刊于1922年1月，自1922—1926年按月出版，其开篇即有《学衡杂志简章》，言其办刊宗旨"论究学术。问求真理。昌明国粹。融化新知。以中正之眼光。行批评之职事。无偏无党。不激不随"。对于《学衡》杂志而言，其核心撰稿人有吴宓、梅光迪、胡先骕、汤用彤等学贯中西的学者。他们是当时文化保守主义代表，在审美趣味上，仍然是以中国古典诗歌为重。但是他们西学的背景和积极入世的强烈的现实关怀，也促使他们翻译了大量的西方文学作品。他们除了引介但丁、雨果、爱伦·坡、雪莱、莎士比亚等单个作家外，还通过组织专栏，集中介绍有关欧美文坛的重要信息，如第65期（1928年9月）曾推出一组《1928年西洋文学名人纪念汇编》，向中国读者介绍了这年去世的一些世界著名作家或作家的生辰纪念。在引介西学方面，《学衡》杂志有两项标准。其一是被引进之本体有正当之价值，其二是被引进的学说必须适用于中国，与中国固有文化之精神不相违背，或者为中国所缺乏，可以取长补短，或能救中国之弊端，而有助于革新改进。[①] 认为历史有变和常，常是经过多次考验而积累起来的经验，由此形成的真理，具有普遍性世界意义，学衡派高度认可中国文化之精神，因此在译介上他们偏重于其与中国文化精神之契合。[②] 由此我们可以看出，《学衡》的价值取向与前面提到的沉钟社、《真善美》文人集团完全不一样，前二者主要是着重介绍以世纪末颓废唯美气息为主，探求中国新文学的发展方向，而对于学衡派而言，他们更关心的是介绍本身，无论是对经典著作的译介，

[①] 参见梅光迪《论今日吾国学术界之需要》，孙尚扬、郭兰芳编《国故新知论：学衡派文化论著辑要》，中国广播电视出版社1995年版，第141页。

[②] 参见胡先骕《论批评家之责任》，孙尚扬、郭兰芳编《国故新知论：学衡派文化论著辑要》，前引书，第283页。

还是对欧美时下新文坛消息的译介，其主要目的并不是要提倡一种文学趣味，而是着重于知识本身的引介，并服务于中国固有之文化。

爱伦·坡的诗歌在学衡派这里首先是他们反对新文学的一个武器。胡先骕在《评尝试集》中批评胡适的白话新诗"卤莽灭裂""必死必朽"、模仿欧美意象主义等颓废派时，指责他诗歌的象征主义倾向，并提到爱伦·坡的诗《乌鸦》"考其新诗之精神，则见胡君所顾影自许者，不过枯味之教训主义，如《人力车夫》《你莫忘记》《示威》所表现者；肤浅之象征主义，如《一颗遭劫的星》《老鸦》《乐观》《上山》《周岁》所表现者……同为咏物之作，然寄托之遥远，又岂印象派诗人 Richard Aldington 所作之 *The popular* 所能比拟。同一言情爱也，白朗宁夫人之 *Sonnets from portugese* 乃纯洁高尚若冰雪，至 D. H. Lawrence 之 *Fireflies in the corn* 则近似男女戏谑之辞矣。夫悼亡悲逝，诗人最易见好之题目也，然 AmyLowell 之 Paterns 何如丁尼逊之 *Home they brought her warrior dead* 与波 Edgar Allan poe 之 *The raven*，而 D. H. Lawrence 之 *A woman and her dead husband* 则品格尤为卑下"。[①] 在胡先骕看来，爱伦·坡的"咏物之作"，成为"寄托之遥远"、品格高尚之诗歌，与胡适及其效仿的欧美意象派"品格卑下"之诗形成对照。在学衡派看来，爱伦·坡诗歌的寓意深刻，这是为新文学所代表的浅露直白所不能相提并论的。文化保守主义的学衡派却以西方现代主义之作爱伦·坡的《乌鸦》来反对当时新文学的星星燎原之势，自然是不难理解的了。学衡派发现了与中国固有文化之契合。

[①] 胡先骕：《评尝试集》，郑振铎《中国新文学大系·文学论争集》，上海良友图书印刷公司1935年版，第268—289页。

在《乌鸦》译文前的《文苑·译诗》，译文前有言"以其性浪漫。故颇为吾国时派文人所称道……则阿伦波其西方之李长吉乎。波氏之文与情俱有仙才。亦多鬼气……顾波氏行虽放诞。然推理之力极强。思致绵密。深入幽怨。观其平生所作。若小说则由果推因。倒装结构。开侦探小说之墙。又严择材料。厚积色情。立短篇小说之法。而其诗亦惨淡经营。完密复整。外似自然混成。纯由天籁。而实则具备格律韵调之美。以苦心焦思，集久而成之。波氏又尝撰文数篇。论作诗作文之法。分明吾人取经之资"①。

我们可以推断出他们之所以选择《乌鸦》一诗作为翻译对象，是为向当时的新文学开火，重新树立古代的诗歌创作典范：《乌鸦》一诗深为时人所喜爱，"以其浪漫。故颇为吾国时派文人所称道"，有一定声誉的名作，争夺到了《乌鸦》的发言权，就是为宣扬自己的立场提供了一个平台。《乌鸦》一诗的特殊性在于尽管它是现代派远祖的代表作，但是它在内在精神气质上却与中国文化精神相契合。《乌鸦》诗歌在音韵上非常讲究，与我国古典诗歌的讲究用韵有内在的一致性。"而其诗亦惨淡经营。完密复整。外似自然混成。纯由天籁。而实则具备格律韵调之美。以苦心焦思，集久而成之。波氏又尝撰文数篇。论作诗作文之法。分明吾人取经之资"符合"与中国固有文化之精神不相违背"的译介宗旨。《乌鸦》的情感哀婉动人和我国古典诗歌也有契合之处，其与李贺的相似性也颇为大众所接受，"则阿伦波其西方之李长吉乎。波氏之文与情俱有仙才。亦多鬼气"。因此学衡派选择翻译《乌鸦》，是足以完成他们的文化使命"昌明国粹。融化新知"。②

---

① 顾谦吉译：《阿伦玻鸱鸟吟》（The Raven，今译《乌鸦》），《学衡》1925年9月第45期，第8页。

② 同上书，第8—10页。

(2) 翻译策略:"文言"与"白话"

对"文言"还是"白话"的选择,表明了两种不同的文化价值取向。尽管在杨晦及黄龙的译诗中采用了不少归化手法,弱化了《乌鸦》一诗原有的象征色彩,使《乌鸦》译诗带有浓厚的中国古典诗歌的抒情意味。但是二者在翻译《乌鸦》的时候均采用了白话文翻译,在翻译策略上二者都尽量采用直译的方式,力求与原文保持一致。

相形之下,《学衡》对《乌鸦》的翻译,除了在语言上选择的是与新文学对立立场的"文言文",在诗歌的翻译上还采用了不少有意"归化"的译介策略。

第一,采用的是文言翻译,在诗文体例上是以我国古典文体"赋"的文类进行翻译的,在抒发胸怀的时候又融入自屈原以来的"忧愤"情怀,抒发缠绵哀伤之情。

第二,译诗中文化意象的归化。诗文标题由原来的 Raven(乌鸦)直接归化为了"鹏鸟"(即猫头鹰)。在译文后有编者按:"又按英文诗中直译 Raven 作乌鸦。今顾君则译为鹏鸟。昔贾谊居长沙。鹏鸟集其承尘。长沙俗以鹏鸟至人家,主人死。谊因之作鹏鸟赋。夜为恶声。不祥之征。与此篇之情景类似。故鹏鸟之译名甚合。"[①] 可见,译者在对原文"乌鸦"的解读中,将之视为不祥之物的象征,并以中国传统文化中将猫头鹰视为不祥之物联系起来,加之,贾谊曾经对这种不祥之物写有赋文,因此译者选择鹏鸟来替代原文中的乌鸦,旨在表达不详之征的类似情景。另外,在这首诗歌中,还将西方的"鬼形象"归化为中国传统的"巫神魔"形象。

[①] 顾谦吉译:《阿伦玻鹏鸟吟》(The Raven,今译《乌鸦》),《学衡》1925 年 9 月第 45 期,第 8 页。

第三，原文主题的"道德化"。在译文前附有小言，试图结合爱伦·坡的创作论来解读爱伦·坡《乌鸦》一诗的主题。在评述爱伦·坡的诗学主张时，对他的《诗歌原理》有所译介，爱伦·坡的本意是，"美女之死无疑是天下最富诗意的主题。而且同样不可置疑的是，最适合讲述这种主题的人就是一个痛失佳人的多情男子"。①但《学衡》却将"诗歌原理"中的思想转述为"天下惟夫妇之情最深。而美人夭折其事尤可伤"，强行将夫妇之情加入爱伦·坡的《诗歌原理》中，并力图对爱伦·坡《乌鸦》一诗伤悼美人的主题解读为符合中国传统伦理的"经夫妇，厚人伦"思想。同时似乎为了符合中国传统的"温柔敦厚，哀而不伤"的诗学原则，译者又极力否定这首诗歌的哀伤主题，认为《乌鸦》一诗事实上"则固无伤悼之事"。而又言其"故宜但写其人迷离倘悦之心理。而却无人鬼叙谈之事"②，以之符合中国传统文化中的"不言鬼神"的道德主张。

3. 茅盾的"拟写"：《叩门》与《乌鸦》

1922年，玄珠（茅盾）在《文学旬刊》上发表了谈译诗的文章《翻译问题：译诗的一些意见》，应该是最早关于爱伦·坡《乌鸦》一诗的谈论，之后，茅盾还翻译了爱伦·坡恐怖小说之一《泄密的心》。我国现实主义大师茅盾，是最早展开对被誉为"象征主义"或"唯美主义"代表诗作《乌鸦》译诗是否可行的讨论，同时提倡并亲身加以实践对其作品翻译，这一现象不能不引起我们注意。

茅盾是将爱伦·坡看作"神秘派"，将之归为"新浪漫主义"中的一员来接受爱伦·坡的。就在茅盾关注爱伦·坡的同一时间段

---

① ［美］爱伦·坡：《诗的原理》，刘象愚编选《爱伦·坡精选集》，山东文艺出版社1999年版，第457页。
② 顾谦吉译：《阿伦玻鹏鸟吟》（*The Raven*，今译《乌鸦》），《学衡》1925年9月第45期，第9页。

里，他还对有这种"美"的风格的其他一些作家作品都有关注。1919 年，矛盾在《解放与改造》杂志上翻译了比利时作家梅特林克的神秘剧《丁泰琪之死》，不久，又发表了《近代戏剧家传》（1919 年）；1921 年，茅盾又介绍了《神秘剧的热心的试验》；1922 年，又发表了《霍普特曼的象征主义作品》；同时茅盾还在《少年中国》杂志上推出过两期"诗歌研究号"，对法国象征派的理论与作品进行了系统的介绍，把象征派与新浪漫派的文艺理论和创作推荐给中国读者。这些作家的创作风格都与我国后来的现实主义大家茅盾的创作风格相去甚远。对于茅盾来说，我国后来的浪漫主义文学主要是指象征主义、唯美主义、神秘主义等，它们在茅盾的早期论述中的确一直没有分清楚过，这在当时也是一种普遍现象。杨义在《中国现代小说史》中谈到了我国早期所说的"新浪漫主义"，"几乎囊括了 19 世纪末 20 世纪初欧美和日本反抗现实主义、自然主义而起的种种文学思潮和流派，其中包括我们称之为现代派前身的象征主义、唯美主义和颓废主义"①。

当时的中国作家又都受到一种文学进化论的影响。以茅盾一篇谈"译介目的"的文章为例，1920 年 1 月 1 日，茅盾以"冰"的名字在《时事新报·学灯》上发表了《我对于介绍西洋文学的意见》一文，他在文中，首先对一年的译介情况做了简单总结，认为，有一定的成绩，但是"却微嫌有点杂乱"，指出当前的译介状况，为了宣传"新思想"，只拣新的译，忽略了文学进化的痕迹，进而对西方文学的历史进程做了回顾，"西洋古典主义的文学到卢骚方才打破，浪漫主义到易卜生告终，自然主义从左拉起，新表象主义是梅德林开起头来。（易卜生亦有表象之作，详见拙作表象主义篇）一直到现

---

① 杨义：《中国现代小说史》第一卷，人民文学出版社 1986 年版，第 533—534 页。

在的新浪漫派；先是局促于前人的范围内，后来解放。（卢骚是文学解放时代）注重主观的描写，从主观变到客观，又从客观变回主观，却已不是从前的主观：其间进化的次序不是一步可以上天的"。因此主张，"我们中国现在的文学，只好说尚徘徊于'古典''浪漫'的中间，《儒林外史》和《官场现形记》之类，虽然也曾描写到社会的腐败，却决不能就算是中国的写实小说（黑幕小说更无论了），神秘表象唯美等，不要说作才很少（作才本来不怕其少），最苦的是一般人还都领会不来。所以现在为着要人人能领会打算，为将来自己创造先做系统的研究打算，却该尽量把写实派自然派的文艺先行介绍（《新青年》六卷六号朱希祖先生译论后面的附说也是如此主张的），却更宜注意于艺术一方面，因为观察和思想是可以一时猛进的，艺术却不能同一步子。我见现在有许多新文学，包有很好的理想和观察，却因艺术手段不高，便觉得减色，所以我相信该先从这一方面着手。我们假定用一年的时间，大家一齐努力，也许能把这一段工程做完"①。茅盾早期对爱伦·坡的译介和接受就是受这种"文学进化论"的文化观影响。依据这种文学进化论的思想，"神秘表象唯美"等应当是文学进化的方向。沈雁冰做这些文学工作的目的是要将我国的新文学引导到世界文学发展的最新潮流中去，他的这种想法应该可以代表当时许多激进的文学青年的普遍愿望，也是与他一贯的情怀是密切相关的。此类作品既符合茅盾的文学感觉，同时又是文学发展的必经道路，茅盾自然会对他们进行不遗余力的大力倡导，并且将之深深融合于他自己这一时期的文学创作中。早在20世纪80年代，盛宁就在他的硕士论文《埃德加·爱伦·坡和中国现代文学（1900—1930）》[*Edgar Allan Poe And Modern Chimese*

---

① 茅盾：《茅盾全集》第18卷，人民文学出版社1989年版，第2—3页。

Literature（1900 – 1930）］以及后来的专题论文《爱伦·坡与"五四"运动以后的中国现代文学》中，注意到了茅盾在此时期创作的作品《叩门》与爱伦·坡的恐怖氛围的营造等方面有着惊人的相似，并认为，这部作品是受到了其翻译的爱伦·坡的小说《泄密的心》的影响，"《心声》表现了爱伦·坡的'朦胧的恐怖愈加恐怖；模糊的可怕愈加可怕'，这一主题成为茅盾后来写的《叩门》的种子"①。但是笔者在对相关文献资料的查阅和整理中发现，《叩门》一文除了其中紧张的气氛与《泄密的心》有暗合以外，二者并未有过多的相似，反而与茅盾曾著文指出很难翻译的爱伦·坡的诗歌《乌鸦》颇为类似。这里列举一段作为比较。

答，答，答！
我从梦中跳醒来。
——有谁在叩我的门？我迷惘地这么想。我侧耳静听，声音没有了……
我翻了个身，朦胧地又将入梦，突然那声音又将我唤醒。在答，答的小响外，这次我又听得了呼——呼——的巨声……
然而巨声却又模糊了，低微了，消失了；蜕化下来的只是一段寂寞的虚空……
我睁大了眼，紧裹在沉思中……依然是那答，答，答的小声从窗边传来，像有人在叩门。
"是谁呢？有什么事？"
我不耐烦地呼喊了。但是没有回音。②

---

① 盛宁：《爱伦·坡与"五四"运动以后的中国现代文学》，《国外文学》1981年第4期，第2页。
② 茅盾：《叩门》，转自傅光明选编《严霜下的梦茅盾散文》，浙江文艺出版社2007年版，第439—440页（原1929年1月10日《小说月报》第20卷第1号）。

《叩门》写于1928年末的日本京都，是和当时时代氛围的萧条以及茅盾个人内心的迷茫感相吻合的，在创作形式上，可以说它完全是茅盾颇为欣赏的爱伦·坡的名诗《乌鸦》的散文版。作者也同样是被"答、答、答"的叩门声给惊醒，从而对这个怪异的"叩门声"进行追问。但《乌鸦》在茅盾的笔下也发生了变异，其一是抛弃了诗歌创作，不再拘泥于用韵，采用的是散文诗的写法，但也保留了原诗的分段以及重复之美。其二是更换了个人体验的情感书写，从《乌鸦》原有的伤悼之情转换到了宏大的家国命题中去。他在内容上侧重于对革命的现实图景的勾勒，而这与茅盾个人的气质是比较吻合的。

滕固在《论散文诗》中论述散文诗的起源时，追溯到波德莱尔，并论及象征主义诗人马拉美、福特以及爱伦·坡，这是对爱伦·坡的《乌鸦》比较符合原意的解释。但是在我国早期对《乌鸦》一诗的接受中，还是少有人注意到他诗歌具有的象征主义色彩，忽略了《乌鸦》在诗歌史上对"诗歌"发展方向革新的历史意义，作为后来影响了法国"象征主义"的"象征诗"远祖，其在文学史上的价值，未为时人所认识，这些都推迟了中国对爱伦·坡这首诗歌的客观认识。早期知识分子在自己的审美趣味，以及自己的价值立场上重新书写和解读了爱伦·坡的《乌鸦》，他们在推动自己的文学主张上的确立有汗马功劳，但是在对《乌鸦》的解读上却遮蔽了其原有的象征色彩，不能不说也是一种遗憾。

三　误收：《夜归人》问题

随着20世纪80年代爱伦·坡在国内重新升温，对他作品的翻译和研究成果也越来越多。但是由于爱伦·坡的才华在小说、诗歌、评论，甚至包括书信等各方面都有无与伦比的表现，国内一直都很少对他进行完整而系统的研究。这使得我们在承认作品价值的同时，一直也对其作品缺乏系统而完整的认识，以致在有关爱伦·坡的一些常识性问题上，也出现了以讹传讹，流毒甚广的现象。笔者在对资料的整理和收集中就遇到了这样的问题，一篇原为 18 世纪的英国女作家玛丽·丘蒙德莉（Mary Cholmondeley）所作的作品《夜归人》(*The Hand on the Hatch*)，竟然在包括《配人教版统编高中语文教材 高中语文读本 高中二年级 下》在内的不下十个文学选本中，被误认为是爱伦·坡的短篇小说。笔者在这里试图追根溯源，将这个问题清理清楚。

（一）伪事实的存在：爱伦·坡与《夜归人》

自 1984—2008 年，仅笔者所见，就有以下选本中收有所谓为爱伦·坡所著的《夜归人》短篇小说：《外国微型小说 100 篇》（许世杰、杜石荣选编，湖南人民出版社 1984 年版，注有《港城》1983 年第 1 期）、《世界微型小说精选简评集》（叶茅编著，广西民族出版社 1988 年版）、《中外名家微型小说大展》（《小说界》编辑部选，上海文艺出版社 1989 年版）、《中外微型小说鉴赏辞典》（张光勤、王洪主编，社会科学文献出版社 1990 年版）、《掌上玫瑰 世界微型小说佳作选 美洲卷》（宋韵声主编，春风文艺出版社 1998 年版）、《夜归人》（张光勤、王洪主编，社会科学文献出版社 1998 年版）、《外国微型小说三百篇》（郑允钦主编，百花洲文艺出版社 2001 版）、《世界经典微型小说 Ⅲ》（丰义主编，2001 年版）、"中小学生语文素养文库" 系列丛书的《外国小说精品阅读》（程汉杰主编，辽宁教育出版社，语文出版社 2002 年版）、《探究性阅读 早读文本 高中卷·上》（刘建琼主编，湖南师范大学出版社 2002 年版）、《新语文 决胜高考 第 3 卷》（王泽钊、闵妤主编，社会科学文献出版社

2002年版)、《外国百篇经典微型小说》(郑允钦编选,长江文艺出版社2004年版)、《龙班智慧阅读 高中卷5(表达能力篇)》(李人凡、郭扶庚主编,黄磊等著,大象出版社2005年)、《配人教版统编高中语文教材高中语文读本 高中二年级 下》(《配人教版统编高中语文教材高中语文读本》编写组编,教育科学出版社2006年版)、《影响力·文学经典品读 世界最佳微型小说》(宋乃秋选编,内蒙古人民出版社2006年版)、《阅读2》(内蒙古教育出版社汉文教材编辑部编写,内蒙古教育出版社2008年版)、《老师推荐的美文大全 第3季》(中国修辞学会读写教学研究会主编,石油工业出版社2009年版)、《世界微型小说经典 美洲卷 上》(郑允钦主编,百花洲文艺出版社2009年版)。以上选本,不仅以其数量之多,而且以其选本所代表的"权威"性容易造成我们的"误信",如《配人教版统编高中语文教材高中语文读本 高中二年级 下》。同时,这些选本上的一些特点也容易使我们视听混淆。

一是在这些选本中,大部分都郑重其事地对爱伦·坡做了恰如其分地介绍。这里举几个例子:

爱伦·坡(1809—1849年),美国诗人、小说家和批评家。诗集《帖木儿》《艾尔·阿尔夫》等,诗中多是古怪、奇特、病态的形象……(《外国微型小说100篇》,许世杰、杜石荣选编,湖南人民出版社1984年版)

[美国]埃德加·爱伦·坡(1809—1849年),19世纪美国诗人、小说家和批评家,西方现代颓废浪文学的鼻祖……(《世界微型小说精选简评集》,叶茅编著,广西民族出版社1988年版)

爱伦·坡(1809—1849年),美国著名作家。西方现代颓废

派文学的鼻祖,也是西方侦探小说的开拓者。(《中外名家微型小说大展》《小说界》编辑部选,上海文艺出版社1989年版)

二是还有些选本结合爱伦·坡创作的风格特色对《夜归人》这篇短篇小说进行了点评或者赏析介绍。

"爱伦·坡的《夜妇人》似乎是将惊险与恐怖融为一体的、具有代表性的作品之一……"(《外国小说精品阅读》,程汉杰主编,辽宁教育出版社、语文出版社2002年版)这里赏析小说的核心"惊险与恐怖"也的确是爱伦·坡创作中的主要特点。

《世界微型小说精选简评集》(叶茅编著,广西民族出版社1988年版)中结合爱伦·坡诸如"把滑稽提高到怪诞"的创作美学对其所谓的"代表作"之一《夜归人》进行了赏析。《夜归人》(张光勤、王洪主编,社会科学文献出版社1998年版)中附有赵光育的赏析文章,其中提到的爱伦·坡的生平遭遇以及创作特点均是符合爱伦·坡本人的。《探究性阅读 早读文本 高中卷·上》(刘建琼主编,湖南师范大学出版2002年版)书中结合爱伦·坡创作的特点通过旁批和最后的点评,对小说进行了赏析性介绍。

三是同时收录了爱伦·坡的其他作品一起出版,增加了可信度。如《掌上玫瑰 世界微型小说佳作选 美洲卷》(宋韵声主编,春风文艺出版社1998年版)同时收录了由李贵馥翻译的爱伦·坡的作品《椭圆形的肖像》。《外国微型小说三百篇》(郑允钦主编,百花洲文艺出版社2001年版)同时还收录了爱伦·坡的作品《椭圆形的肖像》以及由宋韵声、施雪翻译的爱伦·坡的作品《庄园恐怖夜》(通译《厄舍府的倒塌》)、《世界经典微型小说Ⅲ》(丰义主编,内蒙古文化出版社2001年版),同时还收有爱伦·坡的作品《被盗去的情书》(通译《被盗窃的信》)、《影响力·文学经典品读 世界最

· 173 ·

佳微型小说》（宋乃秋选编，内蒙古人民出版社 2006 年版）以及爱伦·坡的作品《被窃的情书》（通译《被盗窃的信》）。这些都在增加我们对编者在知识储备上的信任的同时，无疑将进一步促使我们误信《夜归人》也为爱伦·坡的代表作。

　　最后，更让人担忧的是一些服务于教育，旨在传授知识、培养学生人文素质的丛书中也出现了类似情况。其中有作为"中小学生语文素养文库"系列丛书的《外国小说精品阅读》（程汉杰主编，辽宁教育出版社，语文出版社 2002 年版）、《探究性阅读　早读文本　高中卷·上》（刘建琼主编，湖南师范大学出版社 2002 年版）、《新语文　决胜高考　第 3 卷》（王泽钊、闵妤主编，社会科学文献出版社 2002 年版）、《龙班智慧阅读　高中卷 5（表达能力篇）》（李人凡、郭扶庚主编，黄磊等著，大象出版社 2005 年版）、《阅读 2》（内蒙古教育出版社汉文教材编辑部编写，内蒙古教育出版社 2008 年版）、《老师推荐的美文大全　第 3 季》（中国修辞学会读写教学研究会主编，石油工业出版社 2009 年版），特别是其编写宗旨在于"配合人教版高中语文统编教材编写。原有的人教版统编教材与教育课程改革条件下的教学以及高考产生了明显的距离。本书的编写，一方面依据统编教材，另一方面依据《高中语文课程》，可以说本书既是统编教材的补充阅读"的作为人教版统编高中语文教材高中语文读本《配人教版统编高中语文教材高中语文读本》更是增加了人们对该说法真实性的确认。

　　（二）冰山一角：疑点的产生

　　十多年来，这样的说法一直为普通大众所接受，而对于稍微熟悉爱伦·坡的读者而言，却大多会心存疑惑。笔者在查阅了中国目前所出版的近百种爱伦·坡的个人文选集，却始终未见到有对该篇小说的译介，笔者带着疑惑就此事求教于国内爱伦·坡翻译研究专家曹明伦先生，先生复信言"据我所知，爱伦·坡的短篇小说中没有《夜归人》这个篇目"，这些都增加了笔者对此说法的怀疑。紧接着笔者查阅了对爱伦·坡作品辑录的较为完整的英文全集《埃德加·爱伦·坡作品全集》（*The Complete Works of Edgar Allan Poe / with a Critical Introduction by Charles F. Richardson.* Poe，Edgar Allan，1809—1849，New York：Fred de Dau & Compand，1902）以及目前学界颇为认可的爱伦·坡小说全集收录版本，1984年，美国文库（The library of America）推出的由著名爱伦·坡专家、威尔斯利学院的奎因（Prof. Patrick F. Quinn）编辑出版的《E. A. 坡：诗歌和小说》（*Edgar Allan Poe：Poetry and Tales*）均未见收有此篇小说。

同时，就阅读体验而言，《夜归人》的故事风格与爱伦·坡其他作品的风格也不甚相同。在爱伦·坡的创作中，除了他的侦探推理小说比较注意情节的设置以外，他的其他小说多以心理分析见长，对恐怖氛围的营造在于对神秘性的刻意追求，而不在于对凶杀事件本身的关注。这种风格上的差异也在一些选本中为点评者所注意，"爱伦·坡的作品，常会使你感到抑郁、气闷。它就像酱缸里的卤汁，具有极强的渗透力，噬咬着你的灵魂和骨骼，让你一辈子忘不了那独特的苦涩味。与爱伦·坡其他作品相比较，《夜归人》似乎显得平淡些，在这里他没有追求离奇、曲折的情节，也不过分渲染和夸张，而是冷静、透彻地剖析着人心和社会，以短小的篇幅反映了广泛的内容"。[①] 但是点评者由于在接受上，已经先入为主地认定该小说为爱伦·坡所作，因此，尽管察觉到了这种风格的差异性，依

[①] 张光勤、王洪主编：《中外微型小说鉴赏辞典》，社会科学文献出版社1990年版，第4页。

然将该小说纳入爱伦·坡的创作进行点评，只不过将其看作爱伦·坡小说中较为特殊的一篇。

而在这些选本中，所有的《夜归人》的译本均署名为同一人"芸亮"，以讹传讹的可能性是很大的。

(三) 浮出海面：问题的澄清

如果我们对于《夜归人》为爱伦·坡所作这个"伪事实"不进行质疑的话，那么这种"潜在"的知识性错误将会随着通俗读物的广泛流传，随着教材配套读本的教育普及，无疑将会流毒甚广。但由于爱伦·坡本人的创作多以笔名形式发表，还有很多是匿名发表的，因此即使在西方对爱伦·坡作品的认定都还是在不断对佚文的挖掘和考证之中，目前对他的作品全集尚无定论，因此笔者当前最迫切需要做的是找到原文作者，才能证明该小说非爱伦·坡所作。经笔者多方查证，终于在《读者文摘 英汉对照选集》(读者文摘远东有限公司编, READER's DIGEST BILINGUAL SELECTIONS, 香港, 1975年) 中见到了《夜归人》一文的英文原著，英文原名为 The Hand on the Latch。只是英汉对照下的中文译名为"风雪夜归人"。尽管译名不一样，但是从内容对照来看，故事与前面提到的《夜归人》完全一致，应该说就是同一小说。英文标题下署有 An Old Tale By MaRy Chol. MONDBLEY RETOLD BY ANTHONY ABBOT，为我们寻找原文作者提供了线索：一个古老的故事，玛丽·丘蒙德莉原著，安东尼·阿伯特改写。同时笔者也见到另一个收有同一故事的《风雪夜归人》[《实用英文经典 英文小说经典：英汉对照》(张浩主编，中国社会出版社)]，但是署名为安东尼·阿伯特创作。后者实际上，只注意到了作为对《夜归人》进行改写的作者安东尼·艾伯特，而忽略了原作者玛丽·丘蒙德莉。

在中国，安东尼·阿伯特（Anthony Abbot，1893—1952年）在喜欢和熟知侦探小说的读者群中应该不是一个过于陌生的名字。阿伯特原名为查尔斯·富尔顿·奥斯勒，他以这个笔名以及"查尔斯·奥斯勒"的名字发表了许多作品，尤以侦探小说为主。阿伯特在发表长篇小说《杰拉尔丁·福斯特谋杀案》（*About the Murder of Geraldine Foster*，1930）之后，继续以其中的侦探撒切尔·柯尔特（Thatcher Colt）为人物形象创造了柯尔特系列小说，获得了成功。1952年，阿伯特因心脏病去世。在他的生平中容易让我们想到和我们本话题密切相关的有两点，其一，他和爱伦·坡一样创作侦探小说，并对爱伦·坡有着崇拜之情。还在十多岁的时候，阿伯特就成为巴尔的摩《美国人》（*American*）的通讯员，他曾经发誓要离埃德加·爱伦·坡的墓近一些，这样他就可以成为一位作家。其二，阿伯特担任过著名的《读者文摘》（*Reader's Digest*）的编辑，在任职期间他改编过很多老故事，并在篇首都有注明出处。在香港出版的英汉对照集应该说是基本上保留了《读者文摘》的原始风貌。《风雪夜归人》（*The Hand on the Latch*）英文标题下署有的 An Old Tale By MaRy Chol. MONDBLEY RETOLD BY ANTHONY ABBOT 应当具有一定的可信性。

玛丽·丘蒙德莉（Mary Cholmondeley，1858年8月—1925年7月）是英国18世纪末、19世纪初的女作家，在中国可以说是籍籍无名。她出身于英格兰一个家中子女众多的牧师家庭，她是家中的第三个孩子，也是家中的长女。由于患有哮喘，加之母亲的无能，她在16岁就放弃了学业，在家操持家务。创作很快成了她从家庭责任脱离出来的一条出路。她于1878年在《平面造型艺术品》（*Graphic*）上发表了她的处女作。1877年发表的《丹佛斯珠宝》（*The Danvers Jewels*）引起了当时著名小说家罗达·布劳（Rhoda

Broughton）的注意，并以溢美之词推荐给了读者，之后玛丽·丘蒙德莉有很长一段时间为批评家所关注，并为读者所喜欢，其后开始以创作为主。而我们在这里提及的《夜归人》就是其短篇小说的代表作。该文最初发表的时候是收录在玛丽·丘蒙德莉的个人小说集《最低的梯级》（*The Lowest Rung*, *John Murray*）中，后来又于1909年直接以《夜归人》（*Dodd*, *Mead*, 1909）为书名作为她的小说代表作出版。这篇小说可以说是保持了玛丽·丘蒙德莉创作的一贯风格。故事以坚强独立的成熟女性形象为主人公，保持了其创作中惯有的以制造悬念、营造恐怖气氛的写作技巧。时至今日，不但中国对她的译介很少，即使是在英国本土，当时光已经距离18世纪末、19世纪初女性的革命之路已经非常遥远的时候，其作品创造的女性形象早已不为当今人们所关注。玛丽·丘蒙德莉的名字除了偶见于伊莱恩·肖瓦尔特（Elaine Showalter）以及安·阿迪斯（Ann Ardis）等女性主义批评家笔下，肯定其作为女性创作的先锋地位，赞扬其为后来的女性创作开拓了道路以外，玛丽·丘蒙德莉几乎已被人们给淡忘了。但是，其故事结构的精心建构，悬念的制造，在今天读来仍然有一定的可读性，这也是误收《夜归人》为爱伦·坡代表作品的那些点评家们无一不关注其故事讲述技巧的原因。

正因为玛丽·丘蒙德莉在21世纪的知名度不高，而其故事又有一定的吸引力，中文的译介者在翻译该文时就出现了失误，将玛丽·丘蒙德莉的经典小说误认为是美国作家爱伦·坡的作品，而后来的编选者并未对之进行过认真核实，所以出现了以讹传讹、流毒甚广的现象。

第三章 埃德加·爱伦·坡研究在中国

第一节 新中国成立前的埃德加·爱伦·坡研究

早期对爱伦·坡的研究主要集中在报纸、杂志以及译文前后所加的"译者志"或"编者按"中,以译者介绍和同期欧美时讯为主,也有一些专题论文,但多为印象式的批评——带有作者个人生命体验的感悟,比较真切,但显得偏颇,不客观,还算不上严格意义上的研究,但是这些为后期研究的深入开展奠定了基础,在很大程度上决定了中国很长一段时期对爱伦·坡的接受。

一 译者介绍

此类多是在翻译文章前后,加有序言、跋、后记的形式出现,多为译者介绍,也有编者加的按。对于爱伦·坡这种并不多产,但是创作类型丰富的作家而言,对该作者某类作品的专门认识,一是显得局部深刻,二是显得不够全面。

(一) 神秘·鬼才

1909年周氏兄弟所译的《域外小说集》中,在体例安排上,对每个作家都进行了简单介绍。在周作人所译的《默》译文后附有"著者事略"①。

> 坡幼孤受宥于亚伦氏、故兼二姓。性脱略耽酒、诗文均极瑰异、人称鬼才。所作小说皆短篇、善写恐怖悔恨等人情之微……②

这段文字简短有力,对爱伦·坡的身世、性格、文字特点均有所介绍。这里特别值得我们提及的有两点,一是爱伦·坡生平中的嗜酒,嗜酒前的形容词是"性脱略",与我国对魏晋时期的文人形象描述非常贴近。二是认识到了其创作中的"神秘"特点,将之誉为"鬼才",是我国文人初开世界之眼,略通他者。在认识上,多以自我为标准解读他者。尽管《域外小说集》销量不好,并且后来滞销的存书几乎全毁于火灾,很早就夭折,但是它在中国新文学中着意用短篇摆脱旧有的说话人痕迹,采取直译的方式,在翻译文学史上有所谓的"异域文术新宗,自此始入华土"③ 的开创意义,在这里存录的对爱伦·坡的介绍,当是国人对爱伦·坡较早的认识,并直接影响到了后世对爱伦·坡的接受。后来傅东华、钱歌川等人在对爱伦·坡的介绍中都有脱胎于此的痕迹。

> 爱伦·坡人家都知道他是一位神秘作者,性格脱略而耽酒,

---

① 1908年发表在《河南》杂志上的译文《寂寞》时,即附有对作者的简单介绍。1909年收入《域外小说集》时,有所补充。
② [英]维尔特等:《域外小说集》,周作人译,中华书局1936年影印本,第2页。
③ 鲁迅:《城外小说集·序》,《鲁迅全集第十卷》,人民文学出版社1981年版,第155页。

诗文都很瑰异，有"鬼才"之称……①

爱伦·坡的作品收在域外小说集中的《默》并不为人所注意。但是他作为一种怪异之风一直潜藏在中国文坛之上，从鲁迅的《野草》到施蛰存的《妮侬》，都有我们所熟悉的气息。

（二）唯美主义·神秘派·浪漫派

初期对爱伦·坡的认识并不统一，有译者认为其为唯美主义代表，也有译者认为其属于"神秘派"的，也有译者直接将他归为浪漫派的代表人物。

唯美主义。胡愈之在《东方杂志》第17卷第8号上王尔德的《莺和蔷薇》译文前撰文"王尔德和美国的亚伦坡意国的邓南遮——称为近代唯美派的三大诗人。唯美派文学，也是因近代物质主义而起的一种反动；其主旨在于以美为人生之中心，厌弃物质的平凡的生活，别求生活的于人工的诗之世界中。唯美派诗人都带些名士气，多是放浪形骸，追逐肉欲，崇举所谓享乐主义（Dilettantism）的。像亚伦坡是个放纵的酒徒……"胡愈之在这里将爱伦·坡视为唯美主义的主要代表人物。但是从他对唯美主义的定义来看，他将爱伦·坡归为唯美主义是着眼于他身世中的"嗜酒"，并将之视为中国的"名士气"。我们从中可以发现，其一，胡愈之对爱伦·坡身世中"嗜酒"的理解是不准确的。其二，其对唯美主义的认识是以精神气质上的反叛性为标准。

神秘派。沈雁冰在1920年在《心声》的译文前有简短的《（心声）译者志》"亚伦坡以神秘出名，他在当时的文豪中独成一家，'与俗殊咸酸'他的著作以短篇小说为甚——大部分是幻想的，非人

---

① 傅东华译：《奇事的天使》，《两个青年的悲剧》，大江书铺1929年版，第227页。

间的，然而却又是常来我们精神界中撞击的。他此种短篇，造句用字，处处极力表现这个目的；所以他的文字另有一种美。有人据此即说他是唯美派的文人，实在是不允当，唯美派并非以文字之优美而得名，其实不朽的著作没有文字不美的。像亚伦坡那样着重玄想的文字，主力不在美化，确是神秘派呢。此篇之意似在描写'Illusion'的力量"。① 这是茅盾最初对爱伦·坡的认识，他已经认识到了爱伦·坡创作中想象力的特点。但同时，认为他是属于神秘派而非唯美主义。从其划分的标准，可以看出其对爱伦·坡的认识还很肤浅，不知道爱伦·坡和唯美主义最大的关联在于爱伦·坡提出的"为诗而诗"的诗学理论，后来发展为唯美派"为艺术而艺术"的诗学主张。其二，从茅盾对唯美主义的认定标准是根据文字的美来做批判，可以看出他在当时对唯美主义认识是不准确的。茅盾对唯美主义的理解是和茅盾本人的文学追求偏好相关的。茅盾身上始终弥漫着社会家的气质以及强烈的干预社会的抱负。他曾在1980年2月25日自己翻译作品的《序》中自言道"不过我所翻译的，大多是弱小民族的作品，后来一直也没有别人翻译过。我想这些翻译弱小民族的历史、风土人情，及其求自由、求民主、求民族解放的斗争的作品，也还可以推荐给今天的读者"。② 这是大实话，茅盾对文学的参与是有着积极的政治干预情怀，再加上旨在探索文学发展历史规律的雄心壮志。因此在他的思想中有过一段追求新浪漫主义的时期，在文学上也有一些较为关注带有纯文学色彩的作品。这既是他思想发展中的一部分，也是时人认识变迁中的一部分。

　　这两段引文，对唯美主义认识有着一定差异。前者将爱伦·坡

---

① 沈雁冰：《〈心声〉译者志》，《东方杂志》1920年第17卷第18号，第99页。
② 茅盾：《茅盾译文选集》，上海译文出版社1981年版，第3页。

归之于唯美主义,是将其生活作风与王尔德等人生活作风的相似性为论据。而后者将爱伦·坡从唯美主义中脱离出来,将之归之于神秘派。而对唯美主义的认识局限于文字的美。可见,当时我国对世界文学流派的隔阂。尽管是尽力学习西方,但是,还存在着一些认识上的混淆。对于爱伦·坡与唯美派之间的实质性联系认识并不清楚。但对爱伦·坡在中国接受史上的意义在于茅盾认识并揭示了爱伦·坡小说中的神秘性和其短篇小说创作在整个短篇小说发展史上的地位。

浪漫派。1937年商务印书馆出版的《美国短篇小说集》(汉译世界名著 万有文库)在《导言》中认为美国文学小说的成就更大,而诗歌的成就不如英国。并声称法国和美国的短篇小说是近代短篇小说得以发展的两个主要的源派。"而法国则等到一八五二—六五年间K.波特莱尔翻译了E.爱伦·坡的作品方才完成了近代短篇小说的艺术,而产生了G.莫泊桑之流的大作手。那末我们即使说美国的短篇小说是近代短篇小说的鼻祖,也不算是过分夸张的。"[①] 接下来,作者在序言中说,这里收录了11篇美国小说,并分析了他们对于近代短篇小说的意义,将爱伦·坡视为形式与技巧上的完成。另外再从时代划分,将爱伦·坡视为南方浪漫主义的代表,代表着后期浪漫主义的另一样态,而完成了短篇小说的技巧。编者是从南北文化的差异来讲述爱伦·坡的,对他的评述也较为完整,说"他同时是一个诗人,批评家和短篇小说作者",对其短篇小说的评价是"充满着恐怖感,病的气氛及幻想",同时也认为他也有讽刺的作品,并以《告密的心》为代表。"他又是侦探小说及冒险小说的首创者。

---

① 王云五主编:《美国短篇小说集》,傅东华、于熙俭译,商务印书馆1937年版,第2页。

他在短篇小说的技巧上的贡献最大。"这个时候已经认识到爱伦·坡的小说是在于气氛,"他用做诗的方法来做小说,他的小说也就同他的诗一般,作风简洁而能给人以强有力的整个印象"①。

(三) 侦探小说

1928年程小青翻译《世界名家侦探小说集》时,在其译者自序中介绍这本小说集是美国著名侦探小说家Willard H. Wright(现译名范·达因)编写的。书中作品"依着时代的先后———自美国挨仑·坡(E Allan Poe)起始,直到近今的作家为止———而以足以代表一种特殊的作风和体裁的为限。因此这一本小小的集子也可以窥见侦探小说自产生以来逐渐演进的迹象"。之后,程小青又在《麦格路的凶案》对爱伦·坡进行了简短的介绍:"那《麦格路的凶杀案》一篇,所以采入本集……就因为这篇小说所包含的侦探学识,比较丰富些;并且叙述方面非常简洁,竟开了后来侦探小说的途径"。② 这是早期对爱伦·坡侦探小说比较全面和准确定位。1937年6月启明书局出版的《美国小说名著》中收有由吾庐译的《长方箱》,这个小集的每一个作品前面都有对该作家几十个字的作者小传。对他的介绍开篇即言"是美国的著名短篇小说家",提到爱伦·坡被称为"鬼才",提到他创作中的两种特点,一种是"描写恐怖的情绪",这里依然是受早年周氏兄弟的"译介"影响。一种是他的侦探小说,认为他比时下流行的柯南道尔的作品要好。

从这里,我们可以了解到此时对爱伦·坡的理解还不是特别深入。对他文学价值的认识,还多在于对他小说的认识上,并且对爱

---

① 王云五主编:《美国短篇小说集》,傅东华、于熙俭译,商务印书馆1937年版,第8页。

② [美]哀迪笘·埃仑·坡(E. Allan Poe)、[匈]鲍尔村·葛洛楼(B. Groller):《麦格路的凶案》,程小青译,大东书局1948年版。

伦·坡小说价值的认识不够全面，局限于其创作类型中的"恐怖小说""侦探小说"两类，并且对爱伦·坡在侦探小说中的开创意义也并没给予过多留意。

（四）其他

除此以外，还有译者关注的是爱伦·坡早期作品中的创作特点。《学衡》中在阿伦波《鹏鸟吟》的译文前有一段小序，认为爱伦·坡在创作特点上和我国古代诗人李贺颇有相似之处，"波氏之文与诗具有仙才亦多鬼气"。这和早期鲁迅、周作人等人早期对爱伦·坡的认识一脉相承。"若有小说，则由果推因。倒装结构。开侦探小说之端。又严选材料。厚积色情。立短篇小说之法。其诗惨淡经营。完密緟整。外似自然混成。纯由天籁。而实则具备格律韵调之美。"[①]是国内较早的对其诗歌韵律特点的探讨。对爱伦·坡作品的具体创作特点也有所关注，论述范围涉及爱伦·坡小说的创作技法，包括了其小说的选材、结构的设置、诗歌的结构及韵律。在早期的译介中，还着重向国人介绍了爱伦·坡的一些诗歌篇目，主要集中在他的诗歌《乌鸦》《钟》等名篇。1944年，福建永安点滴出版《罗马哀歌（世界文学名诗选）》，其中收有海岑译的《大鸦》《钟》《阿那贝尔·李》，在《序》中认为爱伦·坡"实开后来象征派和神秘派的先河"，高度评价了爱伦·坡的《乌鸦》和《钟》，认为《乌鸦》"这是甚于噩梦的噩梦，因为一经他的访诘，便永远不能再摆脱他的阴影。受创的心灵只有阴暗和沉默，但那深沉的苦痛，甚至不能让你于孤独中寂寞。这里没有诗意的悒忧，也没有轻逸的悲哀和流泪的苦痛，唯有铅黑的沉重和深刻的绝望。诗中的乌鸦，存在于梦游

[①] 顾谦吉译：《阿伦玻鹏鸟吟》（*The Raven*，今译《乌鸦》），《学衡》1925年9月第45期，第7、8页。

者的想象中,究竟象征着什么,最后还是留让读者自己来猜忖。《钟》以同样丰富的想象和严格的布局,是另一方式的完整的诗篇,他在音乐性的效果上甚至超过了《大鸦》"①。钱歌川在翻译爱伦·坡小说集《黑猫》中探讨了《黑猫》的故事内涵"作中的黑猫看来虽然可以认为比拟良心苛责的东西,但实际 Poe 之作此,并非为研究道德心理的目的,其中也并未含有一点什么劝善惩恶的意味,自然也更不是想以此挑战文末残忍性的东西。他不过是把人间病的心理的一面,用他的想象和直觉之力,特别夸张地描写出来罢了"②,认识到了爱伦·坡作品中的非道德性以及挖掘人病态心理等创作特点。

二 欧美时讯同步报道

在 1909 年爱伦·坡百年诞辰纪念时,包括萧伯纳在内的许多世界著名作家都承认爱伦·坡的作品和文学主张值得重视和研究。1910 年,爱伦·坡被接纳进了美国伟人馆。这些对于当时积极立志于学习西方,时刻关注着欧美文坛动向的中国文坛而言,他们很快地对同期欧美文讯中有关爱伦·坡的时讯进行了零星地译介。

1928 年 11 月,《新月》第 1 卷第 9 期,叶公超的《爱伦·坡的〈乌鸦〉和其他的诗稿》"据最近伦敦文稿收买场消息,美国 19 世纪著名诗人爱伦·坡所遗的手抄《乌鸦》(The Raven)一诗,已被伦敦博物馆以二万镑(约合二十万元)收买了",是典型的卖场消息。类似的还有《侦探小说之创造者美国亚伦坡附图》(《半月》,1921 年第 1 卷第 6 期)、赵景深的《现代文坛杂话:爱伦·坡交了

---

① [德] 歌德等:《罗马哀歌(世界文学名诗选)》,马云、庞德身编,点滴出版社 1944 年版,第 2 页。
② 钱歌川:《黑猫》,上海中华书局 1935 年版,第 62 页。

好运》[《小说月报（上海1910）》，1927年第18卷第8期]、赵景深的《孟代与爱伦·坡》(《一九二九年的世界文学》上海：神州国光社1930年2月初版)、朱泯的《成功者的故事：天才诗人爱伦·坡：一段小诗写了十年》(《幸福世界》，1946年第1卷第4期)、《文坛逸话：爱伦·坡穷得无被》(《书报精华》，1946年第24期)、坚卫的《爱伦·坡的悲歌：白色的茅屋（附图）》(《幸福世界》，1947年第2卷第1期)。《文潮月刊》收有培茵的《十九世纪的怪杰爱伦·坡》及爱伦·坡的画像，及其签名及在评介中翻译了爱伦·坡的诗歌《湖》，文中提到彭斯对爱伦·坡的偏爱以及在生平与品格方面与爱伦·坡的相似。认为爱伦·坡与同时期的许多美国诗人是不同的，并对爱伦·坡的一生进行了总结。对爱伦·坡诗歌成就的分析中，强调了他早期诗歌中的杰作，并和济慈的创作做了比较，肯定了爱伦·坡早期不同凡响的诗歌创作天赋。对他的作品的评价"独特之处还表现在他对平庸习俗的痛恨；他的对诗的深沉的爱，对诗的音乐的爱好，他可惊的抒情的能力与缺乏社会的人情味，他的对自然的比较的盲目（除掉他自己所创造的那种'超时间与超空间'），他的对爱情的精炼以及对死亡的幻想的观点之中。他是唯一的可称作'深沉地是一个诗人'的美国人"。[1] 认为"他是属于整个世界的"，并指出"在我国文艺界，爱伦·坡已不再是一个陌生的名字了，虽然他的作品被译成中文的还是挺可怜的"，对爱伦·坡在中国的早期接受程度恰如其分的译介。

此外，笔者要特别提及的是由上海商务印书馆出版发行的《英文杂志》。该杂志尽管是以英文出版的杂志，但是从杂志的扉页上，

---

[1] 培茵：《十九世纪的怪杰爱伦·坡：爱氏逝世九十九周年祭》，《文潮月刊》1948年第5卷第6号。

我们可以看出办刊的目的，促使国人了解外国人和他们的生活方式，旨在提供有趣的、最新的消息和新闻，提高读者的英语知识，其拟定的阅读对象是中国读者。因此他对爱伦·坡做的一系列介绍也在我们所关注的范围内。《一本书一个时代：坡的诗歌》(*One Book at a Time：Poe's Poems：Edgar Allan Poe*)［照片］(《英文杂志》，1921年第7卷第1期)。《美国作家肖像：生平小注》(*Portraits of American Authors：Chronologically Arranged，with Short Biographical Notes*)(《英文杂志》，1924年第10卷第4期]，《埃德加·爱伦·坡（画像)》(*Edgar Allan Poe*)［画像］(《英文杂志》，1925年第11卷第10期)，《埃德加·爱伦·坡和他的小说》[*Edgar Allan Poe And His Tales（To be continued）* Brede, A.]（《英文杂志》，1925年第11卷第10期)，《埃德加·爱伦·坡和他的小说（续)》［*Edgar Allan Poe and His Tales（Continued from Last Issue）* Brede, A.]（《英文杂志》，1925年第11卷第11期)《埃德加·爱伦·坡和他的小说（续)》*Edgar Allan Poe and His Tales（Continued）* Brede, A.]（《英文杂志》，1925年第11卷第12期)，它们对爱伦·坡的身世和性格做了普泛性介绍。

三 论文中的研究和述评

此时期的研究论文，主要有叶灵风的《爱伦·坡》、药匣的《介绍及批评：亚伦坡》(《清华周刊》，1927年第28卷第1期)、此时期的《论坡（Edgar Allan Poe）的小说》[《沉钟》，1927（特刊)]、钱歌川以"品橄"的笔名著有《亚伦坡的生平及其艺术》一文(《新中华》，1933年第1卷第16期)、品良的《短篇小说与爱伦·坡》(《南青》，1947年第1卷5期)、梁实秋的 *Literary Criticism of Edgar Allan Poe*（《山东大学文史丛刊》，1934年第1期)、施蛰存的《从亚伦坡到海敏威》（1935年）等文。它们多以客观真实的文献材料为立论基础，比较全面地关注了爱伦·坡从诗歌到小说再到批评著作的创作特点。在论述上尽量显得客观，在论述内容上也显得较为全面，因而在早期的爱伦·坡研究中更是显得难能可贵。最为文坛所关注的还是爱伦·坡的小说，他的小说吸引了当时文坛的施蛰存、叶灵风等此时期有着浪漫主义气质作家的注意，是他们认识到了爱伦·坡小说的意义，对其在短篇小说对现代小说的意义有着较为深刻的认识。

叶灵风称"爱伦·坡正是一位具有鬼才的作家。他的小说，都是他的诗的变形。他着重于情调和氛围的制造，故事的发展还在其次"[①]。施蛰存在《从亚伦坡到海敏威》中将爱伦·坡和海明威分别视为19世纪以来短篇小说的代表，认为"亚伦坡的目的是个人的，海敏威的目的是社会的；亚伦坡的态度是主观的，海敏威的态度是客观的；亚伦坡的题材是幻想的，海敏威的题材是写实的。这个区别，大概也可以说是19世纪以来短篇小说的不同点"。施蛰存和叶灵风一样，都从阅读中领悟到了爱伦·坡小说创作中特殊的技法，"除了一些侦探小说之外，亚伦坡的小说可以说是完全没有什么故事或结构的……他要写的是一种情绪，一种气氛（Atmosphere），或是一个人格，而并不是一个事实。亚伦坡以后的短篇小说，却逐渐地有故事了，Plot, Setting, Character, Climax 这些名词都被归纳出来作为衡量每一篇小说的尺度了。于是短篇小说的读者对于短篇小说的态度，也似乎只是要求一个动听的故事。这情形，大约在19世纪下半期，即亚伦坡死后三四十年间，尤其明显"[②]。此时期的《论坡

[①] 叶灵风：《爱伦·坡》，《读书随笔》，杂志公司1946年版，第51页。
[②] 施蛰存：《从亚伦坡到海敏威》（1935年2月作），《北山散文集》，华东师范大学出版社2001年版，第463页。

（Edgar Allan Poe）的小说》[《沉钟》，1927（特刊）]以波德莱尔为中介认识爱伦·坡，认为美国注重时间与金钱，成为一种民族性精神的错乱，没有贵族，而爱伦·坡与他们格格不入。作者对这些文献进行了整理后，反对对爱伦·坡的生活进行掩饰，反对忽略他的精神气质而专注于关注其结构小说和侦探小说及其创作中所展示出来的分析能力。用他的话来说"他们忘掉了还有生活方面的 Poe，或者用 Brimley Jonhuson 的话，那个'肉身的 Poe'，认为坡是一个作苦功的作家、一个粗暴的批评家；新杂志的计划人……"此时期以一个诗人的气质解读着爱伦·坡，关注他的精神气质，认为爱伦·坡"犹如一个数学家般制造定理，并不处理人物而是处理 Symbol，关心的不是普通所谓从生活中得来的经验，而是通过读书所引起的一种观察""他的世界是一个想象的世界""人性和自然界中的例外（Exception），奇迹（Curiositiese），死，坟墓，这是他所当心的""他的经验也许比任何人都要稀少，同时他的感觉却比任何人也许还要多"，认为爱伦·坡不是用灵感，而是以科学的态度去思考那些超于人的东西，用分析和理智去把握的是情调。之后陈炜谟分析了爱伦·坡的技术方面，他的各种计划，包括办杂志，他小说的技术，谈到了爱伦·坡通过波德莱尔在世界的影响，"近代的小说一方面在量增加，一方面在等类上也愈见丰富了，小说不但能摄取外形，它还能摄取内心；它不但能表示生活之诸相（Types of life），还能摄住一种抽象超乎凡的空气（Atmosphere），它是能从外面的东西渐渐来抓住内里的灵魂"[①]。他们都关注到了爱伦·坡小说中的现代气质，富有高度的想象力、关注情调以及抽象的象征，而对小说的结构和线索忽略，有意关注小说的内倾。这些可谓是当时文坛对爱伦·坡

---

① 陈炜谟：《论坡（Edgar Allan Poe）的小说》，《沉钟》1927年特刊。

小说认识的共识。

钱歌川翻译的爱伦·坡小说集《黑猫》中收有其写于1929年2月上海的《译者的话》《亚伦坡评传》。在《译者的话》中简单介绍了爱伦·坡的文学声誉，介绍爱伦·坡的世界性影响，称"王尔德的代表作《杜梁格莱的肖像》，就是 Poe 的《椭圆形的肖像》和《威廉威尔逊》二篇模拟出来的。安特莱夫的《黑假面》就是 Poe 的《红死之假面》得来的暗示"①。《亚伦坡评传》一文②包括了《亚伦坡之生涯》《亚伦坡之性格》《亚伦坡之批评》《亚伦坡之诗》《亚伦坡之短篇小说》《亚伦坡之影响及其所受之影响》《结论》这样七个部分，同时还收录了《E. A. Poe 的著作年表》，首次对爱伦·坡的评论文章做了介绍，补充和完善了爱伦·坡其人其文的相关知识，对爱伦·坡有着较为完整地介绍。首先对 Poe 的传记进行了考证，以一个批评家的标准衡量爱伦·坡，"做个批评家，Poe 的长处，是在头脑之明晰和分析之巧妙，并且还带有他自己最尊重的'faculty of ideality'……他的短处，就在太把琢磨上的缺点看得过度了，因之一方面说起来，未能充分地将精神上的意义加以深思。这样的事情，在他自己的作品之中，也常现出"。在《亚伦坡之诗》（第 11 页）中分析了爱伦·坡的诗歌标准，提及爱伦·坡对于道德的忽视和对美的追求，以及他对诗歌短小的推崇。"照 Poe A 的说法，诗'rhythmical creation of beauty'惟有悲哀，才最富于诗情"（第 11 页），"他的诗论中的一种最有名的主张，也似和 Bryan 一样，便是说诗在性质上，应以短简为本质"（第 12 页），"做个美的使徒的他，对于道德律差不多是没有留神；对于实际的人生，也没有大接

---

① 钱歌川：《黑猫》，上海中华书局1935年版，第1页。
② 注：该文曾以"品橄"的笔名，以《亚伦坡的生平及其艺术》为题名，发表在《新中华》1933年第1卷第16期上。

触,'自然'不过是个做装饰,作为象征或背景用了"(第12页),"但是他的诗在全体上看起来,所谓失败和杰作,相隔都不甚远,他初期之作,不过是 Byron, Moore, Coleridge, Shelley 等的反声、他的诗题材的范围,非常狭窄,即他的杰作,都不免有过于琢磨之迹"(第12—13页),《亚伦坡之短篇小说》"E. C. Stedman 和 J. M. Robertson 一流的批评家说,Poe 做个短篇小说家,最值得我们的注意"(第13页),在对爱伦·坡在短篇小说上单一的"效果"的理解是完全正确的。并按照斯特德曼和伍德·伯里(Stedman and Woodberry)的分类"死亡之浪漫"(Romance of Deathe),"旧世界的浪漫"(Old – Word Romance),"良心的故事"(Tales of Conscience),"伪科学小说"(Tales of Pseudo – Science),"推理小说"(Tales of Ratiocination),并结合史密斯(C. Alphonoso Smith)的《坡:如何理解他》(Poe: How to Know Him)将其故事分成了 A、B 两类,钱歌川对爱伦·坡的介绍多以现有的种种外文资料为理论依据,少有他个人的体会,可能他的体会就在于认为爱伦·坡比较重形式,而对精神世界探讨不多,但是,整体而言,其对爱伦·坡小说的介绍还是不够,特别是对爱伦·坡的小说创作的特点几乎没有提及。《亚伦坡之影响及其所受之影响》谈到了爱伦·坡的作品在1842年前就在俄国得到了翻译,而法国人和意大利人通过爱伦·坡作品的法译本而读了爱伦·坡,爱伦·坡在西班牙的影响也很大。在美国本土受重视度还不够,但是在新大陆中,爱伦·坡在中美及南美获得了较高的评价。在英国也有一定的影响,在法国波德莱尔和马拉美等将爱伦·坡的诗歌翻译成散文。并提及他的短篇《过早的埋葬》及《死者之云》"描写了借尸还魂的事,那种地方,颇带有东洋的色彩,在他的诗上,也有这样的倾向"(第20页)。《结论》中认为"Poe 是个艺术至上主义(l'aet pour l'art)"(第21页),并对爱伦·坡和他的后继者波德莱尔进行了比较分析，很可能是中国最早将二者联系起来进行比较的论述"这两位诗人有许多共同点，譬如他们两人同是 half-charlatan，同是病态的，同是喜欢大言欺世，并且同是悲观论者，同是最初在富有的境遇中受了教育，而后尝到世间之辛酸，两人同爱一种 extoic beauty 等，虽然从公平的眼光来看，在生活上面，已经是 Baudelaire 比 Poe 深刻得多，这是我们不可不注意的。并且 Baudelaire 比 Poe，至少可以说在他那作品上比 Poe，要更富于人间味，且同情也是很泛的"（第21页）。还比较了叶芝和爱伦·坡，相同之处"譬如同是用意象，论理的要素稀少，对于女人的见解都很相同……这两个诗人所憧憬的女性，同是脚不触红尘的"（第21—22页），"Poe 是个诗人，且具有数学家的艺术家，已经 exotic beauty 的使徒，supernatural horror 的魔术者"（第22页）。译者还在文末附有了介绍的来源材料，之后还附有"E. A. Poe 的著作年表"，已是很完整的了。

梁实秋1934年用英文写作了《埃德加·爱伦·坡的文学批评》(*Literary Criticism of Edgar Allan Poe*)，发表在该年《山东大学文史丛刊》第1期上。指出爱伦·坡的批评才华不仅体现在他对当代作家的批评上，而且还体现在他对美学原则的探讨上，分析了爱伦·坡在美国文学中的使命，认为是美学或者说是"为艺术而艺术"原则。在爱伦·坡生活的时代，美国盛行的是"超验主义"。但是爱伦·坡的理论不是那么系统，他的文章多是报纸、杂志上的时评，而他的观点也多散见于各种文章中。介绍了他的《诗学原则》。他的诗歌定义"诗是美的韵律的创造"。梁实秋认为爱伦·坡提出了美、创造性以及他的统一效果论，爱伦·坡的短篇小说的理论和戏剧中的现实主义观点，指出爱伦·坡认为人的智慧三分，以及他对自然的兴趣，对美的认识，是美激起我们的灵魂。梁实秋着重分析了爱伦·坡作品中的感伤色彩"感伤可能是坡诗学原则中最能够体现他的'美'的定义",认为爱伦·坡的诗学原则中缺乏逻辑严密的系统,但是充满了浪漫主义。

第二节　新时期的埃德加·爱伦·坡研究

一　70年代末到八九十年代之交

我们不得不借助于"1978年拨乱反正开始到八九十年代之交"这个社会学中惯用的历史时期,作为我国学人对爱伦·坡研究进入新的研究阶段的标志。时代以其独有的精神气质早已渗透在政治、经济、文化发展的每一个毛孔里。"1978年拨乱反正开始到八九十年代之交",它既是一个全新的开始,又没有足够的力量遏制潜隐着的旧有模式,它们共同决定了此阶段我国学界对美国作家爱伦·坡研究的复杂性。1980年王齐建在《外国文学研究》杂志上发表论文《首要目标是独创——爱伦·坡故事风格管窥》开新时期爱伦·坡研究之先风,此后对爱伦·坡的研究有一些较为翔实的研究成果。尽管,此时期在研究篇目上并不是特别多,在研究范围上也并不广泛,但是它们都以其复杂性和丰富性,在爱伦·坡研究史上具有承上启下的历史意义。

(一)意识形态领域中的合法性论证:"突破"中的"因循"

1978年全国性的拨乱反正,也将外国文学译介和研究推入到了一个新的历史时期,首当其冲的是在意识形态领域里有了很大的突破,我国学界的关注对象从过去受"阶级"思维模式影响,仅局限于对苏联对弱小民族国家文学的关注，拓展到了西方资本主义国家文学，其中尤以对美国文学的译介和研究的成果最为丰富。1978 年试探性地出版了在文学传统、艺术手法以及社会背景上都与我们过去所熟悉的文艺作品有所不同的美国当代小说《战争风云》。此书翻译出版后，在我国读书界引起了关于如何正确评价一部文学作品的争论，其标志着新时期国人对于探索和研究外国作家作品新方向的开始。我们可以将这些都视为新时期对原有意识形态钳制的突围。也正是因此，爱伦·坡作为被冷落了很长一段时期的所谓的"西方颓废主义"代表作家也才有机会重新回到我们的研究视野，但是让人回味的是他"重新归来"的方式。

在此阶段的研究论著中，我们看到学人们积极做的工作就是对爱伦·坡重新进行身份界定。王齐建在论文《首要目标是独创——爱伦·坡故事风格管窥》(《外国文学研究》1980 年第 12 期）开篇论述了爱伦·坡在世界上声誉的变迁之后，指出"苏联的《大百科全书》盖棺论定地说'坡的创作中所反映的对资产阶级现实的厌世感是美国浪漫主义危机的表现'，半个世纪以来，爱伦·坡的作品一直被视为内容反动，形式无稽。但我认为，既然爱伦·坡的作品一未公开涉及政治，二未对资本主义歌颂升平，给他戴反动派帽子似乎根据不足；至于坡在形式上的创新，也不宜轻易否定"。[①]表面上看，王齐建是对上一阶段研究中的偏差和谬误进行廓清和反正，但这个重新评价的建立，是基于"爱伦·坡的创作应不应该被戴上反动派帽子"的辩论之上。论者旨在对研究对象进行历史翻案的基本立场，究其实质，仍然是深受五六十年代的研究思维模式影响，试

[①] 王齐建：《首要目标是独创——爱伦·坡故事风格管窥》，《外国文学研究》1980 年第 4 期，第 91 页。

图对其研究对象在意识形态领域里拥有的合法性论证。

这种批评模式在此时期爱伦·坡研究的论文中都可以见到。他们以作者的思想立场为主要关注对象。郭栖庆 1982 年发表于《外国文学》上的论文《埃德加·爱伦·坡》中认为"爱伦·坡的文艺观点是唯心主义的,他把创作看作脱离现实的纯粹主观思维的过程"。朱新福、苏芳在《略论爱伦·坡在美国文学史上的地位》一文中也认为"爱伦·坡的以死亡、凶杀复仇和起死回生为题材的小说反映了当时美国南部客观存在的各种灾难、压迫和社会矛盾,以及人们无力解脱的精神痛苦",并认为《红死病的假面舞会》实际上是当时美国南方奴隶主统治下"劳动群众痛苦生活的写照"。[①] 邹颖萍、何群立 1985 年在《外国文学评论》上发表的《爱伦·坡短篇小说试论》[②],在具体的作品分析中也是以文学和现实政治的密切关系为论文的思考基点"作者在小说中,总不给贵族安排好下场。如果说在《厄舍》中还有点惋惜之情,那么,在《红死魔的面具》和'跳蛙梦'中,坡的批判矛头不仅指向贵族统治者,而且指向维护剥削者利益的宗教法庭"。"如果我们不局限于坡的个别言词,而注意其小说所体现的总的思想倾向,就可以看到,坡并没有宣扬白人种族和奴隶制种植场经济的优越性,相反,却表现了奴隶制及贵族灭亡的必然性。"翁长浩 1986 年发表在《外国文学研究》上的论文《爱伦·坡简说》也具有很强的意识形态痕迹,他在文中强调爱伦·坡创作中的南方特点,认为其缺乏反抗精神,所以思想上的成就不高。

---

① 朱新福、苏芳:《略论爱伦·坡在美国文学史上的地位》,《盐城师范学院学报》(人文社会科学版)1989 年第 1 期,第 84 页。

② 参见邹颖萍、何群立《爱伦·坡短篇小说试论》,《外国文学评论》1985 年第 7 期,第 35、36、39 页。

可见，尽管已进入以改革开放为标志的新时期，但是旧有的文学秩序中的评价等级、评价机制依然制约着批评者的知识结构以及思想方法。对于新时期的知识分子而言，积极尝试运用毛泽东思想和马克思主义为指导地位的历史唯物主义和辩证法对待学术问题仍有待时日。此阶段学界文学研究上，依然聚焦在文学与政治的关系上，关注文学作品所呈现出来的阶级性。在具体的批评中，以苏联民主主义文艺家如别林斯基、车尔尼雪夫斯基等人的批评方法及苏联关注政治、经济对文学的影响的文艺批评模式依然占据了主要市场。特别是在对外国文学的研究上，更为明显。

（二）悄然过渡：全新的开始

尽管我们在前文的论述中已经指出，70年代末八九十年代之交的爱伦·坡研究表面上对意识形态领域的突破实际上是对旧有模式的因袭，但是我们依然不得不承认，在中国，对爱伦·坡真正意义上的研究还是从这个特殊的时期开始的。有关爱伦·坡的研究在新中国成立前除个别篇目以外，多局限于引介，还谈不上真正意义上的学术研究。而五六十年代又是个沉寂的年代，一直到了70年代末八九十年代之交，学术研究的外围环境得到了大力改善，真正的研究才开始起步。此阶段对爱伦·坡的研究与新中国成立前相比而言，爱伦·坡受到的整体关注度大为下降。在新中国成立前颇受文学爱好者喜爱以及当时时代所需求的诸如作为郁郁不得志才子的情感共鸣，作为有着现代的"阴冷"特征作家之类的一些外在因素开始消失，其现代性特征也随着后起之秀而掩盖。爱伦·坡在新时期与其说吸引了文学创作者的目光，不如说是吸引了学术研究者的注意。此时期的研究，与早期研究中以译者以及文学创作者本身的推动研究不一样，开始成为独立的专职工作而存在，其研究的目的在于研究本身，其差异性也开始凸显出来。新中国成立后学科的规范性开始具备，逐步建立起一套符合学科体系的知识范畴和学科话语。一些专门刊载外国文学的译介以及研究的刊物出现，对外国文学进行专门和系统的介绍和研究成为思想解放的实际需要。加快了对专门知识性人才的培养，培养出了一大批专门从事文学学术研究的学者，他们在知识贮备、外语能力、逻辑论证思维模式上都受到了严格的训练。文学批评的研究者队伍开始扩大到包括批评家、研究所的文学研究人员，以及高等院校的学院人士为主。对爱伦·坡的研究而言，他们重在对作家作品进行全面介绍和知识清理，在对包括资料的发现，收集，考订和整理出版在内的爱伦·坡研究的基础建设上，取得了一定成绩，为以后相关研究工作的开展奠定了坚实基础。

一类是对爱伦·坡其人其文的综合性评介。王齐建的《试论爱伦·坡》（收《中科院研究所·外国文学研究集刊》，中国社会科学出版社1982年版）和郭栖庆的《埃德加·爱伦·坡》（《外国文学》1982年第2期）是比较早也比较全面介绍爱伦·坡的两篇论文。首次比较全面地肯定了爱伦·坡在文学历史上的地位，如西方颓废文学的鼻祖，唯美主义的先驱，美国短篇小说之父，美国侦探和科幻小说的开拓者，一位很有成就的诗人和文学批评家。较为全面客观地介绍了他的短篇小说和诗歌以及所谓的"唯心主义文艺观"。由于后者发表在"作家小传"栏目中，其影响力是不言而喻的。邹颖萍、何群立的《爱伦·坡短篇小说试论》也颇具代表性，主要有这样几个特点，一是比较全面地介绍了爱伦·坡，材料比较翔实，援用了很多外文资料。二是论者结合自己的阅读体验，比较全面地分析了爱伦·坡小说创作的特点。三是带有很明显的意识形态色彩，如与爱伦·坡本身在创作中的反道德性截然相反。将反对奴隶制、贵族等政治干预强加在爱伦·坡身上。翁长浩的《爱伦·坡简说》将爱伦·坡归为浪漫主义阵营，对其创作做了较为全面的介绍。对爱伦·坡小说中的恐怖小说分析比较客观和准确，但是又受当时时代的影响，论者又为其小说创作强加了一种道德小说类型，也是与其创作实际不相符合的。对他的诗歌介绍时以其诗歌名篇《乌鸦》分析其诗学理论与创作实践的结合。对爱伦·坡诗学主张的介绍是以其重要的三篇诗论《创作哲学》《评霍桑〈重讲一遍的故事〉》《诗的原理》为代表，分析了他著名的"统一效果说"。朱新福、苏芳在《略论爱伦·坡在美国文学史上的地位》中从原有的旨在探讨其创作在美国文学史上的地位偏离到了对爱伦·坡小说、诗歌以及文艺观的概括介绍，提到了爱伦·坡诗歌中的音韵美，对于爱伦·坡的研究并没有实质性地推进。

一类是关注到了其创作的世界性特点。在比较文学视野下展开了影响研究。这类研究论著以盛宁先生为代表。盛宁的硕士论文《埃德加·爱伦·坡和中国现代文学（1900—1930）》[*Edgar Allan Poe And Modern Chinese Literature*（1900－1930）] 是我国第一部较为翔实地介绍爱伦·坡在我国 1900—1930 年对爱伦·坡的译介以及接受情况的论著。为我国 20 世纪头 30 年的翻译情况做了较为完整的整理，为后世研究提供了可靠的文献资料。作者论述的重点在于分析爱伦·坡对我国 20 世纪头 30 年对中国文坛的影响。他将受到爱伦·坡创作影响的作家归为三类。第一类是以陈翔鹤为代表的短篇小说。盛宁具体谈到了他的《悼》《眼睛》。认为《悼》和爱伦·坡的《黑猫》的故事很相似。将原故事中的人和动物之间的关系放到了夫妻之间，但是二者又是不同的，认为爱伦·坡小说中夸大的欲望，探讨了道德救赎的主题，而陈翔鹤的创作多有小资产阶级的感伤。认为李健吾的早期创作，即 20 年代的创作，受到了爱伦·坡的直接影响。《关家的末裔》和《厄舍府的倒塌》的相似，《第二次恋爱》在主题和象征意义上模仿了爱伦·坡的主题，带有爱伦·坡小说的神秘色彩；《最后一个梦》和《厄舍府的倒塌》形似，是对人类意识的探索。第二类，盛宁认为以郁达夫为代表，在美学观念上和爱伦·坡接近，受到了爱伦·坡的间接影响，《银灰色的死》中的女性形象，还有《印第安的夏天》《十三夜》等作品中的分裂人格等与爱伦·坡笔下的人物相似。第三类是以鲁迅为代表的无意中受到的影响。《狂人日记》《白光》中类似的恐怖。《野草》中相似的梦和死亡主题。《死后》中活埋，假死的主题。认为茅盾的《叩门》和爱伦·坡的《泄密的心》有形似之处。另外还提到了一些作家和爱伦·坡的相似性，如冯广涛的《马兰之死》和《黑猫》的相似。滕固小说和诗歌中的哥特元素，闻一多的《渔阳曲》。其意义在于整理出了很多宝贵的文献资料，为后来爱伦·坡的影响研究奠定了基础性工作。

同时期较为特殊的是，自我国1985年方法年之后，学界对西方理论过于尊崇，西方的理论和方法被视为知识体系构建的合理途径。对当代西方理论的大肆引进推动了对西方古典文论的整理研究工作，对爱伦·坡小说理论的分析，对他文艺思想的探讨在此时期对他的整个研究中占据了较大比重。主要有陆扬的《评爱伦·坡的短篇小说理论》[《广西师范大学学报》（哲学社会科学版）1986年第4期]、刘庆璋的《论康德和爱伦·坡的文艺美学观》[《西北师范大学学报》（社会科学版）1987年第4期]。前者回到爱伦·坡理论产生的历史环境中，从短篇小说产生的历史，爱伦·坡在形式上对短篇小说长度的自觉定义，在内容上对小说追求"真"的具体内涵的理解，分析了爱伦·坡短篇小说理论的核心思想"统一效果说"，后者试图对爱伦·坡的文艺思想的根源进行一次有效探索。这些都为下一个世纪在研究中陷入高度的理论热情埋下了伏笔。

整体而言，此阶段的爱伦·坡研究还处于雏形阶段，在研究上，还急于对相关基础知识进行整理，研究成果主要集中在对其创作的综合性评介上。具体而言，在其小说、诗歌、文论等多种创作形式上，爱伦·坡杰出的短篇小说最为学人关心，对其小说主要特点的把握还是比较客观和公正的，他的文艺理论思想此时期也得到了应有的注意，这些都是值得我们肯定的。但是对他的诗歌关注较少，尽管在对作家的综合性论述中能够偶见一些相关的诗歌点评，对其诗歌的"音韵美"等创作特点还是把握得比较到位，但论述其诗歌创作特点的独立篇章的缺乏还是让人深感遗憾。

整个70年代末到八九十年代之交的历史时期，一方面是文学研究模式上原有的意识形态影响下的批评思维模式在新的研究中还存有一些残痕，另一方面新的文学研究的学科体系也在不断形成。在新的孕育中，尽管在语言和专业素养上培养起来了一批专业人才，他们自身具备一定的阅读外文文献的能力，但是对爱伦·坡国外研究情况的译介很少，文献清理环节很薄弱，在研究上出现了大量的重复建设现象。同时，文学的学术研究开始和早期与文学创作本身密切相关的作品品评脱节，成为独立的知识领域。其研究的目的，似乎开始局限于完善该学科本身。而1985年方法年之后，理论热的兴起给后续研究带来了潜在的危险。但是这段时期学术思想的调整，在思想史本身以及对爱伦·坡的学术研究上，都有着重要的意义，它们奠定了80年代中期以后学术多元发展的基础，这些都预示着一个新的研究时代已经悄然来临。

二 90年代初至今

自80年代起，爱伦·坡研究开始富有成效地展开，但真正意义上研究的繁荣，还是在进入90年代以后。90年代以后，对于爱伦·

坡的研究开始不断推进，研究范围涵盖了包括其短篇小说、诗歌创作、诗论等在内的所有创作形式，深入到对其思想性以及艺术特点的研究。研究成果也不断增多，除了一些专题论文以及硕士、博士生致力写作的硕士、博士论文以外，还推出了相关的学术专著，他们共同将爱伦·坡的研究推向了一个新的高峰。总体而言，在研究内容上主要集中在全面介绍、深入研究、比较研究三方面。

（一）全面介绍：其人其作新论

爱伦·坡研究进入新时代的首要标志就是对爱伦·坡开始了全面介绍，不仅表现在研究范围上从80年代仅局限于短篇小说拓展到包括他的诗歌、诗论等在内的各种创作形式。同时对爱伦·坡的身世进行新材料的挖掘，做了详尽的文献清理，对他短篇小说的几大类型都做了深入研究，打开了新时期爱伦·坡研究的新局面。

1. 其人新论

爱伦·坡身世的坎坷以及对自我身世的夸饰，死后又遭人恶意污蔑，使得他的身世一直都是模糊不清的。此阶段的一个首要工作就是对他身世的进一步挖掘。这里要特别提到以纪念爱伦·坡为目的的一些代表论著。一是曹明伦先生在"爱伦·坡逝世一百五十周年"（即1999年）时，在《四川教育学院学报》上发表的纪念论文《爱伦·坡其人其文新论》。论文从"爱伦·坡的身世""爱伦·坡的小说""爱伦·坡的诗歌""爱伦·坡的艺术观"四部分对爱伦·坡进行了全面论述。由于论文建立在大量的外文文献资料上，比较客观公正地论述了爱伦·坡其人其文，因此具有一定的权威性，为后来的爱伦·坡研究提供了基础性文献资料。差不多十年之后，曹明伦为了"纪念爱伦·坡200周年诞辰"又写作了论文《孤独的过客，不朽的天才——纪念爱伦·坡200周年诞辰》（《外语教学》

2009年第1期)。二是2008年由辽宁人民出版社为"纪念爱伦·坡诞辰200周年"推出的由廉运杰编写的《一个人的现代主义者 爱伦·坡评传》。该书分为"爱伦·坡生平""爱伦·坡评论"两部分,全面介绍美国作家爱伦·坡,弥补和完善了爱伦·坡的生平介绍,比较全面地分析了其创作特点,其中比较重要的一点是对爱伦·坡作为一个新闻工作者在其创作中的作用给予了应有的重视,成为中国大陆关于爱伦·坡的第一本生平传记写作。另外,此时期的研究中还出现了一本专门论述爱伦·坡的学术专著。何木英的《埃德加·爱伦·坡研究》(四川人民出版社2003年版),其他相关论文还有何木英的《爱伦·坡一生中的女人》(《外国文学动态》,2003年)、靳松的《不朽的苦难天才》(《社科纵横》2004年第5期)、潘小松的《诗人爱伦·坡的家世》(《中华读书报》2004年6月9日)。

2. 短篇小说

在我国对爱伦·坡的研究中,其短篇小说以其丰富多样性一直深为学人关注,90年代承续80年代以来的研究基础,继续加大了对其小说的研究,出现了一些综合性论述其短篇小说的研究成果。代表性论文有蔡玉辉的《多义·独特·自觉——爱伦·坡短篇小说浅论》[《安徽师范大学学报》(人文社会科学版)1996年第3期]。这些论文多侧重以社会历史批评话语的方式对其短篇小说进行思想艺术方面的探讨,其中也难免会出现过于牵强的论述,如曹曼的《爱伦·坡创作选择的多层面》(《湖北教育学院学报》2000年第1期),该文认为南方长大的爱伦·坡从小受到的是南部奴隶主贵族教育,因而他拥护奴隶制,反对民主与变革,其作品中的"死亡"主题是与当时美国南方奴隶制度即将灭亡的社会现实相连接的,无疑与事实有着一定出入。比较富有启发的是，周丹的《论埃德加·艾伦·坡小说创作主题的嬗变》（西南大学，2008年）以爱伦·坡各个阶段的代表性故事为代表，探讨其短篇小说关注于宗教、道德和社会主题，"怪异的人物形象""反英雄""死亡和恐惧"等主题的不同创作阶段。朱晓宁的《埃德加·爱伦·坡的创作倾向及其成因》[《沈阳师范大学学报》（社科版）2006年第3期] 主要介绍了爱伦·坡的坎坷人生之路、生活的时代特点和与众不同的文艺理论影响着他的思维方向和文学创作的表现内容，分析了爱伦·坡在创作上借助第一人称叙述、象征、重复等艺术手法。刘海萍的硕士论文《论爱伦·坡短篇小说的艺术特色》（山东大学，2008年）主要结合爱伦·坡的文学与美学观，探讨了爱伦·坡短篇小说的合法化、"效果论"以及"为诗而诗"的美学原则，分析了他小说创作的创新性。分别从"哥特小说的兴起及特征""人物的心理化""环境描写的感情化"三方面详细探讨了爱伦·坡短篇小说的心理化。从"多种意蕴的反讽性""结构的反讽""人物的反讽"三方面探讨了爱伦·坡短篇小说的反讽性。其他的代表有论文有葛纪红的《爱伦·坡作品的意象分析》[《海南大学学报》（社会科学版）（1999年第1期）]，论文通过对爱伦·坡作品中反复出现的动物意象和房屋意象，分析爱伦·坡的非理性、无意识倾向，从象征的层次上去理解其作品。除此以外，从目前现有的资料来看，其研究成果主要集中在对爱伦·坡的各大小说类型的探究。

其一，恐怖小说。爱伦·坡曾将自己的小说集命名为《怪异故事集》，在叙述中，又多在没有时空背景的怪诞故事中追求特殊的"恐怖"效果为目的，因此在对爱伦·坡恐怖小说的分析中，经常混淆着这样几个词，怪诞小说，神秘小说，恐怖小说。这些概念在中国研究者的论述中总是交替出现，即使研究者选择了一个特定的立场，也常常会在具体的论述中在这些概念间徘徊和偷换概念。因此在归类的时候，笔者将它们一并归入了恐怖小说中进行归纳分析。

以"恐怖小说"为关键词的研究。许燕的《爱伦·坡恐怖小说的重复模式》（《理论与创作》2000年第6期）论文致力分析爱伦·坡恐怖小说中的重复模式，如一系列"阴郁"之类的形容词地反复运用、相同或相似的事件或场景在同一作品中的重复出现、反复运用不确定的时间和地点来交代故事背景的手法，相似主题或相似人物的反复出现。林琳的《浅谈爱伦·坡作品中的恐怖描写及其创作目的》（《长春大学学报》2003年第1期）详尽分析了爱伦·坡利用环境、心理、细节等因素在其作品中营造恐怖气氛。刘玉红的《使恐怖更恐怖：从俄罗斯形式主义解读爱伦·坡的恐怖小说》（《广西社会科学》2005年第9期）从形式主义视角剖析爱伦·坡恐怖小说的体裁、地点、视角、人物塑造和情节。崔凌云的《爱伦·坡恐怖小说的美学解读》（《哈尔滨学院学报》2007年第6期）从其美学效果、审美对象（黑色场景、黑色人物）对"天国之美"的消解与重构的美学原则以及对生死之间真空地带的审美取向，分析了爱伦·坡在恐怖叙事和死亡观念之间的恐怖美学。王波的《荒诞诡异寓才智，恐惧死亡显人性——浅谈爱伦·坡的恐怖小说》（《绥化学院学报》第29卷第4期）以小说中第一人称的叙述角度，惯用的重复模式，来探讨小说中的恐怖象征、死亡之美。陈宁的硕士论文《论爱伦·坡心理恐怖小说中的恐怖美》（黑龙江大学，2006年）主要从美学和文艺心理学入手，以爱伦·坡的心理恐怖小说为例，分析了其创作中的恐怖之美。程颖的硕士论文《恐怖之花的美丽绽放》（华中师范大学，2007年）从西方传统美学理论中对恐怖的审美价值的探讨，并以爱伦·坡的宇宙观对爱伦·坡作品中的恐惧类型进行分类，认为恐怖美使人们的感情得到了升华。么兰的硕士论文

《论爱伦·坡恐怖小说中的隔绝原型》（河北师范大学，2006年）借助原型理论，结合爱伦·坡的恐怖小说分析了其小说中频繁出现在哥特小说中的隔绝原型，如空间隔绝原型（孤立的房屋、密闭的地牢和不断下降的漩涡）、时间隔绝原型（没有过去，也没有将来的时间特点，漆黑的永恒午夜）、人物隔绝原型（吸血鬼般的人物，恶魔般的人物）。论者认为在封闭的空间、封闭的时间里爱伦·坡小说中的人物在身体与精神方面都与外界隔绝，但是异于传统哥特小说的是隔绝原型在爱伦·坡恐怖小说中包含了丰富的心理学、美学以及哲学内涵，是对人类灵魂深处的探索。许燕的硕士论文《幽闭的圆形·恐怖的世界》（湖南师范大学，2002年）认为爱伦·坡的恐怖故事构建了一个共同的"圆形"结构，如幽闭的圆形建筑物，封闭的时间，人物的发展和变化循环构成的圆形，并认为这种"圆形"结构与作者的散文诗《我发现了》中认为宇宙间万物发散和重新回归的趋势的哲学内涵相一致。杨波的硕士论文《来自灵魂深处的恐怖》（华中师范大学，2002年）认为其通过小说的神秘、怪诞、死亡这些哥特式外部环境的恐怖深入到了分裂人格主题、死亡主题、强迫心理主题、孤独与异化等现代主题，从而展现现代人在一个日益异化的环境中所感受到的焦虑、绝望和孤独的现代主义意识，是爱伦·坡的现代主义意义的体现。路琦的《对埃德加·爱伦·坡恐怖小说中意象的图式分析》（重庆大学，2005年）借助Schank的图式理论，将爱伦·坡恐怖小说中意象划分为"场景意象"、器物意象、动物意象。并对于每个意象的构成图式加以描绘，分析其中包含的象征和暗示作用，以及和读者固有想象的互动，挖掘作品的内在含义。朱俊霞的《心灵的恐怖》（南京师范大学，2003年）认为受其生活、哥特式小说、美国文学传统影响的爱伦·坡的恐怖小说主要是对超自然、虚无、死亡、对人性本能的恶、对人格分裂的恐惧，并认为爱伦·坡的恐怖小说在一定程度上成为南方小说的源头。应该说是比较全面地分析了爱伦·坡恐怖小说的特点。其他论文有周焱的《离奇怪诞的恐怖世界——论爱伦·坡的恐怖小说》（《自贡师范高等专科学校学报》1999年第3期）、张伟的《爱伦·坡短篇小说的恐怖魅力》[《安徽农业大学学报》（社会科学版）2001年第1期]、刘玉红的《评坡恐怖小说中的噩梦世界》[《广西师范大学学报》（哲学社会科学版）2002年第S3期]、刘晓玲的《爱伦·坡恐怖小说创作的原因》[《泉州师范学院学报》2006年第5期]、祁玉龙的《论埃德加·A.坡惊悚短篇小说中恐怖元素的构成》（东北林业大学，2006年）、雷莉的《恐怖之魅——浅析爱伦·坡恐怖小说》（《辽宁经济职业技术学院》2009年第1期）、孙德廉的《恐惧——爱伦·坡短篇小说之魂》（《佳木斯大学社会科学学报》1998年第4期）、兰丽伟的《爱伦·坡小说恐怖色彩渲染手法的多维分析》（《电影文学》2008年第11期）等。

　　以"怪诞"为关键词的研究成果。包铧的《怪诞，也源于生活——试论爱伦·坡的创作世界》（《运城高等专科学校学报》2000年第2期）结合了爱伦·坡的身世来谈他的创作，将爱伦·坡的短篇小说视作具有"现代怪诞"色彩的美国南方小说的源头。徐冰的硕士论文《爱伦·坡短篇小说中的怪诞》（苏州大学，2005年）以心理学批评的视角出发，分类分析了其作品的怪诞特点。第一类怪诞短篇小说里主人公"自我"内部的神秘冲突和对峙。第二类怪诞短篇小说中所描写的男性幽闭恐惧症。这是典型的女性及心理学结合的批评方法，论者认为爱伦·坡笔下的男性经历着一个由恋母到自恋甚至恋物、恋尸的畸形心理演变过程；女性则多属男性自我陶醉而创造的"他者"，这一角色定位和她们终被谋杀的厄运，都折射出严酷的男权思想。第三类怪诞短篇小说。论者结合叔本华悲观哲学思想探讨爱伦·坡，着重论证其短篇小说的怪诞特征中蕴含的20世纪现代主义特征。其他的论文主要有侯红娟的《怪诞诡异显才华——论爱伦·坡的短篇小说》（《职大学报》2005年第1期）、沈国清的《爱伦·坡的恐怖小说中怪诞的创作根源》（《湖北第二师范学院学报》2008年第4期）。他们对怪诞和恐怖并没有实质性地区分，研究上陈述的内容和前文提到的对恐怖的分析没有实质性差异。

小说中的死亡主题。罗德琼的硕士论文《爱伦·坡小说中四种死亡模式研究》（西南师范大学，2004年）集中探讨了爱伦·坡小说中的四种死亡模式："毁灭"，以爱伦·坡小说中的《红死》《静——一则寓言》为代表是人死时肉体和灵魂的全部毁灭；"被迫"，以《坑与摆》为代表被迫经历的痛苦体验以及内心的绝望；"分离"，在爱伦·坡小说中最典型的是以"美女之死"为代表的灵魂和肉体的分裂，"变形"以《活埋》为代表的对死后的思考和探索。论者认为这四种死亡模式的探讨体现了爱伦·坡创作中的现代意识。尚爱萍的硕士论文《爱伦·坡作品死亡主题的内涵及原因初探》（吉林大学，2007年）以《乌鸦》为例探讨了恐怖之死，以《翠谷奇踪》《瓦尔德马病例真相》两次催眠术实验为例探讨了怪诞之死，以《跳蛙》和《一桶白葡萄酒》为例探讨了"复仇之死"，以《人约黎明后》（即《约会》）为例分析了浪漫及超越之死等。在这里，我们可以看到作者区分"怪诞"和"恐怖"的努力。论者认为其死亡主题的创作成因和爱伦·坡独特的统一效果论的诗学主张、18世纪后期出现的哥特小说，以及其独特的人生经历所密切相关。而他死亡主题的作品对后来的文学思潮和许多作家的创作都产生过深刻影响，如英国的唯美主义、法国的象征主义和我国的鲁迅。潘蕾的硕士论文《论爱伦·坡的美学观中艺术、生命与死亡之美》（华中师范大学，2006年）分析爱伦·坡小说中病态主人公的内在自我，以及反英雄的价值取向，其中的死亡主题及其神秘性中表现出来的神秘、怪诞和病态的美感。并结合爱伦·坡唯一一首探讨宇宙起源的散文诗《我发现了》一文中的世界观，探讨它们和爱伦·坡作品以及审美观念上的契合，总结和阐述了爱伦·坡的美学思想的影响和重要意义。孙维林的硕士论文《论埃德加·艾伦·坡作品中的死亡哲学》（南京师范大学，2005年）认为爱伦·坡的悲苦身世是他偏好死亡主题主要原因，结合具体作品对他的美学原则、作品中死亡主题进行阐释，分析了主人公生存在极端困境中毁灭性的力量和人内心不可抗拒的死亡本能，最后以爱伦·坡的散文诗《我发现了》和两篇对话录为例探讨爱伦·坡的死亡哲学观。其他代表性论文还有郑超群的《死亡·重生·美——谈爱伦·坡死亡小说中的生命观》（《安徽文学》2008年第12期）、邹会明的《试论爱伦·坡文学创作中的死亡之美》（《贵阳金筑大学学报》2002年第2期）、李维的《埃德加·爱伦·坡短篇小说中的现实主义死亡观》（中国人民解放军外国语学院，2004年）、朱晓宁的《试论埃德加·爱伦·坡的死亡观》[《沈阳师范学院学报》（社会科学版）2001年第1期]、姜水娥的《论爱伦·坡创作中的死亡之美》（《怀化学院学报》2008年第3期）、曹曼的《爱伦·坡死亡主题的内涵读解》[《华中师范大学学报》（人文社会科学版）2000年第2期]、李玲的《沙漠中奇特的美——爱伦·坡作品中的生与死及其艺术效果》（《昆明师范高等专科学校学报》1993年第2期）、朱晓宁的《死亡主题——埃德加·爱伦·坡作品研究》（《沈阳大学学报》2006年第3期）等。他们多将爱伦·坡笔下反复出现的死亡归结为源于爱伦·坡独特的文艺理论、坎坷的人生经历以及当时的社会局势共同作用的结果。

致力探讨爱伦·坡小说中神秘感的主要有两个人，一个是冯亦代。冯亦代为《爱伦·坡神秘小说集》写的序,也刊载在《瞭望》(1993年第25期)上。将书中收录的第三编"奇谈篇",包括《黑猫》《威廉·威尔逊》《厄舍古厦的倒塌》《一桶白葡萄酒》《莫蕾拉》和《红死病的假面舞会》等10余篇哥特式小说,归为怪诞恐怖小说,认为其作品的特征是描写"超自然的恐怖,神秘和死亡,残忍和宿命"。在冯亦代的论述中,我们不难看出,他实际上依然是将爱伦·坡的恐怖、怪诞、神秘小说混为一谈。另一个是王维。王维于2004年完成她的硕士论文《论爱伦·坡小说的神秘感》,并在《成都大学学报》等相关刊物上发表了阶段性成果。其论文从三个部分探讨爱伦·坡小说的神秘感。神秘感的表现:认为爱伦·坡在创作中多用第一人称叙述塑造神经紧张的叙述人或者主人公形象,将神秘的恐惧与焦虑传达给读者。神秘感的构成:认为爱伦·坡既借鉴了传统哥特小说的技巧,又运用了多种手法,如悬念与象征;最后论文试图在恐怖小说的发展框架中论述爱伦·坡小说神秘感的地位和影响,认为爱伦·坡的小说属于精神病患者和心理恐怖小说。显而易见,在论者的论述中,我们发现其已经察觉到了爱伦·坡恐怖小说的特殊性。但是在具体的分析过程中,依然将恐怖、怪诞、神秘三者常常混为一谈,使得最初有力的尝试并未获得预期的效果。

恐怖小说中的哥特元素。此类研究多是将爱伦·坡放在哥特文学的背景中来观察其对哥特小说的继承和发展。代表性论文有朱振武、王子红的《爱伦·坡哥特小说源流及其审美契合》(《上海大学学报:社会科学版》2006年第5期)、李玲的《哥特文学与爱伦·坡》(《学术界》2006年第1期)、李雪琴的《埃德加·爱伦·坡短篇小说中的哥特风格》(四川师范大学,2006年)。他们都旨在考察爱伦·坡对传统哥特小说的继承和发展,或从人物塑造、场景设计、氛围营造,或从心理分析、美学特征、魔幻故事情节上进行探讨,一致认为爱伦·坡继承和发展了传统哥特小说。有论者认为爱伦·坡将传统哥特小说内向化了，也有论者认为爱伦·坡对哥特人物模式有了突破，对人类生存困境进行了反思，将哥特小说推向了一个新的发展方向，还有论者关注这种创作在美国文学史上的意义。其他比较重要的论文还有傅颖的《爱伦·坡与哥特体小说的流变》（兰州大学，2007年），认为爱伦·坡的小说从家庭内部和社会事务两个方面解构了传统哥特小说中潜在的道德说教。爱伦·坡的"效果统一说"是他试图借以从精神错乱状态返回宁静和理智的一种努力。详细比较了爱伦·坡的作品和一部早期哥特经典《奥特朗托城堡》，集中探讨了在小说人物、情节、背景、主题以及语气等建构因素上的差异，并分析了爱伦·坡的哥特体小说在精神错乱的不同形式及其对人类的威胁是如何对后世作家作品产生深远影响的，开启了对宗教崇高性到精神世界卑琐性在特定写作原则观照之下的新哥特新型家庭关系的探索。陈蔷的硕士论文《爱伦·坡小说对哥特式小说的承袭与发展》（西南大学，2007年）从史的角度探讨爱伦·坡作品和传统哥特式小说的源流关系。从情节题材的选择、审美特征的表现、文体创造的创新意义等方面考察爱伦·坡对哥特式小说的承袭与改造。认为爱伦·坡在对传统哥特式小说的恐怖营造手法的吸收上，背离了对作品接受者产生道德教化的创作目的，在将笔触伸向人性本身，在对人和动物之间紧张关系的描述中，对某种人类所不能掌控的神秘不可知的力量的反思中，开创了新的文学体裁。

其二，侦探推理小说。尽管侦探推理小说是爱伦·坡在文学史上最有开创性的小说类型，但是由于其篇目不多，我国学界对它的探讨较之他的恐怖小说而言要少得多，但是基本上还是注意到了其侦探小说中的主要特点，取得了一定成绩。

有探讨其侦探推理小说的原初创作动机的，如史慧风的《爱伦·坡成为推理小说鼻祖原因探析》(《襄樊学院学报》2002 年第 4 期) 从"对反常的反常的爱""反常唯反常者能知"两个角度分析了爱伦·坡推理小说的理性根源和情感根源，认为爱伦·坡对奇异事物的偏好促使他发挥自己的诗性想象力和数学家的分析力，深入到反常离奇事物内部深处，洞见异常事物的奥秘，从而得以首创影响后世的侦探小说。

有关注推理侦探小说叙述技巧的，如王一平的《论爱伦·坡侦探小说中悬念的运用》(《台州学院学报》2008 年第 2 期)。进一步探讨推理侦探类小说中的"悬念"与效果的还有肖青芝的《语用预设与爱伦·坡的推理小说》(西南交通大学，2006 年)，其借助语用预设理论，试从指称预设、语境预设、背景预设、对象预设四方面分析爱伦·坡运用预设进行案情推理和组织行文的过程。

有对爱伦·坡侦探推理小说叙事模式进行分析的。姜吉林的《浅论爱伦·坡侦探小说的叙事模式》(《山东行政学院，山东省经济管理干部学院学报》2003 年第 2 期) 认为爱伦·坡创立了"罪—侦查—推理—破案"的叙事模式，开创了影响西方当代侦探小说的"密室作案""恐怖破案"和"密码作案"三种体裁样式。何木英在《论埃德加·爱伦·坡的侦探小说创作》(《西华师范大学学报：哲学社会科学版》2004 年第 5 期) 一文中分析爱伦·坡侦探小说塑造的四个主人公形象：业余侦探杜邦、故事叙述者即杜邦的伙伴、警察和凶手以及它们对后世侦探小说创作的影响。刘自中的《想象中建构的冰山——埃德加·爱伦·坡探案推理小说艺术探微》(吉林大学，2004 年) 认为爱伦·坡侦探推理小说中的人物关系、结构程式业已成为影响后世侦探小说的经典模式。同时爱伦·坡始终执着于理性创作观，由于推理小说最后是理性逻辑推理的胜利，理性对神秘的胜利，又构成了对传统哥特小说的反叛和爱伦·坡推理小说的象征性研究。通过对爱伦·坡在自己的推理小说中塑造的四种关系，分析了作者的内心和他与世界的四种关系，认为杜宾是作者的化身，警察厅长或葛××是爱伦·坡周围环境的象征，案件则是爱伦·坡生命中对抗物的象征。该论文应该说对爱伦·坡侦探小说的研究起到了进一步的推动作用。

有从文化研究角度探讨爱伦·坡侦探小说文化历史意义的。陈丽萍的《浅议埃德加·爱伦·坡推理小说中的社会价值》[《湖北经济学院学报》（人文社会科学版）2008年第6期]论证了爱伦·坡推理小说作品中的社会矛盾、社会问题及社会价值，认为其抨击了当时的刑事司法部门，揭示了当时虚伪的人际关系。朱振武、吴妍的《爱伦·坡推理小说源流考》(《外语教学》2008年第1期)推演其传统因子中的"罪与罚"模式、哥特小说元素，开创了影响后世侦探小说的"密室作案"等五种经典范式，其对人性的思考以及道德的关注使其作品经典化，而其趣味性又推动了故事的通俗化。任翔在其博士论文的基础上修改完成的个人学术专著《文化危机时代的文学抉择——爱伦·坡与侦探小说探究》（北京师范大学出版社，2006年），将爱伦·坡以及他所创作的侦探推理小说看成一种文化现象，从19世纪西方文化危机的角度来审视爱伦·坡的生命和艺术，从哲学上来加以探索。在作者看来，侦探小说不仅仅是作家供给人们消遣的文学，在深层次上还蕴含着对人生真趣的叩问和对走出现代文化困境的思考，是走出文化危机的一种抉择。

有试图对其侦探小说做深层次解读的，郝瑞娟的硕士论文《从爱伦·坡杜宾侦探小说的浪漫主义观看其后现代倾向》（湖南大学，2007年）以《莫格街血案》《玛丽·罗热疑案》《窃信案》爱伦·坡三篇杜宾侦探小说作为详细分析的文本。认为杜宾在探案中的解密方式包含着科学实证的理性精神，并以个人想象力为中心。论者一方面试图将爱伦·坡的侦探小说从理性主义归入"浪漫主义",另一方面又试图以"他对浪漫主义似是而非的态度解构了西方思想体系中的二元对立状态,从而使他的杜宾侦探小说文本呈现出'非中心化'的特征和对真理的怀疑倾向"作为其思想中具有的后现代主义思想的论据,显得较为牵强。其他代表性论文还有孙铮的《爱伦·坡的推理小说:表层与潜层含义讨论》(北京大学,2006年)。

其三,幽默讽刺小说。曹明伦的《爱伦·坡幽默小说一瞥》(《名作欣赏》1997年第4期)一文,从总体上分析了爱伦·坡的幽默小说。王亭亭、徐钟的《爱伦·坡小说喜剧特征研究》(《求索》2007年第12期)具体分析了爱伦·坡幽默小说中的喜剧特征。以《四不像》为例从针砭时弊的笑声、反讽的笑声、颠倒黑白的笑声几个角度探讨了其中的传统喜剧特征,认为其体现在深刻的社会批评意义以及显示在修辞和情节结构安排的反讽手法中;而其喜剧特征的现代转向则来自于文中独特的怪诞风格里所蕴含的对于现代社会发展的质疑和反思。

另外还有文章探讨了爱伦·坡的幽默小说的成因。周远的《爱伦·坡幽默讽刺小说创作成因探析》(《四川教育学院学报》2009年第3期)认为幽默讽刺小说占了其小说的三分之一,是爱伦·坡小说的一个大类。论者尝试从新历史主义角度论证爱伦·坡创作幽默讽刺小说的主要原因是在对其身处的资本主义社会严重不满,以及他本人不为时人所理解的独特的文艺观。朱振武、程庆华的《爱伦·坡幽默小说探源》(《外国文学研究》2008年第4期)认为爱伦·坡深受民间传说、神话和幽默故事以及美国西部幽默(边疆幽默、南方幽默)的影响,并在其中形成了自己独特的幽默小说风格。

其四，关注文本特点的论文。如分析其创作中的"美"。卢国荣、付景川的《爱伦·坡的唯美追求》(《名作欣赏：文学研究版》2007年第8期)就爱·伦坡的唯美理论、唯美倾向的形成及在作品中对美的营造这三个方面进行了论述，认为康德的美学思想影响了爱伦·坡对诗歌和真理的认识。范春燕的硕士论文《论爱伦·坡之美》(2005年)认为爱伦·坡的批评理论，创作哲学中实际上就是对"美"的追求。论者认为这种"美"是一种可以称为原始的"太一"(oneness)的神圣美，它既含有唯美与超验的成分，又超越了简单的形式美，还融入了科学的准确性。其论据为以爱伦·坡的"统一效果论"分析其诗歌中的音乐美、女性形象美以及小说中的恐怖美，甚至编造了一些术语，因而并未实质性推进爱伦·坡研究。张鹏的《爱伦·坡哥特小说的唯美主义分析》(《科教文汇》2009年第1期)除了生编了一个词——"哥特小说的唯美主义"，全文都是重复建设。张利敏的《论爱伦·坡诗中的荒诞美》(《新乡师范高等专科学校学报》2006年第3期)谈论了荒诞美在爱伦·坡作品中的成因、表现和意义，但是对"荒诞"本身都尚未界定清楚。也有一些论者生造了很多概念，如王德峰的《论爱伦·坡小说的颠覆性》(《新余高专学报》2006年第4期)其所谓的"颠覆性"具体而言仅是现实与梦幻的颠覆，理智与迷狂的颠覆，生命与死亡的颠覆。

3. 诗歌

在对爱伦·坡诗歌的研究中，主要集中在对其诗歌主题、诗歌音韵性以及其诗歌创作中蕴含的各种流派元素的探讨。

鞠玉梅的《埃德加·爱伦·坡及其诗歌艺术》(《外国文学研究》1995年第3期)认为爱伦·坡在主题方面，追求超现实的唯美与永恒。爱伦·坡提出了诗歌要写"美"的唯美主义美学原则、诗歌的统一性，音乐美、诗歌中的"美人之死"主题。以爱伦·坡的《乌鸦》为代表，详细分析了诗歌中的音乐性，比如对 Nevermore 这个词的音韵分析，对诗歌的头韵、行内韵、叠韵等分析，指出爱伦·坡不同于英诗中常用的"抑扬格"格律，而多用"抑抑扬格"与"扬抑"的音韵。在谈及爱伦·坡的诗歌理论的时候，论据来源依然局限于爱伦·坡的著名的三篇文艺理论文章。高彦的《人生之超越——对爱伦·坡诗歌死亡主题的解读》(《淮北职业技术学院学报》2009 年第 4 期)从死亡主题的现实追溯、纯美理想与现实的碰撞、超越死亡之新生三方面对其创作中的"死亡主题"作了分析。任翔的《爱伦·坡的诗歌：书写与死亡的生命沉思》(《外国文学研究》2004 年第 2 期)以其诗歌为例，进行修辞读解，分析了爱伦·坡的语言和创作内容上的关联，指出对死亡的诗意创作中蕴含在时代背景中的生命沉思。曾小玲的《诗人爱德加·爱伦·坡的诗情诗艺》(《兰州交通大学学报》2005 年第 2 期)从诗歌主题方面分析爱伦·坡的诗情，从文体学的角度分析爱伦·坡的诗歌技巧，其最为突出的是对爱伦·坡诗歌的音乐性做了详尽分析，集中讨论了其诗歌中的象声（onomatopoeia）的采用，元音和辅音的选择以及由此产生的音响联觉（phonaesthesia）音韵等韵律问题。李芹、杨振宇的《爱伦·坡诗歌唯美因素之探析》[《大学英语》(学术版) 2007 年第 1 期]认为他的诗歌多运用格律节奏和希腊罗马神话意象使其达到更唯美的艺术效果。银凡的硕士论文《论埃德加·爱伦·坡诗歌的美学品质》(吉林大学，2008 年)从诗歌中的"死亡主题""病态美"的氛围营造以及诗歌的音韵美三方面分析了爱伦·坡诗歌的美学品质。其他代表性论文还有匡萍、樊伟的《死亡与美共舞：论埃德加·爱伦·坡诗歌的主题与音乐性》(《井冈山学院学报》2007 年第 9 期)、叶蔚芳的《一颗孤寂的灵魂——埃德加·爱伦·坡诗歌伤感性主题的探寻》(《丽水师范专科学校学报》2001 年第 6 期)、裴阳的《余音绕梁久不散——爱伦·坡诗艺探幽》(《四川外语学院学报》1991 年第 1 期)、郭蓓的《黑白两色的艺术世界——爱伦·坡小说与诗歌浅探》(《常州师范专科学校学报》2002 年第 5 期)、陈剑雯的《爱伦·坡诗歌艺术研究》(《江西金融职工大学学报》2007 年第 6 期)、熊安沅的《论埃德加·艾伦·坡诗歌的主题与音乐性》(南京师范大学,2005 年)、刘保安的《爱伦·坡的音乐美与忧郁美》(《宜宾学院学报》2007 年第 11 期)等。

还有一些论文是对作品艺术风格的探讨。如潘蕾的《爱伦·坡诗歌中的唯美主义思想》(《文学教育》2008 年第 8 期)认为爱伦·坡"纯诗理论"中对"美"与"真理"和"道德"之间关系的认识,受到了康德将人类的心力分为"纯粹知性""趣味"和"道德感"的影响,而其对"想象"的理解又来源于柯勒律治。李汲的《论爱伦·坡诗歌中的奇幻情结》(黑龙江大学,2006 年)借助美学理论分析爱伦·坡诗歌中特有的奇幻情结。刘保安的《爱伦·坡诗歌中的哥特式风格》(《绵阳师范学院学报》2007 年第 6 期)认为爱伦·坡诗歌中的哥特式风格主要归为在以下几方面:哥特式时间、哥特式背景、孤独的人物、哥特式气氛、哥特式词汇、哥特式意象以及哥特式主题。

爱伦·坡的诗歌与象征主义的关系,是此时期讨论较多的话题之一。一方面是探讨爱伦·坡诗歌中的象征性。赵玉珊的《爱伦·坡诗歌中的象征主义特征》(《泰安教育学院学报岱宗学刊》2008 年第 1 期)以其诗歌作品中的代表作为例探讨爱伦·坡他诗歌中的象征主义特征,以及他在诗歌中的美学观点、音乐化的语言、伤感的主题、朦胧美和神秘色彩。张之薇的硕士论文《论埃德加·爱伦·坡诗歌中的象征主义》(南京师范大学,2005 年)一方面挖掘爱伦·坡诗歌创作的象征主义特点，如象征意象，诗歌的音乐性，使用了暗示和陌生化的手法，另一方面是关注爱伦·坡对法国象征主义的影响研究。周晶的硕士论文《爱伦·坡与法国象征主义》（华中师范大学，2004年）认为爱伦·坡的"为诗而诗"的艺术主张影响象征主义的"纯诗"概念，以及对作品音乐性的提倡，他使法国象征派从中吸取了其带来的不确定性，加强了对"暗示"的重视；他对想象力的推崇，促进了波德莱尔的"应和论"，认为爱伦·坡在美学思想及作品中对法国的象征主义有着广泛影响。其他代表性论文还有张鑫的《爱伦·坡与法国前期象征主义》（《湘潭大学社会科学学报》2002年第2期）、唐姿的《试析爱伦·坡对法国象征主义的影响》（《怀化学院学报》2003年第6期）等。

4. 诗论及其宇宙观

此时期对爱伦·坡诗论的专题分析依然很少。很大一部分研究成果都是将他的诗论和他的创作或局限于诗歌，或局限于小说创作上，对其创作理念与创作实践进行相互印证。曹曼的《从"效果说"看爱伦·坡作品中的艺术表现构架》（《外国文学研究》2005年第3期）通过详细地分析爱伦·坡在《厄舍古屋的坍塌》中对气氛营造、场景设计以及语言构筑的描述，看他如何巧妙地运用绘画、诗歌、音乐和小说等艺术形式，运用声、光和色彩等艺术手段来达到恐怖的艺术效果。其他的还有如郭栖庆的《埃德加·爱伦·坡与他的诗论及小说》（《外国文学》1993年第4期）、上官秋实的《人类心灵隐秘的探究者——爱伦·坡创作及诗论一瞥》[《吉林师范大学学报（人文社会科学版）》2003年第2期]、刘向朝的《爱伦·坡的诗论和诗歌创作》（《琼州大学学报》2006年第4期）、张喜久的《贫困时代的诗人：埃德加·爱伦·坡及其诗论与诗歌》（吉林大学，2002

年)等。

也有论者着重探讨爱伦·坡的文学批评思想。其一是集中关注爱伦·坡提出的"效果论"。徐旭的《爱伦·坡短篇小说的"效果"》[《重庆师范大学学报》(哲学社会科学版)2008年第1期]进入到文艺历史进程中对爱伦·坡的小说理论进行解读,认为其短篇小说创作展示了古典与浪漫、真实与怪诞以及理性与非理性的对立与统一,充分实践了其"效果说"理论。朱振武的《爱伦·坡的效果美学论略》(《外国文学评论》2007年第3期)从爱伦·坡对诗歌、散文的界定的分析指出爱伦·坡对"预设效果"的重视,对逻辑演绎报有极大的兴趣,尝试通过理性来营造效果。沈佳玉的《从"激情说"看爱伦·坡小说的审美取向》(《广西教育学院学报》2007年第5期)将爱伦·坡的"效果说"解读为"激情说"。其他代表性论文还有韦小晶的《爱伦·坡之效果论浅析》(《文学教育》2005年第4期)。其二,对爱伦·坡的短篇小说理论进行了综合分析。陆杨的《爱伦·坡的短篇小说理论》(《广西师范大学学报》1986年第4期)着力分析了爱伦·坡短篇小说中的"效果统一说",认为爱伦·坡在继承康德将智力三分基础上,严格区别了短篇小说和诗,提出了短篇小说是求真,并分析了爱伦·坡所谓的"真"具体内涵并不是抽象的真实,而是通过理性的本质表象切近非理性的物质世界本源,具有复杂性和暗示性。认为爱伦·坡的理论第一次从形式和内容上对短篇小说进行了较全面的概括,建立起一套自成体系的价值标准,是在西方哲学上链条的一环。

也有论者关注的是爱伦·坡的宇宙观。李慧明的《爱伦·坡的宇宙观及其审美内蕴》(《社会科学战线》2007年第6期)认为爱伦·坡《我发现了》的哲学思想对于揭示爱伦·坡的哲学思想有着重要意义,并且有助于理解其作品。武建博的硕士论文《同一的宇宙意象》(西南大学,2007年)通过对《我发现了》一文的深入分析,揭示出爱伦·坡的宇宙观,赵玮的硕士论文《探寻美的踪迹》(中南大学,2006年)对爱伦·坡的散文诗《我发现了》一文给予了高度评价,将之视为爱伦·坡后期思想的核心。通过文本细读分析了爱伦·坡诗歌中的音乐美带来听觉上的享受、形式上的统一,并认同宇宙从其形成的那刻起就在引力的作用下趋向和谐与统一相契合的爱伦·坡宇宙观。该论文的贡献在于比较详尽地探讨了爱伦·坡的后期重要作品《我发现了》,但是在他的整个文本分析中,对其早期和晚期创作的差异性并未有所重视。

在此阶段还出现了不少探讨爱伦·坡晦暗艰涩的散文诗《我发现了》的研究成果,它们的研究进一步推进了我们对爱伦·坡哲学思想的认识。有徐薇的硕士论文《和谐的追求:"诗"与"物"之间》(南京师范大学,2005年)联系对《我发现了》一文的探究,揭示出爱伦·坡的宇宙世界也洋溢着诗意的激情。王莉、何畅的《从〈我发现了〉探析爱伦·坡的哲学思想》[《浙江工业大学学报》(社会科学版)2009年第2期]将这部作品上升到了对天文学、物理学、逻辑学、神学等都有所涉及的哲学论著上,无疑抬升了这部作品的价值。论者归纳和分析出了其中的核心思想是生命以扩散—回归—再生的循环模式。李慧明的《爱伦·坡的宇宙观及其审美内蕴》(《社会科学战线》2007年第6期)首先对爱伦·坡在《我发现了》一文中的哲学思想进行了分析,对以亚里士多德为代表的"演绎式"及以培根为代表的"归纳式"两种"获得真理之路"的思维方式进行了批判,提倡以直觉和想象洞察宇宙真理。其思考基点是以康德及拉普拉斯的宇宙起源论为出发点,试图回到问题原点去思考,认为一切事物终将恢复其原始状态,并不断产生新的循环的有限宇宙模式,提出物质终将湮灭、宇宙终将寂灭的结论。接着以爱伦·坡的长篇散文诗《我发现了》分析爱伦·坡的宇宙观、文艺观和人生观的审美方法，认为其构建了诗与宇宙两相应合、人与宇宙审美交互的总体艺术架构的宇宙观。但是，从论者的论述来看，其主要集中在对其诗学理论上的转述，而背离了对《我发现了》一文的阐释。从论者的研究材料来源来看，他选取的是译本，而并未结合到原文本，对于这样一部深邃的著作，其在对作品的接受上难免局限于译者的理解视域，很难得出恰如其分的解释。

在对爱伦·坡的诗论及其宇宙观的探讨中，常常流于浮泛，大部分论者的立论基础都仅仅局限于我们耳熟能详的爱伦·坡的《诗歌原理》《创作哲学》《评〈重述一篇的故事〉》以及他著名的散文诗《我发现了》等几篇代表性论著，而对于爱伦·坡创作的1000多篇作品大部分文学批评文章都少有提及，由此也可见，当前爱伦·坡的翻译状况对我们进行深入研究是很有影响的。

5. 具体作品研读

在诗歌上研究对象，主要集中在爱伦·坡的《乌鸦》《钟声》《安娜贝尔·李》以及《海中之城》等脍炙人口的名篇上。其中以对"乌鸦"的关注度为最高，笔者收集到的材料中专门谈爱伦·坡《乌鸦》的就多达14篇，它们多集中分析其作品的音韵、主题、意象、唯美主义、象征主义色彩以及他的诗论与《乌鸦》一诗的契合。另外，还有张辉的教改文章《合理运用文体分析，深刻体会诗歌之美——以埃德加·爱伦·坡的〈乌鸦〉为例》（《浙江万里学院学报》2007年第1期）。论者以《乌鸦》为例来说明在课堂上如何把文体学的分析方法和文学作品的鉴赏与解读结合起来。另外对爱伦·坡的《安娜贝尔·李》研究论文也多达7篇。

短篇小说的研读中，有 8 篇是专门探讨《黑猫》的，研究者们从心理学角度解读黑猫形象的象征意义，探讨其中的爱的主题，人的有限性与世界的不可控性的现代思考。如朱平珍的《黑猫：病态人格的象征——论爱伦·坡的短篇小说〈黑猫〉》(《湖南社会科学》2004 年第 2 期) 就是从心理学角度解读黑猫形象的象征意义。文章认为爱伦·坡的短篇小说《黑猫》中的黑猫是一个独特的动物猫的形象，寄托了作家对非人类动物的本能与智性的思考，象征着一种让人失去自由空间的所谓的"爱"。而这种"爱"在一定的条件下，有可能孕育出"恶"。探讨《厄舍府的倒塌》的多达 21 篇。有从心理分析角度分析主人公性格、作者心理的，也有论著分析和哥特小说的亲缘以及作家所使用的效果统一技巧。以沈行望、沈行华的《从〈厄舍府倒塌〉看男性人格自我完善的趋势》(《南昌职业技术学院学报》2002 年第 1 期) 为例，受女性主义和形式主义影响，论者认为爱伦·坡所塑造的男主人公罗德里克·厄舍是个具有女人气的形象，音乐般的叙事诗，使男性叙述者感到不安的悦耳声音和音乐般的语言，以及外表描写上的女性化，是爱伦·坡的作品中一个新的人物形象。男主角性格转变的过程，实际上就是爱伦·坡作品中男性人格自我完善的趋势。探讨《一桶亚蒙蒂拉多酒》的有 6 篇，有从文体学角度对文本进行形式上解读，有从弗洛伊德的人格三结构理论对其进行心理学上分析的，也有分析其短篇小说理论在其中的运用。探讨《丽姬娅》的有 5 篇，关注丽姬娅身上所体现的敬畏之美、毁灭之爱、不灭之意志。有从心理学角度进行作品解读的，有对小说中的陌生化效果以及不可靠叙述关注的，也有论者关注其中的道德反讽。对《泄密的心》探讨的有 6 篇研究成果，多从词汇层面、句法层面、修辞层面、叙述角度等四方面探讨其文本特点，挖掘文本内蕴的思想特点。探讨《威廉·威尔逊》的主要有 3 篇，有心理学解读、主人公人格结构的解析、分析"异己性"带给人的人格分裂的具体表现及成因。这些论文都集中在对主人公人物形象的探讨上，表现出了娴熟的西方文艺理论技巧。姜晓的硕士论文《从心理分析角度解读厄舍府的倒塌》（北京交通大学，2007 年）从心理分析的角度来解读《厄舍府的倒塌》。认为故事中的叙述者即为爱伦·坡本人的化身，而罗德里克是意识的化身，而妹妹玛德琳则代表着潜意识，为罗德里克被压抑的创作冲动。这是爱伦·坡不断遭遇亲友死亡的体验，和继父之间关系紧张以及在文学批评上，他独特的唯美主义追求与当时的文学评论界格格不入现实处境的投射。

其他分析短篇小说的论文还有李彤的《爱伦·坡恐怖小说的空间再现》[《天津大学学报》（社会科学版）2013 年第 5 期]、何宁的《〈窃信案〉文学与批评的对话》（《外国文学评论》2001 年第 4 期）、袁洪康的《解构中的建构："两桩案件"的侦探小说程式分析》[《兰州大学学报》（社会科学版）2001 年第 6 期]、贾琼的《浅析爱伦·坡小说中的"眼睛"》（《集宁师范学院学报》2012 年第 2 期）。杜予景的《一个"不在场"的他者叙事——〈丽姬娅〉的现代阐释》（《北京第二外国语学院学报》2011 年第 4 期）和叶英的《不幸起因于不能承受孤独——读爱伦·坡的〈人群中的人〉》（《名作欣赏》1999 年第 3 期）认为老人是对人群的集中体现，是 19 世纪上叶西方社会人群共性的反映，认为这种孤独溯其根源是来自资本主义的现代文明，并认为爱伦·坡讽刺所谓的上流社会，同情社会底层的劳苦大众，但对人与人之间的冷漠的无奈。徐薇的《逃避孤独：人群之外的人：爱伦·坡的短篇小说〈人群中的人〉》（《江苏教育学院学报：社科版》2006 年第 5 期）用弗洛姆的相关理论分析爱伦·坡的短篇小说《人群中的人》，认为这篇小说通过对现代人精神困境的层层揭示，表达了现代人即便跻身于人群之中，却仍被隔离在人群之外那种"无可逃避"的孤独感。袁洪庚的《以兽喻人："莫格街凶杀案"中的反讽与犬儒主义》（《外国文学研究》2012年第1期）以爱伦·坡小说《莫格街凶杀案》中的"作案者"一只猩猩为研究对象，认为爱伦·坡以此动物暗喻人性中的非理性或兽性，同时也流露出根深蒂固的美国政治背景下的种族歧视意识。

总的来说，对爱伦·坡此阶段具体作品的研读在方法上借助了大量的西方理论资源，对爱伦·坡一些主要名篇进行解读，探讨的主要内容在于其作品的心理内容或者作品的现代意义以及其作品中形式上的特点，推进了爱伦·坡的进一步研究。但是总体上看，研究成果又多局限于一些名篇上，未能涵盖爱伦·坡的所有创作篇目，如对他的科学幻想小说，幽默讽刺小说等代表作品都少有见到论述。在具体分析策略中，深受西方形式主义影响，多采用文本细读的方法，在整体的研究状况上，还略显单调。

（二）深入研究

此时期爱伦·坡作品中的幻象问题、女性意识、文本的叙述性等话题引起了人们的兴趣，学界不少论者还借助了各种西方理论资源对爱伦·坡其人其文进行研究。

侧重于心理分析。任翔的《爱伦·坡的心理小说之修辞学解读》（《中国青年政治学院学报》2005年第3期）从爱伦·坡心理小说的语言和文本之间的修辞分析，认为其揭示了人类心灵的自我分裂和自我对抗。金士湖的《现实的毁灭 梦幻的歌声——爱伦·坡创作心理管窥》（《六盘水师范高等专科学校学报》1992年第1期）从孤弱无助与女性光环、自恋自尊与恐怖力量、梦境的营造与情感的投射、梦的幻灭与死亡意识四个方面对其创作心理进行了分析。史秀冬的《爱伦·坡短篇小说的分析方法》(《淮阴师范学院学报》2000 年第 6 期)分析了爱伦·坡小说中的心理构成。王光福的《带你到另一世界读爱伦·坡〈怪异故事集〉》(《淄博师专学报》2007 年第 2 期)指出爱伦·坡小说中的忏悔意识和厄舍故事的结构套,将其解读为一个头颅形象的象征,分为洋葱头式的里外三层,最外一层是"我"的故事中间一层是厄舍的故事,最内一层是马德琳的故事。在心理学知识的大量引进与学习中,出现了更多深层次的尝试。宋颖的《从爱伦·坡小说中的人物性格窥视作者的内心世界——谈思维主体情境对主体创作思维的影响》(《辽宁青年管理干部学院学报》2000 年第 1 期)以爱伦·坡小说中的人物性格来窥视作者的内心世界,认为爱伦·坡生平经历对他创作思维具有导向性,他的作品是他独特内心世界的真实反映。沈行望、沈行华的《浅析爱伦·坡作品中的"二性人"现象》(《南昌职业技术师范学院学报》2001 年第 1 期)从女性批评出发,将爱伦·坡对杜宾形象塑造解读为需要"回头看"来解决问题的二性人思想。并认为杜宾代表了爱伦·坡"完整的人类"的情感,不仅讲述了失去的妇女的故事,而且还讲述了发现和恢复女性的故事。沈行华、沈行望的《论爱伦·坡作品中"我"的关键信息》(《江西社会科学》2005 年第 11 期)通过对爱伦·坡作品中的《丽姬娅》《厄舍府的倒塌》和《非常之魔》等小说中所塑造的叙述者形象进行分析,论证作品寄寓的真实含义是美丽、真实、善良。刘红梅的《从心理学角度看爱伦·坡及其小说》认为爱伦·坡成长中自体客体关系混乱导致其小说作品中充满自恋。易捷心的《无性与梦幻——对爱伦·坡诗歌的拉康式性心理分析》(中南大学,2008 年)借助于拉康的"性身份定位的符号逻辑"理论考察爱伦·坡小说中病态似的纯洁之爱和梦幻之美。赵丽琴的硕士论文《超越幻象》（云南师范大学，2006年）以拉康的"心理三界论"为理论基础，爱伦·坡的四篇恐怖小说作为研究对象，认为故事情节中的受害者与施害者的关系实际上是隐喻着"我"这一幻象的自我毁灭。房颖的《弃儿的世界》（山东师范大学，2002年）在家庭和社会两个层面上对爱伦·坡进行身份定位，爱伦·坡小说创作中的孤独、恐惧、焦虑与绝望的心理意绪解读为"弃儿"心理。在这种心理状态下，爱伦·坡长期处于孤独与恐惧之中，变得焦虑与绝望。这在他的小说里投射在小说中人物的精神意态。认为爱伦·坡对"死亡"主题、以恶为题材，着重描述人的恐怖情绪和变态心理的关注，其具有文学上的宣泄与治疗功用。步朝霞的《爱伦·坡：文本与人格的统一体》（天津师范大学，2003年）借助于精神分析法的"自我概念""互文阅读"概念，将爱伦·坡的作品分别归为"赞歌""复仇故事""挽歌""对死亡的抗拒"四种模式，探讨其中的人格。卢浩的硕士论文《从焦虑到超越——浅论爱伦·坡》（四川大学，2005年）着力挖掘爱伦·坡的"死亡主题"中的深层含义。认为既有"焦虑和逃避""过早埋葬"和"厄舍府"带来的精神崩溃，也有莫蕾娜的"同一哲学"以及"丽姬娅"的"意志论"中的反抗，还有死亡中的超越，它们是爱伦·坡对死亡本质的思考。还有借助不同的理论视角对爱伦·坡进行研读。张琼的《幽灵批评之洞察：重读爱伦·坡》（《四川外语学院学报》2006年第6期）借助幽灵批评所着力关注的"异物"（foreign）概念，从幽灵批评的角度分析了爱伦·坡小说揭示文本所体现的隐秘的内心之魔和洞穴作用，以及作品的"幽灵"因素在读者解读过程中的影响。

从女性主义视角展开的研究。翟萍的硕士论文《爱伦·坡的女性观新解：失落的自我，胜利的他者》[《湖南科技大学学报》（社会科学版）2008年第4期]借助新历史主义批评以及女性主义批评,将爱伦·坡的女性小说放回其所处的社会历史环境中,挖掘其内在的文化精神特性,探讨爱伦·坡与文化政治的关系。朱利娜的硕士论文《爱伦·坡的女性情结探讨》(苏州大学,2008年)通过对爱伦·坡与一生中几位重要女性的关系分析,认为爱伦·坡对女性无比关怀和爱戴,将爱伦·坡的女性情结归为其作品中的三种表现方式。何劲虹的《徘徊在彼岸的爱》(重庆师范大学,2007年)认为爱伦·坡在诗歌中对女性的脆弱性加以理想化,而在故事里,女性角色又被他引申而演绎成了一种虚幻的肖像。论者认为,爱伦·坡的女性理想是一个醒目而突出的占位符号,其存在的意义是使男人死亡。张钦娟的硕士论文《男性视角下的女性》(西南大学,2006年)从女性批评视角,以《椭圆形画像》《贝蕾妮丝》及《丽姬娅》为例,结合小说中女性的社会环境、文化环境及心理状况分析了这三篇小说中的女性形象,认为爱伦·坡披露了父权社会中女性的命运以及对女性的同情。另外,这里还要特别提到的是对爱伦·坡"美女之死"题材的研究。李芸的硕士论文《论爱伦·坡"美女之死"作品中的"女性理想"》(中国海洋大学,2008年)对"美女之死"的主题关注,小说和诗歌中的女性形象展开论述。认为其小说中的女性形象有哥特小说中的女性特点,自杀的女性以及沉默的女性群像,但是她们都共同有着强大的意志力力量,诗歌中多是美丽多情、柔弱慈爱女性的死亡。聂方冲的硕士论文《爱伦·坡小说中的"美女之死"》(江西师范大学,2007年)认为爱伦·坡在诗歌、小说中都表现了他在《创作的哲学》中提出的"美女之死"这一主题。将其小说中的"美女之死"分为几个组群进行介绍。以他的《Berenice》《厄舍府的倒塌》两篇小说为例,探讨了其小说中"美女之死"的过早埋葬、以莫瑞拉、丽姬娅、埃来雷诺奥为例,探讨了"美女之死"中的"死后复生",以《幽会》《长方形箱子》为例,分析了美女之死中的"自杀",《莫格街谋杀案》《黑猫》中"美女之死"的谋杀。并认为《椭圆形肖像》不是其中的任何一种,而是暗示了"艺术和生活的背离,为了创造艺术,美女必须死亡"。姚丽芳的硕士论文《怀着男人的梦想漂泊》(贵州大学,2008年)从文化研究的视域,以女性主义立场和视角解读其诗歌作品是如何通过"他者"来建构男人形象的。在爱伦·坡诗歌创作的不同时期中,塑造的"母亲形象"以及丧失了话语权的"美女之死"形象,以及后期创作的《致天堂中的一位》一诗中,都体现出爱伦·坡在不同时期的男权意识。其他的代表性论文还有张希萌的《爱伦·坡的短篇小说〈椭圆画像〉中的女性视角分析》(《南昌教育学院学报》2013年第9期)、李莉的《用心理分析方法解读爱伦·坡的女性小说》[《华中农业大学学报》(社会科学版),2006年],文章以心理学相关理论证明了爱伦·坡是一位自恋型人格障碍者,其自恋型人格由他幼年时的创伤性经历引起,并极大地影响了他的文学创作。张永怀的《从沉默、反抗到"双性同体"——兼及爱伦·坡的三篇"美女之死"短篇小说》(《河套大学学报》2012年第9期)认为《椭圆形画像》《贝蕾妮丝》和《丽姬娅》三部小说分别塑造了沉默、反抗和"双性同体"的三位女性,指出其代表着爱伦·坡的女性观的嬗变。

爱伦·坡被视为现代派远祖,其创作中的现代特征也是人们时常关注的一个话题。在我国学人的研究中,对现代性的界定是他们论述爱伦·坡的一个最主要的基点。刘颂的《试论爱伦·坡对现代小说体裁的开拓与创新》(《湖南省社会主义学院学报》,2005年)比较准确地概括了爱伦·坡在小说上的贡献,认他是短篇小说的开创者,是现代科幻小说、心理小说、推理小说(侦探小说)的先驱。朱振武、王二磊的《爱伦·坡的短篇小说与现代主义》(《四川外语学院学报》2007年第5期）对爱伦·坡的短篇小说和其创作理念对法国"象征主义"、德国表现主义、超现实主义、未来主义的影响，来论证爱伦·坡在表现手法上与这些饱含现代因素的流派的相似性来论述爱伦·坡的现代性。叶生的《爱伦·坡——"现代人"的启示者》[《徐州师范大学学报》（哲学社会科学版）1998年第4期]以非理性来界定现代性特质，孤寂、恐惧、烦恼、绝望等心理意识，是20世纪现代主义认为作家们笔下"现代人"的精神病综合征。张鑫的《爱伦·坡短篇小说的现代性》（湘潭大学，2002年）从内容和形式两方面对现代性进行界定。在内容上，认为爱伦·坡作品中对死与美的结合，深层开掘的潜意识与双重人格、对反英雄形象的塑造，异化与孤独等现代性话题探讨上，体现出了现代性特点。在形式上的叙事变革，视角、时间与空间、象征与暗示、统一效果的营造，神经绷紧的叙述者以及对多种小说体裁的开创分析爱伦·坡的文本叙述中的现代性。张艳丽的《论爱伦·坡恐怖小说的现代性》（暨南大学，2004年）从主题内容的现代意识出发，认为爱伦·坡从理性到非理性的现代转向中起到了开路先锋作用，认为爱伦·坡的"心灵的恐怖"写作挖掘了人的潜意识领域，以"审丑"突破了传统的美学思想。重点阐释爱伦·坡恐怖小说创作中活埋、谋杀和死亡的三个情节动作，预见了20世纪现代人的孤独、绝望、焦虑的精神困境，以及试图从精神困境中解脱出来的努力。从形式方面阐释爱伦·坡恐怖小说文本叙述的现代性，重点分析了第一人称叙事视角的开拓、传统时空叙事的突破、象征意象艺术的运用三方面特点。认为爱伦·坡增强了叙述者和读者的对话，在叙事时间上向现代的时间叙事和表现自我意识的封闭空间上探索，将象征的意象艺术引入了小说创作，对现代主义文学的产生和发展影响深远。爱伦·坡还在犯罪小说中创造了独特的"忏悔式独白"的心理分析手法。明倩倩的硕士论文《埃德加·爱伦·坡作品中的浪漫情怀与现代启示》（上海外国语大学，2006年）将爱伦·坡的创作归为反理性与反宗教，认为反理性题材和浪漫主义者的契合在于反对17、18世纪新古典主义强调的秩序、逻辑与理性，而反宗教题材则预见了现代人的困境，从而具有现代意义。

从文化研究的角度，考察爱伦·坡与时代文化的关系。朱振武、邓娜娜的《爱伦·坡现象与通俗文化》（《国外文学》2008年第2期）分析了爱伦·坡在自身创作中对通俗元素的吸收，认为以"坡产业"为代表的通俗文化中有着一定的影响力，而报纸、杂志、电影、电视、互联网、连环画都推动了爱伦·坡的进一步通俗化。马凌的《媚俗与脱俗：报刊生活与爱伦·坡的小说世界》（《天津师范大学学报》2000年第3期）关注了爱伦·坡的双重身份，特别以爱伦·坡的大众报刊撰稿人和编辑的身份，分析了对其小说创作的影响，一方面决定了他在创作中迎合读者阅读趣味，在题材、话题的选择上媚俗；另一方面，认为爱伦·坡的《如何写布莱克文章》和《桑格姆·鲍勃先生的文学生涯》中对自我的嘲讽，并在"元小说"以及"黑色幽默"上对媚俗进行了解构，是一个媚俗与脱俗二元结合的作家。程庆华的《试论爱伦·坡的种族观》[《上海大学学报》（社会科学版）2012年第5期]认为爱伦·坡受南方文化影响，其在小说中采取一种既不触怒白人读者，又能为大多数黑人所接受的"平均种族主义"。

还有关注其文本形式特点的研究论文。姜吉林的《多维的爱伦·坡》（山东师范大学，2003年）以新批评文本阅读为理论视角，分析了爱伦·坡短篇小说中的小说世界及其"现代性"的叙事艺术。从小说第一人称"叙述视角"的运用，体现了文学创作中主体意识的觉醒以及创作技巧上的自觉；自娱的文本一元小说因素；结合爱伦·坡本人的效果论,分析了其大部分小说文本结构上出现有的互文性、文本引语,以及副文本部分体现出元言语的折射性叙事功能。奇特意象(红色意象、钟表意象)的营造,语言的节奏感、诗人身份又使其出现的诗化特质;寓意、反讽修辞与幽默效果;侦探推理小说的现代叙事艺术。刘筱华的《爱伦·坡的小说特征描述——神经绷紧的叙述者》(《国外文学》1996年第4期)、刘筱华、余民顺的《埃德加·爱伦·坡小说的语言魅力》[《湘潭师范学院学报》(社会科学版)1999年第1期]实际上是探讨爱伦·坡小说中的第一人称。沈行华、沈行望的《简析爱伦·坡作品中自我融入的叙述者》(《南昌高专学报》2002年第2期)分析的是爱伦·坡作为叙述者营造的故事效果。刘霞敏的《爱伦·坡恐怖小说的语言艺术剖析》[《湘潭师范学院学报》(社会科学版)1997年第1期]从富于内涵意义的词、模糊表达句法手段、重复平行结构、插入成分、语气、叙述视点、韵律特征(韵律符号是破折号、感叹号和斜体词,以及由逗号造成的停顿和感叹词)等叙述话语的角度探讨爱伦·坡小说中恐怖魅力产生的语言机制。申丹的《坡的短篇小说/道德观、不可靠叙述与〈泄密的心〉》(《国外文学》2008年第1期)、袁洪庚的《影射与戏拟:〈玫瑰之名〉中的"互为文本性"研究》(《外国文学评论》1997年第4期)、白雪芳的《爱伦·坡短篇小说话语力量新探》(《阜阳师范学院学报:社科版》2004年第5期)、何劲虹的《爱伦·坡〈红死魔的面具〉的叙事艺术》(《唐都学刊》2012年第5期)、郭红玲的《指向预定效果的精心营构——爱伦·坡短篇小说叙事结构探析》(《内蒙古民族大学学报》2007年第1期)认为爱伦·坡短篇小说的叙事结构主要有解谜、层递和镶嵌三种,推理侦探小说中以演绎推理的方式为主展开,而死亡恐怖小说则采用逐层递进或"镶嵌"结构模式为主。彭狄的《时间的叙事艺术——爱伦·坡短篇小说探析》(《青海社会科学》2009 年第 1 期) 认为爱伦·坡统一效果理论及其短篇小说艺术实践来源于他封闭的时间体验。小说中"悬念"的生成：物理时间与心理时间的张力所促进；叙事节奏：故事时间的推进与延宕所形成；反讽：故事时间与叙事时间不同步所形成。

其他的代表性论文还有李慧明的《爱伦·坡人性主题创作的问题意识探讨》(《学术论坛》2006 年第 5 期)，文章以爱伦·坡《泄密的心》和《一桶白葡萄酒》为例，试图探讨爱伦·坡小说中的人性主题，认为前者凸显人性分裂与异化，后者彰显了人性的沉沦与救赎乏力。以迥异于主流创作的问题意识，人性之丑恶作为审美对象的小说，表达了现代人的生存困境与人性危机。罗静的《论爱伦·坡对启蒙理性的批判》(《江西教育学院学报：综合版》2008 年第 2 期) 通过对爱伦·坡的心理分析小说和海上探险小说分析，认为其分别对启蒙思想中理性至上论及科学至上论进行了质疑和批判。

(三) 世界参照系中的位置

还有论者从比较文学角度对爱伦·坡进行了平行研究以及影响研究。以平行研究为例，有对中外古今作家的平行比较。有对在创作上和爱伦·坡"怪诞"特点相近的中国作家的比较研究。涉及的作家如蒲松龄。韩冰的硕士论文《从文化角度比较研究艾伦·坡哥特小说与蒲松龄志怪小说》(内蒙古大学，2007 年) 认为爱伦·坡笔下的美女大多恐怖，注重死亡本身的恐怖，而蒲松龄笔下的美女则多温情，更注重死亡的意义。爱伦·坡小说中有很多与宗教相关的话题，蒲松龄故事中多有佛教的因果报应，道教的驱魔降妖以及儒家的中庸思想。周英瑛的硕士论文《蒲松龄志怪小说与爱伦·坡哥特式小说爱情主题中女性形象的对比研究》(华南师范大学,2007年)从女性主义批评视角,对蒲松龄笔下人与人相恋的爱情故事与爱伦·坡三部经典中美人之死的爱情故事做平行研究。认为他们在历史境遇,当时文学中的位置、人生经历、人生理想、审美思维和艺术表现以及站在男权话语立场对女性形象的塑造上都具有相似性。但是作者又认为,也正是在这些女性形象上,体现出了他们的差异性,蒲松龄深受封建礼教思想影响,其所塑造的女性形象多属于从属地位和被动形象。而爱伦·坡笔下的女子则多为与死神抗争的形象。同时认为二者所描绘的女性形象都表现了女性对爱情的自主选择与追求,从而论证两人作品中女性意识的抬头。其他论文还有邹颖萍的《文坛怪杰之绘心艺术——蒲松龄和爱伦·坡小说之比较》(《四川外语学院学报》1998年第1期)、《〈尸变〉与〈丽姬娅〉之平行研究》(《广西民族师范学院学报》2012年第5期)等6篇。有平行比较爱伦·坡与"鬼才"之称的李贺。如李后兵的《简析李贺与埃德加·艾伦·坡的异同》(《青海师专学报》2003年第4期),比较了李贺的《神弦曲》与爱伦·坡的《安娜贝尔·李》和《厄舍府的倒塌》的神秘情致,以及李贺的《苏小小墓》和爱伦·坡的《莉姬娅》的生命意识。平行比较爱伦·坡与孟郊的曹曼的《爱伦·坡与孟郊创作心理定势之比较》[《中南民族学院学报》(人文社会科学版)2001年第5期],试图通过对美国诗人爱伦·坡与中国诗人孟郊的比较,分析两人相同的创作心理定式,歌颂死亡,歌颂丑陋,用死亡去表达对生的追求,以美的破坏去获得美的实现。许希阳的《施蛰存与爱伦·坡》[《长沙铁道学院学报》(社会科学版)2005年第1期]从创作渊源上分析了施蛰存与爱伦·坡的事实性联系,用比较文学的影响研究和平行研究的方法探讨两位作家小说中"怪诞"的生成与表现。论文具体从时空的设置、女性形象超自然的美、变态的爱欲、死亡阴影这四个方面剖析两位作家小说中的怪诞主题。另一种是集中在对爱伦·坡诗歌中的哀伤气质相契合的作家进行平行比较。有对苏轼创作的悼亡诗《江城子》和爱伦·坡诗歌《乌鸦》《安娜贝尔·李》进行比较的；有对中国文人贾谊和美国诗人爱伦·坡在困厄时偶遇不祥之鸟进行比较的；有比较爱伦·坡与纳兰性德的悼亡诗的；还有和中国当代诗人比较的，如秦虹的《孤独中的理性之爱与感性之美——北岛与爱伦·坡的爱情诗比较》(《重庆职业技术学院学报》2006 年第 5 期)、谭瑾瑜的《埃德加·爱伦·坡与海子的诗歌之比较》(《湘潮》2008 年第 2 期)等。

和外国作家的平行比较中，最受关注的是波德莱尔。波德莱尔在推进爱伦·坡经典化进程中意义重大。但是，在我国对二者进行影响研究的很少，大多对二者从生活经历、美学观进行平行比较。而对二者间继承性的发展，以及波德莱尔对爱伦·坡走向世界的意义，却少有涉及。李珺平的《波德莱尔应和论与霍夫曼：兼及爱伦·坡》(《湛江师范学院学报》2007 年第 3 期)、何木英的《离经叛道 独树一帜——埃德加·爱伦·坡与查尔斯·波德莱尔生活与美学观比较》[《四川师范学院学报》(哲学社会科学版) 2002 年第 1 期]、李凌鸿的《论波德莱尔与坡的相似性》(《四川外语学院报》2009 年第 1 期)这些论文研究侧重点多在波德莱尔身上，认为二者在创作主题和美学思想上都有惊人的相似之处，这种相似之处来源于共同的个人经历和人文环境。还有论者从不同的角度和侧面关注爱伦·坡和其他作家的相似性。如敬南菲、陈许的《爱伦·坡与霍桑小说创作比较研究》[《杭州电子科技大学学报》(社会科学版) 2007 年第 3 期]对个人经历、题材、技巧、风格，对人物心理的刻画，以及对象征技巧的偏爱，以异化、孤独为创作主题、以哥特小说为创作风格、以象征、意象为创作技巧方面的相似性。王琳的《束缚与反抗：爱伦·坡与艾米莉·迪金森死亡诗中迥然不同的女性形象》（《南昌高专学报》2008年第4期）以爱伦·坡与艾米莉·迪金森都喜欢写死亡诗为分析基础，指出两者笔下的女性形象迥然不同，分别反映了男权社会中的被束缚的和奋起反抗的女性。张敏的《透过Edgar Allan Poe和Emily Dickinson诗作探讨死亡主题的两重性》（《青年文学家》2009年第11期）认为爱伦·坡的死亡主题与中国近似，而迪金森与西方一致。曾庆强的《鬼神情节与戏剧意识：爱伦·坡与罗伯特·布朗宁之比较》（《外国文学研究》1996年第4期）认为二者都关注死亡，但却表现不同，爱伦·坡向鬼，后者向神。另外还有王萍的《天庭雅韵与鬼域悲音——济慈的〈夜莺颂〉与爱伦·坡的〈乌鸦〉比较研究》[《辽宁大学学报》（哲学社会科学版）2005年第5期]。刘明娜的《解读爱伦·坡和菲茨杰拉德小说的"虚无"现实观》（《宜宾学院学报》2002年第6期）主旨在于梳理"虚无"现实观的理论渊源，认为爱伦·坡小说的"虚无"现实以及盖茨比"了不起的追求"意义所指的现代性特征是"虚无"现实观表现形式的发展与流变。

影响研究，主要侧重在对中国现代作家的影响研究。涉及的作家有鲁迅、施蛰存和当代恐怖作家等。袁荻涌的《鲁迅与爱伦·坡》（《贵州大学学报》1999年第1期）有很多翔实的材料，作者从史料出发，分析了鲁迅和爱伦·坡在象征和恐怖手法等上的相似性。苏煜的《鲁迅与爱伦·坡》（《鲁迅研究月刊》2002年第9期）从鲁迅和爱伦·坡二人的实质性联系着手，侧重探讨的是鲁迅的《狂人日记》和爱伦·坡的作品在人生哲学上的认识体验以及笔下狂人的孤独、恐惧、忧郁心灵投影的相似性。王吉鹏、臧文静的《鲁迅与爱伦·坡》（《东方论坛》2003年第6期）基于文学影响的事实，比较了他们的死亡意识，以及在艺术手法上对真实病态心理的细致刻画。王德峰的《爱伦·坡与世纪之交的中国恐怖小说流派》（兰州大学，2007年）全文共分为五部分，第一部分，认为爱伦·坡直接引发了世纪之交的中国恐怖小说创作热潮。第二部分，认为爱伦·坡开创的"心灵式恐怖"，提倡的"效果说""惟美理念"已经内化为中国恐怖小说作家自觉的创作理念。第三部分，认为中国恐怖小说作家继续在爱伦·坡所热衷的死亡、人性、复仇话题上继续发展。第四部分，从氛围、意象、悬念以及轮回手法上分析了中国恐怖小说作家和爱伦·坡的契合。第五部分，对这种影响发生原因进行了探寻。认为接受和传播语境的多元化以及时代对文学作品娱乐功能的追求，和现代人的恐怖的人生体验均有或多或少的影响。胡克俭的《爱伦·坡与世纪之交的中国当代恐怖小说》[《西北师范大学学报》（社会科学版）2008年第1期]从影响研究的角度论证二者在主题、题材、表现手法方面的影响关系。自2012年始，也有不少学者开始关注爱伦·坡创作中的外来因素，如于雷的《〈雷姬亚〉："德国浪漫主义转型期"的人文困惑》（《国外文学》2012年第3期）、罗绂文的《论埃德加·爱伦·坡小说的魔性审美及其文化根源》[《海南师范大学学报》（社会科学版）2012年第5期]。代表性的论文有朱振武的《爱伦·坡创作的三个重要源头》（《英语研究》2013年第3期），认为爱伦·坡的推理小说创作、哥特小说创作、诗歌创作的源头均可以追溯到英国文学的多方影响。梁瑶的《从霍夫曼到爱伦·坡——论"恐怖怪诞"审美形态的发展》认为从霍夫曼到爱伦·坡，是"恐怖怪诞"从原始的雏形逐渐形成独立的审美形态的过程，并认为"恐怖怪诞"这一审美形态的发展脉络开创了美学中"审丑"的范畴。

(四) 综合性述评

一些有识之士展开了对爱伦·坡研究的文献整理和文献爬梳。其关注的范围从国内到国外，为我们进一步研究爱伦·坡提供了很好的文献基础。国内的综述性文章有对国外爱伦·坡的研究状况进行了整理和研究。有李会芳的《西方艾德加·爱伦·坡研究的三个阶段》(《世界文学评论》2006 年第 1 期)、朱振武、杨婷的《当代美国爱伦·坡研究新走势》(《当代外国文学》2006 年第 4 期)、李会芳的《爱伦·坡诗学研究在西方》(《中国政法大学学报》2008 年第 5 期)，其中以盛宁的《人·文本·结构——不同层面的爱伦·坡》(《外国文学评论》1992 年第 4 期) 最有代表性。爱伦·坡在流派迭出的多元化时期，受到多种批评话语的青睐，盛宁先生将一个多世纪以来的爱伦·坡的研究划分为三个层面：人格层面、文本层面和抽象结构层面。国内研究状况的综述性研究文章有龚玥竹的《爱伦·坡国内研究现状》[《安徽文学（下半月）》2008 年第 10 期]。还有就是对爱伦·坡的国内外研究状况进行的比较论述。曹曼的《国内外爱伦·坡研究综述与比较》(《湖北第二师范学院学报》2008 年第 1 期)、于雷的《爱伦·坡在中国的接受与认知缺失》[《南京理工大学学报》(社会科学版) 2012 年第 1 期]、《新世纪国外爱伦·坡小说研究述评》(《当代外国文学》2012 年第 2 期)，整体上看，于雷开始涉猎西方的坡研究，但是对爱伦·坡国内外的研究状况一方面未集全材料；另一方面，对国外研究状况的界定不清晰，很难定义其关注的是西方的、英语世界的还是所有外国的爱伦·坡研究状况，因此在整体研究上有失公允。最后要特别提及的是朱振武的专著《爱伦·坡研究》(人民文学出版社 2011 年版)，该书涉及的研究范围有爱伦·坡的生平及创作、爱伦·坡在国内外（主要是中国和美国）的研究状况、爱伦·坡的小说、诗歌、美学思想，以及爱伦·坡对现代小说、爱伦·坡现象对通俗文化影响研究，是国内比较全面的坡研究论著。

20世纪90年代以来，随着"知识至上"地位在"新时期"的逐渐消解，文学的社会效用及其原有的精英启蒙色彩开始消解，致力建设文学的"文学性"的努力开始淡化，文学研究开始逐渐沦为单独的学科领域，其意义局限于对知识的"真"的探索。同时，进入20世纪90年代，国内人才培养机构成熟，一大批专门从事学术研究的专业研究人才形成。将文学作为一个单独的学科领域进行知识的整理和谱系的建构。其一，很多研究成果都只是对西方理论资源的印证式解读。特别是在1985年的"方法热"之后，西方现代方法论，如系统论、原型批评以及符号学研究、结构主义研究、文化批评研究等迅速进入我国批评界，学界对西方方法论的盲目迷信形成一种时尚，出现了浮夸的学风。对西方的信任加强，不但在文学实践中一度出现了对西方的跟风现象，就是在本应当更具有理性和批评精神的文学批评领域也出现了这种跟风现象。尽管有很多学者提出了批评，但是至今这种风气还在学界蔓延。特别是对于外国文学研究上更是显露出这种模式的弊端。在对外国文学作品的分析上，一方面是流于对作品进行西方理论的方法演绎，另一方面是对外国文学国外研究文献资料的忽略，不少研究成果还是在低水平层次上重复建设。更有甚者，有的研究者不尊重学术规范，其研究成果实际上仅是对外国文学研究成果的转介。其二，在研究上力求学科规范化，其关注的中心却远离了文学本身，关注的是一些学术上的理论问题，比如叙述性。或者是将文学还原为社会现象，社会学科的分支，关注"现代性"等文学的文化方案设计问题。

第三节　埃德加·爱伦·坡在中国台湾的传播和接受

中国台湾的朱立民先生在他的《逼稿成篇》中专门针对时下在中文翻译领域里对"爱伦坡"（在中国台湾通常译为艾伦坡或爱伦坡）的习惯性用法提出了批评，他认为"艾伦·坡则是一个流行甚广的误译。坡的原名为 Edgar Poe，而 Allan 是他养父的姓，后来才插进去的。坡的名字不是 Edgar Poe 就是 Edgar Allan Poe，绝不可能称为 Allan Poe"①。但是，爱伦坡的译法却为大众广为接受，在中国台湾，更多的是将之看作复姓，译为"爱伦坡"，如陈玉慧在《爱伦坡那令人惊悚的文学城堡》中介绍爱伦坡的身世时就说"父母在他出生后相继过世，一位富商夫人爱伦说服夫婿收养坡家的孤儿，从此他复姓叫爱伦坡"②。余光中在其《黑灵魂》中也多次使用"爱伦坡"，并加注说明"大陆译为爱伦坡"。而我国爱伦坡翻译名家曹明伦先生翻译出版的爱伦坡故事选集在中国大陆出版的一系列读物中，均署"爱伦坡著"，而其译作在中国台湾出版的时候，也遵从中国台湾习惯，将著者署为"爱伦坡"，如，《黑猫：爱伦坡惊悚故事集》（曹明伦译，台北市：商周出版：家庭传媒城邦分公司发行，农学总经销，2005 年）。笔者在这里也遵从习惯，在论述爱伦坡在中国台湾的传播和接受时，也使用"爱伦坡"这一译法。

---

① 朱立民：《逼稿成篇》，九歌出版社 1980 年版，第 276 页。
② 陈玉慧：《爱伦坡那令人惊悚的文学城堡》，曹明伦译《黑猫：爱伦坡惊悚故事集》，台北市商周出版，家庭传媒城邦分公司发行［台北县新店市］，农学总经销，2005 年。

一 爱伦·坡在中国台湾的译介

1949年，以蒋介石为代表的国民党政权迁台。在国民党迁台初期，即在整个20世纪50年代，中国台湾文坛多以中华文明的继承者自居，政权统治者的"反共"思想以及由大陆来台的第一代外省人作家所创作的"乡愁"文学成了这时期的主流。直到1960年3月，由台湾大学外语系的学生白先勇、王文兴、陈若曦、欧阳子、李欧梵创办了以引入欧美文学思潮的《现代文学》杂志，促生了中国台湾20世纪60年代以后现代文学的译介和创作高潮。爱伦坡作为现代派远祖作家也受到了人们的关注。在中国大陆对美国文学，特别是对以爱伦坡为代表的带有现代颓废色彩等作家的译介几乎处于空白的六七十年代，中国台湾对爱伦坡的译介当属比较积极，首先是旧作重版，重版了1949年焦菊隐翻译的《爱伦坡故事集》（台北市：仙人掌，1970年），紧接着，又有新的译作出现，朱天华译的《爱伦坡故事集》（台北市：天华，1978年）。20世纪80年代以后，自蔡为燧译的《爱伦坡恐怖小说选》（台北市：国家，1980）开始，对爱伦坡著作的翻译，从对其在世界文学史上的现代意义的关注转向了对其创作中大众色彩的强调，关注其创作中的通俗性。一方面是出版了爱伦坡的传记，比较完整和全面地介绍了爱伦坡的一生及其创作。如周启超编著的《爱伦坡传》（台北：业强出版社1996年版）、吴玲瑶的《怪异酷天才：神秘小说之父爱伦坡》（台北：三民书局1999年版、2007年版）。另一方面是专注于爱伦坡创作中的类型小说，尤以其创作中的恐怖诡异类创作以及侦探推理类小说为主，出版了大量的由不同译者翻译的以爱伦坡创作的类型小说命名的爱伦坡故事选集。恐怖诡异类，如谢丽玫译的《爱伦坡恐怖小说选》（台中市：三久，1997年）、李淑贞编译的《爱伦坡小说选》（台北市：九仪，1999 年）、沈筱云译的《爱伦坡惊悚小说集[艾德嘉]》（台北市：小知堂，2002 年）、简伊婕译的《爱伦坡惊悚小说集》（台中市：好读发行；台北市：知己图书总经销，2005 年）、简伊婕译的《爱伦坡惊悚小说全集》（台中市：好读发行；台北市：知己总经销，2008 年）。侦探推理类，如《爱伦坡的悬疑谋杀案/艾德嘉·爱伦坡（Edgar Allan Poe）》（台北县中和市：华文网出版，彩舍国际通路总代理，2005 年）、陈福成译的《爱伦坡恐怖推理小说经典新选》（台北市：文史哲，2009 年），同时还有对爱伦坡著作改写本的翻译，如梁永安译的《陷阱与钟摆：爱伦坡短篇小说选》[詹姆斯·普鲁涅（Jame's Prunier）绘，爱伦坡（Edgar Allan Poe）著，台北市：台湾商务，2002 年]、对 Jennifer Shih 改编的《爱伦坡恐怖小说选》的翻译（台北县新店市：三思堂出版；台北县三重市：大和书报总经销，2002 年）。其他的译本还有李淑贞编译的《爱伦坡小说选》（台北市：经典文库出版；台北县树林市：成阳总代理，2002 年）。除了台湾本土译者的新译以外，此时期对中国大陆优秀译本也进行了引介。如，朱璞瑄译的《爱伦坡的诡异王国：爱伦坡惊悚短篇杰作选》（台北市：高宝国际，1999 年）、曹明伦译的《黑猫：爱伦坡惊悚故事集》（台北市：商周文化公司出版；家庭传媒城邦分公司发行；农学总经销，2005 年）都相继在中国台湾出版，丰富和繁荣了中国台湾的爱伦坡译介。

从总体上看，中国台湾的爱伦坡译介以其小说创作为主，其中又以爱伦坡的恐怖诡异小说、侦探推理小说为主。相对而言，对爱伦坡其他创作形式如诗歌、书信、批评著作的关注要少得多。从译介的篇目来看，主要集中在《莫格街凶杀案》《玛丽·罗杰奇案——穆尔格街凶杀案续篇》《黑猫》《金甲虫》《莉姬亚》《大漩涡历险记》《告密的心》《失窃的信函》《情约》《瓶中信》《威廉·威尔森》《贝瑞妮丝》《阿瑟家之倾倒》《阿蒙特拉多酒桶》《陷阱与钟摆》《崎岖山探险记》《闹市孤人》《莫丽拉》《汝即真凶》《长方形箱子》《梅琛葛斯坦》《红死神的面具》《活葬》《作怪的心魔》《跳蛙》等20多篇小说名篇上,相较于大陆已经译介的爱伦坡的63首诗歌、68篇中短篇小说(含残稿《灯塔》)、哲理散文《我发现了》以及部分书信和文论的译介而言,其对爱伦坡著作的翻译还显得比较单薄。同时,在译本的翻译出版中,又多偏重于推崇爱伦坡创作中的怪异恐怖的特点,而对其创作中的其他特点不甚重视。如曹明伦先生在中国台湾出版的《黑猫:爱伦坡惊悚故事集》(台北市:商周文化公司出版;家庭传媒城邦分公司发行;农学总经销,2005年)中收入的陈玉慧写作的专文推荐《爱伦·坡那令人惊悚的文学城堡》中,即声称"爱伦坡的短篇小说以怪异见长,他以前所未见的文学技巧和诗性的文字完美地呈现人类的黑暗大陆,在他创造的作品中,恐怖拥抱逻辑,疯狂尾随命运,每个人都是梦魇的侦探,灵异可以极端,可以优雅,也可以寓藏密码学符号及充满文学象征兴味"[1]。

二 爱伦·坡在中国台湾的研究

爱伦坡在中国台湾的研究,期刊论文并不是很多,多以学位论文为主,其中还有不少研究成果是以英文撰写的。从总体上看,对爱伦坡的研究,主要经历了从全面介绍到深入研究两个阶段。初期的全面介绍,主要是在20世纪80年代以前,集中在一些期刊论文上。如程振粤的《凭吊美国诗圣爱伦坡(Edgar Allan Poe)之墓》

---

[1] 参见陈玉慧《爱伦坡那令人惊悚的文学城堡》,收曹明伦译《黑猫:爱伦坡惊悚故事集》,台北市商周出版,家庭传媒城邦分公司发行(台北县新店市),农学总经销,2005年。

(《自由谈》第27卷第11期，1976年，17—19页)、雪萍的《爱伦坡（Edgar Allan Poe）的生平及其作品》(《今日中国》第77期，1977年，116—123页)、周宪文的《爱伦坡 Edgar Allan Poe 年谱（1809—1849年）》(《台北市银月刊》第10卷第9期，1979年，74—77页)。这些论文对爱伦坡生平及其创作的文献知识整理，为日中国后台湾的爱伦坡研究奠定了良好的研究基础。

自20世纪80年代以后，开始从多方面对爱伦坡其人其文进行研究。对具体作品解读的，如熊晓蕙的《爱伦坡研究：〈阿瑟家之倾倒〉中的罪恶》(《高雄工专学报》1982年第12期，第73—98页)、林佑能的《爱伦坡其人及其主要作品之研究》(《台中商专学报》1988年20期，第217—233页)、田维新的《文学或精神分析：坡的人格和他的作品》(《美国研究》1990年第4期，第1—38页)、邱少颐的《波特莱尔论爱伦坡：〈莫格街杀人事件〉的三种读法》(《艺术评论》2007年第17期，第163—189页)、简上闵的《一世纪的等待：艾德格·爱伦坡〈你往前挖，我来藏上〉展》(《典藏今艺术》2008年第190期，第156—161页)。对恐怖类型小说的研究，有童文聪的《永恒的迫近：艾德嘉·爱伦坡恐怖故事中之游移辩证》("国立"台湾师范大学英语研究所，1998年)，此篇论文之要旨在于引介法国思想家巴岱尔的基本理论架构，以其连续性和间断性之辩证关系探讨爱伦坡恐怖故事的特质。通过对常在爱伦坡故事中出现的"深渊情节""禁忌"与"踰越"现象以及两个"变体"故事中"身份认定焦虑"问题的分析，指出其故事中的主角通常在"连续性/间断性""逾越/禁忌""情色主义/唯我主义"中游离，认为爱伦坡的恐怖故事已然形成一股强烈的质问力量，这力量大胆质疑着"知识论"的妥当与"存在论"的稳固。也有论者对其中的死亡因素展开探讨。张贵嫄的《爱伦坡短篇作品中死亡的恐惧与期盼》

· 243 ·

("国立"成功大学外国语文学系硕博士班,2004 年),主要以爱伦坡创作中惊悚恐怖故事中的死亡主题为研究对象,认为爱伦坡的《我发现了》中的哲学思想,是他人生观的体现,并贯穿了他所有的作品,其作品中的人物,若非自我伤害便是具有虐待倾向,是其惧怕死亡,潜意识中追寻毁灭的具体表现。对侦探类型小说的研究,如王蓉婷的《评者之限(陷):爱伦坡,波赫士,与侦探小说》("国立中央"大学英美语文学研究所,2001 年),以爱伦坡与波赫士(Jorge Luis Borges)的侦探小说在呈现解谜方法与侦探胜利的比较分析为个案,借用了德曼(Paul de Man)于《盲点的修辞学》(The Rhetoric of Blindness)的讨论重新引介至侦探小说的讨论、小说文类、文学带来的冲击以及批评者在当中的角色扮演。其中对爱伦坡海洋小说创作的关注比较重要。孙芳燕的学位论文《艾德格·爱伦坡海洋小说中的内心世界》(政治作战学院外国语文研究所,1985年),以爱伦坡的三篇海洋小说《大漩涡记》《宾姆南冰洋奇遇记》《瓶中手稿》为例,关注爱伦·坡的生平、作品与海洋的关系,并在对这三篇故事异同的比较中剖析其中蕴含的心灵层次。认为在他的海洋世界里,代表着遗传缺陷,和外界自然人为的种种险恶,对人物的心灵及肉体的冲击。另外还有涉及爱伦坡诗歌研究分析的还有冼尹凤的《于埃德加爱伦坡的四首诗中——"乌鸦,""颂科学,""忧蕾芦美,""伊瑟瑞菲儿"》(静宜大学外国语文学系,1991 年),由讨论爱伦·坡《乌鸦》《颂科学》《忧蕾芦美》《伊瑟瑞菲儿》四首诗中光和影的交互易动情形,进而探讨其所蕴含的美感。

其他的研究成果多从心理学、性别、结构主义、比较文学角度对爱伦坡的作品进行了关注。心理学角度的分析,如靳淳韩的学位论文《与恐惧相遇:爱伦坡短篇小说之乱伦呈现》("国立"成功大学外国语文学系硕博士班,2004 年)以爱伦坡的《丽姬娅》《莫丽拉》《黑猫》及《亚夏家的崩塌》等短篇小说分析爱伦坡作品中的乱伦主题,由于其受潜意识的乱伦渴望与阉割恐惧所操控,将导致他人的毁灭以及自我毁灭,最终走向死亡与灭亡。论文借用弗洛伊德的《图腾与禁忌》中对人类原始渴望与恐惧的探讨,探索了爱伦坡短篇故事里神经焦虑人格,是典型的从心理学视角进行分析的论著。还有陈玉云的《暴力与死亡之美学:以拉冈派之精神分析阅读爱伦坡的恐怖小说》(台湾大学外国语文学研究所,2005年)。另外,赵翠婷的《诗意转化:爱伦坡恐怖故事中的读者意识与自我存在》("国立"台湾师范大学英语学系,2004年)探索爱伦坡在短篇故事的文本中置入另一诗文的文体设计,以此探讨他如何强调叙事者的真实阅读经验,以及叙事者对那些诗文的读者响应如何变成了他们精神生活的本质并且逐渐侵蚀他们的自我存在感。对《亚夏家的沉没》及它的内藏诗文《鬼魅宫殿》,《莱吉雅》及它的内在诗文《征服者—虫》,《贝若妮丝》中叙事者在图书馆及其书籍中的禁闭性的存在,它们是如何影响他的心理状态的。陈淑芬的《艾德略·爱伦坡篇小说中的两面性》(淡江大学外国语文研究所,1985年)借用多元批评理论,以《失窃的信》中的杜邦先生或大使,《丽姬娅》中的丈夫或是《维廉·威尔森》中的叙事者为例,认为每一个角色都是爱伦坡的另一面,借以阐释其小说中的"两面性"。

性别。陈其英的《现实与虚构:艾德格爱伦坡人生及主要小说中的女人》("国立"高雄师范大学英语学系,2005年)以《莱吉亚》《阿夏房屋之倾倒》《伊莉欧诺拉》三篇短篇小说为例分析爱伦坡现实中的女性,如生母伊丽莎白、养母弗朗西斯·爱伦、初恋史坦纳德夫人及妻子维吉妮亚等人的红颜早逝对爱伦坡生命本身及其小说创作中女人角色塑造的影响。叶允凯的《你是男子汉? 爱伦坡和柯南道尔侦探故事中男性意识之重塑》(淡江大学英文学系硕士班,2004年)以男性研究的角度来探讨爱伦坡和柯南道尔侦探故事中表现出的男性意识危机。认为爱伦坡是经济拮据的南方作家,柯南道尔在经济上也并不富有,无法达到维多利亚时代对男性的标准,他们都在小说中创造出了一个全知全能、如神一般的男性侦探角色。二者的不同在于,柯南道尔在后来真实的人生中完成了这项任务,而爱伦坡终其一生却是一个失败者。其他的代表性论文还有林俊男的《"红颜为何薄命":以拉冈派精神分析探究爱伦坡女性小说》(台湾大学外国语文学研究所,2006年)。

叙述性。邓名韵的《众声中失去整合的声音——爱伦坡短篇故事中第一人称叙事者的自我追寻》("国立"台湾师范大学英语教育研究所,1990年)一文旨在探讨爱伦坡短篇故事中第一人称叙事者对叙述发展以及主题的控制及其对自我的反映,是叙事者追求自我的过程。探讨第一人称叙事者叙述的动机、内容以及方法,认为爱伦坡笔下的叙事者企图于言说中驱除不愉快的过去,并从回忆中重新建构自我。论文借助了拉康的心理分析概念、巴赫汀(即巴赫金)的对话理论。刘思洁的学位论文《诠释之罗曼史:爱伦坡之〈窃柬〉与其文评》("国立"台湾大学外国语文学系,1993年)比较重要。论者对文学评论家对爱伦坡的《窃柬》的接受进行了清理和分析,对爱伦坡的《窃柬》、其法文译本、法国理论家之评论、美国批评家之响应(法国精神分析大师拉冈与法国解构批评家德希达之文评以及美国评论家继拉冈及德希达后之阅读)等文献进行了整理与分析。张雯瑛的《论玛丽·雪莱、爱伦坡及布拉克歌德小说中的"诡异"与"贱斥"》(中国文化大学英国语文学系,2009年)借用弗洛伊德的"诡异"和精神分析学派专家克莉斯蒂娃的"贱斥"论点,分析爱伦坡经典歌德短篇小说、玛丽·雪莱的《科学怪人》、布拉克的《惊魂记》中的恐怖战栗元素。

比较文学角度。颜永俊的《爱伦坡与霍夫曼的比较研究》（淡江大学西洋语文研究所，1987年）认为霍夫曼和爱伦坡作品中都具有谲幻的特质，但是二者在表现方式上以及对现实认知上存在差异。爱伦坡使用第一人称观点，而霍夫曼则以多重的叙述观点，前者在心灵呈现之时，将现实世界进行了改变，而后者却使现实世界的真相暧昧不明。在表现上，霍夫曼着重于人物表面的扭曲，爱伦坡则偏于人物内心世界的变态。还有跨学科研究的论文。廖彩杏的《爱伦坡〈红死病面具〉的建筑，装饰与位置：从中国风水及当代环境心理学的观点来探讨》（"国立"中正大学外国语文研究所，2000年）从中国风水及当代环境心理学探讨普罗斯佩罗公爵不寻常的宫室建筑对普罗斯佩罗公爵的影响；从荣格的观点探讨普罗斯佩罗公爵怪诞又诡异的繁复装饰；以及对爱伦坡的《红死病面具》中戏剧性的化装舞会的分析，探讨爱伦坡的《红死病面具》中普罗斯佩罗公爵怪诞又诡异的宫室建筑、装饰与位置，认为其中蕴含着颠覆传统、反抗死亡以及命运特质等主题暗示。巫宜学的《惊悚国度：爱伦坡故事中空间与角色的特质分析》（*Domains of Horror: Spatial Identity and Narrative Resolution in Edgar Allan Poe's Tales*）（辅仁大学英国语文学系，2005年）将爱伦坡的短篇故事中的空间场景分为四种不同的空间：《活埋》和《陷阱与钟摆》故事中的密闭空间；《亚夏家古屋的崩塌》与《莉姬雅》当中的哥特式建筑物；《莫格街的谋杀案》与《人群中的孤人》中的城市意象；《坠入大漩涡》中自然带来的冲击，探讨爱伦坡故事中的环境特质，指出他们不仅只是压迫着各个角色，同时也反映出人类对于恐惧所产生的心理反应。

第四节　埃德加·爱伦·坡研究在中国的反思

中国对爱伦·坡的研究是随着 20 世纪初对西方文化文学译介高潮的出现才开始逐渐出现的，与西方的爱伦·坡研究相比可谓是晚了整整一个世纪，而中间又经历了五六十年代的中断，七八十年代的重新复兴，真正广泛地开展研究是在 20 世纪 90 年代以后，可以说，整体上是起步晚，发展时间短暂。尽管在中国的研究成果业已在爱伦·坡研究发展的历史性纵向坐标上有了很大突破，在研究数量上，不但有 400 多篇论文和 40 多部硕士论文发表，还有 2 部学术专著的出现，但是较之英美国家的爱伦·坡研究来说，可谓是九牛一毛，仅以传记一项为例，英美国家对其生平传记的清理及其对其身世的研究就有百部以上的论著。而以英美国家整理出版的研究爱伦·坡的代表性论文的文论选集，就有一卷本的《埃德加·爱伦·坡的认识：1829 年以来的评论》（Carlson, Eric W., ed., *The recognition of Edgar Allan Poe; Selected Criticism since 1829*, University of Michigan Press, 1966），以及厚达 2000 多页的四卷本《埃德加·爱伦·坡批评文集》（Clarke, G., *Edgar Allan Poe Critical Assessments Vol. I – Vol. IV.* London：Helm Information Ltd., 1991），其中所收录的内容还不含英语世界有关爱伦·坡的学术专著和硕博士论文。笔者在此拟将以英美国家的爱伦·坡研究为参照，反思中国的爱伦·坡研究在研究内容、研究方法及特点，以及研究目的上存在的一些差异。

一　反思之一：研究内容

我们从前文的梳理中，可以看到在中国对爱伦·坡的研究，其研究内容已经深入到爱伦·坡的诗歌、小说、文学批评等各个方面，但是在具体的研究内容上，由于忽视了爱伦·坡所在的美国以及19世纪独特的文化文学背景，即使在研究同一类型创作上也和英美国家的爱伦·坡研究出现了一些差异。

在诗歌研究上，英美主要关心的是其诗歌创作中的音乐性及其诗歌在诗歌史上和古典诗歌的承续以及对现代诗歌的影响上，而中国则以介绍爱伦·坡的诗歌创作特点以及分析其诗歌中的唯美因素和象征因素为主，侧重于对诗歌本身的解读。

爱伦·坡的文学理论，是英美爱伦·坡研究中的一个热点，不但对他的诗学思想进行了比较系统和完整的清理，还将爱伦·坡的诗学理论推进到了其在诗学史上承前启后的历史地位进行分析，出现了很多富有成效的论著。在中国，尽管进入20世纪90年代以后，对爱伦·坡诗学主张的关注也是比较多，但在研究上，有一个很严重的弊端，缺乏能够建立在爱伦·坡所有批评论著基础上，对爱伦·坡诗学主张进行全面分析的研究成果。从现有研究成果来看，其立论基础往往多局限于已经译介到我国的爱伦·坡的《创作哲学》《诗学原理》《评〈重述一遍的故事〉》这样三篇诗学论著上，偶有论者也注意到了爱伦·坡的《我发现了》这首散文诗与爱伦·坡的诗学主张的紧密关系，但是比起爱伦·坡创作的1000多篇的文学批评论著而言，可以说，它们在文献基础上并不能够提供对爱伦·坡诗学主张的充分论据。

在小说解读上，二者之间的差异就更大了，同时也反映出我国在爱伦·坡研究中存在的一些问题。中国和英美都有很大一部分研究成果是对爱伦·坡的各大创作小说类型进行研究。我国朱振武先生的《爱伦·坡推理小说源流考论》（朱振武、吴妍《外语教学》2008年第1期）、《爱伦·坡幽默小说探源》（朱振武、程庆华《外国文学研究》2008年第4期）、《爱伦·坡哥特小说源流及其审美契合》（朱振武、王子红《上海大学学报：社会科学版》2007年第5期）就比较成功地对爱伦·坡的推理小说、幽默小说、哥特小说这几类小说类型进行了较为系统的清理，当是我国在此类研究成果中，文献资料比较可靠，研究比较扎实的了。但是，类型研究中反映出的问题也很多。其一，主要集中在介绍西方对爱伦·坡作品的分类，特别是集中在对爱伦·坡小说的分类上，对爱伦·坡的诗歌上类似的类型特征几乎还无人有所涉及。其二，在爱伦·坡类型小说的研究上，还仅仅局限于对小说归类的介绍性研究，多集中在对爱伦·坡小说创作类型进行的分类和清理。做的还是比较基础性的工作。这些工作是值得我们肯定的，同时也说明，当前我们这类工作才刚刚起步，还缺乏富有成效的成果。相较于英美国家对爱伦·坡类型小说的研究已经深入到了结合历史文化背景分析其中的性别、种族、文化等问题的研究成果来说，我们需要做的工作还很多，而要厘清爱伦·坡创作产生的历史缘由以及对后世文学的开创性贡献还需要很深厚的功底才行。其三，由于在研究中，没有回到美国当时的历史文化背景，对西方的整个文化传统缺乏了解，对英美的爱伦·坡研究整体情况缺乏把握，在我国此类的爱伦·坡研究中，多是结合自身的文化传统来理解爱伦·坡的创作类型，不但在对其创作的分类上有一些出入，而且对一些应当引起我们重视的研究类型也忽略掉了。如"侦探小说"。西方学界除了我们前文提到过的受西蒙斯影响，将爱伦·坡的侦探小说归为五篇。还有一种普遍将爱伦·坡的侦探小说分为包括《莫格街谋杀案》《被窃之信》《玛丽·罗热疑案》三部作品在内的杜宾系列,以及《金甲虫》《"你就是那人"》《人群中的人》三部推理小说。对于我国学界来说,基本上接受了前面五种短篇小说是爱伦·坡的侦探小说,但是爱伦·坡的《人群中的人》却很少被我国学者归为爱伦·坡的侦探小说进行探讨,而通常是将之单列出来,作为表现了"人类遭受异化"的孤独感的现代派作品代表作。但是将《人群中的人》这个小说列入侦探推理小说之类,在西方很盛行,如本雅明在分析爱伦·坡的这篇小说时,论者声称爱伦·坡的城市漫游者形象是一个侦探而不是后来的游手好闲者。"科学幻想类小说"。对于爱伦·坡的一些"对话录"《莫诺斯与尤拉的对话》(*Colloquy of Monos and Una*, 1841)、《埃洛斯与沙米翁的对话》(*The Conversation of Eiros and Charmion*, 1839)、《言语的力量》(*The Power of Words*, 1845),我国学界在对之进行分类的时候,常常出于我们自身的文化习惯,认为它们很难归类,而将它们视作爱伦·坡创作中的"其他"类型来理解。而实际上,即使这类作品在西方也是有类可属的。这三篇小说在西方通常是归为被称作为"对话的启示"(Apocalyptic Dialogues)的一类创作,是属于爱伦·坡的科学小说中的一部分。另外,在我国接受中通常将爱伦·坡的科学幻想小说放在一起谈论,而在西方学界普遍将《瓶中手稿》(*MS Found in a Bottle*)、《莫斯肯旋涡沉浮记》(*Descent into a Maelstrom*)、《阿·戈·皮姆的故事》(*Narrative of Arthur Gordon Pym*)等小说视为是爱伦·坡的想象和幻想小说,将之从科学小说中剥离出来,单独归为一类。"超自然恐怖小说"。这类创作在我国受关注最多,研究成果也最多,但是其研究视角多集中在通过作品分析作家的精神世界或者通过创作技巧分析其中的哥特因素,而英美学界已深入到了结合作品的时代环境分析其中的文化内涵。最后,我们还特别要提到,通常被我国学界归为"其他"的爱伦·坡的

《阿恩海姆乐园》《兰多的小屋》等景观类创作，尽管在我国学界至今都对之少有研究，但它们却是英美爱伦·坡创作类型研究中极为重要的研究领域之一——爱伦·坡的"景观创作"。在西方，景观小说创作，是有着深厚的文学文化传统的。从其研究成果来看，他们多认为爱伦·坡的作品和西方文化中的伊甸园有联系，是美国致力于实现新世界的天堂梦想的幻想。认为伊甸园的原型尽管被人类毁坏了，但是人类渴望能够建立一个新的世界。认为爱伦·坡从最初的《被用光的人》中，已经包含了难以实现的伊甸园之梦的理想象征。由于爱伦·坡坚信艺术家能够通过他的诗学和想象实现理想的美，这种理想在他的《阿恩海姆乐园》《兰多的小屋》等景观创作中得以实现。而这部分研究内容，在我国可以说是完全缺失的。

具体作品的解读。西方学界对包括《海中之城》《阿·戈·皮姆的故事》《梅岑格施泰因》《幽会》《一桶蒙特亚白葡萄酒》《红死病的假面具》《厄舍府的倒塌》《金甲虫》《丽姬娅》《我发现了》《尤娜路姆》等篇目在内的几乎所有爱伦·坡的作品都进行了解读，有不少研究成果还深入到了当时的时代环境中解读其蕴含的种族性别等文化内涵。而中国研究的具体篇目则主要集中在爱伦·坡创作中的"诗歌""小说"中的一些经典篇目，如恐怖类型小说中的《厄舍府的倒塌》《丽姬娅》《泄密的心》《黑猫》等经典篇目，诗歌中主要集中在对《乌鸦》一诗上，爱伦·坡的《被窃之信》的叙事特征也是我国学界关注的内容。对于在西方颇受论者关注的《阿·戈·皮姆的故事》，在中国几乎无人问及。在研究上，这些分析又多集中在通过作品分析爱伦·坡的精神世界和他的叙述技巧，对其作品创作的时代文化因素关注并不多，对研究对象的"他者"身份缺乏自觉意识，这些都使得我们在理解作品上难以深入。

另外值得一提的是比较文学视野中的研究，较之英美，我国关注的研究范围要狭窄得多。其一，在作家影响关系上，英美国家多以事实为基础的影响研究为主，关注爱伦·坡和世界文学的渊源关系。认为他受到了莎士比亚、弥尔顿、拜伦、雪莱、霍夫曼、柯勒律治、欧文、弥尔顿、莫尔、华兹华斯等人的影响，同时也对波德莱尔、马拉美、斯蒂芬·金、陀思妥耶夫斯基、纳博科夫、罗伯特·布洛赫等人的文学创作有着深远影响，并对这些影响关系有着详尽地论述。而我国在研究方法上以平行研究为主，以对波德莱尔和爱伦·坡之间的影响关系为例，我国在对二者的影响研究关注较少，则多以平行研究方法来比较爱伦·坡和波德莱尔创作之间的相似性，其研究成果缺乏令人信服的充分证据。即使偶有从影响研究角度进行分析的论著，也多局限于其对中国作家的影响，而对爱伦·坡被影响的一面很少有所论及，而且对爱伦·坡的世界性影响的意义认识还不够。其二，跨学科领域研究。英美论著已经广泛涉及爱伦·坡和音乐、舞蹈、电视、连环画之间的跨学科研究。而中国则少有对爱伦·坡的跨学科研究。

二 反思之二：研究的特点及方法

中国真正意义上的爱伦·坡研究是在20世纪八九十年代以后才真正开展起来。而这个时候，英美的爱伦·坡研究已经有了上百年历史，早已为爱伦·坡研究积淀起了丰富的研究成果，按常理推断，中国的爱伦·坡研究应当建立在西方现有的研究成果之上，继续推进我国乃至世界的爱伦·坡研究。但是，也正因为有着浩瀚的研究成果作为印证材料，也正因为中国再次积极参与到世界文学进程中的热切渴望，中国的爱伦·坡研究中在研究方法和特点上出现了这样两种倾向：一方面，在整个中国的爱伦·坡研究历史上，缺乏埋头苦干的精神。在对爱伦·坡整个研究历史都还缺乏相应了解的基础上匆忙展开，由于对外文文献资料不加甄别，以"六经注我"的方式展开研究，因此在研究中出现了一些基础性的"知识"错误；另一方面是积极尝试通过各种理论视角来展开爱伦·坡研究，既有七八十年代的"苏化"倾向，又有八九十年代至今的"西化"倾向，可以说，很长一段时间里，各种外来"批评话语"塞满了中国的爱伦·坡研究。具体而言，主要有以下几方面。

（一）重理论轻文献

英美爱伦·坡研究的第一阶段，即从爱伦·坡身前一直到19世纪末（1829—1900），实际上是西方爱伦·坡研究史上重要的研究阶段之一。这个阶段，研究的重点主要集中在对爱伦·坡的生平及其作品的佚文考证，通过大量学人的努力，最后才整理出较为准确的爱伦·坡的生平传记，较为完整地辑录了爱伦·坡的作品。这些研究成果为后世的爱伦·坡研究提供了较为可靠的文献基础，但同时又由于它是在论争的基础上发展起来的，因此，如果对这个阶段的研究情况不熟悉，在爱伦·坡研究上容易在一些业已成为常识的问题上出现错误的引证。正由于我国学界对爱伦·坡研究"重理论轻文献"，对整个西方的爱伦·坡的研究历史进程并不熟悉，因此在研究上，缺少对爱伦·坡的生平传记和作品的切实理解，在对外来材料的援用上缺乏甄别，出现了一些知识性的错误。

对爱伦·坡作品其人其文的认识不清。由于爱伦·坡大部分创作都是和其他新闻、信息混杂在一起发表在报纸、杂志上的，尤其是在他任报纸、杂志的编辑期间，其中又有很多是爱伦·坡以匿名的形式发表的，比如《乌鸦》最初发表的时候，署名就为 by – Quarels。这些都使得一方面他的不少篇章很可能已经遗失,另一方面一些被认为是爱伦·坡作品的真实性还是值得怀疑的。如,一些篇目署名为 E. A. P. "或者只是'P'一度都曾被归为爱伦·坡创作,但事实证明并非完全如此。这些都使得对爱伦·坡全集的辑录十分困难。因此,对爱伦·坡作品的甄别一直是英美坡研究中一个重要的研究内容"。也许是对这段历史的不了解,曹明伦在翻译《爱伦·坡集——诗歌与故事》(生活·读书·新知三联书店 1995 年版)中声称业已"收入了爱伦·坡一生创作的全部文学作品,计有诗歌 63 首及一部未写完的诗剧(共 3205 行)、中短篇小说 68 篇(含残稿《灯塔》)、散文 4 篇、长篇小说 2 部(含 4.8 万字的未完稿《罗德曼日记》),以及长达 7 万字的哲理散文《我发现了》"[1],这种提法是不准确的。而一篇原为 18 世纪的英国女作家玛丽·丘蒙德莉(Mary Cholmondeley)所作的《夜归人》(The Hand on the Hatch)在很长一段时间内竟被误认为爱伦·坡的短篇小说,收录在不少文学选本中,与我们不了解这段研究历史有关。

最为重要,也是笔者在这里必须指出的是有关爱伦·坡英文名的错误使用。爱伦·坡本来的名字是埃德加·坡(Edgar Poe)。他母亲去世后,由商人 John and Frances Allan 收养,才用他们的姓做了中名,当他幼年在学校的时候,常常被叫作埃德加·爱伦(Edgar Allan),大约在 1827 年,爱伦·坡离开养父后,有很长一段时间,不再使用中名 Allan,恢复了自己原来的名字。据现今保留下来的书信看来,在他的整个一生中,爱伦·坡通常将他的名字写作 Edgar A. Poe,或者是 E. A. Poe,还有的写作 Poe,只有到了 1848 年,在为

---

[1] 曹明伦:《爱伦·坡作品在中国的译介——纪念爱伦·坡 200 周年诞辰》,《中国翻译》2009 年第 1 期,第 47 页。

数不多的信件中,他才开始在一些通信上使用自己的全名 Edgar allan Poe。爱伦·坡去世后,格里斯沃尔德编辑出版了两卷本的爱伦·坡文选集《爱伦·坡文选》(*The Works of the Late Edgar Allan Poe*,1850),开始不再使用其名字的缩写形式,而是使用他完整的中名,但是也许是排版印刷上的疏忽,将 Edgar Allan Poe 的名字错拼为 Edgar Allen Poe。这个错误拼写影响非常大,在很多通俗读物,甚至学者的研究论文中,都一度出现了这种拼写上的错误。甚至在 1909 年精心策划的爱伦·坡的纪念活动上也出现了这种错误。因此我们常常会在很多外文资料的查阅上发现这种错误的拼写。但是之后,西方很快意识到这个错误,并对之进行了纠正。但是,在我国现阶段的研究成果中,还是出现了类似的知识性错误,如李会芳的对我国爱伦·坡研究比较重要的两篇论文,一篇是对爱伦·坡在西方的整体研究情况做系统梳理的《西方艾德加·爱伦·坡研究的三个阶段》,发表在《世界文学评论》2006 年第 3 期上,一篇是专门对爱伦·坡的文学理论、诗学主张在国外研究情况做系统性文献梳理工作的论文《爱伦·坡诗学研究在西方》,发表在 2007 年第 12 期的《中国政法大学学报》上,都出现了这样的"知识性错误"。两篇论文中凡是涉及爱伦·坡英文名字的地方都将 Allan 写成了 Allen。

(二) 理论跟风

英美国家对爱伦·坡的作品研究,既有结合文学理论对作品作出深入解读,推进对其文学作品本身的理解和认识,也有通过爱伦·坡作品的分析,推进文学理论建设的成果,带动了文艺理论的发展。他们在对待外来理论影响的态度上,一方面,反应及时,世界各地爱伦·坡研究中的重要成果几乎都得到了及时翻译。如,法国的玛丽·波拿巴（Marie Bonaparte）于1933年在法国出版了致力于对爱伦·坡精神世界研究的专著《埃德加·爱伦·坡的生平和作品》，1934年被翻译成德语，很快又被翻译成英文。另一方面，对待外来影响，也是在批判继承的基础上，进一步推进爱伦·坡研究。如，早期研究中对法国波德莱尔对坡带有浪漫主义色彩认识的甄别考证中，出现了英国英格拉姆对爱伦·坡从生平事迹事实出发的系列研究成果，成为早期对爱伦·坡认识中独立的一支。再如，在法国的玛丽·波拿巴对爱伦·坡的精神研究专著《埃德加·爱伦·坡的生平和作品》（The Life and Works of Edgar Allan Poe）已经成为从精神分析学的方法分析爱伦·坡精神世界的一部具有里程碑意义的论著时，英美国家在此基础上并没有局限于对其理论思想的援用，而是进一步将精神分析用到爱伦·坡研究的各个领域，从作家研究拓展到作品研究，从病理学、文化等各个角度推进了对爱伦·坡其人及其作品的精神分析。还关涉一些理论问题的论争，拉康对《被窃之信》的探讨，不但引发了对拉康和他的精神分析著作的论争，而且还将爱伦·坡放入了结构主义和后结构主义论争中。《拉康、坡以及压抑的叙述》（Robert Con Davis、Lacan，Poe，and Narrative Repression，1983）、《拉康、德里达论〈被窃的信〉》（Servanne Woodward，Lacan and Derrida on "The Purloined Letter"，1989）《赛博无意识：重思拉康、坡以及法国理论》（Lydia H. Liu，The Cybernetic Unconscious：Rethinking Lacan，Poe，and French Theory，Critical Inquiry，Vol. 36，No. 2，Winter 2010）。

但是在中国的爱伦·坡研究上，都与之截然相反，一方面对西方的爱伦·坡研究成果的引介非常滞后，如我国至1986年才翻译出版了英国人西蒙斯写作的《文坛怪杰 爱伦·坡传》（文刚、吴樾译，陕西人民出版社1986年版），是我国翻译的第一部爱伦·坡传记。

对国外对爱伦·坡研究成果的译介,就笔者所见也只见有雷雯翻译的詹姆斯·费伦的《修辞阅读原理:以爱伦·坡的〈一桶白葡萄酒〉为例》,刊登在《世界文学评论》2008年第1期上。同时该文也被唐伟胜翻译为《叙事修辞阐释的若干原则:以爱伦·坡的〈一桶阿蒙提拉多白葡萄酒〉为例》,刊登在《江西社会科学》2008年第1期上,以及由曹明伦、李旭大翻译的[美]康奈利编的《大师的背影》(新星出版社2009年版)。而对于爱伦·坡研究进程中十分重要的法国玛丽·波拿巴等人论著的译介至今尚未见到。在对待西方研究成果时,缺乏批评继承意识,在研究中多是以理论跟风来推进本国的爱伦·坡研究,缺乏对世界性的爱伦·坡研究的参与意识。我国的爱伦·坡研究,整体上来说,在理论上跟风十分严重。自新中国成立后到20世纪七八十年代,在批判模式和批判立场上以"苏联模式"为主,在具体的研究中"苏化"严重,其研究成果多是对爱伦·坡进行"意识形态"审视,考察其所谓的"阶级"立场为主。20世纪90年代以后,又受整个学界的"西化"影响,在爱伦·坡研究中,积极援用西方流行的诸如"女性""精神分析""结构主义""后结构主义"等各种批判话语来分析其人其文。研究者的研究目的与其说是推进爱伦·坡本身的研究,不如说是在为西方的各种批评话语寻找理论分析的试验地。在这里,我们同样以在英美掀起理论论争高潮的拉康的理论文章为例。在我国基本上就没有出现过英美爱伦·坡研究中类似的理论论争,而对拉康一文的反响,多是在对拉康理论的吸收上,运用拉康的批评理论继续去研究爱伦·坡的其他作品。

综上所述,尽管中国的爱伦·坡研究在视角上采用过各种新的理论视野来分析爱伦·坡的作品,对爱伦·坡的文本作出过多层次的解读,丰富了爱伦·坡作品的文本含义,表面看来呈现出我国爱伦·坡研究的繁荣局面，但是，总的来说，挖掘的还不够深，缺乏爱伦·坡研究应该达到的高度。

三 反思之三：研究目的

在我国爱伦·坡研究中，整体上缺乏人文研究应有的"人文关怀"。通常都只是为"学术"而"学术"，一味在研究内容上求新，研究方法上求新，而忽略了文学研究本来应当具有的人文关怀。与进入20世纪以后，英美论者多集中对爱伦·坡的作品与爱伦·坡所处的19世纪的美国的文化历史背景以及和我们当下的时代文化之间的历史、文化等他们的关心的话题进行探讨相比，我们的爱伦·坡研究还缺乏通过其对我们这个时代和我们自身的文化观照，在问题意识和现实意义上的缺乏也是不言而喻的。

对外国文学研究"使命感"的缺乏。在对外国文学研究上，我国研究者常常忽略对研究对象应该在如实反映他者，真实观照自身中，做好"自我"与"他者"之间的桥梁沟通作用，才能实质性地推进爱伦·坡研究，乃至外国文学研究的展开。较之英美研究中对"文学关系"的重视，关注文化的变迁而言，我国的爱伦·坡研究缺乏对外国文学研究中应当具有的使命感，在爱伦·坡和中国作家的文化交流以及二者之间的相互作用的研究还很少。

第四章　埃德加·爱伦·坡与中国文学的契合与影响

尽管早在1907年周作人就已经将爱伦·坡的《玉虫缘》介绍到了国内，迄今已经有差不多100年的译介研究历史了，但是他在中国文学中的影响常常犹如茫茫大海上塞壬的歌声一样，既"若隐若现"，又有着"致命"地诱惑力。爱伦·坡作为在诗歌、小说、批评领域对世界文学作出过创造性贡献的天才型作家，其推理小说的创作影响了后世的侦探小说的创作模式，他的科学幻想小说也被视为科幻小说的先驱，其所擅长的心理描写，也被视为"现代派"创作的远祖，而其诗学主张深刻地影响了后世唯美主义提倡的"为艺术而艺术"的诗学主张，以及法国象征主义"纯诗"理论。这些都是现今已为学界所公认的影响事实。但是，从他在中国的接受历程来看，无论是对他的译介，还是对他的研究，以及我们即将展开的对他在中国文学中的影响，他曾经影响过世界文学的诸多因素并没有被作为他的典型特征而被广泛接受。这个影响事件的放送者与接受者的视界交叉时，二者有太多的本应重合却无法重合的部分。那些影响因子中的大部分在中国的接受都是由爱伦·坡所影响的其他作家和流派来承担，如唯美主义、象征主义。相反，他在中国的接受历程中，最为我国国人关注的是他创作中的"神秘""怪诞""恐怖"。

第四章 埃德加·爱伦·坡与中国文学的契合与影响

第一节 埃德加·爱伦·坡与中国现代文学理论

一 爱伦·坡与中国20世纪二三十年代现代小说理论

我国传统的对小说的评点方式，发展到清末民初的时候，多是以"小说丛话""发刊词"等形式发表对小说的见解。随着西洋小说小说理论的不断译介，它们给新文学家们提供了一个发展小说理论的参照系，才开始有对小说进行系统化和科学化的研究。在我国近现代小说理论的发展史上，对于古典小说理论最大的反叛是对小说的社会属性的高度强调和极力张扬，从而极大地提高了小说的地位。1902年梁启超发表《论小说与群治关系》中的"小说革命论"，将原来小说的"小道"地位提升到了肩负有启蒙作用的社会政治意义。对小说创作加大注意力的同时，对小说理论的关注也开始大大增加。从夏曾佑、梁启超、王国维等人的小说理论，到现代小说意识的觉醒，开始了小说"现代化"的理论。尽管我国近现代小说理论起步晚，发展很慢，但是小说创作本身却发展很快，在对西方作品以及小说理论著作的译介中，发展起了小说理论。爱伦·坡在早期的小说理论中，也有一定的影响力。爱伦·坡作为短篇小说的力倡者，他提出的小说理论和自身的小说创作实践都对后人产生了很大的影响，其关于短篇小说理论的定义几乎成了对短篇小说的定论。在我国早期，对他的直接论述小说理论论著的直接译介几乎没有，相反对他在短篇小说史上的地位却是有一定的认识，将他视为短篇小说的开创者，并对他的小说进行了大量译介。总的来说，这些都影响到了我国小说理论的发展进程。一方面，我国现代小说理论也

· 261 ·

受到了经由爱伦·坡到米哈尔顿等人的小说理论的影响；另一方面，我国学人也注意到他在短篇小说创作中对心理描写的侧重，这些都为实质性地推动我国现代小说理论的发展作出了贡献。

（一）短篇小说的定义

短篇小说在我国是逐步发展起来的。《域外小说集》初版的时候，国人常常觉得不够回味，对于习惯于长篇章回体小说的国人来说，接受短篇小说还是一件比较困难的事情。鲁迅在 1920 年为《域外小说集》新版作序中曾说："《域外小说集》初出的时候，见过的人，往往摇头，'以为他才开头，却已完了！'那时短篇小说还很少，读书人看惯了一二百回的章回体，所以短篇便等于无物。"可见，读者对现代短篇小说比对现代长篇小说更不易接受。但是短篇小说的短小迅捷适合报纸、杂志上的大量刊行，使得其重要性开始凸现。新文学界还是非常重视，短篇小说在翻译和创作上都还是颇有偏重。新文学第一个十年最大的成绩之一就是短篇小说的繁荣，创作实践中对理论指导有着迫切需要。

尽管在"五四"时期，20 世纪 20 年代的小说理论中对短篇小说的论述较多，但有力促进短篇小说观念现代化的，不得不推胡适为首。胡适也称自己是"我是极想提倡短篇小说的一人"，他自己翻译有《短篇小说第一集》《短篇小说第二集》。他的《论短篇小说》可以说是较早论述短篇小说的有效成果之一，又以他特有的身份，影响极大，在帮助读者接受现代短篇小说方面起了直接的推进作用。1918 年 3 月 15 日，胡适在北京大学文科研究所小说科的研究稿，发表在《北京大学日报》上，后来，于 1918 年 5 月 15 日发表在《新青年》第 4 卷第 5 号上，之后又收录在了《新文学大系》中。胡适的《论短篇小说》在中国小说理论上的开山之功，业已为学界所公认。他短篇小说中的观点受惠于哈米顿的《小说的法程》，而哈米顿又受到爱伦·坡短篇小说理论的影响，二者之间的影响关系已为大家所公认。"这篇文章的主要论点来自哈米顿，而哈米顿的观点又来自爱仑·坡，霍桑以及斯蒂文森。"[①] 在这篇论文中，胡适探讨了短篇小说的理论。指出短篇小说"在文学上有一定的范围，有特别的性质，不是单靠篇幅长短不长便可称为'短篇小说的'"。并给出了短篇小说的界说。"短篇小说是用最经济的文学手段，描写事实中最精彩的一段，或一方面，而能使人充分满意的文章。"并论述了短篇小说略史。一方面介绍了西方近代关于短篇小的观念（如短乃"最经典的文学手段"，横断面结构的意义，细节描写的重要等），另一方面又结合中国小说史的实际，做出一系列颇有真知灼见的分析。在结论部分，说"最近世界文学的趋势，都是由长趋短，由繁多趋简要"。认为世界的生活竞争一天忙似一天，时间越来越宝贵了，文学也不能不说讲究"经济"。文学自身的进步与文学的经济又密切的关系，"文章越进步，自然越讲究经济"。[②] 张毅汉翻译的《短篇小说是什么——两个元素》（《小说月报》1920年第11卷第9期）则进一步论述了爱伦·坡小说美学中所追求的"效果说"。

（二）小说理论的心理转向

在新中国成立前的小说理论建设中，除了专题性论文以外，最为常见的还有对文章的赏析，或者是对小说译介的按语，它们共同构成了我国现代小说理论。其中对西洋小说的评价，很多时候不但影响了我国读者对具体小说篇目的理解，无论在思想或艺术上，都

[①] 谢昭新：《中国现代小说理论史》，安徽大学出版社2003年版，第73页。
[②] 胡适：《论短篇小说》，朱毓魁选辑《国语文类选》第1册，上海中华书局1930年版，第32、33页。

能发人之所未发，提出若干中肯可贵的见解，而深刻地影响了我国现代小说理论。爱伦·坡的小说创作在新中国成立前曾引起了很多作家的关注。不少作家在对他的译介中，总结和发展了小说理论。其中最重要的一点是出于对其创作中心理描写或氛围渲染的关注，提出了一些相关理论，促进了我国小说理论的现代化进程。由于我国旧有的小说审美趣味是鉴赏情节，而不是侧重心理化和情绪化，新文学家们在对爱伦·坡作品的译介中，发现和发展了小说中的心理化倾向。这里列举几个作家对爱伦·坡的谈论为例。

叶灵风认为爱伦·坡是鬼才，"他的小说，都是他的诗的变形。他着重于情调和气氛的制造，故事的发展还在其次"①，叶灵风在他的读书随笔中，注意到了爱伦·坡作为短篇小说家的重要性，并特别关注到了他在小说中创作方法上与我国传统的创作方法的差异，其对情节的忽略，对氛围和情调的重视，这些都有利于我国现代小说理论中对心理的重视。

施蛰存在《从亚伦坡到海敏威》中将爱伦·坡和海明威分别视为19世纪以来短篇小说的代表，认为"亚伦坡的目的是个人的，海敏威的目的是社会的；亚伦坡的态度是主观的，海敏威的态度是客观的；亚伦坡的题材是幻想的，海敏威的题材是写实的。这个区别，大概也可以说是19世纪以来短篇小说的不同点"。② 他和叶灵风一样，都从阅读中领悟到了爱伦·坡小说创作中特殊的技法，"除了一些侦探小说之外，亚伦坡的小说可以说是完全没有什么故事或结构的……他要写的是一种情绪，一种气氛（Atmosphere），或是一个人格，而并不是一个事实。亚伦坡以后的短篇小说，却逐渐地有故事

---

① 叶灵风：《读书随笔》，杂志公司出版1946年版，第51页。
② 施蛰存：《从亚伦坡到海敏威》（1935年2月），《北山散文集》，华东师范大学出版社2001年版，第463页。

了，Plot，Setting，Character，Climax 这些名词都被归纳出来作为衡量每一篇小说的尺度了。于是短篇小说的读者对于短篇小说的态度，也似乎只是要求一个动听的故事。这情形，大约在 19 世纪下半期，即亚伦坡死后三四十年间，尤其明显"。①

陈炜谟的《论坡（Edgar Allan Poe）的小说》[《沉钟》，1927（特刊）]。以 Baudelaire 为中介认识爱伦·坡，认为美国注重时间与金钱，成为一种民族性精神的错乱，没有 Aristocracy，因此，爱伦·坡与他们格格不入。作者对这些文献进行了整理后，反对对爱伦·坡的生活进行掩饰，并反对对他的精神的忽略而专注于关注他的分析能力，而关注他的结构小说和侦探小说。用陈炜谟的话来说"他们只者见那个坐着在工作室中的 Poe：那个有耐心的灵巧的技师，他们忘掉了还有生活方面的 Poe，或者用 Brimley Jonhuson 的话，那个'肉身的 Poe'"。② 此时期以一个诗人的气质解读着爱伦·坡，关注他的精神气质。认为他犹如一个数学家般制造定理，并不处理人物而是处理 Symbol，关心的不是普通所谓从生活中得来的经验，而是通过读书所引起的一种观察。"他的世界是一个想象的世界……人性和自然界中的例外（Exception），奇迹（Curiositiese），死，坟墓，这是他所当心的。"他的"经验也许比任何人都要稀少，同时他的感觉却比任何人也许还要多"，认为他不是用灵感，而是以科学的态度去思考那些超于人的东西，用分析和理智去把握的是情调。之后作者分析了爱伦·坡的技术方面的话。他的计划，包括计划办杂志，计划他的小说的技术。谈到了他通过波德莱尔在世界的影响。

他们都关注到了爱伦·坡小说中的现代气质，富有高度的想象

---

① 施蛰存：《从亚伦坡到海敏威》，《北山散文集》，华东师范大学出版社 2001 年版，第 464 页。
② 陈炜谟：《论坡（Edgar Allan Poe）的小说》，《沉钟》1927 年特刊。

力、关注情调以及抽象的象征,而对小说的结构和线索的忽略,在小说向度上的内转。李广田自 1944 年 9 月 21 日到 12 月 23 日写于昆明的《创作论》中也注意到了爱伦·坡创作中对情节的忽视,但是他却对之持反对意见。他认为爱伦·坡《丽姬娅》这篇小说是从"观念出发的创造过程"是"想用一件作品来表现这思想,来证明这思想,作者的工作就是要创造人物",其对爱伦·坡这篇作品的解读是受当时文坛上颇为流行的哈米顿的《小说法程》中的分析影响,认为爱伦·坡在这篇小说中要写"一个具有坚强意志的人物"。分析了爱伦·坡小说中对丽姬娅的描写,特别是她的眼睛,但是作者又认为"他所创造的人物完全是空的,将近一半的篇幅是这种描写,这里没有事件,没有行动,只是用空气来烘托出一个人"[1],这些认识不同于写实主义忠于客观外在现实的要求,这影响了当时文坛上对爱伦·坡小说认识,同时也影响了时人的文学创作。

二 爱伦·坡与中国 20 世纪二三十年代诗歌理论

"五四运动"以后,我国的诗歌创作理论及其创作实践都在新的文化语境中发生了重大的变化。回顾这段历史,我们会发现新文学家旨在为新文学服务,积极探索新文学的发展道路中有强烈的现实关怀,在我国新文学发展初期,诗歌理论是在论争迭出,既有相互攻讦又有联手作战的论争中艰难发展起来的。新的诗歌理论是从原有传统中脱离出来的,它在担负着历史重任走向"新诗"的同时,首先面临的是如何在传统的废墟上重建自身的巨大困惑。他们要建立自己新的文学,又不能借助传统的既有基础,西方的参照作用就显得尤为重要。在这个诗歌理论的雏形阶段,我们看到爱伦·坡的诗论翻译成了中文,同

---

[1] 李广田:《创作论》,开明书店 1949 年版,第 15、16、21 页。

时他的一些诗歌主张也颇为我国新文学界人士所认同。

(一) 关于"短诗"

1922年，滕固在《文学旬刊》上发表短文《论短诗——英诗坛上的短诗》以对英诗坛上短诗主张的分析，倡导短诗。作者开篇将自己所要提倡的当时在英诗诗坛上流行的"短诗"和日本流行的俳句和我国古谣相区别开来。认为我国古谣的优点在于"音短意长余音袅袅"，但是并不是这里所要探讨的短诗。在作者看来，在现在近代的诗中，"可说找些千百行的长诗，可说没有"。作者所提倡的短诗，和爱伦·坡在他的《诗歌原理》中所提倡的短诗，是比较切近的。一是主张短小，二是注重诗歌效果。他在文中引用爱伦·坡的话，说"我执定长诗是不存在的，我坚持那样的语句长诗，是最笨的一种辞意之余味的矛盾……诗的价值，在支配这强烈的刺激……半小时几乎其极，鸟羽样的困顿，而情波随至，那就是诗；其结果还是实际上乃不很长的"。[①] 并指出后来的象征派也主张短诗，又以当前英诗坛上时兴的短诗为例，提出了短诗的六条信念，倡导用通用语，表现新的情味，题材的自由，写成确切明了的诗，诗的情蕴。作者的论述目的旨在推进新诗运动，这对当时诗坛上流行的浅白的短诗有一定的警醒作用。

(二) 韵律

胡适早年尝试做白话诗的时候，颇感寂寞"我此时练习白话韵文，颇似新辟一文学殖民地。可惜单枪匹马，不能多得同志结伴同行"。[②] 但是，他这初期的尝试很快受到了时人关注，批评与赞誉相交而生。胡适这里所主张的"新诗大解放"，即"诗体的大解放就

---

① 滕固：《论短诗——英诗坛上的短诗》，《文学旬刊》1922年第45号，第1页。
② 胡适：《尝试集（代序一）》，亚东图书馆1922年10月版。

是把从前一切束缚自由的枷锁镣铐,一切打破,有什么话;说什么话;话怎么说,就怎么说。这样方才可有真正白话诗,方才可以表现白话的文学可能性"。① 此后,不受形式格律限制的"自由诗"在国内已成大势。但是诗歌作为"有韵的白话文",其中的韵律问题早在胡适自己的论著中就一直存在这种困惑。胡适在他充满革命性宣言的论文《谈新诗》中,尽管探讨的中心话题是文学革命在文字体裁方面的大解放,但是他还是在论文的第四部分专题分析了诗歌的音节。主张诗的音节要符合语气的自然节奏,每句内部所用字要自然和谐,提出了自然的音节一说。认为"节""就是诗句里面的顿挫段落","音""就是诗的声调"。新诗的声调要有两个要件:一是平仄要自然;二是用韵要自然"。讲究自然的轻重高下,在讲到用韵,认为新诗在用韵上面有三种自由"第一,用现代的韵,不拘古韵,更不拘平仄韵。第二,平仄可以互相押韵,这是词曲通用的例,不单是新诗如此。第三,有韵固然好,没有韵也不妨"。② 在早期的诗歌理论建设中,已经意识到诗体解放带来的很多新诗不再讲究用韵的问题。对之进行了补正,但是,在补正中,又有自相矛盾之处。此后在新诗的发展中,关于诗歌的"韵"的问题,是早期的诗歌建设中争论的一个主要焦点。

爱伦·坡的一些诗歌和诗论被翻译成了中文,他的诗歌及其诗歌主张中重音韵,讲节奏,对于我国刚刚从旧有的古典韵律诗中解放出来的新文学而言,颇为时人不喜,郭沫若曾经讥笑为"做作",但也因为爱伦·坡诗歌理论重音韵自然成了论战双方的理论武器。一种是以郑振铎为代表,反对"非韵不为诗"的主张。1922 年 1

---

① 胡适:《尝试集·自序》,亚东图书馆 1920 年版。
② 胡适:《谈新诗》,《中国文学学大系·建设理论卷(影印本)》,上海文艺出版社 2003 年版,第 304、305、306 页。

月，郑振铎以"西谛"为笔名在《文学旬刊》上发表了此后在1920—1925年比较重要的新诗诗论《论散文诗》。论文旨在探讨什么是"诗"，分析了将诗歌的有韵与否提高到探讨诗之为诗的前提条件的当时较为流行的观点。他首先引用了卡莱尔以及爱伦·坡的《韵律与诗》中对诗歌定义的著名观点"有韵的美的创作"。并比较了以亚里士多德等人为代表对诗歌的定义中忽视诗歌音韵的观点。尽管郑振铎指出后者流于空泛，但同时也认为以爱伦·坡为代表的诗歌主张又因为对韵的过分强调，"这也未免过于忽视散文诗及自由诗的成绩了"[①]。郑振铎由此反对将有韵与无韵看作诗的要素，认为诗歌的要素是情绪、想象、思想、形式，并以此区别了散文与诗。"古代的诗歌大部分是韵文，近代的诗歌大部分是散文。"许多人怀抱着"非韵不为诗"的主见，以为"散文不可名诗"，实是不合理的。[②] 可见，爱伦·坡的诗论对当时中国的接受来说，最容易发生冲突的一点就是其对用韵的过度强调与"新诗"的"诗体解放"之间的矛盾。

另一种是新月派的一些诗人又多以爱伦·坡主张诗歌韵律美作为自己的立论依据。许霆在他的《中国新诗流派与西方现代诗学》中指出"新月诗派在20年代中期提出的诗学观同法国象征主义诗人的诗学主张有些相似之处。爱伦·坡关于'用字写成的诗乃是韵节创造的美''美是诗的本分'等观点，为大多数的新月诗人接受。于赓虞宣称柯勒律治、爱伦·坡和叶芝的观点是他的诗论根据"[③]。这是符合事实的。针对当时诗坛上由于缺失理性的

[①] 郑振铎：《论散文诗》，《文学旬刊》1922年第24期，第1页。
[②] 同上书，第2页。
[③] 许霆：《中国新诗流派与西方现代诗学》，《中国现代主义诗学论稿》，上海文化出版社2005年版，第235页。

制约，诗歌开始情感泛滥，从1926年起，徐志摩、闻一多，朱湘等人以《晨报副刊》为阵地，展开了新诗形式格律问题的探讨。1928年，围绕着《晨报副刊·诗镌》的这批人，成立了新月社，梁实秋在创刊号上面发表了《新诗的纪律》，主张"文学的活动是有纪律的，有标准的，有节制的"①，闻一多、徐志摩提倡建设"新格律诗"。这其中最为典型的是于赓虞的诗论。于赓虞在我国早期诗坛是比较活跃，无论是诗歌创作还是诗论都有一定的影响力。他对爱伦·坡的诗论颇为欣赏，并以之为立论基础，提出了自己的诗歌理论。

（三）写诗还是作诗之争中的立论依据

自郭沫若于1920年初首倡，诗不是"'做'出来的，而只是'写'出来的"之后，这个诗是"做"还是"写"的问题在新诗坛上引起了广泛和持续的讨论。爱伦·坡的诗学理论中最重要的一篇是《创作的哲学》，该文很早就被译介到了中国。爱伦·坡在这篇论文中，以自己创作的诗歌《乌鸦》为例，分析诗歌创作过程中的用力之深。其所陈述这种作诗之方法，并不是很能令人信服，但是，他也成了新文学家们以之作为诗歌究竟是"做"出来的还是"写"出来的论战依据。以于赓虞和赵景深围绕这一话题的通信为例，赵氏写了《诗是写的》，于氏写了《写诗与艺术》。于赓虞在他的《文学的难产》中就以此为事例，批评了当时文坛追求名誉，急欲成功的浮躁作风。"一部伟大的创作，或一首美好的诗歌，自写作至完成，往往经过较久的岁月……亚伦·坡的《乌鸦》一诗，依着写作的计划乃一字字砌成的。"② 王统照在他写于1937年初夏的《谈诗

---

① 梁实秋：《文学的纪律》，《新月》创刊号，1928年3月。
② 于赓虞：《文学的难产》，解志熙、王文金编校《于赓虞诗文辑存》下，河南大学出版社2004年版，第709页。

小记》中在谈到了诗歌是"写"还是"做"的讨论之后，继续讨论如何做。在讲到利用叠字叠句以加重情感传达与意象刻画的时候，举完中国例子之后，分析西洋诗歌中，"叠句叠字的用法自然不与中国诗歌一样，但因拼音关系，重叠句于音调上更易收低回缠绵的效果。兹举英诗数段为例。爱伦玻 Poe 的诗歌，小说，技巧无不精美，在他那首 Uiaiume 诗里，所用叠句在相续及更迭的方术上，音调最佳"。①

（四）对纯诗理论的间接影响

我们从郑伯奇日记中的一则，"神经衰弱。同民生、木天访沈尹默君，并凤举。还木天《水浒》《爱伦·坡诗集》《希腊神话》各册。还凤举英文学书。来信：赵南公（并同转郭沫若函一封）"。②可见穆木天等人对爱伦·坡的诗作还是多有熟知的。而以穆木天为代表的诗人们，对诗歌理论建设极为关心，当时爱伦·坡的《诗的原理》也早已翻译到了中国，可以推出他们对爱伦·坡后来影响颇大的"为诗而诗"的诗学主张，以及和法国象征派"纯诗"理论之间的影响关系，应当还是有一定了解的。后来，穆木天、王独清在其发表于《创造月刊》的通信文字中，则提出了要创造"纯粹诗歌"。他们受到了法国象征主义诗歌的影响是为学界所公认的，而法国象征主义受到爱伦·坡诗歌的影响也是确证的，穆木天等人的"纯诗"理论受到爱伦·坡的诗歌理论的见解影响是可以确证的。

---

① 王统照：《王统照文集》第五卷，山东人民出版社 1984 年版，第 517 页。
② 郑伯奇：《一九二一年日记 六月十八日》，《沙上足迹》，黑龙江人民出版社 1999 年版，第 260 页。

第二节　埃德加·爱伦·坡与中国现代作家的契合

赵景深在《朱湘传略》中回忆了他和朱湘最后的一次会面,这次会面中,朱湘将自己的一部《爱伦·坡全集》赠给了朋友。"1929年9月11日朱湘从美国乘船回国。到上海大约是1930年春天。我陪他同到海关把他的一箱书取了回来,寄存在我家里。他取出一部《爱伦·坡全集》十册赠给徐霞村,又取出一部《世界小说选》十册赠给我。没有几天,他就到安庆安徽大学当外国文学系主任去了。"① 郑伯奇在他1921年6月18日的日记中也记有与穆木天之间的书籍借阅情况,其中就有爱伦·坡的诗集,"还木天《水浒》《爱伦·坡诗集》《希腊神话》各册。还凤举英文学书"②。李冰封整理,唐荫荪译校的《梁遇春致石民信四十一封》③ 中也记载了梁遇春对爱伦·坡的认识,"前日下个决心,把 Baudelair 创国诗（M.L 的）买回来,深恨读之太晚,但是我觉得他不如 E. A. Poe（当然是指他的小说）,Poe 虽然完全讲技巧,他书里却有极有力的人生,我念 Baudelaire 总觉得他固然比一切人有内容得多,但是他的外表仿佛比他的内容更受他的注意,这恐怕是法国人的通病吧！诗人以为如何？这当然是吹毛,小弟好信口胡说,足下之所深知也"④。可见,新中

---

① 赵景深:《朱湘传略》,《我与文坛》,上海古籍出版社1999年版,第184页。
② 郑伯奇:《一九二一年日记　六月十八日》,《沙上足迹》,黑龙江人民出版社1999年版,第260页。
③ 注:据李冰封整理,唐荫荪译,这41封信,寄信人署名"遇春""秋心",均系梁遇春,考证这41封信,确系梁遇春寄给当时北新书局编辑石民的。
④ 李冰封整理,唐荫荪译校:《梁遇春致石民信四十一封》,《新文学史料》1995年第4期,第114页。

国成立前，爱伦·坡在我国文人中的阅读还是相当广泛的，在文人创作中是有一定影响力的。

但是正如笔者前文曾经指出爱伦·坡的多种风格在中国并没有得到完全的吸收和接纳，在新中国成立前除去个别作家受到过他的诗歌创作的影响，比如张秀亚年轻时受爱伦·坡的影响曾以一首五百行叙事诗《水上琴声》轰动北方文坛。他在中国现代文学中的接受状况，是其"恐怖怪诞"类型故事中的"神秘""恐怖""怪诞"等因素，具体表现在一是创作上的风格。田汉在日本留学期间（1916—1921）深受包括唯美—颓废主义在内的"新浪漫主义"（Neo—Romanticism）的影响，也"搞过王尔德、爱伦·坡、波德莱尔"，受过为艺术而艺术、为生命而艺术的文艺观的影响。① 郁达夫在小说《春风沉醉的晚上》中也借从事写作的主人公之口说，"我于游行回来之后，就睡之前，却做成了几篇 Allan Poe 式的短篇小说"②。一是描写技巧上侧重心理描写，擅长营造"恐怖氛围"的"叙述风格"。塞先艾于 1927 年 6 月 15 日为李健吾的小说集《西山之云》作序时，在介绍李健吾的小说《红被》时，塞先艾是这样说的，"《红被》是一篇描写内心极其生动的佳作，一刹那间发生的一个片段的事实，像作者那样铺张深入的描写，中国文坛上还不多见，中间插入的那八个字'远逃督府派人刺君'幻化成鬼魔狰狞的形态，看着，想着，真令人恐怖战栗，健吾是一个爱伦·坡的小说的嗜读者，这篇东西大概有点受他的影响"③。在以下章节笔者将对在创作上受爱伦·坡影响颇深的几位现代作家的创作实际来探讨他们之间的影响关系。

---

① 田汉：《田汉选集》前记，田汉著作编辑出版委员会编《田汉文集》第 1 卷，中国戏剧出版社 1983 年版，第 467 页。
② 储菊人编：《郁达夫文选》，正气书局 1947 年版，第 118 页。
③ 李健吾：《西山之云》，北新书局 1928 年版，第 7—8 页。

一 "恶"之美:爱伦·坡与于赓虞的创作与诗论

解志熙说"于赓虞是新诗从只求诗的自然转向追求诗的艺术的关键人物之一,从广义的浪漫主义转向现代主义的重要过渡人物之一,缺了他,20世纪二三十年代的新诗发展史是不完整的,至于他诗论上的用力之勤,收获之丰,造诣之深,在当时的新诗坛上确是独步一时的重要角色,为中国现代抒情诗学的建立作出了卓越贡献"。[①] 这是对于赓虞恰如其分的评价,他不仅仅创作诗歌,还写了大量的诗论,在诗歌和诗论上都受到了他所尊崇的美国作家爱伦·坡的影响,在当时颇有一定的影响力。

(一)新诗实验:"恶魔诗人"的"云片糕"

于赓虞(1902—1963),早年是新文学诗歌与诗论建设的积极参与者,很早就进入到了新文学创作中,1922年与赵景深、焦菊隐等组织新文学团体绿波社,并与同人出版新诗合集《春云》。1925年开始积极为新月派的重要刊物《晨报·诗镌》撰稿,但后来因为意见不合,而与之分道扬镳。1926—1934年,除去1934年的前两年几乎少有创作作品问世以外,可以说这段时期是他个人创作的高峰期,在此阶段他先后出版了诗集《晨曦之前》《骷髅上的蔷薇》《落花梦》[②] 和《世纪的脸》以及散文诗集《魔鬼的舞蹈》《孤灵》等个人文集。前期收录在与同仁诗歌合集《春云》中的诗歌辑《春风》的创作风格至此大变,形成了自己的创作风格,既被称作"恶魔诗

[①] 解志熙、王文金编校:《于赓虞诗文辑存》下,河南大学出版社2004年版,第892—893页。

[②] 注:解志熙、王文金根据当时报刊上刊登的《落花梦》出版的广告,以及后来作者自己论述中提到已经出版的个人的5本诗集,推测《落花梦》的确出版过,只是现在已经佚失,解志熙等在通过对报纸、杂志上的散见篇目进行重新辑录《落花梦》。参见解志熙、王文金编校《于赓虞诗文辑存》上,河南大学出版社2004年版,第181页。

人",也被讥笑为"云片糕"。在之后,他的文学活动主要转向对外国文学的译介,少有新诗创作。尽管他的创作时间不长,但是他的诗歌以其独特的创作风格在中国诗坛上占有一席之地。从某种程度上,于赓虞在他个人的诗歌创作道路中似乎回应了他所倾慕的诗人兼诗论家爱伦·坡在当时诗坛上的命运,希望能够在继承前人的基础上,开拓出一条新的道路。因此在创作上,和爱伦·坡相似的是,他不仅在创作上为了达到理想的诗歌效果,不断修改旧作,而且在诗歌实践中讲究诗歌的"美",关注诗歌的创作形式,同时他又在创作内容上吸收了爱伦·坡"小说"创作中的"恶"的因素,为中国新诗创作增添了"恶"的内涵。

1. 创作上的不断修改

爱伦·坡为了达到理想的效果,不断修改旧作,努力使诗歌在音韵和形式上臻于完美。在他14年的诗歌创作期间,他写诗不多,却从未停止过对其原有诗作的修改。他的名诗《乌鸦》至少有18个版本。于赓虞也如此,他对艺术有种执着的偏爱。在创作上对自己的要求也非常严格,不断修改旧作,以求达到最理想的创作效果。他的诗作大多经过多次修改,不少诗歌在收录入他个人诗集时与其最初发表在报刊上的诗句都迥然不同。据解志熙、王文金考证,他的《落花梦》组诗中的大部分诗歌都做了不同程度的修改。王文金在《附录于赓虞年谱简编》中详细地列出了各诗前后的变化,如"《落花梦(四)》(作于1926年8月18日),实为第3首。首句为'沉默的孤独的立此,立此绝望之山崖'。《孤军周报》第95期,1926年10月24日。此诗后收入诗集《骷髅上的蔷薇》时,改题为《荒山孤立》"。[①] 还有些诗歌

[①] 王文金:《附录于赓虞年谱简编》,解志熙、王文金编校《于赓虞诗文辑存》下,河南大学出版社2004年版,第848—851页。

改动特别大，与原文几乎完全不一致了。解志熙指出爱伦·坡的《落花梦·秋》就有几个译本，最初是在1926年11月27日发表在《孤军周报》第100期上，之后做了一些改动在1927年6月10日出版的《燕大周刊百期增镌》发表，后来又做了较大的改动刊发在1929年4月20日出版的《华严》第4期上。这里列出两者来，

秋

秋！从何处你得来神力使我的好叶纷飞？
苍绿颜色在风霜之中减褪，已渺无痕迹；
灰色的花冠像是惨病地球飘展的死旗，
我的残花，败叶已被吹送江心长流东去！
在你神力下美丽，荣誉之梦已残灭无痕，
惟灰空之瑶琴尚弹着萧瑟，忧郁之哀音。
秋！从何处你得来神力使我的好叶纷飞？
万物在你惨刻之毒怀业已被黑纱掩蔽；
从心中我来歌咒你，为着别人也为自己，
但惨败英雄之歌喉不能统治你的呼吸！
这苦吟之岁月正向无底冷谷之中沦沉，
我的好梦已着起葬衣痛饮着罢，这一瞬！

（《孤军周报》第100期，1926年11月27日出版）

秋

秋！从何处你得来神力使我的好叶纷飞，
花蕊，花香已在风霜之中衰萎，渺无痕迹；
翔飞的花瓣似惨病之地球飘展的死旗，
那落花，败叶已被吹送江心，随长流东去！
在你的怀中美丽，荣誉之梦已残灭无遗，

惟古秋之瑶琴尚弹着萧瑟，忧郁之哀曲。

秋！从何处你得来神力使我的好叶纷飞，

万物在此颓败之废墟业已被黑纱掩蔽；

从心中我咀①咒你，为着别人也为我自己，

我也诅咒上帝，他无权力统治你的呼吸！

我苦吟之岁月犹如苦霜下残花之凄迷，

为了你呀，秋，我将悄悄无语的走进墓地！

（1929年4月20日出版的《华严》第4期上发表）

从两者对比来看，主要是对诗歌的意象做了较大修改，从"苍绿颜色"转变为"花蕊，花香"，从"灰色的花冠"到"翔飞的花瓣"，爱伦·坡似乎以更"美"的事物的凋零，增强了诗歌中"美"的破灭的幻灭感。从"你惨刻之毒怀"到"颓败之废墟"，从"向无底冷谷之中沦沉"到"犹如苦霜下残花之凄迷"，更突出了"秋"的肆恶。而"为了你呀，秋，我将悄悄无语的走进墓地！"较之《孤军周报》版的"我的好梦已着起葬衣痛饮着罢，这一瞬！"，一方面在韵上与诗歌更和谐，另一方面更加凸显了"我"面对"秋"之恶时的无可奈何，增加了诗歌的抒情意味。由此可见爱伦·坡改诗之"用心"。

2. 诗中的"恶"意象

早期诗坛上，于赓虞创作的一个主要特点，就是时人所谓的"恶魔"性。他在诗歌创作中喜欢用"骷髅""坟墓""野鬼"等"恶"的意象，表达的感情比较颓废，和当时人们所熟悉的作家波德莱尔有类似之处。因此很多人，在论及他的诗歌创作特点时，多将

---

① 解志熙，辑录勘定为："咀"应作"诅"。

之与波德莱尔相提并论，称为"恶魔诗人"。程千帆早在1935年就指出"这位作者的风格和情调，在国内，我们很难找出一个同他比拟的人，在国外，我们自然会想起，波德莱尔的《恶之花》与其他恶魔派中人的诗集"。[①] 赵景深也觉得他的诗歌充满了阴森的鬼气，因而说，"他的有韵诗是波特莱尔式的"[②]。在解志熙、王文金编校的《于赓虞诗文辑存》中，解志熙、王文金对于赓虞辑录的材料应该是比较完整的了。于赓虞谈波德莱尔的，笔者仅见一处。于赓虞在《〈华严〉第1卷第4期1·编校以后》[③]中，说"在上期中，肇颖所译之《博多莱尔寄其母书》是一本很不容易得到的书，因为ArthurSymons的英译只出六百七十五册，所以在我们不懂法文而又爱好博多莱尔的人？觉着是很珍贵的"。[④] 但是比起于赓虞在创作中不断提及的爱伦·坡而言，于赓虞更认可的当是波德莱尔的师承对象"爱伦·坡"。爱伦·坡的诗歌中讲究音韵之美，追求纯粹的美，但是，他的小说中多怪诞恶魔之气，于赓虞有可能将爱伦·坡小说中的"恶"意象融化到了自己的诗歌创作中去。而从爱伦·坡到波德莱尔再到于赓虞，也不能不说是一种间接的影响关系。

我们从他诗集的名字中即可非常直观地感知到其创作中"恶"的色彩。加上据解志熙推测出版过但已经佚失的《落花梦》，于赓虞先后出版的《骷髅上的蔷薇》《魔鬼的舞蹈》《孤灵》《世纪的脸》等选集名字中的"骷髅""魔鬼""孤灵"、世纪的"脸"无一不渗

---

① 程千帆：《评〈世纪的脸〉》，《青年界》1935年第7卷2期。
② 赵景深：《文人剪影》，上海北新书局1946年版，第64页。
③ 该文据解志熙等人推测当为于赓虞佚文，参见《附录一：疑似于赓虞佚文辑存》的编者说明，解志熙、王文金编校《于赓虞诗文辑存》下，河南大学出版社2004年版，第794—799页。
④ 于赓虞：《〈华严〉第1卷第4期1·编校以后》，解志熙、王文金编校《于赓虞诗文辑存》下，河南大学出版社2004年版，第799页。

透着恐怖诡异的气息，而他略带一点"光明色彩"的选集《晨曦之前》，其题名也是在接受了丁玲他们的意见后由原定名《野鬼》而改定的。① 进入到于赓虞具体的创作实践中，我们会发现，他的诗歌创作几乎都是一些"恶"意象的叠加。具体到他诗歌创作中，类似的"恶"意象更是层出不穷。

"野鬼"："风吹园篱犹如野鬼在荒墓悲啾，/我惊惧，从何处来你毛发怪面的鬼囚"（《沦落》，《于赓虞诗文辑存上》，第40页）。《野鬼》一诗中反复出现"深秋的坟墓""无名的幽谷""幽寂的河滨""荒草覆没的墓坟""没有野花纷饰其顶亦无碑文"等意象。

"坟墓"："九女山旁的故乡呵！/怆凉，破荒！/只有一堆堆的坟墓了！/只有一堆堆的灰烬了！"（《梦》，《于赓虞诗文辑存上》，第13页）、"宇宙，宇宙终是一座痛苦之坟墓周饰着缤纷花绪。"（《苦水》《于赓虞诗文辑存上》，第110页）。

还有"荒坟"："朋友，让我们在此悠古的荒坟间，/寻求些磷光缀饰在我们幽寒的身上"（《迢迢的东海》，收录在《于赓虞诗文辑存上》，第46页）。

"死尸"："我生活于人间犹如死尸沉寂的，/无语的躺卧于荒草无径的墓地"（《晨曦之前·卷首》《于赓虞诗文辑存上》，第39页）。

"枯骨"："我的心仿佛一轮辘辘在转的明月，/在暗浑浑冰冷之夜间照遍了群星，/照透了清泉与残草下墓中的枯骨。"（《遥望天海》，收《于赓虞诗文辑存上》，第42页）、"谁知这寂灭的地域，充满着鬼魔的怪影，血痕与惨迹飞动，骷髅与枯草偕舞，一切都有着狂放的喜悦"（《逃亡》，收《于赓虞诗文辑存上》，第489页）。

---

① 由北新书局出版第一部个人诗集《晨曦之前》。该诗集原名为《野鬼》，据说出版之前，接受了丁玲、胡也频的建议后，遂改名为《晨曦之前》。参见解志熙、王文金编校《于赓虞诗文辑存》下，河南大学出版社2004年版，第848页。

"白骨"："这荒谷，这墓地曾举过荣伟的葬仪；/醒醒罢，你白骨，墓已不修，更有谁吊你？"（《花卉已无人理》，收《于赓虞诗文辑存上》，第62页）、"这无人扫吊的白骨间生着一朵恶花/芳芬，幽丽，桃色的颊面迷诱万眼"（《晨曦之前》，收《于赓虞诗文辑存上》，第66页）。

"魔鬼"："黑夜，阴云锁闭住天空，乌鸦，猫头鹰均已入梦，只有我徘徊在街心，默数足下魔鬼的呻吟"（《夜步》，收《于赓虞诗文辑存》上，第367页）。

在《魔鬼的舞蹈》的散文诗集中，这些意象更为集中，《梦痕》中"辉煌的殿堂"，在面前毒烈的阳光下，变为一座"残丑的墓碑"；而青年是"不羁的野兽"，少女是"丑陋的骷髅"，再加上"惨白的月光""残锈的宝剑""腥红黑紫的血"。《夜之波浪》中破败的宅院、棺木零乱，为毒蛇栖息之所的"荒惨的坟墓"、遥遥碑碣高耸的墓野，《古堡外的墓林边》中古堡外的墓林、寒夜之狱门、永眠的墓坟。《孤灵（散文诗集）》中"我由恐怖的血痕模糊的残墟逃进了鬼的天堂"。

尽管于赓虞的诗歌中充满了这种"恶"的意象，但是总体上来说，又都是好懂的。正如唐弢曾经指出"于赓虞却颓唐得多了，不过思想比较深邃……受有波德莱尔《恶之华》的影响，被人称为'恶魔诗人'。现在许多人在谈论李金发，却不见提到于赓虞，其实于赓虞很象李金发，艺术表现却比李金发好懂得多"[①]。他的好懂一方面在于他的"恶"的意象，主要是描写自己个人情感状态的颓废气质，如对感情的失望，对社会环境、对所处的时代本身的失望，甚至还有的诗作就只是对家乡的思恋，比如《九女山之麓》中"九

---

① 唐弢：《唐弢文集》第9卷，社会科学文献出版社1995年版，第481—482页。

女山"是作者的故乡,作者在异乡漂泊中对家乡的回望,但作者用的是一些"恶"的意象来描写家乡的颓败,"蓦然若有野鬼在泣,少妇在哭于沉默的残秋之夜间,/我的心哀战,惊惕,如有恐怖的死之罗网满布于身边,/这,这真实已无法解脱,只伴此寒星下的孤影在回转"(《于赓虞诗文辑存上》,第54页)。另一方面,于赓虞在诗歌创作中,又多将爱伦·坡创作中的颓废气质和诗歌小说中的哥特元素融入了中国特有的背景之中。因此,尽管他的诗歌意象有西方的"恶",又融合在了中国固有的"萧条肃杀"愁苦的诗歌意象中,自然与我国读者的阅读经验上会常常有契合之处。如《古庙之夜》一诗"在烦倦旅途星斗满天的夜深我借宿古庙,/孤影倒映颓垣,慢蹀寂寂的院心面浮苦笑……//我徘徊于无字的碑间,这地域已乱草蓬蓬,/莫有着落的魂灵震栗于西边教堂之暮钟。/这苍青的苔茵藏着一颗苦心,/凄忆的哀思是,是不死的一瞬……"(《于赓虞诗文辑存上》,第83页),将教堂,古庙,檐铃等中西方意象混杂在一起。《修道者的忏悔》"暮钟响了,一座孤坟正寥落于野塘,/残阳红遍了山头,墓上之青草茏茏,/一切寂寞了,残碑刻着教堂的古唱:/美人无踪呵,我已变为颓败的英雄"(《于赓虞诗文辑存上》,第139页)既有西方的"人间,地狱,天堂",也有中国元素的美人英雄,月亮,暮钟等意象。还有《立此残雪累积之山麓》中的"残雪""归鸦""残阳""墓茔"和"荒草下枯骨""古寺之暮钟"的相互交融。

可见,尽管于赓虞在诗歌创作中喜用"恶"意象,但是在他的诗歌中这些"意象"大多表意清楚,和李金发的"完全不知所云"的艰深晦涩大有区别。也正因为他好懂,他只能是中国新诗在向现代的诗——"象征诗"过渡的一个桥梁,而算不得是真正的"象征诗"。因此自然不难理解,时人多谈李金发,而不谈于赓虞了。

3. 形式上的努力：和谐之美

爱伦·坡在1831年4月出版于纽约的《诗集》的序言中首次给出了诗的定义，在爱伦·坡看来，诗的使命是通过音乐性的美捕捉不确定的情绪，对于诗歌形式颇为关注。于赓虞在他的诗学主张上以爱伦·坡为师，在20世纪20年代对中国新诗的反思浪潮中，关注诗歌的"形式"之美，在创作中实践着"新格律诗"。

据赵景深回忆，于赓虞早期的诗歌受他的河南同乡徐玉诺的影响，并没有韵。到后来却开始创作"有韵并且每行字数相等的诗了"①，并于1923年天津新教育书社出版。在"绿波社"骨干成员13人诗的合集《春云》中收录的于赓虞早期的一辑诗歌《春风》，几乎都属于"自由诗"，并不刻意追求诗歌音韵的和谐，在诗歌形式上对诗句的"整饬之美"也无过多讲究，在诗歌内容上多书写漂泊天涯的游子对故乡思恋的主题，如《异乡》《漂泊》《归思》《梦境》都是对故乡的思恋。诗歌的整体风格与于赓虞后期的创作相去甚远，但在诗歌中已经开始频频出现诸如"坟墓""魔"等"恶"的字眼。到于赓虞第一本个人诗集《晨曦之前》（上海北新书局1926年10月初版）出版的时候，他的诗风已经大变，在创作上自觉实践了新格律诗的诗学主张，极力讲究诗歌的形式美。此后他的诗歌选集《骷髅上的蔷薇》（1927年由北京古城书社初版）、《世纪的脸》（1934年6月由上海北新书局初版），包括据推测已经佚失的诗集《落花梦》都坚持和实践了于赓虞在《晨曦之前》的创作风格。诗句较长，每节多由四、五或六行诗组成，并且每行的字数又通常多达二三十个字，每行的字数又基本相同，这些诗歌诗行长而诗节整饬、讲究韵律和节奏之美，因而又被称作"方块诗"。作者自己在谈到自己的诗

---

① 赵景深：《文人剪影》，上海北新书局1946年版，第64页。

歌创作《落花梦》的时候也说,"是一部用尽心力的所谓'方块诗',在一种体制下的五十首诗,作完后整整修饰了三年有余,所谓'方块诗'之功罪当于此集表现净尽也"。① 但是又由于他的诗歌不仅句式整齐,而且还很长,赵景深曾笑其为"云片糕","因为你的诗行长,每行二三十个字是有的,四行凑一块,不很像云片糕么"。②

他在创作上对西方诗歌多有借鉴,试图将西方资源内化为中国独特的美。一方面,受翻译体影响在诗作中有大量的欧化语句。他不但有意将传统的诗歌意象直接翻译成现代白话,而且在句式上喜欢用长句,在诗歌中十分注重对形容词的使用,在诗歌中对词的排列上有意突破常规,因而他的诗歌美在于句式上的错落之美。另一方面,他注意诗的押韵和节奏的和谐,他在节奏、声韵的安排上注重流畅、严谨。"而诗之艺术的剪饰有赖于智慧。故所谓字数的问题并无何等重要,只在它所表现的是一个和谐的整体。其高低,抑扬,缓急之节奏亦并不因长短不齐的句节而生影响,那完全是字的配合之适切。"③ 为了区别古代律诗中的"死韵",他还大力实践了"散文诗"的创作。作者自己在谈对散文诗的理解时说"诗与散文诗最大的区别,就在作散文诗者文字上有充分运用的自由(不受音律的限制),在思想上有更深刻表现的机会。但散文诗写到绝技时,仍能将思想溶化在感情里,在字里行间蕴藏着和谐的音节。因此,我们可以说,散文诗乃以美的近于诗词的散文,表现人类更深邃的情思。抱着这样的理想,我写了《魔鬼的舞蹈》及《孤灵》。《魔鬼的舞蹈》可以说是为写《孤灵》的练习,然而,《孤灵》也并未达到这

---

① 解志熙、王文金编校:《于赓虞诗文辑存》上,河南大学出版社 2004 年版,第 180 页。
② 赵景深:《文人剪影》,上海北新书局 1946 年版,第 64 页。
③ 于赓虞:《通信·于赓虞与李伟昌互致函》,解志熙、王文金编校《于赓虞诗文辑存》下,河南大学出版社 2004 年版,第 785 页。

种理想"。①《魔鬼的舞蹈》是于赓虞的第三本个人诗集（第一本散文诗集），《孤灵》是现在能见到的于赓虞已出版的第四本个人诗集（第二本散年文诗集），它们在创作风格上都保持了同样的"和谐之美"。

（二）诗论建设：主张艺术与纪律的结合

于赓虞是现代诗人中比较关心诗歌理论建设的一位，他在《鸮》做编者的时候，曾经在《写在〈鸮〉尾》中说"现在，这刊物，我们注重文艺理论的研究与介绍，诗及小品亦充量采登"②。他自己在20世纪二三十年代也写了不少诗论，并有过将自己的诗论结集出版的打算。尽管于赓虞主张要有自己的独特见解，但是在他的诗论中我们依然可以看到在诗论思想上，他的很多思想都和他所极力推崇的诗人兼诗论家爱伦·坡都有相合之处。

1. 追求诗歌的"艺术性"

（1）诗人才可以论诗

爱伦·坡在以序言方式辑录在1831年4月他在纽约出版的个人诗歌集中的信件《致B先生的信》中，认为只有诗人才能写出好的诗评。于赓虞肯定了爱伦·坡的思想，他在《写于诗之墓碑》中说道，"作一个诗之批评家并非易事，Coleridge, Shelley, Arnold, Lowell 与 Poe 这些人所以能在诗评占着重要的位置，实因他们自己就是天才的诗人。这不仅因他们对于诗有相当的思索与探讨，他们的

---

① 于赓虞：《世纪的脸·序言》，解志熙、王文金编校《于赓虞诗文辑存》上，河南大学出版社2004年版，第310页。

② 于赓虞：《写在〈鸮〉尾》，解志熙、王文金编校《于赓虞诗文辑存》下，河南大学出版社2004年版，第746页。

纯真之经验实为立论的柱石"。① 在这里，于赓虞肯定了包括爱伦·坡在内的作家作为诗人创作诗论的成绩。于赓虞同样对诗人论诗寄予了很高的期望，他在《书两种》中说"一个诗人的荣誉已够享受了，不必再贪图批评家的尊号。但有人，诗写得好而又富于学识，我又希望他多写点批评，就因为他根据学识与经验，所写出来的批评或理论，一定更精到，更近于真，比单作诗学原理或概论的人强多了"②，并借此点评了中国缺乏真正的诗论家的原因，在作者看来，中国旧有的诗话、丛话只是不着边际的空谈，缺乏西方论著的系统性和逻辑性，中国需要既有学识又有诗歌创作经验的人能积极建设诗歌理论。而诗人在他自 1931 年冬恢复创作之后至 1934 年前半年结集出版的诗集《世纪的脸》中，对自己的创作经历做了简短的回顾，指出"诗坛上有几位颇受盛大欢迎的人物，但他们的诗作的草率，正与他们所受的欢迎相等所以，我只潜心读着欧美各巨人的作品与传记，竭力搜求西洋论诗的专著，那时想，纵然不能成一位诗人，也要将自己训练成一个懂得诗的人"。③

（2）反对诗歌道德化，工具论，主张纯粹的艺术

爱伦·坡在康德思想的基础上，将人的智力分成了三种，"如果把精神世界分成最为一目了然的、三种不同的东西，我们就有纯粹智力、趣味和道德感……智力本身与真理有关，趣味使我们知道美，道德感则重视道义"。④ 并认为美是与道德无关的。在具体的诗歌实

---

① 于赓虞：《写于诗之墓碑》，解志熙、王文金编校《于赓虞诗文辑存》下，河南大学出版社 2004 年版，第 570 页。
② 于赓虞：《书两种》，解志熙、王文金编校《于赓虞诗文辑存》下，河南大学出版社 2004 年版，第 700 页。
③ 于赓虞：《世纪的脸·序言》，解志熙、王文金编校《于赓虞诗文辑存》上，河南大学出版社 2004 年版，第 307 页。
④ ［美］爱伦·坡：《诗的原理》，刘象愚编选《爱伦·坡精选集》，山东文艺出版社 1999 年版，第 638 页。

践中，也追求诗歌的纯粹美。在这一点上于赓虞也与之深为契合。

　　于赓虞在他的小论文《论诗短扎》中，对代表着东方与西方权威的两位学者孔丘与亚里士多德进行了比较，认为二人重视诗歌的教导功能，早已不合时代了。这都和爱伦·坡的诗歌主张是一致的。又在《诗歌与思想》一文中引用了爱伦·坡的话，试图在辨明真理和诗歌的关系中强调诗中"情感"因素的重要，而不仅仅是"哲理诗"，"现时为慎重起见，再引 AllanPoe 的几句话，作此意之引申，他说：'对于人们所认为真理的，我也致十分的敬意，但在相当情形之下，我要限制它表现的风制。我以为对于真理的实行，也应有相当限制，不赞成任意的实行，致有损其本身……在实行真理上，我们必须冷静严厉，用不着什么艳丽的言词，我们必须质朴，精密与简洁。我们必须冷静，镇定，不为情感所诱动。总之，我们必须用几乎与诗相反的态度，去对付真理'"[1]。作者在这里指出，对古典诗歌的突破不仅仅在于诗歌形式的更新，而在于诗歌内涵上要有所改变，作者认为，"要以伟博的哲学思想溶化于沉着的情感，表现于诗歌"。[2]《诗之读者》在描述理想读者的时候，又以爱伦·坡为例，论证诗人因情思不同而格调自异。《诗之艺术》中又以爱伦·坡主张短诗的诗歌理论为例，援证"近代的诗应为抒情诗之天下，乃完全根据于近代人生命之情调，状态及色泽"[3]，高度关注的是诗歌中的情感。

　　于赓虞此时的"新文学"思想已经开始与当时的主流脱节，忽略了时代对文学寄予的厚望，演变成了纯粹的"文学"追求。这里

---

[1] 于赓虞：《诗歌与思想》，解志熙、王文金编校《于赓虞诗文辑存》下，河南大学出版社2004年版，第537—538页。

[2] 同上书，第537页。

[3] 于赓虞：《诗歌之艺术》，解志熙、王文金编校《于赓虞诗文辑存》下，河南大学出版社2004年版，第580页。

以他谈论新文学的两篇论文为例。一篇是他针对当时文坛上"普罗风"的盛行,对"新文学"出路的担忧。于赓虞在《到何处去》中批评了当时中国文坛上所风行的贩自俄国的文艺"工具论",认为这种工具论势必会对中国文坛产生不良影响,"第一、混乱文艺的是非……第二、青年信念的错误……第三、由于青年信念的错误,就养成了一种可悲的浮动心理"。[①] 主张文学不是追求是非真理的,而是要对人生的理想和活动加以表现。另一篇是他在自己的想象中回顾了《新文学的历史来源》,并"一厢情愿"地指出了新文学以来的"文学的意义及其使命","因是,今日从事文学者,应打破传统的载道观念,而将人生的活力,艺术的品格,作为文学的重心,尤要者,乃职业文人的养成,以其全力经营其艺术"。[②] 作者在这里试图批评我国旧有的"文以载道"的诗学观念,但是,他的理论依据是完全出于个人的"主观愿望",反对将文学工具化,而将文学放到"艺术"的领域中去建设新文学,这与当时是对文学寄予政治上的厚望是不相符合的。

2. 文学的"纪律"

当时诗坛上盛行自胡适"诗体大解放"以来的各类自由诗,但是由于缺乏文学的"纪律",出现了不少完全脱离了诗歌应有韵味的诗歌。"中国的'新诗',没有严肃的气魄,没有艺术的锻炼,任何人都可以写诗,所以好诗还只是一页白纸。"这些也引起了新文学界的反思,1926年晨报副刊附属的《诗刊》问世,它以闻一多、徐志摩、朱湘、刘梦苇、饶孟侃、于赓虞等为主将,提出了为新诗寻求"新格式

[①] 于赓虞:《"到何处去"》,解志熙、王文金编校《于赓虞诗文辑存》下,河南大学出版社2004年版,第716—717页。
[②] 于赓虞:《新文学的历史渊源》,解志熙、王文金编校《于赓虞诗文辑存》下,河南大学出版社2004年版,第705页。

与新音节"的主张。于赓虞自己就曾说"放了异彩的《诗刊》出现了。'五四'以后,这之前,《诗刊》的六七个作者,意识的揭起诗乃艺术的旗帜,在音节,形式上极力讲求"。① 于赓虞在这场声势浩大的"新文学"反思中,积极在理论建设中对新文学进行了反思。

(1)"写诗"与"作诗"之争

1920年初郭沫若首倡,"诗不是'做'出来的,只是'写'出来的"之后。引发了新诗坛上关于诗是"做"还是"写"之争。我们从于赓虞的《诗的自然论》到《诗与艺术》以及后来辑录为"写诗的讨论"的与赵景深的三则通信来看,都或多或少地思考了"诗是写的"和"诗来找我才作诗"这个问题。在这场论争中,他的师法对象爱伦·坡再次给他伸出了援助之手。于赓虞在论争中积极援用爱伦·坡的诗歌创作《乌鸦》为立论之据。《乌鸦》一诗是爱伦·坡著名的诗歌之一,它的发表曾经使得作者本人声誉鹊起。之后,爱伦·坡写了他著名的诗论著作之一《创作哲学》,在文中,他以自己的诗歌《乌鸦》为例,论证了诗歌创作中通过精心思考,达到预期效果的过程。于赓虞在他的《文学的难产》中即以此为实例,批评了当时文坛追求名誉,急欲成功的浮躁作风,"一部伟大的创作,或一首美好的诗歌,自写作至完成,往往经过较久的岁月……亚伦·坡的《乌鸦》一诗,依着写作的计划乃一字字砌成的"。认为所谓文学的难产者,"并非真的难产,而是它的作者不肯以非艺术的作物供献世人"②。看来爱伦·坡的教诲起到了很大的作用。在于赓虞看来,诗歌是需要灵感的,但是那只是诗歌创作的第一步。真

---

① 于赓虞:《世纪的脸·序言》,解志熙、王文金编校《于赓虞诗文辑存》上,河南大学出版社2004年版,第308页。
② 于赓虞:《文学的难产》,解志熙、王文金编校《于赓虞诗文辑存》下,河南大学出版社2004年版,第709页。

正的好诗是要在形式上对原来的创作进行大量修改,才能够成为理想的诗歌。他后来在与李伟昌互致函中再次强调,"我们当分清,写诗是一事,诗之完成又是一事。平日在报章上所见到的'诗',只作了第一步的工作,距诗之艺术的完成尚远"①。

(2) 诗歌的"和谐"美

爱伦·坡在1831年4月出版于纽约的《诗集》的序言中首次给出了诗的定义,他说:"音乐与给人以快感的思想结合便是诗。没有思想的音乐仅仅是音乐,没有音乐的思想则是散文,因为它的情绪是明确的。"② 在爱伦·坡看来,诗不同于论文旨在求得真理,不同于小说追求明确的快感,它的使命是通过音乐性的美捕捉不确定的情绪。于赓虞同样也很重视诗歌的形式之美,

他在《诗之艺术》中引用爱伦·坡的"诗乃韵节创造的美"之说,得了他所要探讨的"诗与字,诗与美,诗与乐"中之一的"美"问题。在答李先生的信中主张"字与字,行与行,节与节,通体应很融洽"。之后,又有程振宗来信质疑这种讲究"字与字,行与行,节与节,通体应很融洽"的"诗的韵"与"律诗死韵"有何分别,于赓虞的答复是,"并非指'诗律'而言,及是说表现情思的文应该有其自身的和谐,而所谓和谐非按照律令制作,不过一种自然的音节,读起来不生涩,不死板,能更增加我们的美感而已"。③ 于赓虞不但在自己的创作严格推敲诗歌的音韵美,还以此教育学生,牛汉就曾经回忆过于赓虞对诗歌形式的要求,"新月派的于赓虞先生批评我的诗太散漫(他是我西北大学外文系的老师)。他教

---

① 于赓虞:《通信·于赓虞与李伟昌互致函》,解志熙、王文金编校《于赓虞诗文辑存》下,河南大学出版社2004年版,第785页。
② Ragan, Robert. (ed.) *Poe: A Collection of Critical Essays*, Ibid., 1967, p.6.
③ 于赓虞:《通信·于赓虞与李伟昌互致函》,解志熙、王文金编校《于赓虞诗文辑存》下,河南大学出版社2004年版,第786页。

我练习写十四行诗我不能写，接受不了"①。

于赓虞在中国20世纪二三十年代的诗坛上，作为一个懂诗的人，他坚持自己的诗学主张，并在明知是"死路"一条，也依然坚持着自己的诗学创作，这其中既有他的委屈之言，"我不说自己是深思多情的人，单就个人惨苦的流浪的痕踪，亲友的死亡，病难的纠缠，已竟感到生命是一件不堪容忍的负载。并且，个人既然是几千年来的现实社会的奴隶，但又不甘心，所以在挣扎的搏斗中，生出了无名的惨痛的暗影，将灵性慢慢地剥削，图饰，几乎成一架惨色的骷髅。在这样情形之下，又遇着病痛的情爱的袭击，见到梦苇之死，更使我感到生命之空幻，悲惨"②。也有与时代隔阂地无可奈何，"又因在那些朋友中说我的情调未免过于感伤，而感伤无论是否出自内心，就是不健康的情调，就是无病呻吟，所以，使我于沉思之余，益觉个人在生活上，在诗上，是一个孤独的人。大概在《诗刊》出了六七期以后，我就同它绝了缘"③。他孤单地坚持着自己的诗学原则，走完了孤单的"诗"之行旅。

二 病苦之"美"：从爱伦·坡到陈翔鹤的"美女之死"的题材变异

陈翔鹤（1901—1969）的文学创作差不多跨越了20世纪的大半个世纪。早在1920年他还在上海复旦大学外语系学习的时候，就已经开始积极投身到文学创作活动中。1922—1925年参与发起组织浅

---

① 牛汉：《我仍在跋涉—在"牛汉诗歌创作研讨会"结束时的答谢辞》，《诗探索》2003年第3—4辑，第133页。

② 于赓虞：《关于三本书》，解志熙、王文金编校《于赓虞诗文辑存》下，河南大学出版社2004年版，第686页。

③ 于赓虞：《世纪的脸·序言》，解志熙、王文金编校《于赓虞诗文辑存》下，河南大学出版社2004年版，第309页。

草社和沉钟社，开始发表作品，出版有短篇小说集《不安定的灵魂》《独身者》等，其文风以青年独有的忧郁气质见长。新中国成立后，除了在 20 世纪 50 年代写的《喜筵》和《方教授的新居》等少数篇章以外，他的主要精力放在了古典文学的研究和编辑工作上。20 世纪 60 年代，时任《光明日报》副刊《文学遗产》主编的陈翔鹤在《人民文学》上连续发表了两个短篇历史小说《陶渊明写〈挽歌〉》和《广陵散》①，引发了 20 世纪 50 年代末 60 年代初中国文坛上一股历史小说创作的小潮流，并因此受到批判，还未完成他拟将庄子、屈原等 12 位文化名人的故事写成短篇小说的宏愿，便于 1969 年离世。尽管陈翔鹤"五四"时期登上文坛，但是作为一名早在 20 世纪二三十年代就致力于文学创作的沉钟社的主要干将，目前学界探讨最多的却是他对当代文学及当代历史产生深远意义的《陶渊明写〈挽歌〉》和《广陵散》这两篇已经隶属于当代文学创作的历史小说。其以"感伤小说"名世的早期创作却为人们关注不多，即使偶有论者，对其早期创作意义的解读，主要集中在他的感伤上，又都只注意到了他创作中的国内资源，冯至在给《陈翔鹤文选集》作序时，就说"在当代作家中，给他影响较深的，是鲁迅和郁达夫"，对他的感伤特点又多以鲁迅和郁达夫为比喻，没有注意到他的独特性。但是陈翔鹤创作的"感伤情怀"还有另外一种血缘，它们还来源于其受到爱伦·坡影响创造出的诗性女人形象。

（一）"美女之死"：陈翔鹤与爱伦·坡的事实联系

陈翔鹤所在的沉钟社，只是由一群对文学怀着纯粹的梦想，有着共同文学旨趣的文学青年组成。他们以德国戏剧家霍夫曼写的童

---

① 注：陈翔鹤《陶渊明写〈挽歌〉》，《人民文学》1961 年第 11 期。陈翔鹤《广陵散》，《人民文学》1962 年第 10 期。

话象征剧《沉钟》为名,象征着沉钟社成员们为完成自己的理想,弃绝一切世俗生活的干扰,全力以赴的艺术理想。沉钟社成员大都有良好的外语功底,特别是他们当中的陈翔鹤、陈炜谟、冯至等人都是外语系学生。他们很重视对外国文学的翻译,也翻译过不少外国文学作品,沉钟社成员之间还常常就各自的阅读情况做相互交流。以冯至于1824年8月14日在山东写给杨晦、陈翔鹤等人的信件为例。我们可以看到,此间,冯至在写小说剧本的同时阅读了大量的外文书,如歌德的《少年维特的烦恼》、佐藤春夫的《黄昏的人》、莎士比亚的《马兰公主》、邓南遮的关于兄妹爱的《死城》的德译本、《小物件》、叶芝的诗歌、迦梨陀婆的《沙恭达纶》、厨川白村的《苦闷的象征》、但丁的《神曲》、列芒托夫的《现代英雄》、美尔美的《嘉尔蛮》、莫特的《涡提孩》以及显克微支的小说①。他们在创作中难免会受到外国作家的影响,此时期曾指出:"说句良心话,现在比较能作几句文章的人大抵都受我们所极看不起的洋鬼子的影响。"② 有论者在分析他的世界性资源时,就关注到他们对世纪末的颓废的汁浆的吸收,鲁迅也曾评述过包括陈翔鹤在内的浅草、沉钟社的文学创作是"向外,在摄取异域的营养,向内,在挖掘自己的魂灵",而这"摄取来的异域的营养又是'世纪末'的果汁:王尔德,尼采,波特莱尔,安特莱夫们所安排的"③。但是他们对沉钟社成员接受外国文学的影响,都只是提到了几个耳熟能详的人,而对像爱伦·坡这样对他们有着很大影响的作家,或者至少说是深受他们喜欢的作家却是只字不提。随着时间的流逝,爱伦·坡在当

---

① 参见冯至《沉钟社通信选:致杨晦(29封)》,《新文学史料》1987年第4期。
② 陈炜谟:《"无聊事"——答创造社的周全平》,《沉钟半月刊》1925年第4期。
③ 鲁迅:《中国新文学大系·小说二集·序》,赵家璧主编《中国新文学大系》第2集,上海良友图书公司1935年版,第3页。

第四章　埃德加·爱伦·坡与中国文学的契合与影响

时的影响常常为人们所忽略不计了，但是我们回过头来看发现，在沉钟社成员的创作中依然有着爱伦·坡的影子。他们对爱伦·坡有某种特殊的偏爱，正如叶灵风先生指出的"爱伦·坡不易读，因此中国也不很流行，只有近十年以前的北平沉钟社的几位先生曾为坡出过一个特刊，可说是中国仅有的一群坡的爱好者"①。这是沉钟社在翻译的众多作家中，第一次也是唯一的一次集全社之合力，翻译和推介爱伦·坡。1927 年沉钟社推出了以爱伦·坡和霍夫曼的作品专辑特刊《沉钟》（特刊）。说是合集，但是有关霍夫曼的译介只有冯至翻译的霍夫曼的《Artns 庙堂》和《谈 E. A. Moffmann（附插画一幅）》两篇小文，主要的译介对象还是爱伦·坡。沉钟社的两位翻译能手此时期都参与了其中。刊出了陈炜谟的几篇译作 Eleonora 即《埃莱奥诺拉》《黑猫》《丽姬娅》，还发表了杨晦翻译的《乌鸦》和《钟》。除了《钟》以外，其他作品都是爱伦·坡"美女之死"题材创作的代表作。爱伦·坡创作了一大批以"美女之死"为题材的作品，用他自己的话来说，"美女之死无疑是天下最富诗意的主题。而且同样不可置疑的是，最适合讲述这种主题的人就是一个痛失佳人的多情男子"②，这是最富有诗意的题材。在爱伦·坡的艺术理念中，"美"一直都是他创作中的至高原则，而一切题材中最美的"美女之死"更是其创作中主要的创作主题之一。这些带有奇异的病态美的女人们深深吸引了沉钟社的成员们。

陈炜谟还专门写有对爱伦·坡的评论文章《论坡（Edgar Allan Poe）的小说》。我们看到在他对爱伦·坡所作的客观叙事中，有一种对爱伦·坡特殊身世的悲悼之情以外，还有就是对爱伦·坡笔下

---

①　叶灵风：《读书随笔》，杂志公司出版 1946 年版，第 51 页。
②　[美] 爱伦·坡：《诗的原理》，刘象愚编选《爱伦·坡精选集》，山东文艺出版社 1999 年版，第 457 页。

的女人有一种不可抑制的爱恋，可以说是对他们所感受到的爱伦·坡笔下的女人形象做了一次理性的表达。

> 她们都是病苦的，将萎的花朵。明明看出了这花朵的美丽，而又觉察了这美丽立刻就要萎去；一种致命的病痛正缠着她，她将要随这病苦以消逝。啊，这是何等的"不能忘掉"，何等地"恐怖"，何等地要靠一种"意志的力"来战胜困难，捉住这美丽，瞪眼望定她，要把空想变成实在，把抽象变为具体！然而这正是 Poeseque 的世界。①

他们在爱伦·坡的笔下发现了这样一种女性，她们总是病苦的，即将衰亡的，但是正是这种衰亡里，又表现出了另一种是"光耀的""神秘的、完美"的美。而吸引这样一批青年作家，并让他们颇为沉醉的诗性（Poesque）的女人，就在于对这种短暂美的捕捉。特别是在对爱伦·坡有着特别喜爱的沉钟社成员陈翔鹤早期的创作中，我们看到他笔下有一群特殊的"病苦"而"美丽"的女性形象，但是在陈翔鹤的描写中，他也在"美女之死"的题材中带入了自己的创作特色。

（二）"病苦"的女人群像

陈翔鹤曾在作品中借主人公之口述说对爱伦·坡的喜爱，"像这样一天一天的下去，满满两大架的黄装灿烂的卷帙，也一天一天的减少空虚，到了最近，所剩得的，只是一厚册的 E. A. Poe 的故事，和二四本 Strindberg 的剧本了。对于这两位平时最挚爱倾折的先贤。到了此时，无论如何，也是实在不忍放弃"②。在这段自呈状中，我

---

① 陈炜谟：《论坡（Edgar Allan Poe）的小说》，《沉钟》1927 年特刊。
② 陈翔鹤：《悼》，孙金鉴编选《陈翔鹤代表作》，华夏出版社 1999 年版，第 98 页。

第四章 埃德加·爱伦·坡与中国文学的契合与影响

们可以看到其对爱伦·坡的喜爱。陈翔鹤在其作品中也难免会受其影响。在一些描写片段中几乎是对爱伦·坡作品的摹写"不算太迟吗？我的妻啊！""在那一天，新缠上黑纱的那一天，我一人跪在她的，不，也是我们的，床前，将头埋在枕上——在上面还余留得有半年来所不忍洗去的她的芳泽——廓狂而且绝望，伤悲流泪的说。但是这里并不着一点回应，只是一声声低微暧昧的咽呜声突然的奔入了我的耳鼓，是她的？还是我的呢？我很惑疑，更为恐怖，因此我便惊然的起立，并向外奔出了"①。与爱伦·坡小说中常用的独白式自语极为相似的"丽姬娅！丽姬娅！即便我埋头于那些比其他任何事都更能让人遗世忘俗的研究，但仅凭这三个甜蜜的字眼——丽姬娅——就能使我的眼前浮现出已不在人世的她的身影"②。而最吸引我们注意力的，还是其和爱伦·坡极为相似的"美女"们。她们在爱伦·坡笔下是丽姬娅，"丽姬娅病了。那双热切的眼睛里闪烁出一种太——太辉煌的光焰；那些苍白的手指呈现出死妄气息的蜡色"③，是贝蕾妮丝，"她高高的前额非常苍白，异常静穆；她那头曾经乌黑发亮的头发现在变得焦黄而粗粝，蓬乱地披散在她的前额和深陷的双鬓；她古怪的表情中有一种压倒一切的忧郁。她的眼睛黯然无光，毫无生气，好像没有瞳孔似的"④。

她们在陈翔鹤的笔下是：《不安定的灵魂》中的芸，"芸这几夜似乎颓唐得很……她不声不响的，实在是使我觉得有些害怕"⑤。

---

① 陈翔鹤：《悼》，孙金鉴编选《陈翔鹤代表作》，华夏出版社1999年版，第97页。
② [美] 埃德加·爱伦·坡：《爱伦·坡——诗歌与故事（上）》，曹明伦译，生活·读书·新知三联书店1995年版，第307页。
③ 同上书，第312页。
④ 同上书，第276页。
⑤ 陈翔鹤：《不安定的灵魂》，孙金鉴编选《陈翔鹤代表作》，华夏出版社1999年版，第3页。

《悼》中"我"的妻,"我看不清楚她的真实面容,只是觉得她的脸色是十分的苍白,如纸一般的苍白,而眼睛却又是超乎寻常的黑而且大,流转而且光耀"①。《西风吹到了枕边——记梦并呈晦》中"我"梦中的新娘,"她身材瘦削,面容十分苍白,不大美丽,而且还可以说一见面便不大能遭人爱。从她那蓬松的毛发,和眼上刻着的两道青色圈晕看来,好像比起我自己还要显得衰老慌悴"②。《古老的故事》中"她那时正站立在宿舍阶榴之下,神气依然是那样的空漠而且呆板"。③

但是不同于爱伦·坡笔下的女性形象多是走向"死亡"的聪明美丽的女性,在陈翔鹤的笔下,我们可以看到这种女性形象的"衰亡"之"病态美"深深吸引了他,他笔下的女性无论年轻还是年老,无论因病还是因苦,几乎都是此类的外貌描写。如《莹子》中为生活所累的中年妇女 B 夫人"自从有了莹子以来,还不出一年,眼见得她便将她少女模样,完全变成了个苍白色的中年女人"。④《姑母》中的旧式女性姑妈,"时常都是带着病,体弱,喜欢闭眉发愁,深思和疑虑,但是都是属于她个人自己生活的,与人毫无侵犯"⑤。《他》中患肺病的妻子,"从她那苍白的面庞上,更配上了她披散在额角间的乌黑发光的乱发,和嘴角上很微微的浮起的一种轻

---

① 陈翔鹤:《悼》,孙金鉴编选《陈翔鹤代表作》,华夏出版社 1999 年版,第 104 页。
② 陈翔鹤:《西风吹到了枕边——记梦并呈晦》,孙金鉴编选《陈翔鹤代表作》,华夏出版社 1999 年版,第 111 页。
③ 陈翔鹤:《古老的故事》,王富仁选编《陈翔鹤 感伤小说》,上海文艺出版社 1996 年版,第 130 页。
④ 陈翔鹤:《莹子》,孙金鉴编选《陈翔鹤代表作》,华夏出版社 1999 年版,第 122 页。
⑤ 陈翔鹤:《姑母》,孙金鉴编选《陈翔鹤代表作》,华夏出版社 1999 年版,第 130 页。

妙的微笑看来,她今晨比往常是特殊的要显得病弱而且美丽"①。诸如此类的女性形象在陈翔鹤笔下还有很多,她们几乎无一列外地有着共同特点,她们是呆板的,苍白的,病弱的。

(三) Poesque 的女人——作品中悲伤气氛的营造

杨晦评价陈翔鹤的小说"基本上全是根据生活中的真情实感构思出来的,所以了解他的人常常可以从小说中发现作者的影子"②。的确,陈翔鹤早期的创作中,由于作者本人年纪轻,缺乏生活阅历,以及作者天性中的浪漫感伤气质,他在故事叙述上情节单一,其故事情节几乎集中在他的自身经历上,教书,谈恋爱,除此以外,别无过多的曲折的情节。吸引我们的是他天性中抒情气质的流露。他习惯于在整个叙述过程中,有意将故事情节淡化,追求故事中的诗性。陈翔鹤系列小说中的男主人公多是忧郁、伤感而懦弱的青年,遭遇着痛苦而无力反抗的孱弱的知识分子形象。但在他早期小说中,更吸引我们注意力的不是他和五四时期一样"有着丁香一样惆怅"的五四青年的自我形象,而是他笔下这组"走向衰亡"的女人群像。她们压倒了陈翔鹤叙述中的男主人公的叙述。尽管在叙述人称上,他几乎无一例外地选择了第一人称的叙述者,在以男性视角"我"展开叙述,其结构全文的方式或是以"我"的信件展开,或是以"我"的心理独白,或是以"我"听故事的方式展开。《不安定的灵魂》中几乎没有什么故事情节,在简单地交代清楚了人物关系之后,作者用书信的方式讲述了故事的主人公的情感状态。作者主要想表达的也是"我"的认知和灵魂的不安定状态。应该可以看作"我"

---

① 陈翔鹤:《姑母》,孙金鉴编选《陈翔鹤代表作》,华夏出版社 1999 年版,第 155 页。

② 杨晦:《怀念翔鹤同志》,吴泰昌编《杨晦选集》,上海文艺出版社 1987 年版,第 517 页。

这样自恃成熟的人的脆弱和情感需要。除去我们通常熟悉的五四时期的青年状态的徘徊不定的男子形象。这里面吸引我们的一副新的面孔是芸。《给南多》也是以书信方式叙写我的精神状况，但是在"我"叙述的情感经历中吸引我们的是那些和"我"有着情感纠纷的女性形象。《悼——》文也是以"我"的叙述为主倾诉了"我"对妻子的怀念之情，但其妻子冻死的那幅画面成了整个故事高潮的定格。《独身者》以"我"的心理独白为主讲述了"我"在恋爱中遭遇到的不同的"女性形象"，以及之所以会成为独身者的无奈。《西方吹到了枕边》以"我"讲述梦境的叙述手法，描写出对旧式婚姻的恐慌的同时，也刻画了一个被迫于旧式婚姻的女性形象。《古老的故事》以"我"无意中拾得一本女士丢失的画集，在找到失主之后，以听故事的方式，转述了一对青年人的一段悲惨遭遇。讲述了一个有为青年如何在这个社会中处处谋生处处碰壁，最后患病死亡的故事。控诉了社会，但是吸引我们的也是那个穿着一身黑衣，神色恍惚的女人的形象。

唤起我们情感中感伤成分的更多的是他笔下走向衰亡的女性，她们共同奠定了他作品中的抒情氛围。陈翔鹤在他的笔下创造性地复活了爱伦·坡笔下"濒临死亡"的"美女"们：莫雷拉、丽姬娅、贝蕾妮丝小姐们，面色苍白得像透明的"薄雾"一样在故事中走动。但是，我们不能就此说明他们是完全内在的一致。不同于爱伦·坡笔下的"美女们"，她们有着超常的智慧，能够引领男主人公的心灵，有着美貌，有着音乐般的调子，有着某种激情。在《西风吹到了枕边》《眼睛》《悼念》他受到的影响我们不能简单地归为"共鸣"，而应该能够意识到是一种审美共鸣。陈翔鹤笔下的人物并不刻意强调她们的容貌和才华，但是她们的病苦，却同样是有让人惊讶的美丽，"衰亡之美"中的非人间性，仅仅通过形象本身给予了其人物鲜明的特点，给予人深刻的印象。但是她们的美丽是独特的，衰败中有种奇异的美丽。

爱伦·坡深深吸引陈翔鹤的是其笔下这种美的恐怖和感伤。这些女人形象几乎从故事中呼之欲出，成为陈翔鹤小说中不安的，强烈跳跃的一部分，为陈翔鹤的小说营造了一种"诗性"的恐怖。比如对自己小说中恐怖色彩的自觉，认识到爱伦·坡的意义，"一醒转来时，只见案上的油灯已经燃到最后的一滴了，屋里阴暗的，令人想起爱仑坡的恐怖故事的背景来。因为自己忘却了盖被，周身四体都觉得过分的凉浸，而且不很安适"①。但是，不同于爱伦·坡笔下的女性之美在于有强健的生命力，给予男主人公的是"不堪重负"的恐怖之美，陈翔鹤笔下的女性之美是柔弱的，是能够预见到衰亡之气的，而她在死去的美之中，激发的是男主人公的愧疚，是中国知识分子难以避开的自鲁迅《伤逝》以后的自责心态。但陈翔鹤吸取的异域色彩，来自爱伦·坡恐怖血的培养，他在具体的创作中又不同于鲁迅的是，他的女人之死，是超越了生命死亡本身的，在精神层面有一种奇异的美。他在爱伦·坡的影响下，发展出来的一种独特的美丽。这些走向衰亡的女性之美，革新了传统的老、丑、伤的衰亡女性形象，陈翔鹤与爱伦·坡笔下的女性之死奇异的美有某种契合，他竭力塑造出这种濒临死亡中的"美"。其女人形象脱离了过去故事中的发展，而是以一种诗歌的语言，奠定了气氛，塑造了一种人物形象，她们都带有特定的衰亡之气，奠定了整个故事的悲伤情调，从而奠定了陈翔鹤小说中的抒情成分。这是他的作品颇为吸引我们的地方。

---

① 陈翔鹤:《西风吹到了枕边——记梦并呈晦》，孙金鉴编选《陈翔鹤代表作》，华夏出版社1999年版，第114页。

（四）性别关系中的女性位置

对这个问题的探讨，需要我们回到陈翔鹤早期创作时期整个社会建构过程中的社会性别情境，以及文学创作中的话语实践。刘禾在《性别与批评》中对"社会的性别情景"以及"话语实际"的核心命题做出值得我们借鉴的创建性思考，"对我来说，更富成效的研究取向，是深入探索这样一些特殊的历史构成（formation）和实践，它们使得'女性'或者'男性'进入到与其他的话语达成关系的变化着的意义的场域。换言之，只有相对于这些关系的表述，特定的有关'女性'或者'男性'的身份构造，才可能在其语境中呈现出自己的意义"。[①] 刘禾在话语关系中关注男性或者女性的身份构造，对我们在这里即将展开的论述很有借鉴意义。

五四时期以后，我国的女性形象始终是处于一种被构建的状态，这其中既有以鲁迅为代表的《伤逝》中对觉醒后出走的"娜拉"命运的关注，也有茅盾笔下的孙舞阳等时代摩登女郎的现代新女性形象的"乳房狂想曲"，也有萧红笔下"谁家的猪在生崽子"中混沌困厄中的"古老"的生存法则下已丧失悲喜的女性，还有丁玲笔下的在感情中徘徊的"莎菲女士"，他们为我们勾画出了当时女性的生存困境，在其设置的两性关系中，在这种特有的"女性"身份制造中考察其在现代中国中的特殊意义。而当我们试图进入陈翔鹤作品中的两性世界时，我们发现他并没有如鲁迅他们有着那样深广的幽思，致力于探讨女性的出路，积极寻找着女性当下的新的代表性形象。相反，在陈翔鹤的笔下，我们看到的更多的是他的致力于宣泄青年人不满的同时，为我们构建的他的理想的女性之美：旧时代的

---

① 刘禾：《跨语际实践——文学，民族文化与被译介的现代性（中国，1900—1937）》，生活·读书·新知三联书店2000年版，第27页。

女性之衰亡美。

　　陈翔鹤笔下的女性之美，代表了当时五四落潮时期的一批知识分子内心深处对一种特别的女性之"美"的渴求。陈翔鹤的全部作品中给人深刻印象的，首先是一种强烈的幻灭之感，他们自身的落魄和潦倒，四处寻不到温暖，女性对于他们而言有着某种功能上的意义。他们太柔弱，难以抵抗住吸引茅盾等人的那些妖媚的"新"女性，时代的"新"女性那里，他们也并未寻到安慰。《独身者》中"我"对现代女性的厌恶，他认为代表了 H 大学的浮华奢侈校风的 B 女士"或者连说笑带认真的，竟称男朋友或爱人为她们的'高等听差'；有时从外面进来，指使着他说，'替我掸掸土吧，试试看，可会吗？傻瓜！'"，她们是"在组织部很健全的现代的教育制度下的女性之中"①。这种现代的女性在陈翔鹤看来，是虚荣的，浮华的，令人厌恶的。能够彰显他们男人气的女性是那些旧有的女性传统女性的"温柔敦厚，怨而不怒"。她们有着哀婉忧伤，但是同样应该有某种美丽。但是又不可避免地意识到这种美必然会在孙舞阳等人所遮蔽，而为时代所淘汰，出于对这种美的丧失有着深深的迷恋，为她们平添了一种衰败的美。

　　陈翔鹤在小说《西方吹到了枕边》中叙述了一段由父母做主，听从媒妁之言的婚姻悲剧的梦境。尽管"我"和妻子都是迫不得已而结合在一的，但是妻子在"我"家中，竭力讨好"我"，我对她的憔悴面孔的描写，既是富有美感，同时也是包含一种对衰亡之美的捕捉。而最为典型的是其在小说《悼——》中，故事讲述了"我"娶了房东年轻活泼的女儿做妻子。但是，在"我"的暴躁的

---

① 陈翔鹤：《独身者》，《陈翔鹤选集》，四川人民出版社 1989 年版，第 128、129 页。

脾气下，她随时都顺从"我"，跟"我"学习，穿好看的衣服，打扮自己。但是，在"我"看来，她都不是"我"理想的妻子。最后由于她损坏了"我"心爱的书籍之后，在"我"的怒骂中，她在大冬天一个人躲在屋檐下，给活活冻死了，剩下"我"处于无尽的怀念和哀伤之中。《古老的故事》中以一个丧夫的寡妇向叙述者叙述一个有才华的文艺青年为时代所折磨，最后死于脑溢血的故事。但故事吸引我们的是小说中的青年男子因生活的奇苦，而变得性格粗暴、苛刻、小气、烦絮和难于讲话，使得夫妻两人常常发生矛盾。但是，穿黑衣的寡妇却说"我总是那般的感到既悲切而又骄傲呵"[①]。将一个在实际生活中处处碰壁的青年从一个女性的视角给予了他原本失衡的地位一次复位。

在社会的巨大压力下，他们十分渴望周围人的同情，以从中寻求安慰，安抚自己脆弱的心灵。这些无声地女性，是他们在人生无处安顿自身时的救命稻草，他们试图在中国女性的柔弱，无助中展示自己的男性力量。究其实质，为他们深深着迷的是旧有女性的"温柔敦厚，怨而不怒"，塑造了中国现代小说中的另一类女性形象。

三 爱伦·坡与中国"现代"志怪小说的产生

施蛰存的创作以注重心理描写和擅长营造怪诞的故事氛围见长，其作品中的"怪诞"因素尤为学界所关心。严家炎把施蛰存的作品放在所谓的"新感觉派"中加以讨论，这支队伍里包括了刘呐鸥、穆时英、戴望舒等擅长都市写作的上海作家。在严先生看来，施蛰存在早期的小说创作中受到了弗洛伊德以及施尼茨勒等欧洲作家以

[①] 陈翔鹤：《古老的故事》，王富仁选编《陈翔鹤 感伤小说》，前引书，第130页。

第四章 埃德加·爱伦·坡与中国文学的契合与影响

及日本新感觉派注重精神分析创作的影响。①李欧梵则将施蛰存放入上海大都市背景中考察,他在《上海摩登》一书中,专门单列一章《第五章 色、幻、魔:施蛰存的实验小说》分析其小说中的"色、幻、魔"等怪诞因子。李欧梵注意到了施蛰存有"怪诞"因素的系列小说与爱伦·坡的关联,他以文本细读的方式对施蛰存创作的《魔道》以及他的姊妹篇《夜叉》中的"坡"元素进行了颇让人信服的分析。李欧梵指出"整篇小说由一系列荒诞的情节组成,既是叙述者我在'现实'中的遭遇,也是我狂乱的幻觉。这个故事让人想起爱伦·坡小说中的一些主要意象和母题,坡是施蛰存深爱的另一个作家。比如,黑色在这篇小说里占了醒目的地位:穿黑衣的老妇人,玻璃窗上的黑点,黑啤酒,尤其是叙述者看见他朋友的妻子抱着的那个大黑猫。甚至主人公女儿原因不明的突然死亡都可被视为是外加的带坡风格的神秘因素"②。刘禾在她的《跨语际实践——文学,民族文化与被译介的现代性(中国,1900—1937)》《第五章 欲望叙事》中认为施蛰存通过弗洛伊德的精神分析理论提供的语汇,将古代志怪小说转化为一种中国形态的超现实主义小说,并指出"当狐狸精形象以被压抑的无意识的面目再次来到小说中时,读者应该警醒地注意到,这是男性建构出来的、魔幻化、色情化和心理化的写作"③。刘禾在这里提到了值得我们注意的两点:一是施蛰存对志怪小说的复生,一是刘禾从女性主义视角观察作品中的"男性受难形象",认为其隐喻着将女性魔幻化、色情化、心理化的无意

---

① 参见严家炎编选《新感觉派小说选》,人民文学出版社2009年版,第1—38页。
② [美]李欧梵:《上海摩登——一种新都市文化在中国(1930—1945)》,毛尖译,北京大学出版社2001年版,第180页。
③ 刘禾:《跨语际实践——文学,民族文化与被译介的现代性(中国,1900—1937)》,前引书,第196页。

· 303 ·

识写作。史书美①在她的《现代的诱惑：书写半殖民地中国的现代主义（1917—1937）》中也单列一章《第十二章 资本主义与内在性：施蛰存的"色情—怪诞"小说》分析施蛰存。史书美关注的是"资本主义与内在性"之间的关系，她从中国半殖民主体与都市关系中存在的三种经验层面分析中国男子被困扰的内在性建构。她以《魔道》为例，用弗洛伊德理论分析包括了来自爱尔兰、法国、美国、日本、中国在内的多元文本介入的色情—怪诞的内在性。但是与他们对爱伦·坡小说中的"怪诞"关注不同的是，笔者侧重关注的是在中西文化交流背景下施蛰存在自身创作历程中对中西两套话语体系的融合和交汇，特别是将目光回溯到了施蛰存早期对擅长怪诞写作的美国作家爱伦·坡的模仿之作《妮侬》中，以之关注爱伦·坡的创作对于施蛰存本人的影响意义。

（一）从《妮侬》说起

《妮侬》作为施蛰存"完全的模仿之作，还没有走上自己的道路"之前的一篇习作，它未曾收录在施蛰存的任何一部文集中，随着时间的流逝，几乎已被人们所遗忘了。李欧梵曾经在他的《上海摩登》中认识到了《妮侬》在施蛰存创作中的重要性"施蛰存的早期小说《妮侬》，至今还是为多数学者忽略"，但是他在分析这篇小说对施蛰存的意义时，更多的是注意到了在创作上与施蛰存的相似性，"它事实上提供了施蛰存实验独白式叙事技巧的一个很好例子"，试图论证施蛰存这篇小说和显尼支勒的内心独白的影响因素，同时在分析的时候，还不忘给施蛰存增加其他更多的西方影响因素，如"乔伊斯的《尤里西斯》结尾时，莫莉的独语可能会使施蛰存猛然

---

① 参见［美］史书美《现代的诱惑：书写半殖民地中国的现代主义（1917—1937）》，何恬译，江苏人民出版社2007年版。

第四章 埃德加·爱伦·坡与中国文学的契合与影响

想到,可以用这种方式讲故事"①。在笔者看来,这种对影响源的追溯并不是很准确。这部小说的创作是施蛰存早年尝试文学创作时候对自己比较偏爱的作家爱伦·坡的作品的模仿之作,作者在20世纪30年代回顾自己的创作道路时,曾经说过:"当了两年中学教师,望舒与刘呐鸥在上海创办一线书店了。而我这时正在耽读爱仑坡的小说和诗。他们办了一个半月刊,题名《无轨列车》,要我也做些文章,于是我在第一期上写了几段《委巷寓言》,在第四期上写了一篇完全模仿爱仑坡的小说《妮侬》。"② 在这里,笔者首先要指出的是施蛰存的回忆有误,《妮侬》实际上是施蛰存以"安华"为笔名发表在《无轨列车》的第3期,而不是第4期。

施蛰存自言在他早期的创作过程中模仿过"革新后的《小说月报》所载的俄国小说的翻译",也模仿过鸳鸯蝴蝶派的小说,但是从其创作实绩来看,施蛰存并没有从中找到适合自己的创作风格。在其经由"怪诞"步入"魔道"之前,他的创作并不是成功的,"新文学杂志中也没有安插我的文章的地位"③。一直到1929年9月15日,施蛰存发表了他的历史小说《鸠摩罗什》,才开始受到新文学界的关注,获得了他梦寐以求的"新文学家"的身份认证。从时间上看,《妮侬》是1928年10月发表在《无轨列车》上的,而小说《鸠摩罗什》是在1929年9月15日发表的,二者的创作时间相差不到一年。而作者写作《鸠摩罗什》的时间,从准备创作到最后的完稿就花费了半年以上的工夫,作者自言,"我想写一点更好的作品出来,我想在创作上独自去走一条新的路径。《鸠摩罗什》之作,实在

---

① [美]李欧梵:《上海摩登——一种新都市文化在中国(1930—1945)》,毛尖译,北京大学出版社2001年版,第178页。
② 施蛰存:《我的创作生活之历程》,《灯下集》,开明书店1937年版,第79页。
③ 同上书,第75页。

· 305 ·

曾费了我半年以上的预备,易稿七次才得完"①。从时间的紧密关联来看,从施蛰存最初的模仿之作《妮侬》,到走上了一条有自己创作特色的新文学道路的《鸠摩罗什》,之间在审美趣味以及创作风格上必然有着一定的承续。而在我们的阅读经验中,也的确如此。尽管《鸠摩罗什》是一篇历史题材的小说,但是小说中充满了奇幻怪诞的氛围,比如高僧的"女人幻觉",比如鸠摩罗什用术士处学来的魔法"吞针"的情节,这些都让我们想起他早期的模仿之作《妮侬》中的"魔鬼"因素,二者在"怪诞"氛围上的内在契合是不言而喻的。可见,相较于施蛰存早期的其他模仿之作而言,《妮侬》在他创作中的意义在于,召唤着作者在同一审美趣味下,沿着《妮侬》的道路,写出了成功的《鸠摩罗什》,到最后最终步入"魔道",施蛰存自己说"我的创作兴趣是一面承袭了《魔道》而写各种几乎是变态的,怪异的心理小说,一面却又追溯到初版《上元灯》里的那篇《妻之生辰》而完成了许多以简短的篇幅,写接触于私人生活的琐事,及女子心理的分析的短篇"。② 可见,施蛰存早期的模仿之作《妮侬》一文对于他后来的创作非常重要,类似的怪诞传奇色彩在他的短篇小说集《将军底头》(1932年)、短篇小说集《梅雨之夕》(1933年)中发展成熟,其中尤以《梅雨之夕》《在巴黎大戎院》《魔道》《旅舍》《宵行》《夜叉》,《凶宅》《将军底头》《鸠摩罗什》《石秀》等篇目最为成功。在笔者看来,正是西方经典作家爱伦·坡的"怪诞"召唤出了施蛰存审美趣味上潜在地对我国传统"志怪"因素的偏好,并在创作中对"志怪"小说进行了现代化的努力,从而为之获得了新文学的合法地位。

---

① 施蛰存:《我的创作生活之历程》,开明书店1937年版,第79页。
② 同上书,第81页。

（二）审美趣味上"怪诞"的召唤结构

施蛰存的小说《妮侬》从故事情节到叙述风格都和爱伦·坡的小说《莫雷娜》《丽姬娅》等系列小说有着惊人的相似。爱伦·坡的小说《莫雷娜》叙写了叙述者"我"偶然与"美丽""学识渊博""智力超群出众"的莫蕾娜相识并结为夫妻，"我"深深地为她所吸引，并在她的陪伴下感觉到了幸福。但是，在莫蕾娜的引导下，"我"日渐深陷那些神秘著作的迷宫中，突然所有的欢乐都变成了恐怖，"我"甚至迫不及待地盼望她死去，而莫蕾娜对这一切似乎了然于胸。后来，她终于快死了，临死前，她自言将要获得永生。事实证明，在他们的孩子身上，复活了完整的莫蕾娜。施蛰存的《妮侬》在故事情节模式上几乎与之完全一致。小说从沉浸在痛苦中的主人公在一片衰败之境中回忆起"我"的妮侬开始。主人公和妮侬因恋爱结合。但是在两人结婚后，妮侬似乎已经不再是"我"爱过的那个人了，那种早期感受到的浓浓的爱意几乎完全消失了，"我"从她身上看到的都是衰亡的迹象。而妮侬似乎对"我"态度的变化也有所觉察。而"我"似乎受到了魔鬼的诱惑，不断观察着妮侬的死亡过程。妮侬临死的时候，将她处女时期的画像交给"我"，妮侬声称，"我"是受到了魔鬼的诱惑，而她要用意志和魔鬼较量，然后死在了"我"的怀中，就在妮侬死的时候，"我"突然对妮侬恢复了爱意。而妮侬交给我的画像，有着火红的颜色。她获得了永生，当魔鬼对"我"叫嚣着"看着！一切的形权要毁灭，一切是声音要沦没，一切的色彩要消失，一切的香味要失去！啊，你相信有这一天！"的时候，"我"已经摆脱了魔鬼的诱惑，"我"高喊着"啊！你吸血鬼，你妄虚的妖魔！"我喊着："一切的形相，一切的声音，一切的色彩，一切的香味都会因着妮侬永生！啊，妮侬从这一切的残毁中获得了永生的妮侬,我底情人,你还活着!"① 尽管作者并没有像爱伦·坡一样不曾道出那奇怪的感情变化的产生缘由,而是以中国模式将主题置换为结婚前后的变化,但是这部和意志较量的死亡故事中主人公对女人奇怪的情感历程,受到魔鬼的引诱,女主人公死而复生的模式,都是爱伦·坡笔下经典场景的再现。爱伦·坡的"怪诞"创作无疑召唤出了施蛰存内心深处对"怪诞"特有的感情。

施蛰存在叙述自己早年的阅读经历,曾提到他对以李贺为代表的"险句怪句"的爱好。"在这些唐人诗中,尤其是那部两色套印的,桃色虎皮纸封面,黄续包角的《李长吉集》使我爱不忍释。"而其意义之重大在于"它不仅使我改变了性格,甚至还引起了我对于书籍装帧的兴趣,我酷爱精装书本的癖性实在是从那时开始的。我摹仿了许多李长吉的险句怪句"②。作者对"我"的改变陈述得非常清楚,一是性格,二是书籍装帧的雅兴,三是对"险怪"地模仿。从对李长吉诗歌得偏好开始,我们就可以看到,在施蛰存的创作中,实际上一直潜存着对怪异之气的偏好。施蛰存不但对中国传统文学中的怪异之气十分熟悉,而且对西方的传奇故事也十分熟悉和喜爱。1927年,施蛰存为戴望舒译的法国中世纪"传奇故事"《屋卡珊和尼各莱特》写的序言《中世纪的行吟诗人——〈屋卡珊和尼各莱特〉译本序》中提及我国的传奇故事和西方的传奇,"不过对于传奇之类的文学,在今日译印,或许有人要说太不合时代。我想,在外国,这句话或者很不错。因为文学的赏鉴,是有时代背景的,通行着象征派,新感觉派的外国,对这种笑话的传奇文学,当然早已

---

① 安华:《妮侬》,《无轨列车》1928年第3期,第120页。
② 施蛰存:《我的创作生活之历程》,《灯下集》,开明书店1937年版,第73页。

消亡了兴趣。但在传奇文学的势力还保存着的今日的我国,则这一卷译文,或者尚能适合一部分人的口胃,拿来与我国的传奇作一个比较的赏玩"①。可见,施蛰存本身在审美趣味上就对"怪诞"因素有着特殊的偏好。

但传统的"怪诞"是不为新文学家所取的,施蛰存是深知这点的,如果我们稍微关注施蛰存的身份认同,就会发现施蛰存是要处处表明自己作为新文学人物的"西式"立场的。尽管施蛰存从未出过国门,但他的外语底子很好,阅读了大量的西方作品,而且还译介了许多外国经典著作。在生活方式上也极力追求西化。他毕业于法国教会学校创办的震旦大学,他的中学教育也是在一所教会创办的全英文教学的学校毕业,接受的是很正统的外文教育,他自认为自己的教育是很正统的,有某种优越感,如"他将法国姿势耸肩看作真正的法国风俗。他说,只有那些震旦大学法语特别班训练的学生才能像真正受过教育的法国人那样耸肩,而那些在教会学校专攻语言的人们则不会知道如何去耸肩"。② 同时,他作为一个知识启蒙的先锋人物,在这种中西文明的碰撞之中,他在语际模式中的情感又是非常复杂的。比如他对刘呐鸥等人的创作很不屑,认为他们笔下的中国大都市是一种"西方幻想",完全忽略了中国的实际情况,是"东京"化了的中国都市。因此,将传统的内容西化,是施蛰存积极努力的方向。正如他在回应许杰对他小说的批评之时,施蛰存解释道,他希望在故事中将传统的评话、演义和传奇小说结合起来。

这是一种创造"新的中国小说文类"和"新的汉语"的有意尝

---

① 施蛰存:《中世纪行吟诗人——》,《灯下集》,开明书店1937年版,第16页。
② [美]史书美:《现代的诱惑:书写半殖民地中国的现代主义(1917—1937)》,何恬译,江苏人民出版社2007年版,第393页。

试。这个"新"字是颇费思量的。如何能够"新","新"的意义在于能够让当时被批判的"志怪"题材重新进入现代新文学的历史进程,并获得一席之地。爱伦·坡的创作为他提供了一个很好的借口。施蛰存在接受史书美的采访中提到,在 20 世纪二三十年代,他已经阅读了爱伦·坡的所有作品,并将爱伦·坡看成"怪诞小说"的源头①。后来很多人都强调过日本新感觉派对施蛰存的影响。日本新感觉派出现在 20 世纪 30 年代、主要兴起于浅草(Asakusa)的文学潮流。该文学潮流中的主要作家,在创作中流于情色怪诞,它们主要受了好莱坞的情色电影、弗洛伊德的心理分析学、社会空间的变化等影响。而爱伦·坡对他们的影响也是存在的,比如其中的江户川乱步对爱伦·坡有着特别的喜爱,他的日本笔名就是爱伦·坡的日本译名。可见,尽管在创作上,施蛰存对日本新感觉影响矢口否认,但是其共同的血缘关系还是存在的。在 20 世纪 20 年代,爱伦·坡的怪诞召唤出了施蛰存内在心灵对怪诞的偏好,激起了他对中国"志怪"小说的特殊情感。作为一种文学创作实践的召唤结构,其受到的影响是不言而喻的。

(三)现代"怪诞"的产生

在我国早期文坛上,将爱伦·坡的作品中的怪诞归为"神秘",认为其代表着文学进化论中高级阶段的"新浪漫主义",因此,爱伦·坡的合法意义并不是古代志怪小说的封建迷信,而是代表着文学发展的新方向。施蛰存无疑也接受了这种对怪诞的价值认同。他立志于将传统的"志怪传奇"封建迷信转换为"神秘"的现代志怪小说。在具体的创作实践上,他积极为小说植入"现代"元素,并

---

① 参见[美]史书美《现代的诱惑:书写半殖民地中国的现代主义(1917—1937)》,何恬译,江苏人民出版社 2007 年版,第 404 页。

在叙述技巧上对"怪诞"进行内倾化、情绪化写作，将传统的故事进行了现代性置换，以使其创作得到合法性论证。

1."现代元素"的融入

其一，空间场景的现代转换。

故事发生的场景从我国传统志怪小说中的荒山野岭、路边黑店转移到了现代大都市中的旅舍，火车，乡下等空间场景。《梅雨之夕》上海的"江西路南口""四川路桥""北四川路上"以及"苏州河两岸"《魔道》中的"火车""月台""x州郊外一所小小的西式房"等。《旅舍》中房间设置转变为中西结合的房间布置"他约略地看出了这房内所陈设着的一只张着青花帐子的大木床，一只摹仿西式的洗脸台，一只古式的小八仙桌，和几只骨牌凳"[①]、《凶宅》里戈登路上有着美丽大露台的大公寓。

其二，都市中"知才子佳人"的"新"的故事模式。

男主人公从传奇志怪中"落难公子"的书生形象转变成了都市中"消费受挫"的青年男子。《梅雨之夕》在小说中处处都流露出"我"对"上等"的追求。公司里的小职员没有雨衣，但是一定要说清楚的是"我带着一柄上等的伞""做一种生活上的希望"[②]，"我"不理会同事们讥笑我下雨天不坐车，而自称沉醉在某种"喜悦"里。在等电车的时候"我数着从头等车里下来的乘客"[③]"我在上海住得很久，我懂得走路的规则"。[④]《在巴黎大戏院》因为同去的女伴买了票，"我"就沉浸在被"别人看清了的幻觉里"，传统的"艳遇模式"从古时候博取功名的落难公子演化成了在都市社会中

[①] 施蛰存：《旅舍》，《梅雨之夕》，新中国书局1933年版，第89页。
[②] 施蛰存：《梅雨之夕》，《梅雨之夕》，新中国书局1933年版，第2页。
[③] 同上书，第5页。
[④] 同上。

· 311 ·

"消费"受挫的男主人公，不得志的男主人公寻求抚慰的情感投射。

传统意象中的"夜叉""山鬼""狐狸精"等"美丽而吓人"的"女鬼"形象在施蛰存的笔下以"现代电影"中的快镜头方式复活。如他在小说《魔道》中对陈夫人的幻想"果然每个动作都是可疑的。她一定是像小说中妖狐化身，妲己的躯壳似的被那个老妖妇所占有了"。施蛰存的创新之处，是他将传统的女鬼形象，结合现代都市体验中感受到的电影中的"情色诱惑"相结合。在创作手法上，以一种特殊的"电影换镜头的写法"来描写这些女性可爱又可怖的女性形象，因此在他小说中我们看到传统的女鬼形象，开始有了多幅面孔，小说中最吸引我们目光的是不断"变幻"的女人形象，传统的"山鬼""夜叉""狐狸精"形象和他现实生活中的都市女性形象，不断重合和变换。《鸠摩罗什》中得道高僧鸠摩罗什在面临欲望的诱惑时，他的亡妻，即他美艳动人的表妹龟兹国的尊荣的王女，和斜插着的一支玉蝉的孟家大娘这样的荡女，以及宫中宫女之间的幻想的相互叠加。他最后成了既没有"是一个有学问的通晓经典的凡人，而不是一个真有戒行的僧人了。再仔细想，如说是留恋着妻，那个美丽的龟兹公主，但现在却又和别的女人有了关系，似乎又不是对于情爱的专一"①。《石秀之恋》石秀的女人幻觉"潘巧云的脚，小巷里的少女的脚，这个妇女的脚，现在是都现实地陈列给石秀了"②。《梅雨之夕》中"我"在雨天和一个陌生的女子搭讪，并送她回家，在这短短的时间段中，"我"不断被这个"女人"的幻觉形象所折磨。"我"一会儿觉得这个陌生的女子，就是"我"那个少女，同学，邻居，一会儿又想起了铃木画伯所画的美人，一会儿

---

① 施蛰存：《鸠摩罗什》，《十年创作集（上）　石秀之恋》，人民文学出版社1991年版，第133页。
② 同上书，第171页。

又觉得路边那个倚在柜台上用嫉死的眼光看着"我"和那个同行的少女的女子是"我"的妻,一会儿又"而从她鬓边颊上被潮润的风吹过来的粉香,我也闻嗅得出是和我妻所有的香味一样的"①。《魔道》中将对座的衰老于生活的老妇人看作鬼怪的化身,"即使她那深浅风花纹的头布和那正搁在几上的,好像在放什么符咒似的把三个指头装着怪样子的干枯而奇小的手"②。在郊外的绿水的古潭边村姑的母亲、"奥迪安戏院的高阶。最后一个客人"、W 咖啡店的咖啡女、朋友的妻陈夫人都一会儿幻化为紧裹着白的古代美貌王纪的木乃伊,一会儿又幻化为神秘的容貌奇丑的怪老妇人。《夜叉》中"我"的朋友卞士明"我看唐寅的画,在落叶的树木背后,须见一角寺楼,而寺楼中有着那白光之衣的女人。我看倪云林的画,在小山竹树间,看见那白光之衣的女人,在做着日暮倚修竹的姿态。我又连接着看许多画,每一幅上,都有这妩媚的女人。在渔翁的草舍中,在花朵的蕊里,在高山上,甚至在瀑布中都有这女人在舍身而下的……我看见每一簇芦花都幻成了这女人而摇曳在目前"③。夜叉的形象一会儿是一个"披薛荔兮带女萝"的山鬼,一会儿是一个满身缟素的女子,以至于又将乡下在夜里赶着赴约的聋哑女人也看作了夜叉,而将她活活掐死。

其三,"怪诞"中的"文化资本"。

施蛰存还为其"小说"注入了大量标志着现代的"文化资本"。有现代的生活元素,如《宵行》中的火车,水鬼,白油纸折灯,瘟神庙。《旅舍》中桌上的美孚灯。并以对西方事物的引入,作为"现代"标志,其中有西方读物"Le Fanu 的奇怪小说、《波斯宗教

---

① 施蛰存:《梅雨之夕》,《梅雨之夕》,新中国书局 1933 年版,第 17 页。
② 施蛰存:《魔道》,《梅雨之夕》,新中国书局 1933 年版,第 45 页。
③ 施蛰存:《夜叉》,《梅雨之夕》,新中国书局 1933 年版,第 144 页。

诗歌》《性欲犯罪档案》《英诗残珍》,好像全没有看这些书的心情呢……还有一本《心理学杂志》,那没有意思"[1]。有西方的"巫婆"形象,"据说,有魔法的老妇人的手是能够脱离了臂腕在夜间飞行出去攫取人的灵魂的"[2]。有西方的病理学,治"神经衰弱症"的药物"Polytamin"、"痴狂病"、"阿特灵"、《魔道》中只有神经太衰弱人才会有的"白日梦"、《旅舍》中丁先生的"神经衰弱的症候",以及《夜叉》中"我"的朋友卞士明由于过度的恐怖而神经错乱。

2. 叙述技巧上"怪诞"的情绪化

> 黄昏了,依着许多年,不,好几百年,啊不!我该当如何说?我是忘却了悠久的岁月,在我所能记忆的时间之前,啊!依着这似乎已成为古代的不计数的年月以来的老例,我将疲乏的、销沉的、孱弱的、瘦小的躯体,渐渐地沉埋下这——啊!这些当我底残烛上的微光似的眼波瞥见着它们的时候,我底心,不,甚至我底每一小缕皮肤,都感受到是百倍重的战栗的柔软的圈椅。[3]

这是《妮侬》小说开头的叙事。李欧梵认为它事实上提供了施蛰存实验独白式叙事技巧的一个很好例子。"它只是抒情诗的小说化。事实上,当叙述者在回忆他的情人衰竭死亡的情形时,构成独白的'句子'(小说中只有两处引用了倾诉对象的话)从波德莱尔、魏尔伦和其他法国意象派诗人那儿借用了大量的诗歌意象:死叶、森林中的黑月亮和猫头鹰的刺耳叫声、鬼火、红唇里的滴滴鲜血,

---

[1] 施蛰存:《魔道》,《梅雨之夕》,新中国书局1933年版,第46页。
[2] 同上书,第45页。
[3] 安华:《妮侬》,《无轨列车》1928年第3期,第107页。

等等。这个抒情意象世界与施蛰存的同代人李金发——李金发被推举为是中国第一个'意象派'诗人——的早期作品奇怪地相似，也许还会令人想起波德莱尔和梅特林克的作品。但真正的灵感泉源却是亚瑟·显尼支勒，世纪转换时期的奥地利小说家"①。施蛰存对显尼支勒内心独白的偏爱的确是事实，他自己就强调过显尼支勒的内心独白对自己创作的影响，但是应当是后话，而《妮侬》一文，作者是自己承认了完全是模仿爱伦·坡的创作。李欧梵在阅读体验中对其作品与波德莱尔，李金发等人的相似，是准确的艺术感觉，爱伦·坡到波德莱尔到李金发他们之间的亲缘关系是为学界所公认的，爱伦·坡的影响是不可忽视的。如果我们对比爱伦·坡的小说，必然会发现二者之间内在的契合。以《丽姬娅》为例"丽姬娅！丽姬娅！即便我埋头于那些比其他任何事都更能让人遗世忘俗的研究，但仅凭这三个甜蜜的字眼——丽姬娅——就能使我的眼前浮现出已不在人世的她的身影"②。他们都擅长以独抒胸臆的方式对感情和故事情节进行叙述，关注人物微妙的情感变化。在笔者看来，爱伦·坡在叙事技巧上对施蛰存的意义是对爱伦·坡心灵恐怖的继承，注重小说的情绪化，内倾性。施蛰存曾经撰文介绍美国的文学，著有一篇名为《从亚伦坡到海明威》的文章，突出了从爱伦·坡到海敏威的百年间发展之异同，"但亚伦坡与海敏威到底有一个分别。那就是我刚才所要特别区分为'心理的'和'社会的'两种的缘故。亚伦坡的目的是个人的，海敏威的目的是社会的；亚伦坡的态度是主观的，海敏威的态度是客观的；亚伦坡的题材是幻想的，海敏威的

---

① ［美］李欧梵：《上海摩登 一种新都市文化在中国 1930—1945.》，毛尖译，北京大学出版社 2001 年版，第 179 页。

② ［美］埃德加·爱伦·坡：《丽姬娅》，《爱伦·坡——诗歌与故事（下）》，曹明伦译，生活·读书·新知三联书店 1995 年版，第 307 页。

题材是写实的。这个区别，大概也可以说是十九世纪以来短篇小说的不同点"①。爱伦·坡创作上的心理化给施蛰存有深刻的印象，他在后来的创作中，不断融合其他作家的创作，从而形成了自己的创作风格，这里试举《魔道》《夜叉》中的两个片段为例。

　　种种颜色在我眼前晃动着。落日的光芒真是不可逼视的……还有呢……那些一定是殉葬的男女，披着锦绣的衣裳，东伏西倒着，脸上还如活着似的露出了刚才知道陵墓门口已被封闭了的消息的恐怖和失望——永远的恐怖和失望啊……②

　　月光斜照过来，她的影子在墙上更显得可怕。我对她凝视着，因为我知道人的锐利的眼光能够镇压住妖魅，只当你眼光一移动之际，它就会扑上来了。③

诚如李欧梵指出，施蛰存在融合了"弗洛伊德""显尼支勒内心独白"等众多元素发展出的"实验性独白"，成为其独树一帜的心理小说，但《妮侬》早期的实验性意义在其创作中显得意义重大，其独特的叙事技巧当是在这一启示下逐渐深化和发展的。可以说，施蛰存在早期创作的道路探索，最终还是在爱伦·坡的影响下走向了"魔道"，在新文学进程上，他对"怪诞"进行了成功的"现代性"探索，既以对"西方"文化资本的借鉴而突破了我国旧小说的"封建落后"，又以回到传统的方式，摆脱了对西方单纯的"模仿"困境，从而实现了中国传统志怪小说的"现代性转型"。

---

　　① 施蛰存：《从亚伦坡到海敏威》，1935年2月作，《北山散文集》，华东师范大学出版社2001年版，第464页。
　　② 施蛰存：《魔道》，《梅雨之夕》，新中国书局1933年版，第58页。
　　③ 施蛰存：《夜叉》，《梅雨之夕》，新中国书局1933年版，第155页。

第四章　埃德加·爱伦·坡与中国文学的契合与影响

四　都市·家园·受刑人：沦陷区爵青的"心灵恐怖"写作

爵青的作品是被研究者有意规避的。尽管，其创作早在20世纪三四十年代已经获得了时人好评，被誉为"知性作家"，并有"鬼才"之称。但是由于他在东北沦陷区长期服务于伪满，发表亲日言论，多次获得并领取日本设置的奖项，如《欧阳家的人们》获1942年"盛京时报文学赏"，《黄金的窄门》获第一次"大东亚文学赏"，《麦》获"文话会作品赏"，从而背负有汉奸之名。因此，新中国成立后，他的作品几乎无人提及，直到1996年张毓茂主编的《东北现代文学大系》（14卷）收入了爵青的短篇小说《归乡》《哈尔滨》和长篇小说《麦》，我国才开始有研究者陆续整理出他的作品和对他展开初步的研究。1998年中国现代文学馆选编"中国现代文学百家丛书"选有一本《爵青代表作》，该书辑录了爵青19部中短篇小说以及宝贵的文献资料《伪满洲国的作家爵青资料考索》。之后，钱理群主编的《中国沦陷区文学大系》（14卷）辑有爵青的小说《废墟之书》《恶魔》《喜悦》《遗书》，《中国现代文学补遗书系》刊有爵青的中篇小说《欧阳家的人们》。① 这是我们能够收集到的一些关于他的不多的材料，而有关他的研究尚处于文献资料的抢救中。除去爵青本人的政治背景以外，实际上，他的创作颇有特色，很值得我们投入精力去研究。如果说试图通过对故事内容的转述来界定清楚爵青的写作，那只是一种徒劳。他的故事最吸引我们的恐怕是一种他来自于文字体式上的革新性和先锋性。尽管他常常站在日本当时的立场对美英等反法西斯国家表示出决绝的姿态，但是，在他的创

---

① 参见刘晓丽《伪满洲国作家爵青资料考索》，《上海师范大学学报》（哲学社会科学版）2007年第3期，第61页。

作中,我们看到的并不是平和婉柔的日本风格,而更多的是很多论者都有所提及的英美现代派作家的创作特点,如"爵青的创作具有极强的文体意识,他的思考不仅仅在问题观念上,对于文学创作本身也有独到深刻的关注。他推崇文体创新,进行各种文体实验,在他的作品中可以看到意识流、新感觉、荒诞、黑色幽默等小说形式,还可以看到无情节、无环境的小说"。① 而其中我们尤其难以绕开的是他骨子里和爱伦·坡的契合。他曾经在自传式的散文《青春冒渎之一》中坦言道:

> 而第一使我爱不忍释的是亚伦波的诗《大鸦》及其小说《莫尔郭街的杀人》与《黑猫》。我爱他那浓厚如烈酒而淫酷如长蛇的文句,我爱他那在死宫一样黑暗的荒室里写文章的癖气,我爱他在薄寒的春夜拥着病妻叙说贫苦的事迹,我爱他死在酒店中的人生,我爱他削瘦而衰弱的面额……②

这是比较坦诚的说法。我们看到爵青的小说中有很多地方都与爱伦·坡有着密切联系。注重故事的叙述技巧,小说《遗书》中在的故事设置和爱伦·坡的《厄舍府的倒塌》惊人地相似,都是由一个叙述者来讲朋友的故事。在遣词用句上也喜欢用爱伦·坡式得紧张叙述,擅长心理独白式的叙述,《恶魔》中对标题的释义"题为'恶魔',并不是想讲什么阴惨不快的鬼狐之谭,我只是喜欢'恶魔'这个词汇的感觉而已"③。对奇闻逸事的酷爱,在《溃走》中的用词"该是多么可怕的闲谈是容易偏到绮谈和怪闻上去的。然而

---

① 刘晓丽:《伪满洲国作家爵青资料考索》,《上海师范大学学报》(哲学社会科学版)2007 年第 3 期,第 61 页。
② 爵青:《青春冒渎之一》,《归乡》,华夏出版社 2009 年版,第 64 页。
③ 爵青:《恶魔》,《归乡》,华夏出版社 2009 年版,第 161 页。

却未听见过这样不吉之神话般的酷劫惨事"[①]。对小说中人物的描写,"秃头,大瞳孔,蜡黄面,鹰鼻,兔唇,长颈,驼背,下肢短小……"[②]我们甚至可以说在很大程度上爵青的写作来自于和爱伦·坡一脉相承的恐怖,这也是他被誉为"鬼才"的原因。但是他还是在其创作实践中保持了自己的独立性,他以一种知性的思考,在一定距离上观察着这个自己身处其中的特殊时代。如果说沦陷区的张爱玲是一种苍凉之色,那么在爵青笔下,则以一个城市漫游者的身份在对家园的寻觅中有一种惶惶然的恐怖,在精神气质上和他的精神偶像爱伦·坡有着内在的一致性。

(一)人群中的人:城市漫游者的"洞察"

爱伦·坡的杰出在于其以天才的睿智洞察了19世纪美国工业发达下的弊端。19世纪科学的发展正给人们的生活带来了剧变,在人们还沉浸在物质繁荣的喜悦中,爱伦·坡却已经洞察到了人在现代物质繁荣下的孤单和悲哀。他在其被视为现代派小说远祖的小说《人群中的人》中塑造了著名的"城市漫游者"形象,其幽灵般的身影一直飘荡在19世纪以来的历史进程之中。在《人群中的人》这个故事中,叙述者"我"是一个久病初愈的男人,从伦敦的咖啡馆窗子后面观察人群。"人群中的人"以其孤单飘离的形象吸引了"我"的注意,"我"以一个"侦探者"的眼光对这个"人群中的人"进行跟踪和观察。本雅明在他的《发达资本主义时代的抒情诗人中》中认为,爱伦·坡笔下的人群中的人,只有到人群中去,才会摆脱孤独感。"人群中的人",在爱伦·坡的笔下,是一个被怀疑的罪犯,在跟踪他的漫游途中,观察者观察到了所有都市中的生态

[①] 爵青:《溃走》,《归乡》,华夏出版社2009年版,第124页。
[②] 爵青:《恶魔》,《归乡》,华夏出版社2009年版,第161页。

百相。爱伦·坡借观察者的眼光嘲弄了包含贵族、商人、律师、经纪人和金融界人士在内的所有人。这个城市漫游者的形象后来在波德莱尔的笔下获得了重生,却已经演变为一群"游手好闲"的城市漫游者形象,本雅明在分析中指出他们不同于爱伦·坡笔下的"侦探者",而已经成了社会的观察者和文人。而当中国发展到了"都市阶段"时,通常为我们注意的是穆时英、刘呐鸥、施蛰存等新感觉派的都市素描,而与之构成了某种呼应的爵青的都市创作却因其政治身份的复杂性而一直为人们所忽略。在爵青的创作中,我们看到的并不是新感觉派笔下都市空间给人的声色冲击,在他的笔下我们很容易捕捉到为我们所熟悉的和爱伦·坡、波德莱尔一脉相承的都市漫游者形象。但是在内在气质上,爵青和波德莱尔以及本雅明所观察到的那种艺术性的城市漫游者不一样,他缺乏波德莱尔游手好闲的气质,而是和他所极力推崇的爱伦·坡有着精神气质的内里一致:在他高度紧张的叙述中我们很容易就察觉到他在都市中感受到的极度恐惧感。

爵青都市题材的小说主要有《哈尔滨》《大观园》《某夜》《巷》等,他用空间结构叙事描绘出了都市的繁华与溃烂,开放与堕落,文明与野蛮,他看到的是都市里的罪犯以及过寄生生活的女人,他侦探般的眼睛洞察到的是时代幸运儿的精神废墟,体验到的是都市境遇中人的"心灵无处归依"的恐怖。

《某夜》几乎是爱伦·坡笔下《人群中的人》的翻版。故事的发生依然是在夜晚,"似乎唯有这样的夜里,才能衬出这是个有五十万市民的庞大的都市"[①],夜晚的意义,在于其是这个城市最真实的东西。城市漫游者形象由咖啡馆里"久病初愈"的男人对"人群中

----

① 爵青:《某夜》,《归乡》,华夏出版社2009年版,第30页。

的人"一个老人的跟踪置换成了刚从"大城市某街段的地下室里"用完简单的饭回家的穷困的小官吏。他在新奇的橱窗装饰、药铺、野妓的聚集地八乍尔、菜市、鱼市等都市横截面中,看到的是赌博、鸦片、淫乱,他震惊于被这个都市所毁灭的人,他们中有醉汉、饥寒者、卖淫妇、无家可归的流浪汉,也有"我"住所附近被玷污的16 岁的混血儿,不得不走上做侍女的道路,还有尽管写着一手美丽的诗而又有飒爽之风度,但却被大都市把野心都缩小了的朋友。"这样的大多会,不只是由买办、地主、银行家、高利借贷、江船公司经理,以至于日贷工,乞丐,毛贼,卖淫,无赖汉所形成的。同样也有着像居住于这石竹色光里的人们"①。这些人物剪影一直活跃在爵青的"都市"系列创作中。

"买办、地主、银行家、高利借贷、江船公司经理"们寻求刺激,找不到精神寄托的生活。《哈尔滨》中美丽诱人的三太太灵娜,早在女学生时代就和不同的男人约会,完全是为了单纯的欲望生活,奉行"半兽主义"的都市生活中堕落的女性。

"日贷工,乞丐,毛贼,卖淫,无赖汉"们艰难的生活。《大观园》中通过到都市寻找父亲的少年之口,叙述了背离祖先土地的人们在都市里的命运变迁。被山东连年的旱灾逼迫着跑到了哈尔滨的父亲为了在都市里讨生活,在医院里当过厨师,跟俄国人测量过森林和金矿,做过铁路上的工人,也做小本经营,开饭店,办杂货,但都难以糊口,最后连名字都消失在了都市里,朱大华变成了老六,成了盘踞在小客栈里无恶不作的恶汉。而刚到城里的淳朴的姑娘被叔叔用钱卖给在下江当过号手的大兵,最后走上了"不知廉耻"的卖身之路。而少年也由一个慷慨的山东人变成了一个偷儿。《恋狱》

---

① 爵青:《某夜》,《归乡》,华夏出版社 2009 年版,第 30 页。

中胸怀大志的脸色苍白的青年,最终在哈尔滨被钱给毁掉了真情。《巷子》中的"他"在都市中完全丧失了良知,先是使得爱自己的女人素姝到都市中一步步走上卖身之路,又在金钱的动摇下,不顾红虎家卧病在床的老母,出卖了朋友。

"石竹色光里的人"是"丈夫用新闻和浓茶卸着白日工作的疲劳,妻子听着无线电所放送的战况新闻"①。他们应是时代的幸运儿了,享受着这个时代几乎难以享受到的物质繁荣,享受着世界文化的熏陶,开放的精神文化,似乎已经远离了我国旧有伦理道德的精神桎梏,似乎能够掌握自己的幸福,创造一个美好的生活,但是,可以"抽着土耳其的 MINARET,喝着用赤酒泡制的红茶"的生活却并没有让"时代的幸运儿"感到幸福,内心的痛苦也"不会因这些特设于大都会的生活安抚下去的"②。这是爵青的杰出之处,他在都市空间中,洞察了时代的身影,以一双"侦探的眼睛"洞察到了其身处时代的精神状态,在这个五光十色的大都市里,在刘呐鸥、穆时英笔下的都市线条里,爵青在城市中一直以一种冰冷的目光,游离于城市之外,他以一个"人群中的人"的姿态和城市保留了距离,以一种智性的眼光审视周遭的环境,以一种理性反思的精神对都市人的生活状态进行了细致入微的观察,为都市的五光十色挖掘出了潜藏的灰色的底子。在爵青看来,生活在前人用了二三十年时间才挣脱的精神桎梏的现代都市人,他们在背离祖先的土地,否定那片旧的废墟之后,他们建设起的繁华的物质世界,却是混合着酒精,嫖妓,精神无处安放的新的精神废墟。而爵青与爱伦·坡内在气质的契合就正在于这种洞察之后的恐怖和紧张。只是,在爵青这里,

---

① 爵青:《某夜》,华夏出版社 2009 年版,第 30 页。
② 爵青:《废墟之书》,范智红选编《新文艺小说卷上》,广西教育出版社 1998 年版,第 1141—1142 页。

他的恐怖感又异于爱伦·坡那来自于都市感中人的异化的恐怖和紧张，而是来自于中国传统思想中的"家"的丧失的恐惧。爵青的城市漫游者形象，是爱伦·坡笔下《人群中的人》的变异，是中国民族社会在"都市和归家"二元矛盾巨变中的矛盾与纠结。

（二）厄舍府的倒塌："家园"三部曲

爱伦·坡在他的著名短篇小说《厄舍府的倒塌》中，通过叙述者"我"的视角，通过色彩、气氛的营造，不断增加故事的恐怖气氛，为我们塑造了一个家族毁灭的故事。与之契合的是，在面对其所谓的"时代幸运儿"的精神废墟时，爵青以与爱伦·坡的恐怖感深刻契合而创造出了"家园"三部曲。

在中国，"家"是一个有着特殊含义的词语。这个"家"在"精神寄托"层面上，等价于西方国家的"宗教"价值。中国是个宗族国家，对祖辈的敬重，对血缘的重视在国家伦理价值观中是非常重要的。直到五四新文化运动开始以后，才一度遭到动摇。爵青的特殊性在于，在他的沦陷区身份所遭遇的国家、家族、民族、自我的覆灭之中，他并没有那种民族英雄梦，没有那种可以力挽狂澜的价值信仰。家国的梦想对他来说，可能是远远不及他个人的生死忧虑而重要。在他的笔下民族和国家不能说是主动隐退也不能说是被迫隐退，实质上而言，他有意忽略国家和民族，而只是专注于中国传统的"家"的丧失。詹明信曾经指出第三世界的文学作品中有一个"民族寓言"，其中多是"家国民族"的隐喻[①]。但是爵青的智性创作，似乎在这里可以成为一个反例，他的"家"的概念，脱离

---

① 参见［美］詹明信《晚期资本主义的文化逻辑　詹明信批评理论文选》，张旭东编，陈清侨等译，生活·读书·新知三联书店、牛津大学出版社 1997 年版，第 516—546 页。

了"家国民族"的隐喻，而是纯粹回到了中国传统的"家"中去思考"时代幸运儿"所面临的时代的危机。他的"家"概念，契合的是中国传统的"家"，是与我们传统的宗族国家中的"家"亲密结合的。

1. 缅怀

爵青对家园有某种难以泯灭的亲切感。他将自己创造理想生活的梦想归为受到了祖先的影响。在《青春冒渎之一》中，爵青自言"我悲伤我的极端的柔弱与极端的强毅，这是一种天性。我的故里是处风光明媚的海岸，祖先们生在这自由爽朗的生活中，影响了自己的后裔的性格，自然不出意外……虽然活在乡城里，可是他自己却看厌了自己宅前的海，看厌了自己眼前的风光，于是在一个夜晚，他为另一个地方的风光所系念，而离开了故土"①。

而这种对故乡的怀念，在他的作品中更是四处流露。在《归乡》中，"我"的母亲收到了故乡亲人的来信，谈及家里祖上的产业，"我"作为已经早已离开故土的后裔，在处理传统家族中的家族事宜时，代替"我"过世了的父亲前往故乡。在故乡，"我"看到的是乡里的衰败，以及对城里人的敬畏。但是，让"我"深深着迷的不是乡土风情，而是那种来自血缘里的亲情，是对中国旧有的家族观念的缅怀。"我"在家中处理的不是房子的遗产，而是去拜访了"远房"的亲戚。在这个亲戚家做客时，"我"看到的是传统中强烈的"家族"意识，被抱养的姑姑，能够和祖母相依为命而毫无怨言，还为从未谋面的亲人，也就是小说中"我"的母亲，亲手做鞋。"我"的堂兄，临走的时候，咬牙将"我"的钱还给"我"，也肯改口叫他一直不肯以亲人相称的人为亲人了。故事在这里结束。"我"

---

① 爵青：《青春冒渎之一》，《归乡》，华夏出版社2009年版，第64页。

作为一个洋学生的功劳在于让这场家产纷争以恢复"家"中的血脉之情而得到了解决,旧有的宗族秩序得到了维护。这个故事在五四以后的出现,显得尤为重要。爵青自言在"过路人的祖先,血统,故乡,坟墓之类,去反复玩味那些美妙的事情"①,他并没有仅仅回到对淳朴民风的怀念,而是缅怀一种宗族家族的亲密感"缅想祖先或崇拜祖先不会给我们留下什么。但是追寻生命的由来,以及那一脉类似哀愁的淡淡的幸福,也决不是徒然的"②。而这样的缅怀常常是显得不合时宜的,爵青自然对此是颇为深知,"缅想祖先或崇拜祖先是辄受人讥嘲的"。③

2. 桎梏

而若真对这样的"家"回归,将面临什么呢?爵青即在他的《荡儿》中作了反思。小说中的荡儿中学毕业以后,受到了早年离开古老社会,从家里走出去的青年们的来信鼓舞,告别代表行将灭亡的古旧时代总是给他带来痛苦和窒息的"家",到新的世界里学习他们祖先未曾梦想过的知识,创造前人所未曾有的新的人生幸福。但是9年以后,他却拖着疲惫的身体,被饥饿折磨着回到了家中。爵青以一种不动声色的笔墨,描写了"我"归家后的情感挫伤。尽管在遥远的缅怀中,"家"是"血缘"的纽带,是可以化解金钱等诸如此类的一剂良药,但是真正的"归乡"之后,"家"对"我"的精神桎梏又将促使着"我"不得不再次出逃。爵青在短短的一个家庭聚会的场面,一个久别重逢的场面描写出了"传统的家"的真实内核。在迎接"荡儿"回来后的第一次聚餐中,"我"的"父亲"

---

① 爵青:《荡儿》,《归乡》,华夏出版社2009年版,第209页。
② 同上。
③ 同上书,第196页。

"母亲""哥哥""弟弟"以及"昔日的恋人"逐一上场,在他们与"荡儿"的对话中,勾勒出了传统的"家庭"中的伦理关系。

作为一家之长的"我"的父亲是个通明达理而有学问的人。面对"我"的回来,"父亲"在醉色里掺杂着喜悦:"我们生于一个屹立不动的传统下面,这传统就如一条锁链……儿子!终于你回到这锁链中来了。"他对"我"的期望是希望"我"能够守住家,回到家的传统中来,回到旧有的"子承父业"的传统中来。

"母亲"对我的期望是"你应该天天在我的身旁来陪我,我需要你,你应该丢弃所想的事来陪我"①,是传统的家族思想中的养儿防老的"忠孝"思想。

"我"的兄长已经从过去那个"瘦身具有着刚毅的意志的人"竟转变成了"父亲"所期待的"传统"链子中的一环。

为"我"守身的恋人洁姑已经是个容颜大变的女性,她对我的期待是对传统的"家"的固守。"不过我真不明白你让我也跟你去吃苦有什么意思。"②

唯有代表着新生力量和未来生命的"我"年轻的弟轻蔑于"我"的回归。在这个"家"里,并没有"我"所期望的,所缅怀的那种"血缘"中的亲情,而是在和"我"的关系中铺开了这个旧家庭里的密网,依然是一种桎梏。小说最后,"荡儿"在回归的当夜跟着弟弟再次离家,实际上是爵青对家的命运的自知,"是的!在这古朽了的家庭,没有灭亡以前,来宣告它的死刑的人是会续出不绝的"③。

---

① 爵青:《荡儿》,《归乡》,华夏出版社2009年版,第98页。
② 同上书,第99页。
③ 同上书,第103页。

3. 家的坍塌

出走的荡儿是否能够找到幸福的道路，这点我们尚未得知，但是，爵青却深知留在家中则是一条死亡的道路。在"家"的三部曲中，爵青对"家"的怀想，最后是断结于他对爱伦·坡的《厄舍府的倒塌》拟写的"家"小说《遗书》中的"留在家中的死亡之路"。和爱伦·坡的《厄舍尔府的倒塌》一样，故事里的"家"一直沉浸在某种恐怖的氛围里。"我们骤然离开哄闹的火车，坐着这样一辆旧马车，跑进古木苍然的谷道，心情变得非常奇妙。只有山风的狂啸声和马蹄撞在石径上的音响，伴着我们的行程，更时时使我们感到一股不吉的阴森气。"[1] 这是一段爱伦·坡故事的开场白，在神秘的氛围中展开了一个由主人公的朋友"我"作为目击者讲述的"像精神的迷宫一般的旧宅和这血统奇特的家族的灭亡的"神秘而恐怖的故事。"我"陪伴着"我"的朋友，也是故事的主人公"齐龄"在他24岁生日的时候，赶回到他的家中，阅读他父亲在他死时留给他，并要他在他父亲自杀时候的年龄才能读到的遗书。故事和爱伦·坡的故事类似的是，这个家族有着古老的背景，具有某种"贵族"般的精神气质，"齐龄和他的父亲，都有着同样的禀赋，像一种贵族的作风、他那高雅细致的性格"，又都是似乎已和"外界"失去了关联的家族，给人一种阴森森的恐怖之感。当叙述者"我"和主人公"齐龄"一起回到他的家中，那种衰亡之气一直伴随着我。"因为是黄昏时分，这人烟稀少的市镇整个地沉淀在浓雾里了。不吉的感觉时时袭来，我们像是走进了地狱的入口一样，身上不时地战栗着。"[2] 在这个旧宅子中，我们看到的是和爱伦·坡笔下的《厄舍

---

[1] 爵青:《遗书》,《归乡》,华夏出版社2009年版,第210页。
[2] 同上书,第213页。

府的倒塌》中类似的场景,同样阴暗漆黑的旧宅,只是有了一点中国特色的回廊,老鼠在中国古老的旧宅子中啃咬木器,以及中国的油灯,提着灯笼的老仆等"中国风"。当"我们"将要迈进前厅的时候,提着一只惨红色的纸灯笼驼背的老仆的突然出现,将恐怖气氛营造到了高潮,"他恨恨地凝视着我们,像要在我们的面孔上找出什么来似的;不久,又惨笑了一下。这惨笑完全是神秘莫解的妖面惨笑,正当此时,一阵冷风吹来灭了他手中的灯笼"[1]。而当叙述者"我"从睡梦中醒来,看到的是一个古老家族的住宅的必然灭亡之路,以及这个有着奇异血统的家族的不可避免地走向衰亡之路,"因为几经风霜,这座旧宅的全体完全被涂了一种锈色。一切代表着往时之豪华的木雕和石砌都朽老坍毁了。在雾里,渺茫地看出了几面灰色的粉壁和死人眼睛一样的小宙。在静寂的院庭中间有一潭腐水,一棵秃木在这潭腐水里印着斜歪的倒影"[2]。

而"我"那回家之前还想着要做实业的朋友齐龄,却穿着隐士的长袍,在旧宅的回廊里,沉浸在传达着死亡气息的父亲的遗书中,沉吟在谜一般的"倘无精神的筇杖"的遗书中,并把所有的东西委托"我"赠给他的妹妹,而在24岁,这样一个美好的年纪,结束了自己对梦想的追逐,将自己绑在了正在死亡的"家"中。这个故事在对爱伦·坡的摹写中,在对悬念的塑造和对神秘气氛的营造上,容易给我们带来阅读感上的"异域色彩",但是,其故事的内核是我们常见的早期中国的"家"中,"子承父业"逐渐走向家族的旧式人物形象。

从《归乡》到《荡儿》再到《遗书》,爵青的归家之路只是一

---

[1] 爵青:《遗书》,《归乡》,华夏出版社2009年版,第216页。
[2] 同上书,第217页。

个"无力挽救"的"旧"废墟。但是无论他是对爱伦·坡的《人群中的人》的摹写中侦查到的"都市"中正在形成的"新的废墟",还是对爱伦·坡的《厄舍府的倒塌》的摹写中意识到的无力挽救的"旧的废墟",其与爱伦·坡最为切近的是在对"新旧废墟"的描写中的那种与爱伦·坡一脉相承的恐怖。尽管爵青在他近似精神自传的作品中,一再试图摆脱国家、民族主题,而将他自己的精神探索的痛苦仅仅归结于时代的苦闷,"按理说人如果能坦然于事物,对这人已是惠给一种心的安宁了。的确,我们现在这静静的生活不也示露我们的心的安宁吗?但是我们这安宁——坦然于此新的废墟中的安宁,在我们却只是一种刑罚"①。而在这种"受刑人"的感觉里,我们洞察到了爵青的特殊身份的"恐怖"之感,这才是他内在和爱伦·坡十分契合的精神气质。

(三) 坑与摆:高度紧张的"受刑人"

爱伦·坡小说中的恐怖感常常来源于他对色彩、声音的运用上营造出的恐怖之感,这是为人们所熟知的,爵青却在他的一篇小说中专门探讨了爱伦·坡小说中的"刑法"。在小说《斯宾塞拉先生》中,小说通过斯宾塞拉先生之口讲述完了一个折磨着他心灵的"罪人"的故事以后,作者花了很长的篇幅讨论了爱伦·坡小说中的刑具。首先他以难以抑制的敬意之情,肯定了爱伦·坡创作中象征恐怖或灭亡的"黑猫"和"大鸦",然后由斯宾塞拉先生给"我"展示了他根据爱伦·坡的小说拟造的三种刑具。一种是痛苦地害着受刑者的神经的杀人的凶器高悬的白刃。一种是据说爱伦·坡在第一次起稿《莫尔哥的杀人》时,描写过的一个"手铐"的刑具。第三种,是斯宾塞拉先生自己制作的一个有人体凹沟的铁板,他自称是

---

① 爵青:《青春冒涘之二》,《归乡》,华夏出版社 2009 年版,第 69 页。

半借坡的考案，半借自己的理想作出来的。"执刑的时候，要将晒粉薄薄地撒在凹沟里，使受刑者裸卧其中，这是一种慈悲的死刑，不用凶器，不用流血；把热浆在沸腾后注在受刑者的身上，使受刑者在热烈中沉溺而死，尸体成为一个木乃伊的怪物。"① 让我们感觉到饶有趣味的是斯宾塞拉先生对刑具迷恋的意义，"起初，我只在意识里建设起这些刑具的形状，想把由正义的天平上被批为罪恶的人们放在这些刑具上受苦……后来我觉得刑具并不足代表正义，连自己都常常被抬上了刑具，我便更进一步的制造了这些刑具的模型"②。

斯宾塞拉先生对爱伦·坡的描述是否准确，并不是我们关注的内容，我们所关注的是斯宾塞拉先生的身份和爵青现实身份的某种重合。斯宾塞拉先生是一个流浪的犹太人，犹太人这个符号非常有意思，它作为丧失家园的代表，在某种程度上，我们可以看作爵青对中国当时现状的一个隐喻。而斯宾塞拉先生的处境，无疑是以"他者"的身份烛照了真实的"我"的精神处境，斯宾塞拉先生的罪恶感从某种程度上而言就是"我"的罪恶。在重合之中，共同体验了爱伦·坡在《坑与摆》中所描写的那种"受刑人"的极度的恐怖体验。

"受刑"与"赎罪"是爵青作品中的一个主题。野心勃勃的日本，一度试图将爵青生活的"东北沦陷区"塑造成一个独立的国家。他们采取了很多措施，试图泯灭掉中国人的国家性和民族认同感。1941年2月《满洲日日新闻》还刊出《最近的禁止事项——关于报刊审查》，列举了八条在报纸、杂志的文艺作品中限制和禁止的范围，同年3月23日又出台了《艺文指导要纲》，把一直推行的文艺

---

① 爵青：《斯宾塞拉先生》，《归乡》，华夏出版社2009年版，第27页。
② 同上书，第25页。

政策明晰化，1942年《思想矫正法》颁布后，日伪统治者可以随意抓人。这些都给整个沦陷区制造了恐怖的气氛。从爵青在沦陷区的活动来看，他并不是一个有强烈的民族和国家认同感的作家，他作为早年成名的作家，经多方考索，可以确知的爵青在伪满洲国期间和日伪有关系的所为有："满日文化协会"职员；"文话会"新京（长春）支部文艺干事；"文艺家协会"本部委员；改组后的"文艺家协会"企画部委员，地位仅次于部长宫川靖；参加第一次和第三次"大东亚文学者大会"，并发表了迎合会议精神的言论，回到伪满洲国后，在报纸、杂志上再次发表拥护"圣战"的言论。[①] 但是在后来发现的材料中，在日伪中担任一定职务的爵青也并没有过多的自由，他还是受到了当局的监视，如刘晓丽在她的论文《伪满洲国作家爵青资料考索》中指出，"满洲国"当时的《特高警察秘密报告书》中见有其时对爵青作品的分析还是带有浓厚的侦查意味。[②] 很难说清楚爵青在其中的政治身份，以及他特殊的人生经历和他的文学创作之间的关系。但是，在这种复杂的政治关系中，爵青作为御用文人，同时又受到侦查的人生际遇，他人格气质的内省特点，加重了他对不确定的担忧，对死亡的恐怖，这些都凝聚在他作品中内心备受折磨的负罪感之上。

爵青在他的短篇小说《司马迁》中，放弃了对现代小小说情节逻辑的塑造，只是演绎了司马迁在特定时刻的心理，"真羞耻极了！真悲痛极了！"即为此种呼吁。在短篇小说《魏某的净罪》中描写了一个人闻变色的大土匪头子，杀人越货无恶不作，有一天，他突然意识到自己的罪恶了，"纵即死上一万次也弥不过来的罪恶"而对

[①] 刘晓丽：《伪满洲国作家爵青资料考索》，《上海师范大学学报》（哲学社会科学版）2007年第3期，第60页。

[②] 同上。

这种罪恶似乎没有什么能够弥补,"至今还没有发明出比极刑更有用的惩罚,区区的极刑曾惩改过谁的罪恶呢?"这是对自我罪恶的自觉的典型例子之一,小说中的魏某下山去赎罪,他曾在一家店铺里终日躲着做大饼赎罪,直到有一天,山上的兄弟们想干上最后一票,就洗手下山,前来向他求助的时候,魏某自己到公安局投案,并将获得的赏银交给山中的兄弟,帮助他们渡过难关。在接受极刑的时候,魏某终于得到了解脱。爵青在这部小说的最后有一段议论:"求道的工夫是因人而异的。有人出入隐遁在深山里沉潜参悟,有人出入于尘世中磨炼情欲,有人在众生之间选定至大的苦业来自虐色身,有人在佛坛之下捧诵万卷的经文来追究理法,等而下之,有写经的,有放生的,有修寺的,有补路的,甚至还有用二十年的岁月雕制一进佛龛的,有用几百人的头发刺绣一轴佛像的。"① 爵青试图超越家国主题,在"新旧废墟"中书写他个人身在其中的"不安感""罪恶感",但是在故事的底色上,我们依然看到了他在其自己复杂的政治身份的创作中,表现出的罪恶感以及赎罪的渴望。

  面对沦陷区的写作,我们常常感到很难评判。沈阳《新青年》刊出爵青的小说《妓街与船上》时曾在《编后记》中讲述了饱受船长、经理痛苦折磨的水手,把他们的报复加在比他们更弱的酒馆招待和野妓身上,感叹道:"新水手林白对这种报复感到惊异、唾弃,得到的回答却是'朋友,假若你在船上做过二三年之后,你也要变得和我们一样。'"这种恐怖,也许并不是一些悲剧故事的讲述,而只是对生命本质的回归,也许只是一个普通的人想普通的活下去,对活下去难以有稳稳当当的信任时复杂的情绪体验。

---

  ① 爵青:《魏某的净罪》,《归乡》,华夏出版社 2009 年版,第 251 页。

第三节　埃德加·爱伦·坡与中国当代作家

　　对于当代作家而言，爱伦·坡已经是太遥远的回忆。在中国20世纪80年代再一次掀起向西方学习的高潮中，作为"现代派远祖"的爱伦·坡很快输给了后起的所谓"现代派"作家们。那些被公认为或多或少受到过他影响而发展起自己独特性的文学大师们很快替代他而成为中国作家的模仿对象，比如福克纳，比如陀思妥耶夫斯基，比如纳博科夫，比如博尔赫斯，比如波德莱尔，他的艺术特质通过这些思想深邃、情感细腻、想象力丰富的人们而得以血脉相承。有时候，他深入到了一种风格本身的延续，比如从他到博尔赫斯承续而来的奇幻体创作；有时候，他成为一种文体自觉的标志，比如从他到斯蒂芬金惊悚相契的恐怖小说；有时候，他成为一种深入内心冲突的创作技巧，比如，发展到陀思妥耶夫斯基的叩问灵魂的实验性独白。而这些都是我国当代作家的笔下借鉴的主要内容。但是笔者并无意去触摸那张时间尽头的模糊的"祖先"的脸，这种间接的影响，并不是笔者在这里所要关注的重点。那对于当代作家自身的自我归位呢？苏童认为自己的故事讲得不够好，"真正讲故事讲得好的是霍桑，爱伦·坡，张爱玲也讲得好，写作最困难的地方就是讲故事，是关于节奏，声调甚至内容方面的困难"[①]。苏童对爱伦·坡的故事技巧的赞赏，并不能成为苏童在叙述技巧上的一个影响例证。格非也曾说"他非常喜欢西方的恐怖和悬念小说，如爱伦·坡和阿加莎·克里斯蒂。他说：爱伦·坡的恐怖小说往诗意的方向发

[①] 参见王雪瑛《苏童迷恋死亡》，《英才》1998年第6期。

展,克里斯蒂则智商很高。他甚至希望:'如果时间允许,我也想写一部真正的恐怖小说,那会是很好玩的一件事'"①。但是比起他们广泛的阅读对象而言,这些也并不能让我们断定他们之间就有着纯粹的血缘关系。而对另外一类作家我们在对他们的阅读中,也容易发现很多给我们的阅读感受与爱伦·坡类似的作家,比如残雪的怪诞。但是,我们依然不能就此确定他们之间就有着影响关系,残雪对卡夫卡深入骨髓的喜爱,应该是更合理的解释。对于笔者而言,要清晰地勾勒出爱伦·坡在中国当代作家中的影响路径,的确是一个十分艰巨的任务。笔者只有将目光聚焦于中国当代作者自我称述中的那些只言片语中触探爱伦·坡在中国当代作家中的影响痕迹。同时,出于自身切身的阅读体验,笔者的笔墨将远离那些文章片段的契合,风格类似的佐证,而试图从他们的言谈中捕捉爱伦·坡给予他们写作上的启示或者精神上的触碰。在笔者看来,爱伦·坡在我国当代作家的影响主要是其创作中的"神秘恐怖"气息。笔者就自己收集到的材料将他们分为这样两部分。一类是以陈染、刘继明等为代表的神秘气氛营造的创作。刘继明在访谈中说"我对爱伦·坡百读不厌","这种迷恋倒不是一种写作技艺的借鉴,更重要的是对我的一种很神秘的吸引,那种神秘的梦魇一样的氛围与我的内心有某种感应"。②陈染的《沙漏街的卜语》也有表白喜欢爱伦·坡,"我对神秘主义一直有一种兴趣"③。对于陈染以及刘继明这样的作家而言,神秘,一方面是通过悬念的制造来增加故事的吸引力;另一方面,神秘是某种"现代性"的暗喻,在故事发展中的戛然而止,

---

① 兴安:《恐怖小说在中国》,《南方文坛》2007年第3期,第42页。
② 张均:《寻梦歌手的批判与关怀——刘继明》,《小说的立场》,广西师范大学出版社2002年版,第480—481页。
③ 陈染、萧纲:《另一扇开启的门》,《花城》1996年第2期,第27页。

在结局到来的时候没有答案的多重性,在人物飘忽不定的身份之中,以此彰显创作中的现代性。另一类是以丁天为代表的中国当代恐怖小说家的创作。对于这些在"通俗"与"文学"之间徘徊的"新"类型小说的创作者而言,爱伦·坡的神秘对于他们的意义在于制造悬念,吸引读者,成功营造出作品的恐怖效果,增加图书的销量。

一 "神秘谱系"中的爱伦·坡与中国当代文学中"现代性"的暗喻

(一) 陈染:"神秘主义谱系"中的爱伦·坡

陈染创作中一直都潜藏着对"神秘性"的偏好。我们在有关她的访谈录中都可以看到,她明确表达了自己创作中的神秘倾向,并多次谈及自己对于"神秘"的认识。陈染早在1996年接受林舟采访时,就曾说"实际上我对神秘主义一直有一种兴趣。最早作家出版社曾出过我的一本小册子《纸片儿》,那里面收集了我的几篇关于'小镇'的小说,有些批评文章曾经指出过其中的神秘主义表现,那时候我就有某种对于神秘感的追求。我之所以喜欢博尔赫斯等作家的一些东西,也就是因为他们小说里面的神秘意味"[①],强调了自己创作中的神秘主义倾向和对神秘主义倾向作家的偏好。尽管陈染一再重申自己创作中的神秘倾向,但是一直并不为人们所重视。学界关注的多是陈染创作中的女性特点,而无视陈染大声疾呼的"超性别写作"。偶有论者论及陈染创作的神秘特点时,又常常没有落到实处。张颐武在他的论文《话语的辩证中的"后浪漫"——陈染的小说》中认为,陈染的写作在两方面对20世纪80年代中国文坛的

---

① 林舟、齐红:《女性个体经验的书写与超越陈染访谈录》,《花城》1996年第2期,第92—97页。

"现代性潮流"做出了回应，其中一个论据就是将陈染的《纸片儿》和《塔巴老人》等文本看作对郑万隆、韩少功式的寻找文化本源的神秘性写作传统的回应。① 张颐武在这里认识到了陈染小说创作的神秘性特点，这是符合实际的，但是，他将陈染简单地归为"寻找文化本源"的共同性写作，却难免有失公允。

在陈染的"神秘主义谱系"里有着一串长长的名单，其中可以列上博尔赫斯、拉美魔幻现实主义作家马尔克斯，以及爱伦·坡、里尔克、卡夫卡等人。陈染在访谈中，认为比起卡夫卡的创作方式而言，"他这个人更可爱一些。我觉得他的小说方式不如他的生存方式（也就是他这个人本身）所达到的高度"②。她承认马尔克斯对自己是有潜在的影响，但是又认为"但那些作家更多地写乡土的东西，离我比较远"③，她承认博尔赫斯对自身的影响，"博尔赫斯多写城市文化，跟我贴近一些，读起来也更亲切一些"④。而对于爱伦·坡，陈染在她的小说《沙漏街的卜语》中也明确表白自己喜欢爱伦·坡的作品，"我对神秘主义一直有一种兴趣"⑤。如果要对这些作家进行一一甄别，重绘出他们各自在陈染身上的影响，必定会是一种"劳而无功"的努力。尽管《沙漏街卜语》以一场虚构的侦探小说而展现出了爱伦·坡式的"神秘"色彩，但从整体的创作实际情况来看，很难说陈染就是仅在他的影响下，进行着神秘小说的创作。我们只能承认爱伦·坡对于以陈染为代表的当代作家，是归属

---

① 张颐武：《话语的辩证中的"后浪漫"——陈染的小说》，《文艺争鸣》1993年第3期，第50页。
② 林舟、齐红：《女性个体经验的书写与超越陈染访谈录》，《花城》1996年第2期，第92—97页。
③ 同上。
④ 同上。
⑤ 陈染：《沙漏街的卜语》，《无处告别》，江苏文艺出版社2005年版，第27页。

于"神秘"写作谱系中的一员,他们之间的亲密关系源于精神气质上的"契合"。

(二)"神秘"的"现代性"价值

但是,陈染自己却拒绝承认在创作技巧上对她列出的"神秘主义谱系"中的作家有着过多的师承关系。在1995年夏,接受萧纲的采访时,当萧纲问及陈染和神秘主义作家技巧上的师承关系时,

  萧:有没有其他小说家的技巧影响过你?譬如:博尔赫斯、爱伦·坡、乔伊斯……

  染:这些是我所熟悉并喜欢的作家,但是,我很少受作家的影响。对我产生影响的倒是我所喜欢的几位哲学家和精神学家,我更喜欢的是他们。①

陈染在这里有意回避了在创作技巧上和她所喜欢的神秘作家之间的联系,而将创作接受的实际影响归为了哲学家和精神学家的深度。陈染将她在小说创作中对"神秘"的关注,从创作技巧的模仿执意提高到了"哲学"上的深度思考。在陈染看来,她所追求的神秘"它表现的不是一种表面的神秘,而是从精神深处感受到的对于现实世界的捉摸不定。对于世界未知的事物,我一向很感兴趣,人在宇宙中是非常渺小的,对很多东西都是失控的,对于包括神灵、宗教在内的很多事物都缺乏更深刻的了解,其实这些都是神秘主义的一部分。我喜欢在作品中营造一种未知,没有答案只把未知摆出来就是了"。② 神秘,不仅仅是《小镇》系列的奇幻体小说的创作风

---

  ① 陈染、萧纲:《陈染对话录:另一扇开启的门》,《陈染文集 女人没有岸》,江苏文艺出版社1996年版,第266页。
  ② 杨敏、陈染:《写作,生命意识的自由表达——陈染访谈录》,《小说评论》2005年第2期,第38—44页。

格，还是人在精神深处对现实生活的感知。而她坚持认为她在自身的创作中就是以此为目标。如，在另一次访谈中，陈染这样概括了自己的创作。

杨：那么在艺术上你主要追求什么样的风格呢？

陈：不同阶段不一样，跟每个阶段的精神状态有关系，像早期80年代的小说中以直白的语言宣泄青春期的躁动情绪，"小镇神话"系列的诡异神秘；90年代的《与往事干杯》《无处告别》等小说的抑郁与紧张；到1997年之后基本上就跟现在的精神状态很接近了，像2000年之后的《梦回》《离异的人》有神秘主义的东西，也有更加灰色的东西。①

1."异域色彩"的神秘

一种是早期"小镇系列"具有的"诡异神秘"色彩的奇幻体小说。吴晓东在他的《从卡夫卡到昆德拉 20 世纪的小说和小说家》一书中分析博尔赫斯的时候，曾经提醒我们托多罗夫在他的《幻想文学的引论》中提出过"奇幻体"（The Fantastic）的概念，并说"按照这个概括，博尔赫斯、爱伦·坡、卡罗尔、卡夫卡、卡尔维诺、巴思（Bath）等人都可以看作幻想文学的作者"，② "奇幻体小说"的创作可以一直从爱伦·坡到他所影响的博尔赫斯。在创作上以奇特的想象、神秘的意境、超现实的描写讲述神奇怪诞故事的"神秘"的异质性为主，营造出一种神秘感、陌生感。陈染的小镇文学，大致包括集中收录在1989年2月由作家出版社推出的陈染的短篇小说

---

① 杨敏、陈染：《写作，生命意识的自由表达———陈染访谈录》，《小说评论》2005年第2期，第40页。
② 吴晓东：《从卡夫卡到昆德拉 20 世纪的小说和小说家》，生活·读书·新知三联书店2003年版，第192页。

集《纸片儿》中的《小镇的一段传说》《塔巴老人》《纸片儿》《麻盖儿》等故事，还有同期创作的《不眠的玉米鸟》(1988年2月)。《纸片儿》让我们想起美国当代南方作家的代表卡森·麦卡勒斯（Carson McCullers）的《伤心咖啡馆之歌》(The Ballad of the Sad Cafe)（1991）。小说讲述了两个异常奇异的人之间奇异的感情，一个是单腿人乌克，一个是在遇见单腿人乌克之前，从不开口说话但又聪慧早熟、忧郁孤独的女孩子，他们从一段简短的对话开始了一段奇异的爱情。《不眠的玉米鸟》中老屋镇里神经质的女人蛮索的稀奇古怪的幻想。《小镇的一段传说》写了荒僻的罗古镇里的一个怪异女人罗莉开了一家怪异的"记忆收藏店"，"记忆收藏店封闭了，它的女主人成为单调沉闷沟小镇的一段传说，为小镇的历史又添了一张神秘莫测的插图。她继续着那个传说，继续着古老的生命之火与重复死亡的无能"①。《塔巴老人》木月镇上的塔巴老人即阿沛和葛顿子的奇异的爱情故事。阿沛怀揣着对死去的葛顿子的念想从一个青年小伙一直熬成了老头，死去之后，一个自称葛顿子的陌生女人和叙述者"我"一起为阿沛守灵。《麻盖儿》中麻盖子因和"白影儿"的"幻想之爱"而最终被逼疯，死在了"迷魂趟"。这些故事里的罗古河北岸的那一片荒芜之地、污水河里爬出来的几百只水耗子、"迷魂趟"里空旷的野林子，老屋镇里奇怪的鸟疫无一不体现着陈染创作的神秘特点。其对自爱伦·坡到博尔赫斯地承续上，以讲述故事的方式，为我们展现了一个奇异的"异域"世界。

陈染在《小说评论》上刊登的访谈录中，也提到自己创作这些小说的背景，是她大学期间的一段湘西之行，"那时暑假我跟几个朋友去湖南的农村，住了一个星期，感官上受到的冲击挺大的。我们

---

① 陈染：《小镇的一段传说》，《纸片儿》，作家出版社1989年版，第226页。

去的那个村子村民都姓麻,在那里房门都是敞着的,木头湿得发黑,到处都是红泥地,下雨天人人都光着脚,拎着鞋,晚上蚊子多得要用毛巾蒙着头才能睡着觉,还有山啊、田啊……我从小在城市长大,在那里感觉特别奇特:世界上怎么会有这样的环境和生活?在那种新奇感的冲击下,我写出了《纸片儿》等小说,那是一个很独特的系列,跟我当时的精神状态和现实生活都不搭界。但现在再让我写,我也写不出了"。①

2."神秘"的现代意义

陈染试图在哲学层面解读"神秘",对人在精神深处对现实生活的感知,从精神深处感受到的对于现实世界的捉摸不定,对于未知世界事物的深刻体验做感性表达。这和爱伦·坡创作中的《黑猫》《泄密的心》等多篇小说中的"神秘"感也有某种精神气质上的契合。具体表现在以下几方面:

其一,是陈染自己声称的现实故事中的一些有着神秘主义色彩的"小细节""小动作"。陈染自己就讲述了一个例子,是她的《与往事干杯》"这种非常不追求神秘的文本里面我用了一个细节:去澳洲之前的一个黄昏,'我'与母亲散步,母亲看到非常大的一个鱼缸,就要买,女儿坚持不让母亲买。这时鱼缸忽然破碎了,而女儿此刻正跟母亲讲述关于与澳洲男孩子的前景问题,鱼缸的'破裂'预示了未来前景的悲剧"。②而类似的"神秘主义的火花"在陈染的创作中比比皆是。在小说《与往事干杯》中,"我"的故事是要给"我"的一个亲密朋友讲述的。肖濛十六七岁的时候,父母离婚后就

---

① 杨敏、陈染:《写作,生命意识的自由表达——陈染访谈录》,《小说评论》2005年第2期,第38—44页。
② 林舟、齐红:《女性个体经验的书写与超越陈染访谈录》,《花城》1996年第2期,第92—97页。

和母亲一起住进了一个废弃的尼姑庵的遗址。他们的邻居是一对中年夫妻。男人是个医生,女人是个小学教师。母亲沉浸在她和旧情人——一个苏联混血儿外交官的爱情里,忽略了我。我和那个经常被妻子冷落的男邻居成了秘密恋人。"我"成年后的恋人是在墨尔本对祖国语言都已经不太熟知的老巴,然而"我"在老巴的公寓里发现了老巴少年时的照片,那正是"我"从尼姑庵里的中年男人那看到的他儿子的照片。震惊之下,"我"执意离开。回国,"我"收到了老巴的祖父从悉尼寄出的老巴的死亡通知书。老巴在从墨尔本机场返回公寓的高速路上死于车祸。小说中,和父子两人同时恋爱的奇遇以及老巴的奇异的死亡,都在小说中弥漫着对命运深处不可捉摸的神秘色彩。陈染在小说《无处告别》中花了很多篇幅来描写黛二小姐和深爱她的母亲之间的紧张关系,特别是用了很多有着"神秘色彩"的幻想中的场景来隐喻她和母亲由于都是单身的知识女性,都有着"异常敏感的神经和情感"的亲密关系,稍不小心就会碰伤对方,那种"爱与恨"交织的情感状态。"母亲是孤独的,可怜的。黛二预感有一天终究会发生什么。这会儿,她恍然感到一个披着头发的女人阴森森又悄然无声地扑向她。那双冰凉僵硬的手就要扼在她的脖子了……"[①] "黛二很害怕忽然有一天一个场面像晴天霹雳迎面击来——在黛二与母亲各自在自己的房间里待了半天之后,黛二为了说一件什么事,忽然推开母亲房间的门,一瞬间她看到那女人。她唯一的亲人自杀了,头发和鲜血一起向下垂、惨白、腥红、残酷、伤害、恶心、悲伤一起向她掩出……"[②] 小说《角色累赘》中,"我"自己策划到精神病院去,描写了各种病症的病人。类似的故事

[①] 陈染:《无处告别》,《无处告别》,江苏文艺出版社 2005 年版,第 88 页。
[②] 同上。

还有写出了在婚姻中出轨后莫名其妙地恐慌和受到"神秘"惩罚的《预卜》《咒术》等。

其二，用陈染自己的话来说，"它是思想走得更远的时候的一种神秘，即这个世界已经无法把握了，或者说因恐怖而没有什么可以把握的了"①。以类似爱伦·坡神秘侦探小说气氛的小说《沙漏街的卜语》为例。陈染在小说中通过故弄玄虚的叙述者之口为我们虚构了一个近似侦探小说有着"案中案"结构的"神秘"小说。小说中郎内局长胸口插着碎玻璃倒毙在神秘的沙漏街上。负责调查案件的刑警队长史又村在调查案件过程中，接到了郎内同事的不同的案情构想，以及其中穿插着的"一桩"神秘的15年前的案件。和郎内局长暗中较劲的冷副局长将怀疑对象抛向了资料员小花，以小花平常总是受到郎内特别关照，以及郎内出事的第二天小花声称去医院看肠胃却是手上带着伤痕来上班，从而推断这是一场情杀案。小花将怀疑对象投在了秘书小川身上，从他的皮鞋到不可能在上午采到的关闭着的半支莲花的谎言，认为是与钱有关的一场谋杀。秘书小川将怀疑对象指向了有郎内办公室钥匙又是左撇子，又刻意将15年前的案子中的签名给删除掉的冷副局长，认为他与案件有关。而实际案情是一个自称是当事人的出租车司机来自首，说是他的车出了车祸，撞到旁边的树上，玻璃碎了，玻璃片飞出去，刺中了郎内的胸部。而史警官翻开卷宗，"15年前那一桩莫名其妙的情报事故以及在这场不清不白的事故中忽然失踪的一位年轻女子，至今都还没有下落"，②叙述者的声音犹如寓言一般再次响起，"于是，我敬畏地看了看弥散四周的空气。这无声、无色又无形的东西，使我在一瞬

---

① 林舟、齐红：《女性个体经验的书写与超越陈染访谈录》，《花城》1996年第2期，第92—97页。

② 陈染：《沙漏街的卜语》，《无处告别》，江苏文艺出版社2005年版，第173页。

间理解了什么是真正的力量"①。它竭力将一段没有结局的故事直接展现出来,将未知的无法把握的事情直接呈现出来,以对现代生活中的神秘、模糊感的直接展示,将其伪装为"现代"。

这种创作特色一直延续到了陈染后期创作的《离异的人》《梦回》等小说中。

  杨:的确,你近年来小说中的人物身份也已经变了,《离异的人》《梦回》都是写的平凡的女性、特别是家庭中少妇的生活,人物心态看起来也很平和,然而还是流露出隐隐的焦虑和神秘的色彩。

  陈:在后来的小说中,人和现实中的碰撞还是有的,只不过已经被隐藏起来了。在审美上神秘主义是我一贯的倾向……②

因此,有论者认为在残雪、陈染等人的笔下,谈论现代性无异于谈论鬼怪和荒诞,是一种很有现实意义却又显得虚无和脆弱的事情。将鬼怪和荒诞归为现代性特点。对于"现代性"的定义和探讨,不是我们这里能够叙述清楚的,但是,在陈染的创作中,"神秘"或多或少被看作了现代性技巧的尝试。神秘是某种"现代性"的暗喻,在故事发展中的戛然而止,在结局应当到来时没有答案的多重性,在人物飘忽不定的身份之中,以此彰显创作中的"现代"探索。

3."神秘"的女人与女人讲述的"神秘"

除了以上提到的陈染创作中的"神秘主义"尝试。陈染还为我们塑造了大量的"神秘"的女性形象。尽管陈染在访谈中,一再将自己

---

① 陈染:《沙漏街的卜语》,《无处告别》,江苏文艺出版社2005年版,第172页。
② 杨敏、陈染:《写作,生命意识的自由表达———陈染访谈录》,《小说评论》2005年第2期,第38—44页。

和"女性"创作撇清关系。强调自己创作中的"超性别性"。"其实我还不是太强调女性的孤独无助感,我觉得孤独是全人类(无论男女)共同面临的精神困境。我写得更多的,总在重复的一个问题就是人与外界关系的难以相容或者说人与世界的对抗关系。"① 但是她笔下由女人讲述的"神秘",以及"神秘"的女人,一直都是其创作中的一个重点。这些小说一方面展现了 20 世纪 90 年代知性女子的隐秘内心世界及感知。另一方面,又通过她们与现实世界的关系,勾勒出了人类与周围世界矛盾冲突中的精神困境,实现了她的"超性别"目标。

神秘的女人。女人的神秘性隐喻着高贵,与庸俗外界的隔离。有"生得娇弱,秀丽,眼睛又黑又大,妩媚又显忧郁,芳龄二十七岁,虽还未结婚成家,但性方面的知识已知道不少"②的黛二小姐、精神绝望的"麦穗女"、有着怪癖的"秃头女"等女性形象。《另一只耳朵的敲击声》中年轻寡妇的怪癖、矛盾、病态和绝望:穿黑衣,怪衣;有秃头欲,害怕人群,耽于幻想,热爱遍体伤口的城市,不拒绝精神的挑战,也不拒绝肉体的堕落;自我实现也自我毁灭。以及在现实中出现的"叙述者"梦境中的神秘女性"伊堕人"。《空心人诞生》中的"黑衣女人"和"紫衣女人"。

女人讲述的神秘。《沙漏街的卜语》中的叙述者是一个在 15 年前的案件中受到牵连成为替罪羊的女性,她将虚构的故事与按着故事轨迹发展的实际生活在交叉叙述中营造出了神秘的"氛围"。"比如,15 年前,我根据自己的预感,写了一篇富于神秘主义色彩的貌似于侦探小说的小说。我所以说它'貌似',是因为我那篇小说的推

---

① 林舟、齐红:《女性个体经验的书写与超越陈染访谈录》,《花城》1996 年第 2 期,第 92—97 页。
② 陈染:《无处告别》,《无处告别》,江苏文艺出版社 2005 年版,第 59 页。

理方式和逻辑完全背离了侦探小说的写作规则。15 年之后，一个深患幽避症的叫作陈染的年轻女子才写出了第二篇这样的'侦探小说'。那时候，我喜欢在精神领域对一切事事物物原有的规则和秩序，进行破坏性的支离分解和重新组合，我的语言也极其模糊不清，言说不可言说的一些什么。"①《站在无人的风口》中老女人阴暗诡秘房间中那张有着两把扶手椅的魔画，房间里的红色和白色的大褂讲述着两个男人为了一个女人争斗的故事。

在陈染的创作中，我们很难将之具体归于某一个作家的影响，无论是在她的神秘作家的名单上的博尔赫斯，还是马尔克斯，还是爱伦·坡，还是她自己并没有提到，但在故事情节上有着相似性的美国南方作家卡森·麦卡勒斯（CarsonMcCullers）的《伤心咖啡馆之歌》（*The Ballad of the Sad Cafe*）。对于笔者致力于考察的爱伦·坡在当代作家的影响和意义而言，爱伦·坡只能说是被陈染视为一个喜爱的作家，并在创作中被视为"神秘"主义作家来接受，而在陈染自己的创作中，沿着她的神秘系，继续着自己的创作，无论是在小说中对奇幻体故事中"陌生感"的"异域色彩"的营造，还是在小说中对"未知"的全面展示，深味命运的不可知，和对身在其中的渺小的人类的精神关怀，还是她的神秘女人以及女人讲述神秘中，以"女性"更敏感的心灵触探这个世界的冲突中的精神困境，陈染在"神秘"的营造中完成了她的独语。

二 "恐怖来自心灵"：爱伦·坡与中国当代恐怖小说

笔者在前文已经分析了爱伦·坡在当代的接受已经远离了新中国成立前建构新文学的使命，而更多是以其故事的趣味性而深受人

---

① 陈染：《沙漏街的卜语》，《无处告别》，江苏文艺出版社 2005 年版，第 142 页。

们的欢迎。从对它的出版情况来看，20世纪90年代以来的选集不下上百个选本，其中仅是以"惊悚""恐怖"等命名的选集就有十多个选本。王辽南主编的《生命末日的体验 爱伦·坡恐怖侦探科幻小说选》（广西人民出版社1990年版）、伍蔚典翻译的《荒诞故事集》（中国少年儿童出版社1997年版）、王逢振编选的《爱伦·坡神秘小说》（上海文艺出版社1997年版，2004年由百家出版社重版）、曹明伦译的《怪异故事集》（北京燕山出版社2000年版，2006年再版）、朱璞瑄译的《爱伦·坡的诡异王国——爱伦·坡惊悚短篇杰作选》（中国对外翻译出版公司2000年版）、刘万勇译的《红死——爱伦·坡恐怖侦探小说集》（新华出版社2002年版）、康华译的《经典爱伦·坡惊悚集》（辽宁教育出版社2005年版）、苏静译的《神秘和想象故事》（明天出版社2005年版）、刘华文译的《神秘幻想故事集》（商务印书馆2007年版）、赵苏苏、吴继珍、唐霄等译的《红死魔 爱伦·坡神秘小说集》（群众出版社1994年版）。这些"类型化"选本的大量出现，具有销量大，选集多样的出版特点，并以其通俗性，拥有相对稳定的偏好"神秘恐怖"的读者群，占有了一定的市场。再加之很多著名的恐怖小说作家如斯蒂芬·金等都坦言自己深受爱伦·坡的影响，许多作品的灵感来源于爱伦·坡的作品。这些都使得在我国当代对爱伦·坡的接受中，他不但被尊为"恐怖小说"之祖，而且对于从事"恐怖"文学创作的作家而言，更是被奉为创作的楷模，在"恐怖小说"领域享有很高的声誉。以2006年4月3日揭晓的"寻找中国的斯蒂芬·金 中国恐怖小说家评选"活动为例，由百万网民和读者评选为"国内最受欢迎的十位恐怖小说家"的周德东、鬼谷女、蔡骏、一枚糖果、余以键、成刚、李西闽、庄秦、离、七根胡10位作家，几乎无一例外地都表示出了对爱伦·坡的兴趣。庄秦在他的恐怖小说《魅宅》（北方文艺出版社2006年版)、《故事二十一：黑猫的诱惑》中，毫不避讳地指出了爱伦·坡恐怖小说《黑猫》对于恐怖小说以及自己的这个故事的意义，"黑猫，在恐怖小说里，是一个永恒的主题。自从爱伦·坡在他的小说《黑描》里用到了这个元素后，无数作家都迷上了黑猫这个话题。比如横沟正史，又比如埃勒单·奎闲，就连卫斯理也写过一篇叫《老猫》的小说，也是关于黑猫的；在国内甚至有个惊悚小说的创作社，取名为'黑猫社'。今天晚上我一定回家好好想想，明天送给你们一个好听的关于黑猫的故事"①。在他的小说《博客凶灵》中更是一再表白对爱伦·坡的尊崇"而我真正的爱好，还是写恐怖小说。在众多恐怖小说作家里，我最喜欢的就是美国伟大的作家爱伦·坡。他有一篇很著名的短篇，叫作《黑猫》。在这个故事里，他很详尽地介绍了一种谋杀的方式——杀了人后，把尸体砌进墙里。小说里，如果不是凶手在无意间把一只黑猫也砌进了墙里，猫的叫声引来了警察，那么永远没有人会知道墙里藏着一具尸体"。"至于我描述出的现场情形，则完全归功于我的大脑——这全是我从现场的痕迹推理出来的。别忘了，我所崇拜的爱伦·坡，不仅仅是伟大的恐怖小说作家，更是现代推理侦探小说的开山鼻祖"②。小说《博客凶灵》几乎就是爱伦·坡小说《黑猫》的"现代版"，老满成功推出艺人陆海军之后，才发现他患有癫痫病。陆海军的粉丝"水仙"也是文洁的姐姐试图接近陆海军的时候，陆海军癫痫发作，把她的眼睛挖了出来，而老满怕艺人陆海军有癫痫的事情败露，影响自己赚钱，凶残地将"水仙"杀死，把她的尸体砌进了墙壁里。然后谎称是陆海军杀死的，胁迫他签约。这几乎就是一则现代都市中的

---

① 庄秦：《魅宅》，北方文艺出版社2006年版，第144页。
② 庄秦：《博客凶灵》，《芳草》2007年第10期。

"砌尸案"。因此早有论者注意到了爱伦·坡与当代恐怖小说之间的关联。胡克俭在他的论文《爱伦·坡与世纪之交的中国当代恐怖小说》[《西北师范大学学报》(社会科学版)2008年第1期]中从影响研究的角度出发,致力于探讨二者在主题、题材和表现手法方面上的影响关系。认为他们在对"恐怖效果"的追求,在题材上,对死亡题材、人性恶题材、复仇题材的偏好。表现手法上的第一人称叙事手法,对恐怖氛围的营造,对悬疑的设置,开放性的结尾,意象的运用上都表现出了师承关系。王德峰的硕士论文《爱伦·坡与世纪之交的中国恐怖小说流派》(兰州大学,2007年)也专题讨论过二者之间的影响关系。但是由于论者将注意力大多放在了爱伦·坡小说和国内恐怖小说在情节设置、人物塑造、题材上的相似性等方面来进行论证。而在笔者实际的阅读经验中,很难断定它们在情节设置、精神关注上就和爱伦·坡有直接的师承关系,因此"类比"式的论证很难让人信服。但是创作者的自呈"血统"又不能不引起我们的关注。这里笔者拟以被誉为中国"新"的小说类型"恐怖小说"开创者的丁天的创作为例,关注爱伦·坡对我国当代恐怖小说的意义。

(一)作为恐怖符号的"爱伦·坡":丁天与恐怖年

丁天在2000年,出版了国内第一部恐怖小说《脸》后,在国内迅速掀起了恐怖小说创作高潮,带来了所谓的"恐怖小说年"。之后,他又相继推出收录了8个恐怖短篇小说的《欢乐颂》(北京十月文艺出版社2003年版)以及长篇小说《灰色微笑》(云南人民出版社2004年版)、《命犯桃花》(北方文艺出版社2006年版),从而被看作从"王朔"青春文学的接班人成功转型为"恐怖灵异和情色情感小说"创作的"恶魔"丁天。

第四章　埃德加·爱伦·坡与中国文学的契合与影响

丁天能够顺利从"青春写作"顺利转型为"恐怖小说"与当时的通俗文学策划有密切关系。首先在于，丁天自己并不排斥通俗路线。丁天早年的创作即以调侃青春的青年文学创作为主，走的是王朔"通俗文学"的路子。他在接受采访时，也曾坦言对通俗文学的认可，"我一直认为中国人搞纯文学没戏。王朔说通俗小说才是文学中的主食。反正我老了也不想成为获诺贝尔奖的南北大菜，顶多当当菜包子和糖三角"[1]。其关注创作中的通俗性，以通俗作家自许的创作态度是不言而喻的。其次，从后来对他的访谈中，我们可以看到，"丁天"的"恐怖转型"是一次成功的商业策划。

记：听说你接下来是要出一部恐怖小说，为什么要转写恐怖小说呢？

丁：主要是跟我长期合作的一个编辑，就是兴安。他以前在《北京文学》，我写的小说都是经他一手编的。经过长期的交流吧，我也发现了，我的小说本身具有恐怖小说的特质，写的也都是很阴暗的东西，最后都要死人。[2]

这在后来《脸》出版后，对作者丁天与编者兴安的访谈中，进一步得到了证实。在《"吓唬人很难"——〈脸〉的作者与编者谈〈脸〉》这篇访谈中，我们看到兴安在对丁天的小说阅读中，发现他的小说中总与死有关，充满悬念，后来在做图书编辑以后，就约他写恐怖小说一类的通俗小说[3]。事实证明这是一个很成功的图书策

---

[1] 《"吓唬人很难"——〈脸〉的作者与编者谈〈脸〉》，《北京纪事》2000 年，第 3 页。

[2] 张咪：《青春的背后——〈中国新闻周刊〉记者专访丁天》，《伤口咚咚咚》，文化艺术出版社 2001 年版，第 287 页。

[3] 参见《"吓唬人很难"——〈脸〉的作者与编者谈〈脸〉》，《北京纪事》2000 年，第 3 页。

划，正如策划者兴安自己所说，"2000年我策划了丁天的恐怖小说《脸》，结果引出了一大堆的质量不一的恐怖小说作品，有的甚至把本来不是恐怖小说的作品改头换面，当成恐怖小说销售，掀起了所谓'恐怖热'。2003年我又策划了五本《鬼话连篇》，结果引起了'鬼故事'的溃疡，据不完全统计，至今跟风的重复的'鬼'书不下几十种，盗版更是随处可见"①。丁天的"恐怖小说"的出版，促使"恐怖年"的出现，出版界立即跟风推出了大量的"恐怖小说"，而且事实证明也都很有销量。尽管作为国内一种新的小说类型，它的出现以及繁荣可能过于商业化，但是它和国内对爱伦·坡、斯蒂芬·金恐怖小说的出版，当代文化中的恐怖电影，欧美日本的恐怖电影一道推进了恐怖小说类型的繁荣，繁荣和丰富了我国的文化。在对丁天小说的宣传以及评价中都打上了类似的标签，比如小佳在推荐丁天的《绝版青春》时，就这样介绍："自2000年以后，开创新类型'恶魔'主义小说方式，以其情色、惊悚和唯美主义的风格，和更具人性深度的视角，展示时尚另类都市生活的反面，独树一帜。"而丁天自己也趁热打铁发表了"恐怖主义"声明，并在《一个恐怖主义者的胡思乱想和胡言乱语》中用了大量的篇幅来讨论被誉为"恐怖小说"远祖的"爱伦·坡"。比较耐人寻味的是，丁天以某种调侃的口吻肯定了爱伦·坡创作上的杰出才华。他在将爱伦·坡提高到相对于爱伦·坡本人而言，在中国更有名气的莫泊桑以及契诃夫同等地位上，肯定了爱伦·坡的短篇小说才华。之后，又以博尔赫斯、切斯特顿、柯南道尔、斯蒂芬·金、日本恐怖小说名家江户川乱步、波德莱尔、阿加莎·克里斯蒂和金庸等所谓在文学"江湖"上颇有"有些势力的人物"对爱伦·坡的肯定以及在创

---

① 兴安：《恐怖小说在中国》，《南方文坛》2007年第3期，第42页。

作上与爱伦·坡的契合来为"爱伦·坡"的"经典地位"增加筹码。同时丁天在这段叙述中,又以某种调侃的口吻叙说了自己和爱伦·坡之间的关系,声称自己关注的是爱伦·坡的文人轶事。一个关涉的是文人风流,一个是对智慧的高度推崇。这些有意将自己撇开的论述,都在《一个恐怖主义者的胡思乱想和胡言乱语》标题的隐喻中,已经暗自将自己与"恐怖小说"远祖爱伦·坡紧密联系起来了,实际上这是丁天在对自己谱系的归属定位,是一次"认祖",他成功地通过"经典作家"提升了自我的地位。"爱伦·坡"成了一个标志着"经典恐怖小说家"的标签。

(二)"新"类型小说的出现:爱伦·坡与"恶魔"丁天的诞生

丁天被看作我国第一部"恐怖小说"的推出者,他对"恐怖文学"的认识一直是采访者关注的一个核心话题。从这些访谈来看,丁天将恐怖小说看作与"言情""武侠"类似的丰富和繁荣了我国文化的文学类型,肯定其存在就是一个事实。但是他对当前恐怖小说的现状并不满意。他认为,目前市面上流行的大部分恐怖小说,都只是出版者在追求利润的心态下粗制滥造出来的。从创作层面上,能够打通"文学"与"通俗"特质的还很少。[①] 可见,尽管,丁天自甘做"菜包子和糖三角",但是他还是很关注"恐怖小说"中"文学"的一面的,他认为恐怖小说并不在于重"逻辑性",而在于"想象性比较强"。他在对比了中西恐怖小说后,认为,"其实真正的恐怖还是在东方,欧美的恐怖小说已经走到了末路,他们就是写一些吸血鬼呀、凶杀呀、狼人什么的,完全不吓人。我们国家的传

[①] 于是:《恶魔丁天答〈海上文坛〉记者提问》,http://www.tianya.cn/techforum/Content/16/593074.shtml,2006年10月25日。

统就是认为女人就是鬼,女人多害怕呀,她们多恐怖啊。天天在你身边,没有你还想,有了你还瘆得慌,这绝对是一种真正的恐怖。真正的恐怖。他绝不是拿妖魔鬼怪来吓你,当你看完这本小说的时候,你会对现实对人际关系产生怀疑和不信任感"[1]。这些看法,基本上代表了他对自己所投身于的"恐怖小说"事业的认识。他认为欧美侧重于对"恐怖"元素的营造,而以中国为代表的东方,在"日常"中讲恐怖故事,才是最恐怖的,其在认知上有无差错,并不是我们这里需要关心的问题。笔者在这里关心的是,丁天在这里对"恐怖小说"内涵的理解。我们可以看出,丁天对题材上的"恐怖渲染"并不是特别重视,而更关注人类隐秘的内心世界的恐怖感。其在于他从爱伦·坡那里感受到,并在他的《一个恐怖主义者的胡思乱想和胡言乱语》中所引用的"爱伦·坡有句名言:恐怖来自心灵深处"。爱伦·坡的作品刚出来的时候,有人将他小说中的"恐怖因素"归为当时文坛上流行的"德国小说",爱伦·坡在为自己的《怪异故事集》写的序言中,为自己的创作进行了辩解,并提出"但事实是,除了唯一的一个例外,学者们在这些小说的任何一篇中都找不到那种我们被教导为日耳曼式的假恐怖的任何特征,因为与某些日耳曼文学的第二名称一直被视为其愚笨的同义词这一事实相比,再也没有更好的理由了。如果在我的许多作品中恐怖一直是主题,那我坚持认为那种恐怖不是日耳曼式的,而是心灵式的——我一直仅仅是从这种恐怖合理的源头将其演绎,并仅仅是将其驱向合理的结果"[2]。这恐怕就是爱伦·坡对于丁天的真正意义。我们再来

---

[1] 张咪:《青春的背后——〈中国新闻周刊〉记者专访丁天》,《伤口咚咚咚》,文化艺术出版社2001年版,第288页。
[2] [美]埃德加·爱伦·坡:《怪异故事集·序》,《爱伦·坡——诗歌与故事(上)》,曹明伦译,生活·读书·新知三联书店1995年版,第166页。

看一段对丁天的访谈。丁天在接受《海上文坛》于是的访问中,谈到了爱伦·坡对于自己进行"恐怖小说"创作的意义。

  于是:在您专著恐怖小说之前,您有否重视这种文化类型?
  丁天:是的。我一直喜欢此类小说,及其渊源。通常来说,现代恐怖小说是哥特小说的发展流俗,对神神鬼鬼的热衷,基本上可以算是文学的起源根本……及至遇到爱伦·坡,我才开始决定,我应该去写新的类型的恐怖小说,而不是面目模糊的普通小说。①

在丁天看来,这种新的类型的恐怖小说,并不是通过题材上的血腥和暴力,或者讲鬼故事来进行制造恐怖的效果。恐怖来自于爱伦·坡所说的心灵,在于在悬念,神秘和心灵本身的关注上营造的恐怖效果。这种从爱伦·坡那里发现的真理,促使丁天通过爱伦·坡的作品烛照了自己的创作特点。

兴安对丁天的分析是很到位的,早在丁天早期的青春故事中,就已经潜藏着这种"心灵恐怖"的因子了。他从1993年起开始发表作品,1999年出版的《玩偶青春》是他的第一部长篇,后来改成了《伤口咚咚咚》(文化艺术出版社2001年5月版)。作者自己也承认这是一部初恋故事,描写的是青春期少年的心理活动。从访谈中,我们知道这部书是很受读者欢迎的,王朔也给予了较高的评价。但是,不同于王朔笔下,"顽主"式的人生态度缅怀成长中的青春往事,丁天更侧重于铭刻成长所带来的"伤害",它们包含了成长中自我和外在对抗中内心的恐慌。《玩偶青春》中,丁天在对青春往事的

---

  ① 于是:《恶魔丁天答〈海上文坛〉记者提问》,http://www.tianya.cn/techforum/Content/16/593074.shtml,2006年10月25日。

叙述之后，又"狗尾续貂"地回到当下，并以叙述者"我"接受一个名叫依佳的漂亮女主持采访后带她回家，依佳扮演起了我的初恋情人徐静的角色，在声称自己已经死了十年，是个吊死鬼的恐怖氛围中，才将整个故事的真相和盘托出。而从 1991—2000 年，丁天早期创作的短篇小说大都辑录在短篇小说集《剑如秋莲》中，也都可以看到其中潜在的"恐怖"因子，来自心灵深处的不安。其中的《幼儿园》《数学课》《伤害》《门》等故事，比较完整地展现了成长阶段的心灵的伤害。《幼儿园》（1996 年）中，幼年生活在父母吵架的阴影中的男孩小波被父亲章伟送到全托制幼儿园大班做插班生。小波擅自离开班集体陪小女孩华华上厕所的时候，爬出窗外，站在窗沿上替小朋友华华摘取蜗牛，激怒了幼儿园老师林丽丽，被关进了黑屋子，随后被因感情纠纷而神思恍惚的林丽丽遗忘了整整五天，直到第五天，小波的父亲章伟还怀揣着对林丽丽隐秘的恋爱幻想来接孩子的时候，"他们看到小波像个橡皮娃娃似地蜷缩在门边。他的身体整整比活着时缩小了一半。开门时，两只红眼睛的大耗子迅速地逃离开了小波的身体"①。《数学课》（1995 年）上教我们数学的老黄，在对楼下的干扰声不满出面干扰，反而遭到嘲笑后，将怒气发在没有做作业的同学身上，让他们必须请家长，其中就有平时成绩不错的李园。李园从教学楼的顶端跳了下来，摔断了双腿。《伤害》中九岁的孩子对自然课老师谷蛤蟆的天然的亲近，但是自己学科成绩不好，并没有得到老师的欢心。"我"在睡梦中，梦见谷蛤蟆被宣布为叛徒，在跑去给他报信的时候，被扣为人质，后来，"我"从同学王小菲的口中知道谷老师被劳改过好多年，放出来以后，找了他现在瘫痪在床，面容枯槁的老太婆。而后"我"又从报纸上看

---

① 丁天：《剑如秋莲》，花山文艺出版社 2001 年版，第 76 页。

到报道可能是谷大成的故事,"四十年前,刚刚大学毕业被分在某研究所的谷大成仅仅因为说了几句或许当时他不应该说的话,因而浪费了自己整整二十年人生最艳丽美好的岁月"①。《门》李薇出于对诗人的幻想,对顾风无比崇拜,而受到了伤害。《活儿》(1995年)中一个四处谋生的大梁最后赶上了脑瘤,生活完全给毁了。《葬》中的死亡气息,《梦行人》(1994年)中表演系的学生在排练节目的真实处境与"我"的幻觉中发生了混淆。在对神秘事件的叙述中渲染了恐怖气氛。这些成长中的伤痛,具有很强的恐怖效果。而虚构的古典故事《箫声咽》《隐士·女人·刀客》《红衣裳和白衣裳》《剑如秋莲》中对悬念的制造,对死亡的迷恋,更是直接催生了恐怖效果。《欢乐颂》(北京十月文艺出版社2003年版)收录了《很疼,是吗?》《你想穿红马甲吗?》《拜占庭落日》(1994年)、《青春勿语》等多个短篇小说,其中《很疼,是吗?》是《玩偶青春》结尾部分的一个短篇小说版本,高度浓缩了故事中原有的恐怖气氛。《你想穿红马甲吗?》(1998年)在叙述技巧上有所突破。故事讲述的是从精神病医院转到大学做教师的叙述者"我"李遥,同时和两个被传为同性恋的非常要好的女生,胡雪梅、刘晶分别谈起了恋爱,两人彼此都不知道对方的事情。有一次,胡雪梅因为"我"给她讲了一个女生"开水房"的"红马甲"的死亡恐怖故事,不敢回宿舍,就在"我"的宿舍住下了。而"我"却睡不着,偷偷溜出去爬到女生宿舍和刘晶相会,而这件事情被当时留宿在学校的另一名女生看见,事后,她将这件事情告诉了胡雪梅,导致了胡雪梅用哑铃杀死刘晶,而自己从楼上掉到楼下摔死的悲惨结局。故事的悬疑和恐怖之处,在于以平行的方式,讲述了两起死亡事件,交叉着事实和虚

---

① 丁天:《剑如秋莲》,花山文艺出版社2001年版,第103页。

构的故事，增加故事的恐怖气氛。

在后来的创作中，他将自身创作本身具有的恐怖因素，悬念，神秘和心灵本身的关注相融合，并有意使作品中的恐怖元素更为突出，从而成功创作出"新"的恐怖小说类型，出现了《脸》这种结合了各种恐怖元素的中国恐怖小说的代表之作，并掀起了中国文坛上的"恐怖"之风。在《脸》中，丁天叙述了一段贯穿了两代的恩爱情仇，充满智慧的女博士金月琴为了报复自己曾经的情人高渐离，不但用硫酸泼向了自己的情敌，导致情敌自杀，并且杀死了几乎所有跟自己情人的儿子有关的女性，并将她们的皮完整地剥下来，取出她们的内脏，做实验，研究返老还童，保住青春的特殊物质。这个故事几乎就是我国传统的"画皮"故事与现代的"凶杀"以及高科技相融合的故事。在创作形式上丁天有意于将中国传统的"恐怖因素"以及斯蒂芬·金等人的现代恐怖元素混合在一起，但是丁天依然把握住了"爱伦·坡"的师训"恐怖来自心灵"。小说中，刻意营造着"悬念"，制造神秘的"恐怖气氛"，但故事核心还是爱情故事，爱情中的仇恨，与爱与不爱之间的纠葛，其最大的恐怖来自对身边最亲密的人的变幻莫测。

丁天之后的一系列小说，更是有意制造恐怖元素，但是其努力的方向依然是"文学"的，关注心灵的恐怖。长篇小说《灰色微笑》（云南人民出版社 2004 年版）以周旋写给朋友警官叶萧的信讲述了虚构的"幽灵客栈"的故事。周旋在信中向朋友描述了在这里游玩的三个女大学生，一对母子，一个无名的画家以及店主妻子秋云和店主的弟弟在幽灵客栈中的恐怖故事，而事实的真相却是周旋是从精神病院出逃的"精神病"患者。《命犯桃花》（北方文艺出版社 2006 年版）以拍摄《命犯桃花》剧组在一次路中碾死一个女孩子之后，不断受到恐吓，里面的人的离奇死亡而展开，详细地描述了每一个人的死亡。而事情的最终真相是，一直和"我"厮守的苏琳竟然是杀人凶手，最开始她是为了报复以拍戏为名强奸了她的《命犯桃花》剧组成员之一的李森林，然后她和妹妹在杀完人回家的时候，失魂落魄的妹妹被编剧"刘泉"的剧组的车撞死了，此后她开始疯狂复仇——杀死制片主任田小军，摄像李力，美工许东，这其中又纠缠着导演陈勇杀了自己的妻子罗娟，"我"奶奶早年杀了爷爷的情人，而再也不能和爷爷交流的神秘故事。故事中不断交织着死亡故事，悬念重生。但是作者关注的似乎是"人性的 B 面"——每个人都有自己的另一面。在这些故事中欺骗往往来自于最亲密的人，身边的爱人，最好的朋友，丁天致力于关注人性中各种潜在的或显在的层面，思考着人和周围人际关系中的细微变化，也许在丁天看来，它们才是人生最大的恐怖。

　　丁天早期的青春故事，以及 2000 年后的小说创作的"恐怖转向"，其故事的内核依然是青春故事中的情感关系，以及内心隐秘的伤害。爱伦·坡对于他而言，一方面是可以提高自己经典地位的"文化"符号；另一方面是来自于对爱伦·坡师承的"恐怖来自心灵"，对柔弱的内心世界的关怀，而这两点也在我们当代恐怖小说家创作中经常可以看到。

结语　行旅中的建构与喻辞

一　旅行的意义：跨文化交流中的文本旅行

厄尔·迈纳曾用过一个人类由于对远方的向往，从而走上旅行之途的故事来引证交流中出现的异质和融合问题。迈纳说："我们完全有理由在圈定的狭小的牧场上养肥自己的羊群，和几个牧民朋友一起抽旱烟；同样，为了找到别的牧场，不惜跋涉而去更遥远的地方同样是具有人类属性的行为，在那里，人们发现的不再是羊，而是骆驼、鱼和龙，这一发现会把我们全都带回我们自己当地的牧场，更多的时候它会使我们有些人对如何使骆驼、鱼和龙与羊相互协调一致。"[①] 距迈纳提出的这个有意思的话题已经过去了整整 200 多年，这 200 多年间，当我们把践行这一交流的对象由"人"转向文学文本的时候，我们发现，在这场跨越性的交流中，文学文本完成了它自身的旅程。当我们跟着文本行走的痕迹试图去探寻它的流传路径时，我们会发现，这幅跨越了异质地域性的地图呈现

[①] ［美］迈纳（Miner E.）：《比较诗学·文学理论的跨文化研究札记》，王宇根、宋伟杰等译，中央编译出版社 1998 年版，第 4 页。

给我们的是一个第一文本向第二文本变形的过程。早在1923年，本雅明为其所译的波德莱尔（Charles Baudelaire）的《巴黎塑像》（*Tableaux Parisiens*）写的序《译者的任务》中，就已经关注到了这一变异现象，并将译作与原作之间的关系比喻为"圆"和"圆的切线"关系。本雅明认为"圆的切线只在一点上和圆稍稍接触。切线正是通过这样的接触而不是通过切点规定了自己笔直的路径通向无限。同样，译作也只是在意义这个无穷小的切点上与原作接触。并由此根据忠实的规则在自由的语言之流中开始了自己的航程"。① 从地图的起点到达终点的时候，文本不仅在语言上发生了变化，其在话语体系，诗学体系，表达机制等因素上均呈现出了变异现象。这一蕴含着解构主义翻译思想的独特见解，赋予了译作更多自由建构的意义。

二 时间的烙印：不断被重塑的文本

1972年，霍尔姆斯（James Holmes）在其论文《翻译研究的名与实》中提出了翻译研究图谱一说，并在其中确立了"描述"性研究在翻译研究中的中心地位。紧接着，图里（Gideon Toury）出版了系统勾画描述翻译研究方法论和研究重点及框架的《描述翻译学及其他》一书，长期以来占据翻译研究中心地位的规范性研究，开始逐渐让位给面向过程的描述性翻译研究。正是借助于描述性翻译方法，笔者对爱伦·坡在中国的流传路线做了一次细致的清理，当我们恪守于一个观察者的角色时，我们发现在这场文学地图的描摹中，更多的是时间、空间上的流变，是接受者个体在文本上留下的痕迹，是一次诸多元素的合力对文本进行重新塑形的一个过程。

---

① 谢天振主编：《当代国外翻译理论导读》，南开大学出版社2008年版，第330页。

对真实的"他者"形象的复原是我们的首要工作。我们重返爱伦·坡所生活的时代及其所处的空间,将其置身于他所处的文化思想文学背景中,还原他的人生经历,梳理其所创作的小说、诗歌、文学评论的大致概况,同时在文献式的梳理中,着力于对爱伦·坡在英美国家的概括以及研究情况的历史性呈现,力图勾勒出爱伦·坡在中国的流传路线的地图。我们发现,自1905年爱伦·坡首次进入中国始,其在我国的译介经历了非常明显的阶段性变化:早期对他的译介,恰逢我国的新文学建设时期,对他的创作的译介,偏重于其创作类型中的通俗文学;20世纪三四十年代随着中美关系的变化以及我国面临的国际形势的变化,对美国文学的新译介少,辑录多;20世纪五六十年代仅局限于知识性的译介,20世纪七八十年代以来开始有对爱伦·坡的全新的翻译;再到20世纪90年代以来,以市场为主导的译介策略的变化,对爱伦·坡文学的重译、改编层出不穷。同时,我国学界对他的研究,也经历了新中国成立前的印象式批评,20世纪五六十年代受苏联模式影响的带有意识形态性的知识性整理,再到20世纪七八十年代在"苏化"潜在影响下的悄然过渡,再到20世纪90年代以后的全面繁荣这样带有阶段性变化的特点。

同一个作家,同一个作品,在跨文化交流的文本旅行中,出现了不同的文本形象,这种带有阶段差异性的文本形象,印证着时间对文本不断塑性的作用。

20世纪初的头三十年,外国通俗小说通过译文输入中国大约可分为四大类型:爱情小说、科学幻想小说、怪异小说、侦探小说。此时期对爱伦·坡小说的译介对这几类小说都有涉及。其中的跟风之气自然难免,对读者趣味的迎合也是必然的。此时期的研究,与中国社会的转型同步,还处在中国的整个学术体系从旧有的古典型向现代型转化的过程。文学研究刚开始从边沿不清,文史哲不分的传统学问中剥离出来,成为一种有独立品格的现代人文科学。学科发展不成熟,随着文学独立出来,关注到文学的文学性,以及其精神层面的东西。此时期还受到了对西方的文学观念和研究方法以及思潮流派的大肆引进的影响,但是缺乏审慎地思考和辨析,在文化过滤中出现了很多文学误读现象,如对唯美主义的认识存在偏差,把爱伦·坡也一度纳入唯美主义代表作家进行讨论,并在对他创作所具有的唯美主义特点展开了论证。20世纪五六十年代,随着新中国的成立,着手于文化意识形态的建设,对于资产阶级文化,我国学者只是做了知识整理和文化积淀的工作,只对爱伦·坡的《创作哲学》(1846年)、《诗的原理》(1848年,发表于1850年)做了较为详细的介绍。20世纪70年代末到八九十年代之交,译介的外围环境有很大的改善。一是白话文成熟,同时汉字简化以及普通话的推广,汉语本身得以成熟和发展。二是培养出了一批专门的翻译人才。三是传播媒介逐渐摆脱了新中国成立前以报纸、杂志为主要传播渠道的局限,开始以作家的个人文选为主,其翻译是建立在可靠的原始文献材料来源上,在翻译上更加规范可靠。这很快带来了通俗读物的出版,爱伦·坡的创作被视为通俗小说,开始普及起来。进入20世纪90年代以后,对埃德加的翻译出现了持续十多年的文集热。而在现代派走红的20世纪90年代,爱伦·坡影响过的一大批现代作家诸如纳博科夫成为市场以及学者关注的重点,而具有反讽性的是,爱伦·坡的作品却在中国这个时期与其说以其现代面孔的先锋性为读者关注,不如说是以其故事的可读性而被视为通俗读物深为读者所喜爱。1990年的《侦探科幻小说选》在爱伦·坡在中国的跨文化交流中带有承上启下的意义,标志着此后的爱伦·坡作品的出版,远离了此前以埃德加为纯文学创作的精神领袖以及对知识整理的目的,预示着一个娱乐化、消费时代的来临。爱伦·坡脱下了"现代"标签,其思想的深刻,洞察力的敏锐再次为这个时代所消解掉,穿上了"侦探""惊恐"等各种通俗"小说类型"的华丽衣服。此时期的翻译策略具有很强的功利性。

在对爱伦·坡在中国流传的文学地图的描摹中,我们看到的是接受国在不断重塑着原文本,是接受国基于自身文化建构的需要,不断赋予原文本以接受国自身的国家话语与个人话语的喻辞。

三 空间的移动:翻译策略与权力建构

而这种基于自身文化建构的需要,不断赋予原文本以接受国自身的国家话语与个人话语的喻辞的现象,并不只是一个在时间的流转中简单的塑形现象,同时也是在跨文化交流的空间转移中的权力构建的最终结果。

首先是中西文学关系中,东方与西方的交流与碰撞问题。就爱伦·坡在中国的流传来看,并不是西方文化侵入式的文化输出,相反是来自于中国作为接受国自身的选择与建构。在翻译策略上,无论是对爱伦·坡采取的"归化",抑或是"异化"的策略,都是基于积极性建构"自我",并对之进行塑形的需要。以对爱伦·坡传记形象在中国的接受为例。20 世纪四五十年代,出现了一系列小文,则将爱伦·坡塑造为与其原形象出入很大的,一个不拘小节,喜好酗酒赌博的放荡不羁的天才人物形象。其在对爱伦·坡天才而贫困,怀才不遇的天才形象的刻意强调中,是中国文人惯有的留名的渴望以及对艺术的推崇。同时,20 世纪二三十年代还有一些读物在编纂过程中更是出于救国救民的热情,在对中国出路探讨的背景下,表达出了强烈的现实热情。人物小传中通过谴责爱伦·坡嗜酒的癖好,而刻意渲染了他的不幸,并将其不幸完全归结于是他嗜酒的癖好,旨在要让青年人引以为戒。并最终于"再版小言"中明确提出了"人格救国"一说。以上案例都是基于接受国自身的现实需要而对爱伦·坡进行变形的现象。

其次,最后历史沉淀下来的话语机制,是接受国中不同的公共视域(The Translator' Shared Horizon)在公共空间中权较量的最后结果。所谓的公共视域"指的是译者和社会其他成员之间所共同拥有的视域"① 这个域,来自"译者与某特定群体在某个特定的历史阶段对某特定事物所共同拥有的知识、观点、认识和态度"②。以20世纪二三十年代中国对爱伦·坡诗歌《乌鸦》的接受为例。爱伦·坡的名诗《乌鸦》刚刚译介到国内,就以其哀婉动人引起了当时文坛上一些社团的注意,很快展开了对《乌鸦》一诗翻译的讨论,同时出现了三个截然不同的译本。沉钟社成员杨晦的译文《乌鸦》代表的是沉钟社,以及聚集在《真善美》杂志下的文人团体的公共视域,在他们看来,爱伦·坡代表着异域"美"的文学,并符合他们在审美趣味以及审美追求上的"新"文学的方向。作为新文化保守主义代表的《学衡》杂志推出的译文《鹏鸟吟》代表的是聚集在《学衡》杂志下的核心撰稿人吴宓、梅光迪、胡先、汤用彤等当时的文化保守主义们的公共视域。在他们看来,爱伦·坡的《乌鸦》,为"寄托之遥远"、品格高尚之诗歌,是与新文学所代表的浅露直白形成对照的。

这些聚集在不同公共视域下的译介者,在公共空间的叙述传播中争夺自己的话语权,在对世界信息的译介的传播中,力图建立基

---

① 朱健平:《翻译:跨文化诠释:哲学诠释学与接受美学模式》,湖南人民出版社2007年版,第267页。
② 同上书,第276页。

于自身所认同的公共视域之上的新秩序。被历史沉淀下来的话语机制，正是在这场空间的移动中翻译策略与权力建构合力推动中最终达成的公共共识的结果。

　　让我们再次回到本雅明的"圆"和"圆的切线"的比喻。这一思想，后经德曼和德里达的阐释，不断牵引着我们从原著转向译本，从语言等值转向文化差异。一个文本流传到他国的历程，就是一场漫长的行旅，在风尘仆仆的旅行中，文本本身走得疲惫不堪，在空间和时间上都经历了太多的颠沛流离，最后完成的是在异国他乡的文化想象的喻辞下，对原文本的一次重构。传统的对原文本意义的追慕，对确定性、统一性的艰苦寻觅现在都消解在了碎片中，以及对变异性的呈现和剖析中。而研究者，也不得不一再地和那个传统的评判者告别，归位为一个观察者、一个记录者。

附录一　爱伦·坡年表*

1809 年

1月19日，爱伦·坡生于美国马赛诸塞州波士顿（Boston），父亲戴维·坡（David Poe）和母亲伊丽莎白·阿诺德·坡（Elizabeth Arnold）均为剧团演员。家中三兄妹，他排行第二。

1810 年

父亲戴维·坡离家出走。

1811 年

12月8日，母亲在弗吉尼亚州里士满去世。三兄妹分别由三家人收养监护：威廉·亨利（William Henry Poe）和巴尔的摩的祖父生活在一起；罗莎莉（Rosalie）由生活在里士满（Richmond）的麦肯齐（Mackenzie）收养，埃德加由里士满富裕的烟草商弗朗西斯和约翰·爱伦夫妇收养。约翰·爱伦夫妇并没从法律上领养埃德加，但为他改姓爱伦，"爱伦"成为埃德加的中名。

---

* 根据汤姆森（G. R. Thompson）主编的《E. A. 坡：批评论文集》（Thompson, G. Richard, ed., *Essays and Reviews*, New York: The Library of America, 1984）收录的《年谱》整理。

1815 年

约翰·爱伦计划在国外建立一个分支商行,举家迁往苏格兰,其后不久又迁居伦敦。

1818—1820 年为爱伦·坡的求学期。

1820 年

7 月 21 日,爱伦夫妇携坡到达纽约市。

8 月,爱伦全家回到里士满。

1821 年

爱伦家迁居于第五街。

爱伦·坡在当地私立学校继续学业。

1822 年

爱伦·坡开始写诗。

1822—1823 年

写双行体讽刺诗,诗稿除《哦,时代!哦,风尚!》一首外均已遗失。

1824 年

4 月 28 日,爱伦·坡所倾慕的一位同学 Rob Standard 的母亲简·斯坦纳德夫人(Mrs. Jane Smith Standard)去世,她后来成为爱伦·坡创作于 1831 年《致海伦》一诗的灵感来源。

祖父去世,哥哥威廉·亨利时常拜访他,并给他讲述商船上的经历。

养父爱伦的商行倒闭。

1825 年

养父爱伦继承了他叔叔的一大笔遗产,成为一名富人,在市中心买下一幢房子。爱伦·坡与邻居女孩爱弥拉·罗伊斯特（Sarah Elmira Royster）私定终身。

1826 年

爱伦·坡进入弗吉尼亚（Virginia）大学。同年，爱伦·坡离开学校回到里士满，与爱弥拉的婚约也被爱弥拉父母解除。

1827 年

3 月 24 日，爱伦·坡离开里士满，化名"亨利·勒伦内"，开始自谋生路。

4 月 7 日，抵达波士顿。

5 月 26 日，以"埃德加·A. 佩里"（Edgar A. Perry）为名应募参加美国陆军，年仅 22 岁，被分派到波士顿港独立要塞的一个海岸炮兵团。

同月，说服一名年轻的印刷商出版了他的第一本书《帖木儿及其他诗》（*Tamerlane and Other Poems*），署名"波士顿人"（Bostonian）。

11 月 8—18 日，爱伦·坡随所在部队移防到南卡罗来纳州的莫尔特雷要塞。

1828—1829 年

2 月，爱伦夫人于里士满去世。

4 月 15 日，爱伦·坡从军队荣誉退伍，到华盛顿谋求在西点军校深造的机会。

秋，居住在巴尔的摩（Baltimore）亲戚家。

12 月《阿尔阿拉夫、帖木儿及小诗》（*Al Aaraaf, Tamerlane and Other Poems*）由巴尔的摩的哈奇及邓宁出版社（Hatch and Dunning）出版。

1830 年

5 月，爱伦·坡进入西点军校；常常写作讽刺军官们的滑稽诗。

10 月，与约翰·爱伦再次结婚。

1831 年

1 月，爱伦·坡因故意"抗命"（缺课，不上教堂，不参加点名），受军事法庭审判并被开除。

2 月，到纽约。

4 月，用军校同学捐赠的钱与一出版商签约出版《诗集》(Poems by Edgar Allan Poe)。住在巴尔的摩的姨妈家。同住的还有姨妈 8 岁的女儿弗吉尼亚、祖母伊丽莎白·凯恩斯·坡、爱伦·坡的哥哥威廉·亨利（他于 1831 年 8 月 1 病逝）。

同年，爱伦·坡参加费城《星期六信使报》(Philadelphia Saturday Courier) 主办的征文比赛；送交的 5 个短篇小说均未中奖，但全部被《星期六信使报》于次年发表。

1832—1833 年

写出 6 个短篇小说，希望加上《星期六信使报》发表的 5 篇以《对开本俱乐部的故事》(Tales of the Folio Club) 为书名结集出版（共有 11 篇）。1833 年参加由巴尔的摩《星期六游客报》(The Baltimore Saturday Visiter) 举办的征文比赛，《瓶中手稿》(A Manuscript Found in Bottle) 赢得 50 美元大奖，诗歌《罗马大圆形竞技场》(The Coliseum) 在诗歌比赛中名列第二。1833 年 10 月，两篇获奖作品均由《星期六游客报》刊登。

1834 年

短篇小说《梦幻者》在《戈迪淑女杂志》上发表。3 月 27 日，约翰·爱伦去世，在其遗嘱中，爱伦·坡被排除在外。《星期六游客报》征文比赛的评委之一约翰·P. 肯尼迪（John Pendleton Kennedy）把爱伦·坡推荐给《星期六南方文学信使》（The Southern Literature Messenger）月刊的出版人托马斯·怀特。

1835 年

3 月，爱伦·坡向《星期六南方文学信使》投寄短篇小说、书评文章。发表他的第一个长篇故事《汉斯·普法尔》。爱伦·坡因生活窘迫，肯尼迪开始借钱给他。

7 月，祖母伊丽莎白·坡去世。

8 月，爱伦·坡赴里士满。他笔调犀利的评论文章为他赢得了"战斧手"的别名，怀特雇他为《南方文学信使》的助理编辑兼书评主笔。爱伦·坡向表妹弗吉尼亚求婚，并于 9 月返回巴尔的摩。

10 月，爱伦·坡携弗吉尼亚和克莱姆太太回到里士满。

12 月，怀特提升爱伦·坡为《星期六南方文学信使》的月刊编辑。爱伦·坡在《星期六南方文学信使》12 月号上发表《波利希安》前几场。

该年写了 37 篇关于书和杂志的批评文章、9 个故事、4 首诗歌，以及《波利希安》前几场。

1836 年

5 月，与快满 14 岁的表妹弗吉尼亚结婚。为《星期六南方文学信使》写了 80 多篇书刊评论，并开始将他的小说和诗歌印行或重新印行。为摆脱经济困境，打算让克莱姆母女俩经营寄宿公寓，打算起诉政府要求退还他祖父向国家提供的战争贷款，但均落空。

该年为《星期六南方文学信使》写了不少于 80 篇的评论性文章、6 首诗歌、3 篇小说，使得杂志的销售量从 700 份飙升到了 3500 份。

1837—1838 年

1837 年 1 月，为薪金和编辑自主权从《南方文学信使》辞职。1837 年，举家迁居纽约。克莱姆太太经营一个寄宿公寓以帮助支撑家庭。此时期，爱伦·坡发表诗歌和小说，其中包括哈珀出版社于 1838 年 7 月出版的《阿·戈·皮姆的故事》，9 月发表《丽姬娅》。

1838 年夏，爱伦·坡举家迁费城，未找到编辑职位，继续当自由撰稿人。

1839—1840 年

迫于生计窘困，爱伦·坡用自己的名字为《贝壳学基础》一书署名。

开始在《亚历山大每周信使》上发表关于密码分析的文章。

开始为《绅士杂志》（The Gentleman's Magazine）做一些编辑工作，并于每月提供一篇署名作品（包括《厄舍府的倒塌》和《威廉·威尔逊》），撰写该刊所需的大部分评论文章。

1839 年

9 月《厄舍府坍塌》发表。

10 月《威廉·威尔逊》发表。

1839 年年底，费城的利（Lea）及布兰查德（Blanchard）出版社出版了包含了爱伦·坡当时已写成的全部 25 个短篇小说的《怪异故事集》（2 卷本）。

1840 年 1 月起在《绅士杂志》上连载《罗德曼日记》，6 月与伯顿（William E. Burton）发生争吵而被解雇。试图创办《佩恩杂志》，但因缺乏资金而被搁置。

1840 年 11 月，在《格雷厄姆杂志》（The New Graham's Magazine）12 月号发表《人群中的人》。

1841 年

从《格雷厄姆杂志》4 月号起成为编辑；发表"推理小说"《莫格街谋杀案》。

5 月，发表《大漩涡底余生记》。接着写出一系列关于密码分析和真迹复制的文章，希望得到格雷厄姆的经济支持创办《佩恩杂志》。

1842 年

1 月，弗吉尼亚唱歌时一根血管破裂，其后再也没有完全恢复健康。

会见狄更斯。

4 月，发表《艾蕾奥瑙拉》《椭圆形画像》。

5 月，从《格雷厄姆杂志》辞职，其编辑职务由鲁弗斯·威尔莫特·格里斯沃尔德（Griswold，后为爱伦·坡的遗著保管人）接替。发表《红死之假面具》。

秋天发表《陷坑与钟摆》。

11 月，在斯诺顿《妇女之友》杂志连载《玛丽·罗热疑案》。

1843 年

定期为詹姆斯·罗塞尔·罗威尔新办的杂志《先驱》（*The Spectator*）投稿；发表的作品包括《泄密的心》《丽姬娅》和《诗的原理》。前往华盛顿特区，参加泰勒政府机构中文书职位的面试，但因醉酒而失去求职机会。同时为他自己拟办的已改名为《铁笔》（*The Stylus*）的杂志拉订户。继续写讽刺作品、诗歌和评论。生计窘迫，一度向格里斯沃尔德和罗威尔借钱。

6 月，《金甲虫》在费城《美元日报》（*Dollar Newspaper*）的征文比赛中赢得 100 美元奖金。

7月,《埃德加·A. 坡传奇故事集》在费城出版,其中收入《莫格街谋杀案》和《被用光的人》。

11月,开始巡回演讲"美国的诗人和诗"(Poets and Poetry of American)。

秋,发表包括《黑猫》在内的作品。

1844 年

4月7日,坡迁居纽约市百老汇附近,在《纽约太阳报》(The New York Sun)上发表《气球骗局》。继续计划创办《铁笔》。写作《美国文学批评史》(未完成)。

10月,为《明镜晚报》撰写关于文学市场、当代作家及呼吁国际版权法的文章。

11月,开始在《民主评论》月刊发表"旁敲侧击"系列短评。

1845 年

1月29日,在《明镜晚报上》发表《乌鸦》,获得成功。埃弗特·戴金克选了爱伦·坡的12个短篇小说编成故事集于7月由威利及帕特南出版社出版。出版商威利和普特南(Wiley and Putnam)于11月出版了《乌鸦及其他诗》(The Raven and Other Poems)。爱伦·坡同期开始为《百老汇杂志》(Broadway Journal)撰稿,后成为该刊编辑,不久又用借来的钱成为该刊所有人。他在该刊重新发表他经过修订的大部分小说和诗歌,以及60多篇文学随笔和评论。此外还在《南方文学信使》发表评论,在《美国辉格党评论》发表了《美国戏剧》一文。此时期,还因他批评剽窃行为的文章涉及朗费罗,从而导致"朗费罗战争"(1—8月)的私人论战。

5月在纽约演讲"美国的诗人和诗"。

夏,《埃德加·坡短篇小说集》在纽约出版。

秋，弗吉尼亚病重。

10月，在波士顿演讲厅阐释《阿尔·阿拉夫》时收到倒彩。

10月24日，任《百老汇日报》主笔，发表《窃信案》。

11月，在纽约出版《乌鸦集》。

1846年

爱伦·坡在1月3日出版《百老汇杂志》最后一期后，停办该刊。举家搬到纽约郊外，弗吉尼亚病重。爱伦·坡发表了《一桶蒙特亚白葡萄酒》《创作哲学》，在《戈迪淑女杂志》(*Godey's Lady's Book*)上发表评论文章38篇，在《格雷厄姆杂志》和《民主评论》继续发表"旁敲侧击"系列短评。

5月，开始在《戈迪淑女杂志》发表总题为《纽约城的文人学士》的讽刺性人物特写。

1847年

弗吉尼亚于1月30日去世。完成对霍桑的评论；1847年创作了*Ulalume*。

1848年

四处演讲和朗诵，为《铁笔》筹集资金。

6月，《我发现了》由帕特南出版社出版。

6月，在马萨诸塞州洛厄尔市演讲期间爱上"安妮"（南希·里士满夫人），随后又对萨拉·海伦·惠特曼展开追求。

9月21日，爱伦·坡请求45岁的孀孺女诗人萨拉·海伦·惠特曼嫁给他。由于惠特曼夫人的母亲和朋友施加影响，12月解除婚约。在普罗维登斯演讲中阐释《诗歌原理》。写出《钟》。

1849年

作为作家和演讲家均很活跃；主要作品发表在《我们合众国的

旗帜》周刊。

夏初,动身去里士满寻求南方人对《铁笔》的支持。

本年他收到了《先驱报》的主编爱德华·帕特森(Edward Patterson)的信,对他创办自己的报纸《铁笔》的想法很感兴趣,表示愿意负担办报的费用,并承诺让他完全掌控报纸,还借给他50美元的路费去里士满。

7月14日,他到达里士满,看望妹妹罗莎莉(Catherine Poitiaux),参加戒酒协会活动,并同少年时代的恋人、已孀居的爱弥拉·罗伊斯特·谢尔顿(Elmira Shelton)订婚。

10月3日,有人在巴尔的摩一个投票站外发现了处于半昏迷状态的爱伦·坡。他被送往华盛顿大学医院进行救治,但是神智一直不清。

10月7日,清晨五时,爱伦·坡与世长辞。

附录二　爱伦·坡作品汉译（1949 年前）

周作人译：《玉虫缘》，翔鸾社初版，小说林社 1905 年再版。

周作人译：《寂寞》，1908 年 12 月；《河南》第 8 期（1909 年收入《域外小说集》中，并易名为《默》）。

挥铁樵：《冰洋双鲤》（今译《瓶中手稿》），《小说月报》1912 年第 3 卷第 10 期。

徐大译：《金虫述异》，《小说月报》1914 年 12 月第 5 卷第 12 期。

包天笑译：《赤死病》，《春声》1916 年第 3 期。

周瘦鹃译：《静默》，收入《欧美名家短篇小说丛刊》，中华书局 1917 年版。

周瘦鹃译：《心声》，收入《欧美名家短篇小说丛刊》，中华书局 1917 年版。

陈蝶仙等翻译：《母女惨毙》（The Murders in the Rue Morgue，今译《莫格街凶杀案》）、《黑少年》（The Mystery of Marie Rogêt，今译《玛丽·罗热疑案》）、《法官情简》（The Purloined Letter，今译《被窃之信》）、《骷髅虫》（《金甲虫》），收入《杜宾侦探案》，上海中华书局 1918 年版。

· 375 ·

沈雁冰：《心声》，《东方杂志》1920年9月第17卷第18号。

余子长译：《静默》，《小说世界》1923年12月第4卷第5期。

苏兆骧：《告发的心》，《民国日报觉悟》1923年5月27日。

子岩译：《乌鸦》，《文学周报》百期纪念号，1923年12月1日。

张伯符译：《乌鸦》，《创造周报》1924年，卷36。

席均译：《恩娜倍李》，《文艺周刊》1924年1月第19期。

余子长译：《多言之心》，《小说世界》1924年第5卷第7期。

东方杂志社编：《心声》，收入《近代英美小说集》，商务印书馆（上海）1924年版。

顾谦吾译：《鹏鸟吟》，《学衡》杂志1924年9月第45期。

石樵译：《作文底哲学》，《一般》第4卷第2号。

子长译：《腰园的像片》，《小说世界》1925年2月第9卷第9期。

林孖译：《诗的原理》，《小说月报》1925年4月。

顾谦吉译：《阿伦玻鹏鸟吟》，《学衡》1925年第45期。

朱维基译：《诗的原理》，《火山月刊》1926年第1期。

傅东华译：《奇事的天使》，《小说月报》1926年第17卷第8号，后收入《两个青年的悲剧》，大江书铺1929年10月初版。

曾虚白译：《意灵娜拉》，《真美善》1928年第1卷第3期。

林徽因译：《幽会》，《大众文艺》1928年9月20日第1卷第1期。

朱维基、芳信译：《水仙》，光华书局1928年版。

石民：《惹祸的心》，《北新》1928年第2卷第23期。

钱歌川译：《红死的假面》《黑猫》和《椭圆形的肖像》，收入《黑猫》，上海中华书局1929年版。

林徽因译：《斯芬克思》，《真美善》1929 年第 3 卷第 4 期。

黄龙译：《乌鸦》，《真美善》1929 年第 4 卷第 3 期。

朱企霞译：《虾蟆》，《北新》1930 年第 4 卷第 23、24 期。

黄龙译：《钟》，《真美善》1930 第 5 卷第 4 期。

程小青译：《麦格路的凶杀案》，收入《世界名家侦探小说集》（第 1、2 册），［美］来特（W. H. Wright）辑，（上海）大东书局 1931 年初版。

张廷铮译：《安娜白李》，收入《中学生翻译》，（上海）中学生书局 1932 年版。

吾庐译：《长方箱》，《新月》1932 年第 3 卷第 7 期。

侯佩尹译：《乌鸦》，《大陆杂志》1933 年第 1 卷第 10 期。

伍光建译：《会揭露秘密的心脏》《深坑与钟摆》《失窃的信》，收入《普的短篇小说》，商务印书馆 1934 年版。

球笙译：《赠希伦》，《文艺月刊》1934 年 4 月第 5 卷第 4 号。

白和译：《坑与摆》，《文季刊》1935 年 12 月第 2 卷第 4 期。

蹇先艾译：《发人隐私的心》，收入郑振铎主编《世界文库 4》，1935 年。

三郎译：《亚蒙蒂拉特酒》，《黄钟》1935 年第 7 卷第 4 期。

三郎译：《红死之假面》，《黄钟》1935 年第 7 卷第 5 期。

三郎译：《黑猫》，《黄钟》1935 年第 7 卷第 6 期。

三郎译：《跛蛙》，《三郎》1935 年第 7 卷第 7 期。

三郎译：《沉默》，《黄钟》1935 年第 7 卷第 8 期。

钱歌川译：《黑猫》，（上海）中华书局 1935 年版。

毛秋白译：《挪威的大漩涡》，收入《日射病》，（上海）中华书局 1935 年版。

陈以德译：《眼镜》，《文艺月刊》1937 年第 10 卷第 3 期。

雪笠译:《阿孟奇拉特酒樽》,《大同报》1938 年 10 月 5 日、7 日。

雪笠译:《红死的假面》,《大同报》1938 年 7 月 22 日、23 日、24 日。

海岑译:《大鸦》《钟》《阿那贝尔·李》,收入《罗马哀歌(世界文学名诗选)》,(福建永安)点滴出版社 1944 年版。

孟西译:《大荒山的故事》(《凹凸山的故事》),《中国青年(重庆)》1947 年第 10 期附刊,第 23—25 页。

培茵译:《给亚塞陀尔》,《文潮月刊》1947 年第 4 卷第 2 期。

培茵译:《湖——致——》《婚歌(外一章)》《长庚星》,《文潮月刊》1948 年第 5 卷第 6 期。

程小青译:《麦格路的凶杀案》,(上海)大东书局 1948 年版。

张梦麟等译:《荒凉岛》,(上海)中华书局 1948 年版(收有《跳蛙》《亚兰坡》)。

焦菊隐译:《爱伦·坡故事集》[收有《黑猫》《莫尔格街的谋杀案》《玛丽·萝薏的神秘案》《金甲虫》和《登龙》(*Lionizing*,今译《捧为名流*)]*,晨光出版公司 1949 年版。

焦菊隐译:《海上历险记》(*The Narrative of Arthur Gordon Pym*,今译《阿·戈·皮姆的故事》),晨光出版公司 1949 年版。

附录三　爱伦·坡研究论文（1949年前）

茅盾：《〈心声〉译者志》，《东方杂志》1920 年第 17 卷第 18 期；*One Book at a Time：Poe's Poems：Edgar Allan Poe*，《英文杂志》1921 年第 7 卷第 1 期。

——《侦探小说之创造者美国亚伦坡：Poe. E. A.》，《半月》1921 年第 1 卷第 6 期。

——《美国作家肖像：年谱以及简短的生平介绍：埃德加·爱伦·坡》[*portraits of american authors：Chronologically Arranged，with Short Biographical Notes（See Next Page）：Edgar Allan Poe*]，《英文杂志》1924 年第 10 卷第 4 期。

——《埃德加·爱伦·坡（画像）》[*Edgar Allan Poe：*（画像）]，《英文杂志》1925 年第 11 卷第 10 期。

——《埃德加·爱伦·坡和他的小说》(*Edgar Allan Poe and His Tales to be Continued Brede，A.*)，《英文杂志》1925 年第 11 卷第 10 期。

——《埃德加·爱伦·坡和他的小说（续）》[*Edgar Allan Poe and His Tales（Continued from Last Issue）Brede，A.*]，《英文杂志》

1925 年第 11 卷第 11 期。

——《埃德加·爱伦·坡和他的小说（续）》[Edgar Allan Poe and His Tales (Continued) Brede, A.]，《英文杂志》1925 年第 11 卷第 12 期。

陈炜谟：《论坡（Edgar Allan Poe）的小说》，《沉钟》1927 年（特刊）。

药匣：《介绍及批评：亚伦坡》，《清华周刊》1927 年第 28 卷第 1 期。

——Edgar Allan Poe：画像，《沉钟》1927 年（特刊）。

赵景深：《现代文坛杂话：爱伦·坡交了好运》，《小说月报（上海 1910）》1927 年第 18 卷第 8 期。

叶公超：《爱伦·坡的〈乌鸦〉和其他的诗稿》，《新月》1928 年 11 月第 1 卷第 9 期。

赵景深：《孟代与爱伦·坡》，收入《一九二九年的世界文学》，（上海）神州国光社 1930 年版。

品橄：《亚伦坡的生平及其艺术》，《新中华》1933 年第 1 卷第 16 期。

梁实秋：《埃德加·爱伦·坡文学批评》(Literary Criticism of Edgar Allan Poe)，《山东大学文史丛刊》1934 年第 1 期。

施蛰存：《从亚伦坡到海敏威》，写于 1935 年，收入《北山四窗》，上海文艺出版社 2000 年版，第 302—303 页。

朱泯：《成功者的故事：天才诗人爱伦·坡：一段小诗写了十年》，《幸福世界》1946 年第 1 卷第 4 期。

叶灵风：《爱伦·坡》，收入《读书随笔》，杂志公司 1946 年版。

——《文坛逸话：爱伦·坡穷得无被》，《书报精华》1946 年第 24 期。

品良:《短篇小说与爱伦·坡》,《南青》1947 年第 1 卷第 5 期。

坚卫:《爱伦·坡的悲歌:白色的茅屋(附图)》,《幸福世界》1947 年第 2 卷第 1 期。

培茵:《十九世纪的怪杰爱伦·坡:爱氏逝世九十九周年祭》,《文潮月刊》1948 年第 5 卷第 6 期。

李广田:《爱仑坡的〈李奇亚〉》,《文学杂志》1948 年第 2 卷第 11 期。

附录四　爱伦·坡在中国台湾地区的翻译及研究

翻译

焦菊隐译：《爱伦坡故事集》，台北：仙人掌，1970年。

朱天华译：《爱伦坡故事集》，台北：天华，1978年。

蔡为烜译：《爱伦坡恐怖小说选》台北：国家，1980年。

周启超编著：《爱伦·坡传》，台北：业强出版社1996年版。

谢丽玫译：《爱伦坡恐怖小说选》，台中：三久，1997年。

李淑贞编译：《爱伦坡小说选》，台北：九仪，1999年。

朱璞瑄译：《爱伦坡的诡异王国：爱伦坡惊悚短篇杰作选》，台北：高宝国际，1999年。

沈筱云译：《爱伦坡惊悚小说集［艾德嘉］》，台北：小知堂，2002年。

梁永安译：《陷阱与钟摆：爱伦·坡短篇小说选》，台北：台湾商务，2002年。

李淑贞编译：《爱伦坡小说选》，台北：经典文库出版；台北县树林：成阳总代理，2002年。

爱伦坡原著，Jennifer Shih 改编：《爱伦坡恐怖小说选》，台北县新店：三思堂出版，台北县三重：大和书报总经销，2002年。

简伊婕译：《爱伦坡惊悚小说集》，台中：好读发行；台北：知己图书总经销，2005年。

曹明伦译：《黑猫：爱伦坡惊悚故事集》，台北：商周出版；家庭传媒城邦分公司发行［台北县新店］；农学总经销，2005年。

《爱伦坡的悬疑谋杀案》，台北县中和：华文网出版；彩舍国际通路总代理，2005年。

吴玲瑶：《怪异酷天才：神秘小说之父爱伦坡》，台北：三民书局1999年版。

台版《儿童文学》，三民书局2007年版。

简伊婕译：《爱伦坡惊悚小说全集》，台中：好读发行；知己总经销，2008年。

陈福成：《爱伦坡恐怖推理小说经典新选》，台北：文史哲，2009年。

期刊论文

程振粤：《凭吊美国诗圣爱伦坡（Edgar Allan Poe）之墓》，《自由谈》1976年第27卷第11期，第17—19页。

雪萍：《爱伦坡（Edgar Allan Poe）的生平及其作品》，《今日中国》1977年第77期，第116—123页。

周宪文：《爱伦坡 Edgar Allan Poe 年谱（1809—1849年）》，《台北市银月刊》1979年第10卷第9期，第74—77页。

熊晓蕙："A Study of Poe's View on Evil in The Fall of the

· 383 ·

House of Usher"，《高雄工专学报》1982 年第 12 期，第 73—98 页。

林佑能：《爱伦坡其人及其主要作品之研究》，《台中商专学报》1988 年第 20 期，第 217—233 页。

田维新："Literature or Psychoanalysis: Poe & Pos's Personality and His Works"，《美国研究》1990 年第 4 期，第 1—38 页。

林志明：《注意的观点——波特莱尔的〈现代生活的画家〉》，《中外文学》2002 年第 30 卷第 11 期，第 62—82 页。

爱伦·坡、图坦卡门、阮庆岳：《一句活得比人还久的话：他的、我的墓志铭》，《联合文学》2005 年第 21 卷第 10 期，第 110—113 页。

邱少颐：《波特莱尔论爱伦坡——〈莫格街杀人事件〉的三种读法》，《艺术评论》2007 年第 17 期，第 163—189 页。

简上闵：《一世纪的等待：艾德格·爱伦坡〈你往前挖，我来藏土〉展》，《典藏今艺术》2008 年第 190 期，第 156—161 页。

学位论文

孙芳燕：《艾德格·爱伦坡海洋小说中的内心世界》，政治作战学院外国语文研究所，1985 年。

颜永俊：《爱伦坡与霍夫曼的比较研究》，淡江大学西洋语文研究所，1987 年。

邓名韵：《众声中失去整合的声音——爱伦坡短篇故事中第一人称叙事者的自我追寻》，台湾师范大学英语教育研究所，1990 年。

刘思洁：《诠释之罗曼史：爱伦坡之〈窃柬〉与其文评》，台湾大学外国语文学系，1993 年。

童文聪：《永恒的迫近：艾德嘉·爱伦坡恐怖故事中之游移辩

证》，台湾师范大学英语研究所，1998年。

廖彩杏：《爱伦坡〈红死病面具〉的建筑、装饰与位置：从中国风水及当代环境心理学的观点来探讨》，中正大学外国语文研究所，2000年。

王蓉婷：《评者之限（陷）：爱伦坡，波赫士，与侦探小说》，"中央"大学英美语文学研究所，2001年。

靳淳韩：《与恐惧相遇：爱伦坡短篇小说之乱伦呈现》，成功大学外国语文学系硕博士班，2004年。

张贵媖：《爱伦坡短篇作品中死亡的恐惧与期盼》，成功大学外国语文学系硕博士班，2004年。

赵翠婷：《诗意转化：爱伦坡恐怖故事中的读者意识与自我存在》，台湾师范大学英语学系，2004年。

叶允凯：《你是男子汉？爱伦坡和柯南道尔侦探故事中男性意识之重塑》，淡江大学英文学系硕士班，2004年。

陈玉云：《暴力与死亡之美学：以拉冈派之精神分析阅读爱伦坡的恐怖小说》，台湾大学外国语文研究所，2005年。

陈其英：《现实与虚构：艾德格·爱伦坡人生及主要小说中的女人》，高雄师范大学英语学系，2005年。

巫宜学：《惊悚国度：爱伦坡故事中空间与角色的特质分析》，辅仁大学英国语文学系，2005年。

林俊男：《"红颜为何薄命"：以拉冈派精神分析探究爱伦坡女性小说》，台湾大学外国语文研究所，2006年。

李雅竹：《爱伦坡〈告密的心〉的自我解体》，静宜大学英国语文学系研究所，2009年。

张雯瑛：《论玛丽·雪莱、爱伦坡及布拉克歌德小说中的"诡异"与"贱斥"》，中国文化大学英国语文学系，2009年。

附录五 爱伦·坡作品篇目中英文对照表*

诗歌

A

"An Acrostic"《一首离合诗》

"Al Aaraaf"《阿尔阿拉夫》

"Alone"《孤独》

"Annabel Lee"《安娜贝尔·李》

B

"The Bells"《钟》

"Bridal Ballad"《新婚小调》

C

"The City of Sin"（"The City in the Sea"，"The Doomed City"）《海中之城》

---

*　因曹明伦先生的译作在学界以及广大读者群中影响颇大，且译文准确贴近原意，本附录在对爱伦·坡作品篇目进行翻译时多以曹明伦先生的翻译为依据，并对先生未曾翻译过的篇目进行补译。同时由于爱伦·坡喜欢不断修改旧作，不少篇目甚至连篇名都做了改动，本附录尽笔者努力，将爱伦·坡创作的同一篇目的新旧之名一并给出，以避免读者将同一作品误视为不同的作品。

"The Coliseum"《罗马大圆形竞技场》

"The Conqueror Worm"《征服者爬虫》

D

"Deep in Earth"《深眠黄土》

"A Dream"《一个梦》

"A Dream within a Dream"《梦中之梦》

"Dream-Land"《梦境》

"Dreams"《梦》

E

"Eldorado"《黄金国》

"Elizabeth"《伊丽莎白》

"Enigma"（On Shakespeare）《谜》

"An Enigma"（"Sarah Anna Lewis, written about November 1847"）《一个谜》

"Evening Star"《夜星》

"Eulalie"《尤拉丽——歌》

F

"Fairyland"《仙境》

"For Annie"《献给安妮》

H

"The Happiest Day"《最快乐的日子》

"The Haunted Palace"《闹鬼的宫殿》

I

"Imitation"《模仿》

"Israfel"《以色拉费》

L

"Latin Hymn"《赞歌》

"Lenore"《丽诺尔》

"Lines after Elizabeth Barrett"《伊丽莎白》

"Lines on Joe Locke"《咏乔·洛克》

O

"O, Tempora! O, Mores!"《哦,时代!哦,风尚!》

R

"The Raven"《乌鸦》

"Romance"("Preface")《传奇》

S

"Scenes from 'Politian'"(excerpts from a dramatic stage play in verse)《波利希安》选场(一至五场未完)

"Serenade"《小夜曲》

"The Sleeper"("Irene")《睡美人》

"Song"《歌》

"Sonnet—Silence"(original title of "Silence")十四行诗——《静》

"Sonnet — To My Mother"(original title of "To My Mother")《致我的母亲》

"Sonnet—To Science"十四行诗——《致科学》

"Spirits of the Dead"《亡灵》

"Stanzas"《诗节》

T

"Tamerlane"《帖木儿》

"To —"["I heed not that my..."](alternate title of "To M—")《致M》

"To F —" (later title of "To Mary" and "To Frances")《致 F》

"To Helen" ["Helen, thy beauty is to me..."]《致海伦》

"To Helen" [Sarah Helen Whitman]《致海伦》

"[To Isaac Lea]"《致艾萨克·利》

"To M. L. S—" [Marie Lousie Shew] (written February 14, 1847)《致 M. L. S》

"To Margaret"《致玛格丽特》

"To Miss Louise Olivia Hunter"《致路易丝·奥利维亚·亨特小姐》

"To My Mother" (later title for "Sonnet — To My Mother")《致我的母亲》

"[To Octavia]"《致奥克塔维娅》

"To One in Paradise" ("To One Beloved" "To Ianthe in Heaven")《致乐园中的一位》

"To the River—"《致河——》

U

"Ulalume"《尤娜路姆》——一首歌谣

V

"A Valentine"《赠——的情人节礼物》

"The Valley of Unrest" ("The Valley of Nis")《不安的山谷》

小说

A

"The Angel of the Odd"《奇怪天使》

B

"The Balloon Hoax"《气球骗局》

"Berenice"《贝蕾妮丝》

"The Black Cat"《黑猫》

"Bon-Bon"（"The Bargain Lost"）《甭甭》

"The Business Man"（"Peter Pendulum, the Business Man"）《生意人》

"Byron and Miss Chaworth"《拜伦与查沃思小姐》

C

"The Cask of Amontillado"《一桶蒙特亚白葡萄酒》

"The Colloquy of Monos and Una"《莫诺斯与尤拉的对话》

"The Conversation of Eiros and Charmion"（"The Destruction of the World"）《埃洛斯与沙米翁的对话》

D

"A Descent into the Maelström"《莫斯肯旋涡沉浮记》

"The Devil in the Belfry"《钟楼魔影》

"Diddling Considered as One of the Exact Sciences"《欺骗是一门精密的科学》

"The Domain of Arnheim"（"The Landscape Garden"）《阿恩海姆乐园》

"The Duc de L'Omelette"（"The Duke de L'Omelette"）《德洛梅勒特公爵》

E

"Eleonora"《埃莱奥诺拉》

F

"The Facts in the Case of M. Valdemar"《瓦尔德马先生病例之真相》

"The Fall of the House of Usher"《厄舍府的倒塌》

"Four Beasts in One"（later title of "Epimanes"）《四不像》

G

"The Gold – Bug"《金甲虫》

H

"Hop – Frog"《跳蛙》

"How to Write a Blackwood Article"（with "A Predicament"）《如何写布莱克伍德式文章》

I

"The Imp of the Perverse"《反常之魔》

"Instinct vs Reason—A Black Cat"《本能与理性———一只黑猫》

"The Island of the Fay"《仙女岛》

J

"The Journal of Julius Rodman"《罗德曼日记》（长篇未完）

K

"King Pest"《瘟疫王》

L

"Landor's Cottage"《兰多的小屋》

"The Lake — To—"《湖——致——》

"Ligeia"《丽姬娅》

"The Light – House"《灯塔》（残稿）

"Lionizing"《捧为名流》

"The Literary Life of Thingum Bob, Esq"《森格姆·鲍勃先生的文学生涯》

"Loss of Breath"（"A Decided Loss"）《失去呼吸》

M

"Maelzel's Chess‐Player"《梅泽尔的象棋手》

"The Man of the Crowd"《人群中的人》

"The Man that was Used Up"《被用光的人》

"The Mask of the Red Death", ("The Masque of the Red Death")《红死病的假面具》

"Mellonta Tauta"《未来之事》

"Mesmeric Revelation"《催眠启示录》

"Metzengerstein" (An unused title "The Horse‐Shade")《梅岑格施泰因》

"Morella"《莫雷娜》

"Morning on the Wissahiccon"《维萨西孔河之晨》

"MS. Found in a Bottle" (alternate title of "Manuscript Found in a Bottle")《瓶中手稿》

"The Murders in the Rue Morgue"《莫格街谋杀案》

"The Mystery of Marie Roget"《玛丽·罗热疑案》

"Mystification"《故弄玄虚》

N

"The Narrative of Arthur Gordon Pym of Nantucket"《阿·戈·皮姆的故事》（长篇）

"Never Bet the Devil Your Head"《千万别和魔鬼赌你的脑袋》

O

"The Oblong Box"《长方形箱子》

"The Oval Portrait" ("Life in Death")《椭圆形画像》

P

"The Philosophy of Furniture"《装饰的哲学》

"The Philosophy of Composition"《创作哲学》

"The Pit and the Pendulum"《陷坑与钟摆》

"The Poetic Principle"《诗歌原理》

"The Power of Words"《言语的力量》

"A Predicament"《绝境》

"The Premature Burial"《过早埋葬》

"The Purloined Letter"《被窃之信》

R

"Review of Hawthorne's 'Twice-Told Tales'"《评霍桑的〈故事重述〉》

S

"Shadow — A Parable"《死荫——寓言一则》

"Silence — A Fable"("Siope")《静——寓言一则》

"Some Account of Stonehenge"《巨人舞石柱林一瞥》

"Some Words With a Mummy"《与一具木乃伊的谈话》

"The Spectacles"《眼镜》

"The Sphinx"《斯芬克斯》

"The System of Doctor Tarr and Professor Fether"《塔尔博士和费瑟尔教授的疗法》

T

"A Tale of Jerusalem"《耶路撒冷的故事》

"A Tale of the Ragged Mountains"《凹凸山的故事》

"The Tell-Tale Heart"《泄密的心》

"Thou Art the Man"《你就是那人》

"The Thousand-and-Second Tale of Scheherazade"《山鲁佐德的第一千零二个故事》

"Three Sundays in a Week"（"A Succession of Sundays"）《一星期中的三个星期天》

U

"The Unparalleled Adventure of One Hans Pfaall"《汉斯·普法尔历险记》（长篇）

V

"Von Kempelen and His Discovery"《冯·肯佩伦和他的发现》

"The Visionary"（later title of "The Assignation"）《幽会》

W

"Why the Little Frenchman Wears His Hand in a Sling"《为什么那小个子法国佬的手悬在吊腕带里》

"William Wilson"《威廉·威尔逊》

X

"X – ing a Paragrab"《用 X 代替 O 的时候》

评论及随笔[①]

Letter to B《致 B 先生》

ThePhiloshophy of Composition（April 1840）《文章哲学》

The Rational of Verse《诗句的解释》

The Poetic Principle《诗歌原理》

Reviews of British and Continental Authors《英国及大陆作家评论

---

① 根据汤姆森（G. R. Thompson）主编的《E. A. 坡：批评论文集》（Thompson, G. Richard, ed., Essays and Reviews, New York: The Library of America, 1984）中收录篇目翻译。其中的系列性论文，如 Reviews of British and Continental Authors, Reviews of American and American Literature 以及 Marginalia 旁敲侧击系列，均未对其中的具体篇目进行翻译。排序方式以该书收录情况为序。

（系列文章）》

Reviews of American and American Literature《美国及美国文学评论（系列文章）》

Magazines and Critcism《杂志与批评（系列文章）》

Supplement（A Reply to Critics）《补编：对批评的回复》

Prospecus of The Penn Magazine《〈佩恩杂志〉章程》

Exordium to Critical Notices《批评须知绪论》

Prospectus of The Stylus《〈铁笔〉章程》

Some Secrets of the Magazine Prison – House《奴役之家般的杂志的秘密》

About Critics and Criticism《批评和驳议》

A Review Reviewed《评论检阅》

The Literature and Social Scene《文学和社会景象（系列文章）》

Literary Small Talk《文学浅谈》

Letter to the Editoral of the Broadway Journal（1845）《致〈百老汇杂志〉主编（1845）》

Editoral Miscellanies from the Broadway Journal（1845 – 1846）《"〈百老汇杂志〉上刊登的杂记（1845—1846）"（系列文章）》

TheLiteratl of New York City《纽约城的文人学士（系列文章）》

Articls and Marginalia《文章和旁敲侧击系列(系列文章）》

South – Sea Expedition《南洋探险》

Reports of the Committee on Naval Affairs《海军事务委员会报告》

Address on the subject of a Surviving and Exploring Expedition to the Pacific Ocean and South Seas By J. N. Reynolds《雷诺关于太平洋和南海的生存和探险主题的演讲》

A Brief Account of the Discoveries and Results of the United States'

Exploring Expedition《简介美国探险的发现与结果》

  Maelzel's Chess – Player《梅泽尔的象棋手》

  A Few Words on Secret Writing《谈谈"秘密"写作》

  Chapter of Suggestion《建议卷》

  Fifty Suggestion《五十条建议》

  Marginalia《旁敲侧击系列》

（Democative Review，1844、1846）《民主评论》（1844、1846）

（Godey's Lady's Book，1845、1846）《戈迪淑女杂志》（1845、1846）

（Graham's Magazine，1846、1848）《格雷厄姆杂志》（1846、1848）

（Southern Literary Messenger，1849）《南方文学信使》（1849）

参考文献

英文资料

Bloom, Harold ed. *Modern, Critical Interpretations—The Tales of Poe*, New York: Chelsea House Publishers, 1985.

Brooks, Van Wyck. *American Romantics 1800 - 1860*. New York: The Viking Pr, 1968.

Carlson, Eric W. ed. *The recognition of Edgar Allan Poe; selected criticism since 1829*, University of Michigan Press, 1966.

Carlson, Eric W. ed. *A Companion to Poe Studies*. Greenwood Press, 1996.

Clarke, G. *Edgar Allan Poe Critical Assessments Vol. I - Vol. IV*. London: Helm Information Ltd., 1991.

Englekirk, John Eugene. *Edgar Allan Poe in Hispanic Literature*, New York: Instituto de las Espanas en los Estados Unidos, 1934.

Fisher IV, Benjamin Franklin. Ed. *Poe and Our Times: Influences and Affinities*, Baltimore: The Edgar Allan Poe Society, 1986.

Hammond, J. R. *An Edgar Allan Poe Companion*, London: The Macmillan Press Ltd., 1981.

Hart, James D. *The Oxford Companion to American Literature*. Oxford: Oxford University Press, Inc., 1995.

Hayes, Kevin J. *The Cambridge Companion to Edgar Allan Poe*. Cambridge, U. K.; New York: Cambridge University Press, 2002.

Krutch, Joseph Wood. *Edgar Allan Poe: A Study in Genius*, New York: A. A. Knopf, 1926.

Parks, Edd Winfield. *Edgar Allan Poe as Literary Critic*, University of Georgia Pess, 1964.

Phillips, Elizabeth. *Edgar Allan Poe, an American Imagination: Three Essays*. Port Washington, N. Y.: Kennikat Press, 1979.

Poe, Edgar Allan. *The Unabridged Edgar Allan Poe*. Philadephia: Running Press Book Publishers, 1983.

Polonsky, Rachel. *English Literature and the Russian Aesthetic Renaissance*. Cambridge: Cambridge University Press, 1998.

Porges, Irwin. *Edgar Allan Poe*. New York: Washington Square Press, 1972.

Quinn, A. Hobson. Edgar Allan Poe: A Critical Biography; Baltimore: The Johns Hopkins University Press, 1998.

Quinn, Patrick F. *The French Face of Edgar Allan Poe*. Carbondale: Southern Illinois Press, 1957.

Ransome, Arthur. *Edgar Allan Poe—A Critical Study*. New York: Haskell House Publishers Ltd, 1972.

Richards, Eliza. *Gender and the Poetics of Reception in Poe's circle*. Cambridge; New York: Cambridge University Press, 2004.

Symons, Julian. *The Tell-Tale Heart: The Life and Works of Edgar Allan Poe*. London: Faber and Faber, 1978.

Thomas, Dwight. *The Poe Log: A documentary Life of Edgar Allan Poe, 1809–1849*, Boston: G. K. Hall, 1987.

Thompson, G. R. *Poe's Fiction: Romantic Irony in the Gothic Tales*. Madison: University of Wisconsin Press, 1973.

Thompson, G. Richard. ed. *Edgar Allan Poe Essays and Reviews*, New York: The Library of America, 1984.

Wuletich–Brinberg, Sybil. *Poe: The Rationale of the Uncanny*. New York: Peter Lang Publishing, Inc., 1988.

中文专著

北京图书馆编:《民国时期总书目 (1911—1949)》,书目文献出版社 1987 年版。

北中国版本图书馆编:《1949—1979 翻译出版外国文学著作目录和提要》,江苏人民出版社 1986 年版。

［德］瓦尔特·本雅明:《机械复制时代的艺术作品》,王才勇译,中国城市出版社 2002 年版。

［西班牙］博尔赫斯:《博尔赫斯散文》,浙江文艺出版社 2001 年版。

［法］波德莱尔,《1846 年的沙龙波德莱尔美学论文选》,郭宏安译,广西师范大学出版社 2002 年版。

［法］皮埃尔·布迪厄:《艺术的法则:文学场的生成和结构》,刘晖译,中央编译出版社 2001 年版。

［美］哈罗德·布鲁姆:《批评、正典结构与预言》,吴琼译,中国社会科学出版社 2000 年版。

［美］哈罗德·布鲁姆:《西方正典:伟大作家和不朽作品》,

译林出版社 2005 年版。

蔡元培等：《中国新文学大系导论集》，良友复兴图书印刷公司 1940 年版。

残雪：《地狱中的独行者》，华东师范大学出版社 2008 年版。

曹顺庆主编：《比较文学教程》，高等教育出版社 2006 年版。

曹顺庆：《比较文学新开拓——四川国际文化交流暨比较文学研讨会论文集》，重庆大学出版社 1996 年版。

曹顺庆：《中外比较文论史（上古时期）》，山东教育出版社 1998 年版。

曹顺庆：《中外文学跨文化比较》，北京师范大学出版社 2002 年版。

曹顺庆：《跨文化比较诗学》，广西师范大学出版社 2004 年版。

曹顺庆主编：《比较文学学》，四川大学出版社出版 2005 年版。

曹顺庆主编：《中国文化与中国文论》，内蒙古教育出版社 2006 年版。

陈平原、夏晓红主编：《20 世纪中国小说理论资料（1897—1916 年）》，北京大学出版社 1989 年版。

陈平原版：《小说史：理论与实践》，北京大学出版社 1993 年版。

陈染：《纸片儿》，作家出版社 1989 年版。

陈染：《陈染文集 女人没有岸》，江苏文艺出版社 1996 年版。

陈染：《无处告别》，江苏文艺出版社 2005 年版。

陈崧：《五四前后东西文化问题论战文选》，中国社会科学出版社 1985 年版。

陈翔鹤：《陈翔鹤选集》，四川人民出版社 1989 年版。

陈耀东：《二十年代中国各流派诗人论》，中国社会科学出版社

1985年版。

陈永志：《灵魂溶于文学的一群——论浅草社、沉钟社》，华东师范大学出版社1995年版。

丁天：《伤口咚咚咚》，文化艺术出版社2001年版。

丁天：《剑如秋莲》，花山文艺出版社2001年版。

董衡巽等：《美国文学简史》（上、下册），人民文学出版社1986年版。

董洪川：《"荒原"之风 T. S. 艾略特在中国》，北京大学出版社2004年版。

董强：《梁宗岱——穿越象征主义》，文津出版社2004年。

范智红选编：《新文艺小说卷 上》，广西教育出版社1998年。

[美] 费正清：《美国与中国》，张理京译，马清槐校，商务印书馆1987年版。

[美] 费正清：《剑桥中华人民共和国史》，上海人民出版社1990年版。

[荷] 佛克玛、蚁布思：《文学研究与文化参与》，北京大学出版社1997年版。

高行健：《现代小说技巧》，花城出版社1981年版。

郭宏安编译：《波德莱尔美学论文选》，人民文学出版社1987年版。

[德] 于尔根·哈贝马斯：《现代性的哲学话语》，曹卫东等译，译林出版社2004年版。

[美] 韩南：《中国近代小说的兴起》，徐侠译，上海教育出版社2004年版。

[美] 韩南：《韩南中国小说论集》，王秋桂等译，北京大学出版社2008年版。

黄安年编：《百年来美国问题中文书目 1840—1990 下》，中国美国史研究会、北京师范大学历史系 1990 年版。

黄禄善：《美国通俗小说史》，译林出版社 2003 年版。

黄维梁、曹顺庆编：《中国比较文学学科理论的垦拓——台港学者论文选》，北京大学出版社 1998 年版。

黄药眠、童庆炳主编：《中西比较诗学体系》，人民文学出版社 1992 年版。

［美］霍顿、赫伯特·爱德华兹：《美国文学思想背景》，房炜、孟昭庆译，人民文学出版社 1991 年版。

贾植芳：《中外文学关系史资料汇编：1898—1937》，广西师范大学出版社 2004 年版。

金丝燕：《文学接受与文化过滤——中国对法国象征主义诗歌的接受》，中国人民大学出版社 1994 年版。

［美］马泰·卡林内斯库：《现代性的五副面孔》，顾爱彬、李瑞华等译，商务印书馆 2002 年版。

［美］马库斯·坎利夫：《美国的文学》，方杰译，中国对外翻译出版公司 1985 年版。

拉尔夫·科恩主编：《文学理论的未来》，林必果译，中国社会科学出版社 1993 年版。

［德］沃尔夫冈·凯泽尔：《美人和野兽：文学艺术中的怪诞》，曾忠禄、钟翔荔译，华岳文艺出版社 1987 年版。

［美］柯恩：《美国划时代作品评论集》，朱立民等译，生活·读书·新知三联书店 1988 年版。

［法］朱莉娅·克里斯蒂瓦：《恐怖的权利：论卑贱》，张新木译，生活·读书·新知三联书店 2001 年版。

［美］奎恩编：《爱伦·坡集 诗歌与故事》，曹明伦译，生活·

读书·新知三联书店1995年版。

［英］D. H. 劳伦斯：《劳伦斯论美国名著》，黑马译，上海三联书店2006年版。

李今：《海派小说与现代都市文化》，安徽教育出版社2000年版。

李剑鸣：《美国通史：美国的奠基时代1585—1775》（第1卷），人民出版社2008年版。

李欧梵：《上海摩登——一种新都市文化在中国1930—1945》，北京大学出版社2001年版。

李欧梵：《现代性的追求》，人民文学出版社2010年版。

李伟昉：《英国哥特小说与中国六朝志怪小说比较研究》，中国社会科学出版社2004年版。

李伟昉：《黑色经典——英国歌特小说论》，中国社会科学出版社2005年版。

李岫、秦林芳主编：《20世纪中外文学交流》（上、下），河北教育出版社2001年版。

李振声：《梁宗岱批评文集》，珠海出版社1998年版。

李正栓、陈岩：《美国诗歌研究》，北京大学出版社2007年版。

林树明：《女性主义批评在中国》，贵州人民出版社1995年版。

刘法民：《怪诞—美的现代扩张》，中国社会出版社2000年版。

刘禾：《跨语际实践——文学、民族文化与被译介的现代性（中国，1900—1937)》，宋伟杰等译，生活·读书·新知三联书店2008年版。

刘小枫：《拯救与逍遥——中西方诗人对世界的不同态度》，上海人民出版社1988年版。

刘亚丁：《顿河激流 解读肖洛霍夫》，四川教育出版社2001年版。

鲁迅：《鲁迅全集》，人民文学出版社 2005 年版。

陆扬：《死亡美学》，北京大学出版社 2006 年版。

栾梅健：《20 世纪中国文学发生论》，广西师范大学出版社 2006 年版。

罗钢、刘象愚编：《文化研究读本》，中国社会科学出版社 2000 年版。

［英］伊萨斯·马克斯：《克服恐惧》，张红译，中央编译出版社 2000 年版。

［美］厄尔·迈纳：《比较诗学》，王宇根等译，中央编译出版社 1998 年版。

毛峰：《神秘主义诗学》，生活·读书·新知三联书店 1998 年版。

孟昭毅、李载道主编：《中国翻译文学史》，北京大学出版社 2005 年版。

［美］纳博科夫：《文学讲稿》，申慧辉等译，生活·读书·新知三联书店 2005 年版。

［美］保罗·纽曼：《恐怖：起源、发展和演变》，赵康等译，上海人民出版社 2005 年版。

［美］沃浓·路易·帕灵顿：《美国思想史 1620—1920》，陈永国等译，吉林人民出版社 2002 年版。

钱理群、温儒敏、吴福辉：《中国现代文学三十年》，北京大学出版社 1998 年版。

任翔：《文化危机时代的文学抉择——爱伦·坡与侦探小说探究》，北京师范大学出版社 2006 年版。

［美］史书美：《现代的诱惑：书写半殖民地中国的现代主义（1917—1937）》，何恬译，江苏人民出版社 2007 年版。

[美] 罗伯特·E. 斯皮勒：《美国文学的周期》，王长荣译，上海外语教育出版社 1990 年版。

孙金鉴编选：《陈翔鹤代表作》，华夏出版社 1999 年版。

孙尚扬、郭兰芳编：《国故新知论：学衡派文化论著辑要》，中国广播电视出版社 1995 年版。

孙玉石：《中国初期象征派诗歌研究》，北京大学出版社 1987 年版。

孙玉石：《中国现代诗歌艺术》，人民文学出版社 1992 年版。

[美] 菲利普·汤姆森：《论怪诞》，孙乃修译，昆仑出版社 1992 年版。

童真：《狄更斯与中国》，湘潭大学出版社 2008 年版。

[法] 瓦雷里：《文艺杂谈》，段映红译，百花洲文艺出版社 2002 年版。

王锦厚：《五四新文学与外国文学》，四川大学出版社 1996 版。

王哲甫：《中国新文学运动史》，景山书社 1933 年版。

[美] 韦勒克：《近代文学批评史》，杨岂深等译，上海译文出版社 2009 年版。

[美] 韦勒克、沃伦：《文学理论》，刘象愚等译，生活·读书·新知三联书店 1984 年版。

吴富恒、王誉公：《美国作家论》，山东教育出版社 1999 年版。

吴福辉：《都漩流中的海派小说》，湖南教育出版社 1995 年版。

吴晓东：《从卡夫卡到昆德拉 20 世纪的小说和小说家》，生活·读书·新知三联书店 2003 年版。

夏志清：《中国现代小说史》，刘绍铭等译，复旦大学出版社 2005 年版。

肖伟胜：《现代性困境中的极端体验》，中央编译出版社

2004年版。

谢天振：《译介学》，上海外语教育出版社1999年版。

谢昭新：《中国现代小说理论史》，安徽大学出版社2003年版。

解志熙：《中国现代唯美：颓废主义文学思潮研究》，上海文艺出版社1997年版。

解志熙、王文金编校：《于赓虞诗文辑存》，河南大学出版社2004年版。

《新文学史料》编辑部：《我亲历的文坛往事》，人民文学出版社2004年版。

严家严：《论现代小说与文艺思潮》，湖南人民出版社1987年版。

严绍璗、陈思和：《跨文化研究：什么是比较文学》，北京大学出版社2007年版。

杨武能：《歌德与中国》，生活·读书·新知三联书店1991年版。

杨义：《中国现代小说史》，人民文学出版社1986年版。

杨义：《文化冲突与审美选择》，人民文学出版社1988年版。

杨义：《杨义文存》第四卷，人民出版社1998年版。

叶公超：《叶公超批评文集》，珠海出版社1998年版。

［英］伊格尔顿：《20世纪西方文学理论》，伍晓明译，陕西师范大学出版社1986年版。

袁可嘉等编选：《现代主义文学研究》，中国社会科学出版社1989年版。

袁可嘉：《欧美现代派文学概论》，上海文艺出版社1993年版。

乐黛云：《比较文学与中国现代文学》，北京大学出版社1987年版。

乐黛云、张辉主编：《文化传递与文学形象》，北京大学出版社1999年版。

[美]亨利·詹姆斯：《小说的艺术》，朱雯等译，上海译文出版社2001年版。

[美]詹明信：《晚期资本主义的文化逻辑，詹明信批评理论文选》，张旭东编，陈清侨等译，生活·读书·新知三联书店、牛津大学出版社1997年版。

张静庐辑注：《中国出版史料补编》，中华书局1957年版。

赵家璧主编：《中国新文学大系》，良友印刷公司1935年版。

赵毅衡：《远游的诗神——中国如何改变了美国现代诗》，上海译文出版社2003年版。

赵毅衡：《当说者被说的时候——比较叙述学导论》，中国人民大学出版社1998年版。

郑家建：《中国文学现代性的起源语境》，上海三联书店2002年版。

郑克鲁：《法国诗歌史》，上海外语教育出版社1996年版。

郑克鲁：《法国文学史》，上海外语教育出版社2003年版。

郑振铎主编：《文学大纲》，上海书店1986年版。

中国版本图书馆编：《1980—1986翻译出版外国文学著作目录和提要》，重庆出版社1989年版。

中国现代文学研究会：《在东西古今的碰撞中》，中国城市经济出版社1990年版。

周敬、鲁阳：《现代派文学在中国》，辽宁大学出版社1987年版。

朱振武等：《美国小说本土化的多元因素》，上海外语教育出版社2006年版。

朱寨、张炯主编：《当代文学新潮》，人民文学出版社 1997 年版。

论文及报刊文章

曹明伦：《孤独的过客 不朽的天才——纪念爱伦·坡 200 周年诞辰》，《外语教学》2009 年第 1 期。

曹明伦：《爱伦·坡作品在中国的译介——纪念爱伦·坡 200 周年诞辰》，《中国翻译》2009 年 1 期。

李会芳：《西方艾德加·爱伦·坡研究综述》，《四川外语学院学报》2007 年第 2 期。

李会芳：《爱伦·坡诗学研究在西方》，《中国政法大学学报》2008 年第 5 期。

刘晓丽：《伪满洲国作家爵青资料考索》，《上海师范大学学报》（哲学社会科学版）2007 年第 3 期。

陆扬：《评爱伦·坡的短篇小说理论》，《广西师范大学学报》（哲学社会科学版）1986 年第 4 期。

盛宁：《爱伦·坡与"五四"运动以后的中国现代文学》，《国外文学》1981 年第 4 期。

盛宁：《人·文本·结构——不同层面的爱伦·坡》，《外国文学评论》1992 年第 4 期。

盛宁：《埃德加·爱伦·坡和中国现代文学（1900—1930）》，硕士学位论文，北京大学，1981 年。

朱振武、杨婷：《当代美国爱伦·坡研究新走势》，《当代外国文学》2006 年第 4 期。

朱振武、王子红：《爱伦·坡哥特小说源流及其审美契合》，《上海大学学报》（社会科学版）2007 年第 5 期。

朱振武：《爱伦·坡的效果美学论略》，《外国文学评论》2007年第3期。

朱振武、王二磊：《爱伦·坡的短篇小说与现代主义》，《四川外语学院学报》2007年第5期。

朱振武、吴妍：《爱伦·坡推理小说源流考论》，《外语教学》2008年第1期。

朱振武、邓娜娜：《爱伦·坡现象与通俗文化》，《国外文学》2008年第2期。

朱振武、程庆华：《爱伦·坡幽默小说探源》，《外国文学研究》2008年第4期。

网络资源

The Edgar Allan Poe Society of Baltimore http：//www.eapoe.org/

后　记

　　终于写到后记，我却完全没有想象中的高兴。在我而言，这个花费了自己多年心血而匆忙结束的课题，似乎只是一个沉重的开始。作为比较文学经典课题之一"外国作家在中国"的"文学关系"研究，我所做的"埃德加·爱伦·坡在中国"的个案研究，只能说是完成了最基础的文献整理工作，以之为个案对比较文学"文学关系"的思考及其理论构建，似乎还有一条漫长的荆棘之路。在对整个比较文学发展历程的理解中，我常常震惊于法、美等国对比较文学倾注的热望，也许这些只是他们内在血脉所推动的"渴望征服"的本质使然。而在我国20世纪以来的历史进程中，从最开始带有被殖民色彩的20世纪初期到今天所谓的后殖民时代，我们的知识分子面临世界格局的变动不安时，在做什么？渴望着进步？现代化？进入抑或参与世界格局？我常常在史料的阅读中感动于那些在荒芜中寻求建构，在杂乱中寻找秩序的中国知识分子们，也正因为他们身处现场中，只能建构历史本身，而无法洞察其走向，他们的努力才弥显珍贵。从文学关系的角度，清理对异域文化、文学的接受，在历史深处，触探对作为他者的西方的认识史和心态史，试图对比较文学的文学关系进行反思及建构理论，也许还只是一条有待在时间和实

后 记

践中验证的"林中路",而我亦不过是只缘身在此林中的"林中人",但是好在路一直在,人也一直在走。

而关于这本书的形成,我谨以我的感性感恩于所有给予过我真诚帮助的人们。对于恩师曹顺庆先生,我很难用言辞表达我对恩师的敬意与感激之情。受业于恩师以来,其视界这开阔让我终于知道海纳百川的宽广,其洞察的敏锐,常常让我体悟到飞箭直中靶心,不偏不倚的酣畅淋漓。没有恩师的悉心指导,恐怕不会有这本书的形成。而那些给予过我无私帮助的人们:不辞劳苦,为我影印材料的北京大学的张娟、杨文瑜;台湾的杨明学姐、杨忠斌学长;多次复信于我,给予我关键性帮助的曹明伦先生;帮助我应对生活中各种磨人的琐屑烦恼的亲人和朋友们;总会及时予以我帮助的亲爱的硕士导师何希凡老师,对本书的出版给予真挚帮助的赵义山老师,以及成都学院汉语国际教育专业硕士培育经费对本书出版的经费资助,在这里也一并致以我的诚挚谢意。

这些年来,常在深味人生之艰辛时,总会想起安徒生先生的话:"在传说中,主角经历再多磨难,也终会得到一个美满结局:而现实中的境况却往往让人失望,所谓的美满结局,只能寄希望于无穷无尽的未来。"生活的无情即在于它就是这样一如既往地向前,所幸对于未来的不确定,我一直有一个确定的所在,是他默默地在我身旁,陪伴我一起经历了这些年来,来自工作、生活及学业同时冲击下的许多切肤之痛,并且将一直陪伴着我走向希望的所在,这最后的谢意将给予他。

王 涛

2017 年 6 月